cocon

Der Dreißigjährige Krieg war seit einem Jahr vorbei. Die Katholischen der Kaiserlichen Liga hatten sich mit den Protestanten bis aufs Blut bekämpft. Das Herbeieilen des schwedischen Königs Gustav Adolf, um die Evangelischen zu unterstützen, hatte das Blutvergießen noch um Jahre verlängert. Weite Teile des Heiligen Römischen Reiches Deutscher Nation lagen in Schutt und Asche. Ein Viertel der Bewohner war ausgerottet. Was der Krieg nicht geschafft hatte, erledigten marodierende Söldner oder Krankheiten wie die Pest. Missernten, ausgelöst durch das schlechte Wetter einer kleinen Eiszeit, hatten zusätzliche Not gebracht.

Viele Menschen glaubten damals, die wahren Schuldigen an diesem elenden Zustand wären die Hexen und der Teufel. Da sich die Not noch lange hinzog, kam es auch nach dem „Großen Krieg" immer wieder zu Hexenverfolgungen. Sogenannte Hexenjäger nutzten die Angst der Menschen aus, die glaubten, durch sündiges Handeln Gott zu erzürnen. Sie schürten Hysterie, Aberglauben, Neid und Missgunst. Während im Mittelalter die Inquisition der Kirche die treibende Kraft der Hexenverfolgung war, beriefen sich die Hexenjäger der frühen Neuzeit auf die Constitutio Criminalis Carolina, das Strafgesetzbuch des Deutschen Heiligen Römischen Reiches. Die Anklage durch die Hexenjäger wurde vielfach durch Denunziation aus der Bevölkerung ausgelöst und ganz legal vor Gericht verfolgt. Die „peinliche Befragung" war ein beliebtes Mittel, um durch Folter ein Geständnis der Verurteilten zu erzwingen. So war es möglich, unbequeme Zeitgenossen oder einen lästigen Konkurrenten aus dem Weg räumen zu lassen und sich ihren Reichtum anzueignen.

Es sollte noch Generationen dauern, bis die Auswirkungen des Dreißigjährigen Krieges, der seinen grausamen blutigen Mantel über Deutschland ausgebreitet hatte, nicht mehr zu spüren waren.

Patrick Weber

DER BOTE DES JÜNGSTEN GERICHTS

Historischer Roman

cocon

Patrick Weber: Der Bote des Jüngsten Gerichts
ISBN 978-3-86314-276-6
Erschienen im CoCon-Verlag, Hanau 2016
www.cocon-verlag.de

Für meine Familie

Jetzt, da sein Leben zu Ende ging,
musste er wieder daran denken.
An die Erscheinung, die sein Leben lenken sollte.
An die Nacht, in der er den Kometen mit seinem blutigen
Schweif gesehen hatte.
Diesen Boten des Jüngsten Gerichts,
der ihn in das Grauen des Großen Krieges warf
und so sein Leben wie das seiner Tochter verfluchte.

Prolog

Leipzig, 1. Oktober 1649
Balthasar Melchior von Gettenbach hatte keine Wahl. Der vermögende Tuchhändler musste dem Drängen seines Sohnes nachgeben. Arno war gerade siebzehn Jahre alt geworden und wollte endlich allen beweisen, dass er erwachsen geworden war. Balthasar bereute fast, Arno das kleine Gemälde von Gisberts Tochter Elisabeth gezeigt zu haben. Denn ihm war nicht entgangen, dass sein Sohn, seit er das Bild seiner Cousine gesehen hatte, immer unruhiger wurde. Er musste in sich hineinschmunzeln, schließlich war auch er einmal jung gewesen und wusste nur zu gut, wie die Frucht der Jugend reifte. Und Elisabeth war tatsächlich eine Schönheit.

Balthasar hatte seinem Bruder Gisbert und dessen Tochter in einem Brief Arnos Kommen angekündigt. Gisbert wohnte kurz vor Frankfurt, der alten Krönungs- und Messestadt, in die Arno reisen sollte. Die Rechnung für die teuren Stoffe, die Balthasar an einen Krämer in Frankfurt verkauft hatte, musste eingetrieben werden. Arno sollte bei seinem Onkel eine Nacht Rast einlegen. Balthasar hatte beschlossen, seinem Sohn seinen alten Kampfgefährten und Diener Thilo mitzugeben. Der lange Ritt nach Frankfurt am Main war beschwerlich und voller Gefahren. Thilo war einer der besten Leipziger Schwertkämpfer und hatte Arno ausgebildet. Er würde ein wachsames Auge auf den jungen Mann haben.

Die Geschäfte kamen wieder ins Rollen, wenn auch nur langsam und mühevoll. Der Krieg war vorbei, doch er hatte ein hässliches Erbe hinterlassen. Die Not und Brutalität der jetzt arbeitslos gewordenen Söldner machte den Händlern und der Bevölkerung das Leben schwer. Immer wieder wurden Menschen von versprengten Söldnern und Wegelagerern auf den Handelswegen überfallen, und nun war es bereits das zweite Mal, dass der Kurier mit dem Geld, das Balthasar für seine Stoffe erhalten sollte, nicht in Leipzig eintraf. Oder hatte der Frankfurter Krämer gar nicht gezahlt? Balthasar hatte ihn vor Jahren das letzte Mal persönlich gesehen. Der Krämer wollte jedenfalls nicht nochmal zahlen, und so schickte Balthasar seinen Sohn, um dort nach dem Rechten zu sehen. Arno sollte jedoch nicht die übliche Route nehmen.

Da die schwerfälligen Wagenkolonnen auf den häufig benutzten Handelswegen oft Freiwild für Räuber waren, hatten die Landesherren die Bewachung verschärft, und für dieses Geleit mussten die Kaufleute hohe Gebühren zahlen. An den Zollschranken hatten die Händler lange Wartezeiten in Kauf zu nehmen, bis die Trosse abgefertigt waren.

Aus diesem Grund würde Arno nicht die stark befahrenen „Kurzen Hessen" benutzen, den Handelsweg, der von Leipzig durch Oberhessen, vorbei an Grünberg und Hungen, nach Frankfurt führte, und auch nicht die oft überschwemmte Kinzigtalstraße, die zwischen Schlüchtern und Hanau dem Flüsschen folgte, sondern auf der „Hohen Straße" reisen. Dieser uralte Handelsweg, der auf den sanften Hügeln zwischen den Messestädten Frankfurt und Leipzig verlief, war bei vielen in Vergessenheit geraten. Er trug an verschiedenen Stellen unterschiedliche Namen. Kurz vor Frankfurt, zwischen Bergen, Hochstadt und Ostheim, wurde er Hohe Straße genannt. Ab dem Büdinger Wald hieß er Reffenstraße und wurde von Eisenach bis Leipzig als Antsanvia oder mit abweichenden Routen als Via Regia bezeichnet. Diese wenig benutzte Straße war zwar nicht bewacht, und man musste auf der Hut sein, aber ein einzelner Reiter ohne Tross kam hier viel schneller voran. Außerdem wohnte Balthasars Bruder Gisbert an der Hohen Straße in einem Ort namens Hochstadt. Gisbert war dort Bürgermeister und hatte sich bereit erklärt, Arno ab Hochstadt eine Wache bis zur Frankfurter Zollstation Friedberger Warte mitzugeben.

Es war ein regnerischer Herbstmorgen. Die Pferde standen gesattelt vor dem Stall des herrschaftlichen Hofes. Balthasars Diener Thilo sah schlecht aus. Er hatte sich eine Erkältung eingefangen. Alt war er geworden, sein vertrauter Weggefährte, dachte Balthasar und musterte ihn besorgt. Zusammen hatten sie viele große Schlachten geschlagen. Thilo war ein Mann ohne viele Worte und von einfachem Gemüt. Aber er war ohne Angst, stets bereit, dem Teufel ins Auge zu schauen und, wenn nötig, ihm im Kampf noch hinterherzuspringen. Als der Feldherr Tilly damals in Magdeburg einfiel, war es Thilo gewesen, der Balthasars Familie und seinen Besitz sicher nach Leipzig gebracht hatte. Das alles war lange her, aber Balthasar wusste, dass in dem alten Musketier immer noch ein zäher Hund steckte, auf den er sich verlassen konnte.

Balthasar übergab seinem Sohn feierlich ein Geschenk für seinen Bruder Gisbert. Es war eine von den neuen, reich verzierten Handfeuerwaffen mit Steinschlosstechnik. Ein Feuerstein zündete den Funken, der die Patrone auslöste. Dazu musste man nichts weiter tun als den Abzug spannen und abdrücken. Die neuartige und kostspielige Waffe ersetzte das Radschloss oder die umständliche Lunte. Das Geschenk für Gisbert sollte Arno nur im Notfall selbst benutzen.

Arno wusste, dass sein Vater große Stücke auf ihn hielt, und er wollte ihn auf keinen Fall enttäuschen. Als sich die Tore von Leipzig hinter Arno und Thilo schlossen, schaute Arno nicht zurück. Er wollte nach vorne blicken, ins Abenteuer.

In der zweiten Nacht phantasierte Thilo. Er hatte hohes Fieber und Schüttelfrost. Arno blieb nichts anderes übrig, als ein paar Kaufleute zu bitten, den armen Mann nach Leipzig mit zurückzunehmen, um ihn dort versorgen zu lassen. Er musste dafür einen überhöhten Preis zahlen, aber Arno war wichtig, dass Thilo sicher zurückkam, denn der war fast so etwas wie ein väterlicher Freund für ihn. Thilo hatte ihm beigebracht, wie man den Katzbalger, den Degen oder das Messer als schnelle und todbringende Waffe einsetzte. Arno hatte viel von ihm gelernt, weil er es verstand, sein Wissen meisterhaft an seinen Schüler weiterzugeben.

Nachdem man Thilo auf ein Lager aus Stroh in einem der Handelswagen gebettet hatte, ritt Arno alleine über die Antsanvia zur Hohen Straße weiter und versuchte, die Sorge um ihn zu verdrängen. Er dachte an seine Aufgabe in Frankfurt und an Gisberts Tochter Elisabeth.

Noch vor dem Morgengrauen setzten die Kaufleute ihren Tross Richtung Leipzig in Bewegung. Thilo hatte in der Nacht aufgehört zu atmen und war seiner Krankheit erlegen. Die Kaufleute nahmen dem Leichnam alles Wertvolle ab und warfen ihn in einen Graben neben dem Weg. Sie hatten Angst, dass es die Pest oder Ruhr sein könnte, und waren froh, den unnötigen Ballast los zu sein. Schließlich konnten sie für diese arme Seele nichts mehr tun.

***

Der Hunger trieb ihn vorwärts durch den Matsch in das Gestrüpp der Lohhecke, die die Hohe Straße säumte. Die Morgendämmerung hatte bereits die Dunkelheit verdrängt. Der Oktobernebel kroch vom Maintal zur Anhöhe hinauf und breitete seinen nasskalten Schleier aus. Sein Vater hatte ihm gedroht und verboten, alleine dorthin zu gehen. Aber er würde ihm zeigen, dass er es auch ohne ihn konnte. Nun stand er da im Gebüsch und wartete auf sein Opfer. Seine verfilzten, langen Haare und die dreckigen Lumpen, die über seinem ausgemergelten Körper hingen, boten eine gute Tarnung.

Aus dem Nebel konnte er deutlich den Hufschlag eines galoppierenden Pferdes hören, das in seine Richtung kam. Nervös biss er sich auf seine langen Fingernägel und zerkaute den Sand, der darunter steckte. Dann griff er nach seiner Steinschleuder. Der Reiter galoppierte vorbei. Er schien es eilig zu haben. Durch den Nebel konnte der Junge deutlich die bunten Kleider des hohen Standes erkennen. Ein Edelmann. Sein Vater würde stolz auf ihn sein. Er betätigte gekonnt die Schleuder, an der der Lederbeutel mit dem darin liegenden Stein befestigt war, und platzierte einen gezielten Schuss. Der Aufprall des Wurfgeschosses warf den Reiter rittlings vom Pferd, das ohne seinen Herrn weitertrabte. Der Junge hatte keine Zeit zu verlieren. Sicher würden bald die ersten

Händler oder Kuriere auf ihrem Weg nach Frankfurt hier vorbeikommen. Falls der Edelmann noch atmete, würde er ihm schnell den Garaus machen und die Leiche verschwinden lassen. Als er zu dem Mann kam, sah er, dass er bereits tot war. Er musste sich beim Sturz das Genick gebrochen haben. So schnell er konnte, sammelte er alles zusammen, was der Edelmann verloren hatte.

Gerade als er den leblosen Körper wegziehen wollte, wurde er heftig am Nacken gepackt und zurückgerissen. Schmutzige Krallen gruben sich in sein Gesicht und zerkratzten seine Wangen. Er schaute in die wütenden, rot unterlaufenen Augen seines Vaters, dessen Gesicht im Zorn wie eine Grimasse wirkte. Es war schrecklich anzusehen, wie er ihm mit seinen gebleckten und gespitzten Zähnen immer näher kam. Seine Augen zuckten unruhig hin und her, doch dann blieb sein Blick am Leichnam des Edelmannes hängen, und er schien sich langsam zu beruhigen. Als der Alte die weiße und reine Haut des Toten sah, lief ihm das Wasser im Mund zusammen. Er schubste seinen Sohn zur Seite und wandte sich der Leiche zu. Äußerlich unterschied sich der Vater kaum von ihm; die langen Haare, das verlumpte Aussehen. Nur war er größer und stärker als sein Sohn. Beide packten den Edelmann und zogen ihn mit sich, weg von der Hohen Straße in das Reich des Waldes, aus dem sie gekommen waren.

***

Der Schäfer trieb seine Herde hektisch über den großen Acker, der den kleinen Wald wie eine Insel umschloss. Er hatte es eilig fortzukommen und brüllte wütend seinen Hund an, die Schafherde beisammenzuhalten. Die Sonne ging langsam unter, und der Wind rauschte unheimlich durch die Bäume des Hexenwaldes, wie sie ihn nannten. Dort ging es angeblich nicht mit rechten Dingen zu. Die Leute aus dem Dorf behaupteten, dass sich gegen Abend die Buchen zu Erlen verwandelten und Menschen vom Hexenwald verschluckt würden. Immer wieder kam es vor, dass jemand, der abends dort vorbeikam, einfach verschwand. Unwissende, die sich auf Reisen befanden, oder Unvorsichtige, die ihre Hasenfallen aufstellen wollten oder im Winter bloß etwas Holz zum Heizen suchten. Der Wald fraß die Menschen, das glaubten hier viele. Der Schäfer war allerdings anderer Meinung. Er war überzeugt, dass nicht der Wald die Leute auffraß, sondern Waldgeister. Schreckliche Monster mit langen, scharfen Zähnen, die den Geruch von Menschenfleisch liebten. Ein Reisender hatte ihm von einer Begegnung mit solch einem Waldgeist erzählt. Er hatte sich nachts verirrt und kam versehentlich in die Nähe des Hexenwaldes, als er plötzlich den Schrei eines Menschen hörte, eines Menschen in tödlicher Gefahr. Panisch rannte der Reisende davon. Dabei fiel er über den Leichnam eines getöteten Mannes. Er war schrecklich anzusehen. Irgendetwas hatte große Stücke Fleisch aus dem Körper gerissen. Als der Mann voller Angst weiter rannte, sah er das Monster. Er konnte es im Licht des Vollmondes erkennen. Es schaute ihn an, nur kurz, aber es brannte sich für immer in sein Gedächtnis ein. Eine grauenvolle Grimasse, spitze Zähne blitzten im Mondlicht, und Blut tropfte aus seinem Maul. Der Mann hatte Glück und schaffte es bis an die Stadtmauer von Hochstadt, wo er sogleich eingelassen wurde.

Ängstlich hielt der Schäfer plötzlich inne. Irgendetwas stimmte nicht. Erst jetzt fiel ihm auf, dass zwei Schafe sich von der Herde entfernt hatten und zum Hexenwald zurückliefen. Sein treuer Hund hatte ihre Spur bereits aufgenommen. Er schrie seinem Hund nach, befahl ihm zurückzukommen. Doch es war zu spät, der Hund schien eine Fährte gewittert zu haben. Fluchend stapfte der Schäfer hinterher. Er nahm sein Messer in die Hand und betete, dass es ihn schützen möge. Er sprang über den Graben des Braubachs, der den Hexenwald vom großen Acker trennte. Jetzt befand sich der Schäfer in der Todeszone. Mit seiner rechten Hand umklammerte er ängstlich den Griff seines Messers, das er schützend vor sich hielt. Wütend schaute er sich nach seinem Hund um. Dann entdeckte er ihn. Er schnupperte und leckte an einem Gegenstand herum. Der Schäfer lief hin und zischte zornig den Namen seines Hundes. Als er ihn wegriss, sah er es. Mit Entsetzen starrte der Schäfer auf den menschlichen Torso, der an einem Baumstumpf lehnte. Arme und Beine waren abgetrennt und fehlten, ebenso der Kopf. Der Torso trug aber noch einen Teil der Kleidung, trotz der Fetzen unverkennbar die eines Edelmannes. Voller Schrecken rannte der Schäfer aus dem Wald, Äste und Gestrüpp zerkratzten sein Gesicht. Alles war ihm gleichgültig, auch seine Schafe, die jetzt in alle Himmelsrichtungen davon liefen. Der Schäfer rannte um sein Leben, er wollte nur weg von diesem grauenhaften Ort. Immer wieder blickte er sich um. Verfolgte ihn jemand? Mittlerweile war es fast finster, und er konnte kaum noch sehen, wo er sich befand. Plötzlich traf ihn ein schwarzes Etwas mit voller Wucht. Der Schäfer hatte das Gefühl, in ein dunkles Loch zu fallen, aus dem es kein Entrinnen gab.

1. Teil

Elisabeth und Gisbert

Unheil weckt die bösen Geister

Hochstadt, Oktober 1649
Nackt, wie Gott sie schuf, stand sie am Rand des funkelnden Sees, der aussah wie ein Meer aus Diamanten. Ihre langen, roten Haare hatten sich wie ein betörendes Kleid in voller Pracht um ihren Körper gelegt. Die rot glühende Sonne warf ihre letzten Strahlen auf den See und streichelte die tanzenden Wellen. Doch das gleißende Licht, das die Landschaft eben noch golden gefärbt hatte, wurde plötzlich zu einem grauen Schleier. Dichter Nebel schob sich auf den See und verschluckte die Sonne.

Elisabeth sah auf ihre Füße. Das Wasser schien sich plötzlich in eine zähe, silbrige Flüssigkeit zu verwandeln, umschloss langsam ihre Zehen und stieg langsam ihre Beine hinauf. Sie wollte davonlaufen, diesem seltsamen Quecksilber entkommen, doch es umschloss ihre Beine wie Krallen und stieg immer höher. Gierig suchte dieses zähe Etwas einen Weg zu ihrer Scham. Voller Entsetzen bemerkte Elisabeth, wie sich die Wellen in der Mitte des Sees mehr und mehr auftürmten und auf sie zurasten. Sie wollte schreien, doch es kam kein Ton aus ihrer Kehle. Als die Wellen, die zu einer bedrohlichen schwarzen Wand geworden waren, ihr mit einem dumpfen Schlag ins Gesicht fuhren, öffnete sie entsetzt die Augen.

Erschrocken richtete sich Elisabeth in ihrem Bett auf. Es dauerte einen Moment, bis sie sich ihren Traum aus den Augen gerieben hatte. Ihr Blick fiel zum Fenster. In der Mitte der welligen und trüben Scheibe erblickte sie einen Sprung. Sie stieg aus dem Bett, öffnete das Fenster und fuhr mit ihrem Zeigefinger sachte über den Riss im Glas. Elisabeth blickte im nebligen Morgenlicht in den Hof und entdeckte eine tote weiße Taube direkt unter ihrem Fenster. Das arme Geschöpf musste sich im Nebel verirrt haben und war ungebremst in die Scheibe geflogen. Erst der Traum, dann die tote Taube, der Tag fing nicht gerade gut an, dachte Elisabeth. Das Tageslicht begann, den Nebel aufzulösen, und irgendwo in der Nachbarschaft war ein Hahn damit beschäftigt, die Reste der Nacht mit seinem Krähen zu vertreiben. Elisabeth schloss für einen Moment ihre Augen und saugte die frische Herbstluft tief ein. Sie versuchte, die düsteren Schauder zu verdrängen, aber der seltsame Traum schob sich immer wieder in ihre Gedanken, und eine Ahnung von Unheil stieg in ihr auf. Sie trug dieses Gefühl schon seit einiger Zeit mit sich herum und hatte gehofft, es vergessen zu können. Doch dann sah sie zu ihrem zerwühlten Bett. Sie griff nach der Bettdecke und zögerte, so als sei sie nicht sicher, ob sie wirklich wissen wollte, was sich darunter verbarg. Mit einer Mischung aus Neugier und Angst zog sie die Bettdecke schließlich mit einem Ruck weg. Elisabeth erschrak. Ein frecher, kreisrunder Blutfleck zeigte sich und störte das unschuldige Weiß des Lakens. Schnell zog sie das Tuch ab, raffte es zusammen und versteckte es unter ihrem Bett.

Elisabeth stand vor dem Spiegel in ihrer Kammer und bürstete gedankenverloren ihre langen roten Haare. Sie knüpfte sie zu einem Dutt und versteckte sie anschließend unter ihrer Haube. Bevor sie ihre Kammer verließ, blickte sie noch einmal besorgt in den Spiegel, den ihr der Vater letztes Jahr aus Frankfurt mitgebracht hatte. Es war jetzt schon das zweite Laken, das sie verstecken musste. Ihr ganzer Körper hatte sich in den letzten Monaten verändert. Sie war nun tatsächlich kein Kind mehr. Ihre Brüste zeichneten sich schon deutlich unter dem Kleid und dem darüber liegenden Arbeitskittel ab. Ein für alle Mal vorbei waren die Zeiten, in denen sie mit den Nachbarjungen durch Hochstadt gezogen war und Streiche ausgeheckt hatte. Da hatte es nie eine Frage gegeben, ob sie ein Mädchen oder ein Junge war. Nun war alles anders. Vor zwei Tagen war sie fünfzehn geworden. Einige Wochen zuvor hatte sie eine Blutung gehabt, die sie sich nicht erklären konnte. Sie hatte das Schlimmste befürchtet und an eine schlimme Krankheit gedacht. Doch dann war die Blutung nach ein paar Tagen plötzlich wieder verschwunden, und sie beruhigte sich langsam. Nun war sie wieder da, und dass sie mit niemandem über dieses Problem reden konnte, machte sie launisch und nervös. Die Männer im Dorf schauten sie jetzt anders an, und die Jungen trafen sich ohne sie. Neulich hatte einer es gewagt, sie wegen ihrer roten Haare zu necken. Daraufhin hatte sie den Jungen so verprügelt, dass es keiner mehr wagte, sie zu hänseln. Aber die Mutter des Jungen beschwerte sich bei ihrem Vater Gisbert, und da er im Amt des Bürgermeisters stand, wies er sie zurecht. Sie müsse sich ab jetzt wie eine Dame verhalten, hieß es, und außerdem sei es nicht schicklich, sich mit dem Bauernvolk herumzutreiben. „Wie eine Dame", sagte Elisabeth abschätzig und sah trotzig in den Spiegel. Ihr Vater liebte sie sehr, das wusste sie. Schließlich waren sie einander sehr ähnlich. Ihre selbstbewusste Art, ihren scharfen Verstand und den Stolz, all das hatte sie von ihm. Doch manchmal war es nicht einfach, das Kind des Bürgermeisters zu sein.

Die schrille Stimme ihrer Mutter Agnesia riss sie aus ihren Gedanken. Elisabeth trennte sich von ihrem Spiegelbild und verließ schnell die Kammer. Agnesia kam ihr schnaufend auf halber Treppe entgegen. Wie immer hatte sie sich in ihr enges schwarzes Kleid gezwängt, das mit einem großen weißen Spitzenkragen verziert war. Dazu trug sie eine holländische Haube auf den schwarzen Haaren, die ihr strenges Aussehen noch verstärkte. Ihre Mutter hatte in letzter Zeit an Fülle zugelegt, und Elisabeth befürchtete, dass ihr Kleid bald aus den Nähten platzen würde.

Vorwurfsvoll sah Agnesia zu Elisabeth. „Schon drei Mal hab' ich nach dir gerufen."

Elisabeth sah sie erstaunt an. „Ich habe nichts gehört."

Agnesia verzog säuerlich den schmalen Mund. „Die Sonne geht auf, und du bist die Einzige, die noch im Bett herumliegt."

Das Gezeter ihrer Mutter machte Elisabeth zornig. Sie spürte, wie ihr das Blut in den Kopf schoss, dennoch gab sie klein bei. „Es tut mir leid. Ich schlafe zurzeit schlecht."

Agnesia schien Elisabeths Kummer überhört zu haben und zeigte auf das elterliche Schlafzimmer. „Mach dich lieber an deine Arbeit!"

Elisabeth verdrehte die Augen und seufzte. Ihre Mutter war immer sehr ungeduldig mit ihr, vor allem wenn Besuch ins Haus stand. Heute wurde ihr Cousin Arno aus Leipzig erwartet. Er befand sich auf der Durchreise von Leipzig nach Frankfurt und sollte für eine Nacht in Hochstadt rasten. Sie hatte ihren Cousin noch nie getroffen und war gespannt auf ihn, aber ihre Mutter war gerade dabei, ihr alles zu verderben. Elisabeth musste immer die Arbeiten erledigen, die Agnesia nicht gerne machte. Ihr Verhältnis zu ihr stand nicht zum Besten. Während ihr Vater sie meist lieb und großzügig behandelte, war ihre Mutter stets darauf bedacht, dass er es damit nicht übertrieb. Agnesia glaubte, dass Anna Elisabeth sich zu viele Freiheiten herausnahm. Ihre Mutter war auch die Einzige, die sie bei ihrem vollen Namen nannte, was Elisabeth gar nicht mochte. Alle anderen nannten sie einfach nur Elisabeth oder Lies.

Missmutig ging Elisabeth in das Schlafzimmer ihrer Eltern, wo sie vor dem Betthimmel stehen blieb. Mit einer Inschrift auf dem hölzernen Kopfstück des Bettes bat man Gott um Ruhe für die Nacht. Es war reich verziert und an den Seiten mit Girlanden bemalt. Elisabeth begann die Decken abzuziehen und warf die Bezüge, die nach langer Zeit wieder reif für eine Wäsche waren, in die Ecke neben den schweren Bibelofen. Dieser war mit gusseisernen Platten, die Motive aus der Heiligen Schrift zeigten, bedeckt. Fasziniert hatte sie als Kind zusammen mit ihrem Vater die Geschichten auf dem Ofen studiert. Kinder und Tiere sprangen auf den Bildern herum, die aus einer glücklicheren Zeit zu stammen schienen. Gerne hätte Elisabeth Geschwister gehabt. Doch nach Elisabeths Geburt schien Agnesia alle Kraft verloren zu haben. Es war ihr nicht mehr möglich, weitere Kinder zu gebären. Hatte dies ihre Mutter so verbittert? Oder das, was sie als Kind Furchtbares erlebt hatte? Agnesia war zusammen mit ihrer Mutter und ihrer Schwester Maria eine der letzten Überlebenden des Ortes Groschlag gewesen, einer kleinen Siedlung zwischen Hochstadt und Dörnigheim, die während des Großen Krieges brutal zerstört worden war. Ihre Eltern gehörten dem katholischen Glauben an. Als sie sich in Hochstadt niederlassen wollten, mussten Agnesia, Maria und die Mutter konvertieren, Katholiken waren im evangelischen Hochstadt nicht willkommen. Und ein paar Jahre später, als katholische Söldner Hochstadt plünderten und es im Ort buchstäblich nichts mehr zu essen gab, mussten sie für einige Zeit hinter den Hanauer Festungsmauern Zuflucht suchen.

Elisabeth glaubte, dass Agnesia in ihrem tiefsten Innern immer noch eine Katholische war. Sie war nicht sehr belesen und gefangen in einem blinden Glauben an die Vorschriften der Kirche. Im Gegensatz zu ihrem Vater hinterfragte ihre Mutter niemals unsinnige Regeln und Traditionen, waren sie auch noch so altbacken. Elisabeth würde nie wie ihre Mutter werden. Manchmal fragte sie sich, was sie überhaupt von ihr hatte, die Ähnlichkeit war es jedenfalls nicht. Die roten Haare hatte Elisabeth von ihrer Großmutter geerbt, so sagte es jedenfalls ihr Vater. Sie hatte oft das Gefühl, dass ihre Mutter keinerlei Liebe für sie empfand und immer nur das Schlechte an ihr suchte. Was ihr Vater nur an dieser Frau, die ihr so fremd war, gefunden hatte, fragte sich Elisabeth oft. Sie hatte seit längerem den Eindruck, dass ihre Eltern nur noch nebeneinander herlebten. Wenn sie redeten, dann meist im Streit.

Elisabeth schüttelte die Kissen und Decken auf, so dass ein paar weiße Federn durchs Zimmer schneiten. Dann griff sie einen Bettbezug, den Agnesia herausgelegt hatte, und bezog die Bettdecke. Es war ein einfacher weißer Bezug, der erkennen ließ, dass ihre Mutter keinerlei Sinn für verspielte Stickereien oder andere Schönheiten des Lebens besaß, wie Elisabeth fand. Nachdem sie das Bett gemacht hatte, ging sie zum Klostuhl. Jetzt hieß es die Luft anhalten.

Begleitet vom hysterischen Gackern einer Henne, die ihr ständig in den Weg lief, schleppte Elisabeth eilig den Eimer mit der stinkenden Fracht quer über den Hof. Ihr Vater hatte eine Abfallgrube im hinteren Teil des Hofes mit einer kleinen Holzhütte umstellt, so dass man sein Geschäft in Ruhe dort verrichten konnte. Schnell öffnete sie die Holztür und schüttete den Inhalt in die Grube, während sie ihr Gesicht dabei abwandte. Nicht viele im Ort hatten den Luxus eines Klohauses. Für die menschlichen Exkremente der ärmeren Leute dienten die Misthaufen, in denen Hühner gerne herumpickten oder Schweine sich mit Genuss wälzten. Ihr Vater hatte es den Leuten im Ort verboten, ihre

Nachttöpfe einfach auf die Straße in die Gosse zu schütten. Er glaubte fest daran, dass sich Krankheiten dadurch ausbreiteten.

Mit einem alten Lumpen wischte Elisabeth den Eimer des Klostuhls ab und brachte ihn wieder nach oben. An manchen Tagen hatte sie blutige Hände vom Arbeiten im Haus und in den Stallungen. Für die Tochter eines Bürgermeisters war dieser Zustand eigentlich unhaltbar. Aber der lange Krieg hatte alles verändert. Peter, ihr einziger Knecht, war letztes Jahr an einer Blutvergiftung gestorben. Ihr Vater hatte beim Hanauer Amt Büchertal neue Knechte beantragt. Doch die hohen Herren brauchten alle der wenigen verfügbaren Kräfte für ihre eigenen Ländereien, und so musste Elisabeth viele der Arbeiten selbst verrichten.

Heute brauchte sie aber nur den Holzboden zu schrubben, da ihr Vater schon die Kühe und Schweine am frühen Morgen versorgt hatte. Elisabeth dankte ihm dafür. Im Gegensatz zu ihrer Mutter hatte er sich Fürsorge und Freundlichkeit bewahrt.

Viel wusste sie nicht von ihrem Vater, der sich nun im neunundvierzigsten Lebensjahr befand. Aber er musste eine bewegte Vergangenheit haben, wie ihre Mutter manchmal andeutete. Er stammte aus einer reichen Patrizierfamilie aus Leipzig, die in den Bauernkriegen während der Reformation einen Großteil ihres Reichtums eingebüßt hatte. Angeblich soll ihr Urgroßvater Martin Luther persönlich gekannt haben. Dass ihr Vater ein guter Streiter gewesen sein muss, bewies eine lange Narbe, die direkt unter seinem linken Auge auf der Wange verlief und ihrem Vater etwas Verwegenes gab. Sie spürte, dass er eine schwere Last mit sich herumtrug, ein geheimnisvolles Ereignis, das er zu verbergen versuchte und das ihn für sein Leben gezeichnet hatte. Jedes Mal, wenn sie darüber etwas wissen wollte, schwieg er oder lenkte vom Thema ab. Irgendwann würde sie herausfinden, was es war.

Gisbert von Gettenbach drückte den letzten der Speierlingsetzlinge in die matschige Erde und hoffte, dass sie den Winter überstehen würden. Noch war es herbstlich, doch die Kälte würde kommen. Er lüftete den Hut. Seine schulterlangen Haare waren ihm ins Gesicht gefallen. Er ordnete die zerzausten silbernen

Strähnen, die sein zerfurchtes Gesicht einrahmten. Es war ein grauer, verhangener Tag, und der Nieselregen drang langsam bis unter seine Kleidung. Mit dem alten Filzmantel und seinem grauen Schlapphut, von dem er sich seit Kriegstagen nicht trennen konnte, sah Gisbert nicht gerade wie der Bürgermeister aus. Doch das Wetter und die Arbeit, die er zu verrichten hatte, hielten ihn davon ab, sich standesgemäß zu kleiden. Er war sich nicht zu schade, mit anzupacken, wenn es an Hilfskräften im Dorf fehlte, oder herbeizueilen, wenn eine Kuh beim Kalben Probleme hatte. Diesen Gemeinschaftssinn mochten viele Menschen im Dorf an ihm, und die meisten waren froh, dass Graf Friedrich Casimir Gisbert im Amt des Bürgermeisters bestätigt hatte.

Gisbert vergewisserte sich, dass er die jungen Bäume ausreichend vor Wildfraß und Kälte geschützt hatte, und schichtete Erde und Zweige neben den jungen Speierlingsetzlingen auf. Viel hatte er mit dieser Frucht aus der Gattung der Mehlbeeren experimentiert. Die Einheimischen benutzen sie zur Behandlung von Durchfall oder Ruhr. Gisbert hatte geringe Mengen des herben Speierlingsafts seinem Apfelwein beigemischt und zusammen mit den Apfelsorten dieser Gegend ein köstliches Getränk gekeltert, zumindest seiner Meinung nach. So recht konnte er die Leute im Ort dafür allerdings nicht begeistern. Zum einen, weil alle auf den hiesigen Wein schworen, und zum anderen, weil, was Gisbert allerdings zugeben musste, sein Apfelwein bei allzu viel Genuss dem Abort blitzartigen Zulauf bescherte. Einige aus dem Stadtrat lachten ihn deswegen aus, sie freuten sich, wenn Gisbert etwas misslang. Es waren Neider, die ihm seinen Platz missgönnten, allen voran Nikolaus Heckerth und Heinrich Fredes. Sie waren der Meinung, dass Gisbert als Zugezogener überhaupt nicht Bürgermeister hätte werden dürfen. Aber trotz dieser Missgunst war Gisbert überzeugt von seinem Apfelwein. Irgendwann würde seine Zeit kommen. Denn was in Hochstadts Umgebung angebaut wurde und viele Einheimische für guten Wein hielten, war im Vergleich zu französischem Wein, den er während des Krieges kennengelernt hatte, doch eher ein spröder Tropfen.

Trotzdem, der Weinanbau war für viele Hochstädter Familien und auch für Gisbert eine wichtige Einnahmequelle; der größte Teil der Umgebung war mit Weinstöcken bedeckt. Nur in der Talsenke zwischen der Weinkaute und dem Hügel des Hartigwäldchens, die von den Einheimischen Distelberg genannt wurde, hatte er zwei Äcker mit Apfelbäumen und Speierling bepflanzt. Hier waren die jungen Bäume vor dem kalten Ostwind geschützt, der einem allenthalben um die Ohren blies. Mit seinem Apfelwein würde er vielleicht die Lücke schließen können, wenn Kälte und Reblaus mal wieder die Traubenernte verdarben.

Plötzlich knackte es in einem der Büsche hinter Gisbert. Er fuhr herum und sah, dass sich der Hagebuttenstrauch bewegte. In diesen Zeiten war man noch immer nicht sicher außerhalb der Stadtmauern. Irgendetwas war in dem Gebüsch, und Gisbert hatte plötzlich den Eindruck, dass er beobachtet wurde. Langsam schlich er hinüber und zog sein Messer. Mit einem lauten Geblöke kam ein Schaf aus dem Gehölz gesprungen. Es rannte hysterisch an ihm vorbei zum Schützenhäuschen und verschwand hinter dem Hügel. Gisbert sah ihm erstaunt nach. Das Schaf hatte anscheinend seine Herde verloren. Ein Unwetter kam auf, und Gisbert trat den Heimweg an.

***

Der kalte Ostwind hatte ihm den schwarzen Hut vom Kopf geweht, so dass sein blondes Haar wild umhertanzte. Er zog seinen Degen, trieb seinen Gaul an und spießte den Hut während des Reitens auf. Nun brachte dieser scheußliche Wind auch noch Regen mit, dachte der Blonde und drückte seinen Hut fest auf den Kopf. Er zog die Zügel an, blieb stehen und blickte in die Ferne. Zu seiner Rechten sah er Kilianstädten, zu seiner Linken lag der Galgenberg mit dem Richtplatz. Krähen flogen umher und pickten an den verwesenden Kadavern der Hingerichteten, die mit ihren verdrehten Gliedern auf ein Rad geflochten waren oder am großen Galgen im Wind baumelten. Er hatte Büdingen verlassen und war auf der Hohen Straße unterwegs nach Hochstadt. In Büdingen hatte er einige Zeit in Diensten des Amtmannes Franz von Burkhart gestanden, doch am Tag zuvor war eine eilige Depesche eingetroffen. Guido Emmes, der Amtmann des Hanauer Amtes Büchertal, zu dem auch Hochstadt gehörte, hatte nach ihm geschickt. Er sollte von nun an wieder für ihn, seinen Gönner und Vormund, arbeiten. Emmes hatte ihn einst aufgenommen, als er mittellos war, und dafür gesorgt, dass er eine Ausbildung zum Soldaten erhielt. Nach seinem Einsatz im Großen Krieg hatte er ihn in die Dienste des Amtmannes von Büdingen vermittelt. Denn Guido Emmes installierte gern überall seine Getreuen, das sicherte ihm Macht und Einfluss.

Der Blonde war nicht stolz auf seine Arbeit, die darin bestand, Franz von Burkhart bei der Verfolgung von Hexen behilflich zu sein. Aber die Zeiten waren hart, und er verfügte auf diese Weise über ein gesichertes Einkommen. Der Blonde war froh, nicht wie so viele ehemalige Söldner geendet zu sein, die nach dem Krieg als Marodeure die Gegend unsicher machten und von der Hand in den Mund lebten.

Schon bald würde er in Hochstadt sein. Er würde vor Gisbert von Gettenbach treten, und der war sicher alles andere als erfreut, ihn auf diese Weise wiederzusehen. Der Blonde sah zu den im Wind tanzenden Leichen der Erhängten. Er würde ein Stachel in Gisberts Fleisch sein und ihn ewig an seine Schmach erinnern. Der junge Mann gab seinem Pferd die Sporen und galoppierte auf der Hohen Straße weiter gen Westen.

***

Der Schäfer öffnete zaghaft die Augen und brauchte einen Moment, bis er sich wieder daran erinnern konnte, was geschehen war. Sein dicker Schafsfellmantel hatte ihn in der Nacht vor der Kälte bewahrt, doch jetzt saugte er sich voll Regen und drückte sich kalt und schwer um seinen Leib. Zitternd betrachtete der Schäfer seine Glieder. Sie waren noch alle heil, aber er konnte eine große Beule an seiner Stirn fühlen. In seiner Panik war er gegen den tief hängenden Ast eines alten Baumes gelaufen und hatte das Bewusstsein verloren. Er kletterte aus dem Graben, in den er gefallen war, und sah, dass sein treuer Hund bereits die Schafe wieder zusammengetrieben hatte. Unwohl blickte er zum Hexenwald, der ihn bedrohlich ansah, als wollten seine Äste ihn packen und ins Verderben reißen. Nun hatte es der Schäfer eilig, mit der Herde vor die Tore Hochstadts zu kommen und von dem Grauen zu berichten, das er in dieser Nacht erlebt hatte.

***

Elisabeth schrubbte die Holzdielen bis zur Treppe, die in den gepflasterten Innenhof hinunter führte. Der Sturm peitschte den Regen in den Hof, so dass sie warten musste, um die Treppe fegen und die Blätter zusammenkehren zu können. Sie stand an der offenen Tür und fröstelte. Elisabeth mochte diese Jahreszeit nicht und sehnte den Sommer herbei, der leider gerade erst zu Ende gegangen war. Verträumt blickte sie zu den Scheunengebäuden aus Fachwerk, die die Hofreite umgaben. Man konnte das Haupthaus vom Innenhof her betreten oder von der Straße über eine mit Laub bewachsene Altane, die mit einem reich geschnitzten Treppenbaluster geschmückt war. Ihr Vater hatte den Zugang über den Laubengang allerdings vor langer Zeit schließen lassen, damit keine ungebetenen Gäste ins Haus gelangen konnten. Neben dem stattlichen Fachwerkhaus, das die Front ihrer Hofreite bildete, befand sich ein großes, massives Holztor. Dieses konnte man im Notfall mit einem dicken Balken verschließen und bot Elisabeth und ihrer Familie Schutz, falls Plünderer es schaffen sollten, den Ort zu stürmen und man keinen Platz mehr im Kirchhof mit seinen dicken Mauern fand. Ihre Hofreite war eines der wenigen Anwesen in Hochstadt, das den Krieg zu einem großen Teil unbeschadet überstanden hatte. Sie wohnten in der Mitte der Hauptstraße. Direkt vor ihrem Haus verlief die Grenze zwischen dem Ober- und Unterdorf von Hochstadt. Ein kleiner Graben mit einer Brücke hatte einst die beiden Dorfhälften getrennt. Ihr Vater hatte den Graben zuschütten und die Mauerreste beseitigen lassen. Die Ränder der Hauptstraße waren gepflastert worden. So konnte man bei schlechtem Wetter dem Matsch der Straße ausweichen und unbeschadet in den anderen Dorfteil gelangen. Auf diese Weise hatte ihr Vater dafür gesorgt, dass das Unterdorf und das Oberdorf zu einer festen Gemeinschaft zusammenwuchsen, was in den harten Kriegsjahren von großer Bedeutung gewesen war.

Elisabeths Vater war während des Großen Krieges nach Hanau gekommen und hatte bei der Befreiung der von den kaiserlichen Truppen belagerten Stadt mitgekämpft. Dort hatte er Agnesia kennengelernt, und sie wurde geboren. Dann waren sie nach Hochstadt gezogen, und ihr Vater wurde Bürgermeister. So hatte man es ihr jedenfalls erzählt.

Er ließ die Wachen an der Stadtmauer verstärken und stattete sie mit Schusswaffen aus. Dank seiner Erfahrung als Soldat und seinem Verhandlungsgeschick bewahrte er Hochstadt vor dem Allerschlimmsten. Nachbarorte wie Bischofsheim oder Dörnigheim mussten weitaus mehr erleiden. Noch zwölf Jahre dauerte der schreckliche Krieg und überschattete Elisabeths Kindheit. Es gab keine Kühe, Schweine oder Hühner. Man lebte von Kräutern, Obst oder hartem Brot. Auch wenn ihr Vater versucht hatte, Elisabeth die größten Schrecken des Krieges zu ersparen, so hatte auch sie Entbehrungen, Hunger und Angst kennengelernt.

Ein kurzer Windstoß blies Elisabeth ein paar Blätter ins Gesicht und erinnerte sie daran, warum sie an der Tür stand. Der Wind hatte den Regen vertrieben. Die Treppe zum Hof war mit Matsch und Laub bedeckt, so dass man leicht ausrutschen konnte. Elisabeth entschloss sich, die Stufen gründlich zu schrubben, denn schließlich sollte alles sauber sein, wenn ihr Cousin Arno kam. Sie nahm ihren Eimer und ging zum Tor. Dann öffnete sie eine kleine Tür, die sich in dem riesigen Hoftor befand, und ging schnellen Schritts über die Straße zum Weedt, um neues Wasser zu holen. Ihr Vater hatte die ehemalige Pferdetränke verbreitern und mit einer kleinen Mauer umgeben lassen, so dass Regenwasser in dem Wasserbecken gesammelt werden konnte, um bei Brandschatzung schnellen Zugriff auf Löschwasser zu haben. Das Weedt ragte zur Hälfte in die Hauptstraße, war aber so konstruiert, dass Pferdefuhrwerke noch vorbeikamen. Am Waschtag wuschen die Frauen dort ihre Wäsche, und es war ein Platz, an dem sich die Leute gerne trafen, um Klatsch und Tratsch auszutauschen. Elisabeth füllte den Eimer mit frischem Wasser. Wie gern hatte sie an heißen Sommertagen mit anderen Kindern hier geplanscht, dachte sie etwas wehmütig an diese kurzen Glückstage im Krieg.

Gleich neben dem Weedt lag das Spielhaus, das der Amtssitz des Rates war. Davor befand sich der Rathausplatz, auf dem Versammlungen abgehalten, Bekanntmachungen verkündet und Feste gefeiert wurden, und der von den Einheimischen deshalb nur Tanzplacken genannt wurde. Das Spielhaus hatte gerade ein neues Dach bekommen, weil es während der letzten Besatzung abgebrannt war. Viele Male war Hochstadt belagert worden. Selbst die Schweden hatten schlimm gewütet und das, obwohl sie Protestanten waren wie die meisten Leute hier. Doch dann kamen die Kroaten der Katholischen Liga und waren noch schlimmer. Sie hatten den Ort ausgehungert, Frauen vergewaltigt, getötet und sogar die Turmglocke mitgenommen.

Hochstadt konnte sich auch nach Ende des Krieges kaum erholen, denn lange noch trieben versprengte Söldnergruppen ihr Unwesen und drangsalierten die ausgezehrten Menschen. Es machte dabei keinen Unterschied, ob sie der kaiserlichen Liga oder der Protestantischen Union angehörten. Sie waren eine Plage. Ohnehin schien es Elisabeth, dass niemand mehr wusste, worum es in diesem elendigen Krieg eigentlich gegangen war. Jeder hatte nur irgendwie seine Haut retten wollen. Auch jetzt, mehr als ein Jahr nach dem Krieg, litten viele Leute noch immer unter bitterer Armut. Kriegsversehrte, elternlose Kinder, Kranke, entwurzelte Seelen lungerten herum, um Händler zu überfallen oder Bauern zu bestehlen, um ein Stück Essen zu ergattern.

Elisabeth schüttete den Eimer Wasser über die Steinstiegen ihres Elternhauses und putzte mit einem Lumpen nach. Dann fegte sie mit einem Reisigbesen das Herbstlaub im Hof zusammen. In der Mitte stand ein großer, alter Kastanienbaum, den sie sehr liebte. Als Kind hatte sie geglaubt, dass darin Kobolde wohnten.

Später, als sie herausfand, dass es bloß Marder und Eichhörnchen waren, kletterte sie oft hinauf, um sich zu verstecken oder nachzudenken, ganz zum Verdruss ihrer Mutter. Eines Tages fiel sie herunter und brach sich den Arm. Wochenlang musste sie ihn ruhig halten und konnte der Mutter nicht bei der Arbeit helfen. Damals wurde sie das erste und einzige Mal von ihrem Vater geschlagen. Es dauerte eine Weile, bis sie verstand, dass es aus Liebe geschehen war, weil ihr Vater Angst um sie hatte. Denn schließlich hätte sie sich bei dem Sturz auch das Genick brechen können. Schon oft hatte ihr Vater gedroht, die Kastanie zu fällen. Um den Baum herum hoben die Wurzeln die Pflastersteine an. Hin und wieder stolperte er darüber und fluchte. Elisabeth konnte ihren Vater überreden, ihre geliebte Kastanie stehen zu lassen. Immerhin war der Baum schon lange vor ihnen da, und man musste dieses Lebewesen mit Respekt behandeln, wie Elisabeth im zarten Alter von sechs Jahren dem erstaunten Gisbert erklärte. Ob ihr Geheimversteck, ein Astloch hoch oben im Baum, wohl noch da war? Vielleicht war sogar noch etwas darin, das sie längst vergessen hatte?

Plötzlich wurde Elisabeth jäh aus ihren Gedanken gerissen. Laut hallten hölzerne Trippen über die Steine. Heinrich Fredes, ein benachbarter reicher Bauer, kam auf den Hof gerannt. Entsetzen stand in seinem Gesicht geschrieben. Er hatte es so eilig, dass er einen seiner hölzernen Überschuhe verlor und laut vor sich hin fluchte. Fredes zog den Holzschuh wieder über, ohne Elisabeth eines Blickes zu würdigen.

Er lief sofort ins Haus, um gleich von Agnesia angeherrscht zu werden. „He, Fredes, mach, dass du die Trippen ausziehst, es ist frisch geputzt!"

„Ich muss sofort zu Gisbert. Ist er da?"

Erst jetzt schien Agnesia aufzufallen, wie aufgeregt Fredes war. „Gisbert ist oben in seiner Stube. Was ist passiert?"

Sie bekam keine Antwort. Stattdessen ließ Fredes seine Holztrippen mitten auf der Treppe stehen und rannte weiter hinauf. Agnesia schaute ihm kopfschüttelnd nach, dann ging sie wieder in die Küche, um Brotteig zu kneten.

Elisabeth spürte, dass etwas Schlimmes passiert sein musste. Neugierig schlich sie Fredes nach. Sie zog ihre Holzpantinen an der Tür aus und tapste auf Wollsocken leise an der Küche vorbei die Treppe hinauf. Sie wusste genau, wie sie das Knarren der Holzdielen verhindern konnte, indem sie ganz an der Seite der Treppe entlang stieg. Als Elisabeth bei der Stube ihres Vaters anlangte, die auf halber Treppe lag, konnte sie die aufgeregte Stimme von Fredes hören, der mit ihrem Vater sprach. Die Tür war nur angelehnt. Sie konnte die Worte „Mord" verstehen und „grausam zugerichtet". Dann knarrte die Holzstufe, auf der sie stand, doch. Die große Gestalt ihres Vaters erschien an der Tür und schloss sie. Elisabeth ging schnell weiter die Treppe hinauf in ihr Zimmer.

Gisbert und Heinrich Fredes hatten es eilig, das Haus zu verlassen und begaben sich zur Dorfschänke, eine verrauchte, schummrige Kneipe, die sich am westlichen Teil der Ringmauer neben dem Untertor befand. Das geduckte Kellergewölbe stank nach Schweiß, Fäkalien und Alkohol. Gisbert vermied es in der Regel, diese Kaschemme zu betreten, aber heute war eine Ausnahme. Der Schäfer saß an einem schweren Eichentisch und war von Einheimischen umringt. Er genoss es sichtlich, im Mittelpunkt zu stehen. Der Wirt füllte seinen Bierkrug fleißig nach, der Mann nuschelte bereits. Gisbert drängte sich zwischen die Leute. Als sie den Bürgermeister und Fredes erkannten, gingen sie auseinander und ließen sie durch.

„Hier gibt es nichts zu gaffen! Schert euch auf eure Plätze, sauft euer Bier oder geht nach Hause!", herrschte Fredes sie an.

Die Bauern und Knechte verzogen sich murrend auf ihre Plätze. Gisbert setzte sich auf einen Hocker gegenüber dem Schäfer. Er gab dem Wirt ein Zeichen und bekam einen Krug Rotwein.

Gisbert schaute den Schafhirten prüfend an und polterte: „Nun erzähl schon! Was ist da draußen passiert? Du machst noch alle verrückt hier!"

Als der Schäfer erkannte, dass er es mit dem Bürgermeister persönlich zu tun hatte, riss er sich zusammen.

Elisabeth schlenderte neugierig Richtung Dorfschänke in der Hoffnung, mehr über die Vorkommnisse zu erfahren, die Fredes und ihren Vater so beunruhigt hatten. Sie sah Valentin Bruger, den jungen Bäcker, der gerade durch das Untertor vom Backen zurückkam. Wegen der Brandgefahr hatte man das Backhaus vor die Stadtmauer verbannt. Früher war sie oft dort hingegangen. Es gab eine geheime Luke im Backhaus, durch die der Bäcker zurück in die innere Stadt flüchten konnte, wenn Gefahr drohte. Elisabeth kannte diese Luke gut. Der alte Bäckermeister Bruger hatte sie gemocht, ab und an hatte er ihr einen frischen, wohlriechenden Wecken geschenkt. Vor ein paar Monaten war er jedoch gestorben. Nun hatte sein Sohn Valentin das Backen übernommen, und der war ein grobschlächtiger Flegel ohne Manieren. Kugelrund mit rotem Kopf bearbeitete er den Teig und stank dabei immer nach Schweiß. Seitdem Valentin die Brote backte, zog sie nichts mehr dort hin. Außerdem war sie jetzt zu alt für solche Spielchen, und die Brote waren auch nicht mehr so gut wie früher, da es an allem mangelte, was das Brot gut schmecken ließ. Immerhin hatte Hochstadt, im Gegensatz zu den umliegenden Dörfern, überhaupt noch einen eigenen Bäcker. Vielen war es zu gefährlich, die Stadtmauern in der Dunkelheit zu verlassen, um das Backhaus anzuheizen und zu backen. Selbst jetzt, da der lange Krieg endlich beendet war, traute niemand dem Frieden so richtig. Die Tore wurden abends verschlossen und erst morgens wieder aufgemacht.

Valentin Bruger ging an Elisabeth vorbei und musterte sie grinsend mit einem Blick, der ihr die Kleider vom Leib zu ziehen schien. „Na Lies, komm doch mal zu mir in die Backstube. Da gibt's feine Sachen."

Elisabeth verdrehte genervt die Augen. „Nein danke!"

Valentin lachte spöttisch und watschelte schnaubend die Hauptstraße hoch. Da kam ihm Amtmann Guido Emmes entgegen und hielt Valentin Bruger am Ärmel fest. Eifrig redete er auf den Bäcker ein. Elisabeth ging schnell weiter zur Dorfschänke. Emmes war ihr nicht geheuer.

Etwas Geheimnisvolles umgab diesen Menschen. Warum betrieb er seine Amtsgeschäfte von Hochstadt aus und nicht, wie seine Vorgänger, vom Hanauer Schloss? Fanatisch kämpfte der strenge Calvinist mit aller Macht gegen die bösen teuflischen Kräfte, wie er sagte. Ihr Vater mochte Emmes nicht und riet Elisabeth, sich von ihm fernzuhalten.

Gisbert war streng im lutherischen Glauben erzogen worden. Doch aus irgendeinem Grund stand er heute allen Glaubensrichtungen kritisch gegenüber, ob sie sich nun katholisch, lutherisch oder calvinistisch-reformiert nannten. Das hätte ihr Vater selbstverständlich niemals laut gesagt, denn als Gottloser konnte man schnell ins Visier der Hexenjäger geraten. Noch immer gab es sie, die Männer in ihrem dunklen Glaubenskostüm, die alle Freveleien überwachten und die Menschen unterdrückten, indem sie ihnen mit Verfolgung drohten. Ein solcher Mann war Guido Emmes. Elisabeth spürte seine Blicke, wenn sie an ihm vorüberging. In seinen Augen lag dann etwas Drohendes und Gieriges zugleich. Mit seiner hochgeschossenen, schwarz gekleideten Gestalt und seinem bartlosen Gesicht, das von pechschwarzen Haaren und einem schlichten schwarzen Bürgerhut eingerahmt war, hatte Emmes aber auch etwas Stattliches. Er übte eine gewisse Anziehungskraft auf Frauen aus, teils wegen seines Aussehens, teils wegen seiner unheimlichen, unnahbaren Ausstrahlung. Obwohl Elisabeth ihn für den Leibhaftigen hielt, konnte sie sich einer gewissen Faszination nicht entziehen, so wie man es bei einer verbotenen Frucht empfindet.

Elisabeth atmete die kalte Herbstluft ein, die sich mit dem Geruch des frischgebackenen Brotes vermischte. Die Tür zur Dorfschänke öffnete sich, und Antonius Schahles kam herausgewankt, umhüllt von einer Wolke aus Rauch und Bierdunst. Er musterte Elisabeth, als wäre sie eine seiner Kühe im Stall. Antonius war eigentlich ein gutmütiger Typ, nur wenn er getrunken hatte, pflegte er des Öfteren lauthals zu singen und peinigte damit die Nachbarschaft. Elisabeth fragte ihn, was passiert war und warum alle so aufgeregt herumliefen.

„Im Hexenwald haben sie wieder einen verschluckt … Der Schäfer hat's gesehen …", nuschelte er.

Schahles brauchte ein paar Anläufe, bis Elisabeth ihn verstand. Als sie sah, dass auch Guido Emmes zielstrebig auf die Dorfschänke zuhielt, machte sie sich auf den Weg nach Hause. Antonius Schahles lallte immer noch, bis er bemerkte, dass er mit sich selbst redete. Verwundert ging er weiter bis zu einer kleinen Gasse, wo er seine Blase entleerte.

Gisbert schob dem Schäfer sein eigenes Weinglas zu. Der konnte es kaum glauben, nahm das Glas und trank gierig, als hätte er Angst, dass man es ihm wieder wegnehmen könnte. Dann rülpste er laut. Richtigen Wein hatte er nicht allzu oft vorgesetzt bekommen, und der Hochstädter Wein war einer der besten der Gegend, so behaupteten es zumindest die Einheimischen.

Nun wurde Gisbert wieder ernst. „Bist du dir wirklich sicher, dass es ein Mensch war?"

Der Schäfer kippte den letzten Tropfen Wein in sich hinein und setzte das Glas mit einem lauten Klirren ab. „Ganz sicher soll der Wein wieder aus mir herausspringen, wenn ich lüge. Ein Edelmann war's, mit edlem Wams und goldenen Knöpfen. Grausig zerfetzt von der Bestie." Plötzlich schaute der Schäfer Gisbert unruhig an, so als suchten seine Augen Halt. Die Wirkung des Alkohols machte sich bemerkbar.

Gisbert packte ihn am Kragen und zog ihn zu sich heran. „Wenn du gelogen hast, zieh ich dir das Fell über die Ohren." Er stand auf. „Du hältst dich zur Verfügung und ziehst mit deinen Schafen erst weiter, wenn ich Klarheit habe."

Der Schäfer nickte dumpf. Dann ließ er seinen vom Alkohol schweren Kopf in die Arme sinken. Gisbert schob seinen Stuhl zur Seite und ging zu Heinrich Fredes. Der war zusammen mit dem Wirt dabei, den Weinbestand zu dezimieren. Als Fredes zum nächsten Schluck ansetzen wollte, hielt Gisbert seinen Arm fest: „Hör zu! Geh zu Gregorius, Nikolaus und Andreas, sage ihnen Bescheid. Kommt heute am Abend zu mir!"

Fredes nickte benommen, dann setzte er sein Glas wieder an die Lippen. Als Gisbert auf die Straße trat, traf er auf Guido Emmes. Er begrüßte ihn so höflich es ging.

Emmes hatte es nach zähem Ringen geschafft, zum Amtmann des Büchertals ernannt zu werden. Als eines der sieben Ämter der Grafschaft Hanau umfasste es die Orte westlich und nördlich der Residenzstadt, darunter Kesselstadt, Dörnigheim, Bischofsheim und Hochstadt. Graf Friedrich Casimir, ein gemäßigter Lutheraner, hatte sich lange gesträubt, den fanatischen Calvinisten in dieses hohe Amt einzusetzen. Aber Emmes hatte es verstanden, Sybilla Christina, die Frau des Grafen, auf seine Seite zu ziehen.

Es war alles andere als eine Liebesheirat zwischen Sybilla Christina und Casimir gewesen. Die finanziellen Forderungen, die die Witwe für eine standesgemäße Versorgung stellte, hatten dem jungen Grafen keine Wahl gelassen. Nicht einen Pfennig fand er in der Hanauer Kasse vor, als er vor sieben Jahren die Grafschaft Hanau-Münzenberg übernommen hatte, nur Schulden und nochmals Schulden. Also hatte der dreiundzwanzigjährige Graf in den sauren Apfel gebissen und die über zwanzig Jahre ältere Witwe seines Vorvorgängers geheiratet. Seit dem Tag der Hochzeit herrschte bittere Feindschaft zwischen dem jungen lutherisch geprägten Grafen und der auf Seiten der strengen Calvinisten stehenden Gräfin, die den Hanauer Hof hinter sich hatte.

Unterstützung bekam Sybilla Christina von dem in Büdingen residierenden Ysenburger Grafen Wilhelm Otto, der zu den einflussreichsten Calvinisten im Wetterauer Grafenverein gehörte und der durch eine Heirat dem Hanauer Hof verwandtschaftlich verbunden war. Er hatte Guido Emmes, der zuvor zusammen mit dem Hexenjäger Franz Burkhart an seinem Hof in Büdingen tätig gewesen war, als aufrechten Glaubenskämpfer für die Durchsetzung dringendster religiöser Anliegen im Amt Büchertal empfohlen. Und Guido Emmes hatte diese neue Aufgabe bereitwillig angenommen.

Als erste Amtshandlung hatte er seinen Dienstsitz von Büdingen nach Hochstadt verlegt. Gegenüber dem Grafen und der Gräfin von Hanau hatte er diesen ungewöhnlichen Schritt damit begründet, dass Hexen in Hochstadt ihr Unwesen trieben und dass es seine Aufgabe sei, diesem unseligen Treiben Einhalt zu gebieten. Wichtigtuerisch hatte er ein ausführliches Schreiben an Casimir und Sybilla Christina aufgesetzt, in dem er sein Vorgehen rechtfertigte und der Hoffnung Ausdruck gab, auf die Unterstützung des Hauses Hanau hoffen zu können.

Emmes hatte sich in dem Schreiben auf eine Missgeburt berufen, „die das Eheweib des Weingärtners Schernink vor ein paar Jahren in Hochstadt zur Welt gebracht hatte. Sie war schrecklich anzusehen gewesen und von vielen Zeugen begafft worden." Eifrig hatte Emmes auf die Sandsteinplatte am Hochstädter Wehrturm hingewiesen, „auf der das Unglück heute noch zu sehen ist: Zwei natürlich vollkommene Kinder, beide zwei und eine halbe Spanne lang, jedes von feiner menschlicher Gestalt, jedes mit Haupt, Ohren, Stirn, Nase, Augen, Mund und Kinn, an jeder Hand fünf natürliche Finger mit feinen Nägelein, doch nur mit einem einzigen großen Nabel und einem Bauch, an dem die beiden untrennbar zusammengewachsen waren." Dies sei Teufelswerk, hatte Guido Emmes in seinem Brief an Casimir und Sybilla gegiftet und es als schändlichen Frevel derselben Hexen gebrandmarkt, die in Büdingen ihre Missetaten bereits gestanden hatten, die aber unmittelbar vor ihrer Verbrennung nach Hochstadt fliehen konnten, wo sie wie ehedem angeblich ihrem schlimmen Werk nachgingen. „Bevor noch größeres Unheil geschieht, werde ich deshalb, mit Ihrer gnädigen Erlaubnis, den erfahrenen Büdinger Amtmann Burkhart um Hilfe bitten für die drängende Aufgabe, sich dieses Hexengeschmeißes zu entledigen", hatte Guido Emmes sein Schreiben beendet.

Friedrich Casimir hatte vor diesem Fanatismus resigniert und Guido Emmes gewähren lassen. Der Graf wollte von dem Hochstädter Gezänk nichts wissen. Für ihn war es wichtig, in Hanau eine Universität einzurichten. In einer Anatomie- und Naturalienkammer wollte er wundersame Dinge aus aller Welt zusammentragen. Er plante, eine Kolonie in Übersee zu gründen, so wie es sein Verwandter Johann Moritz von Nassau getan hatte. Das alles stellte ihn vor große Probleme, denn in der Kasse gab es überhaupt kein Geld.

Für Gisbert war die Ernennung von Guido Emmes zum Amtmann ein schwarzer Tag gewesen. Er wusste, dass sich die Gottesfürchtigkeit bei vielen Dorfbewohnern in Grenzen hielt, schon allein deshalb, weil die zermürbenden Aufgaben des Alltags sie ihrer sämtlichen Kräfte beraubte. Die Kirche war mächtig, aber was der Einzelne in seinem stillen Kämmerchen tat oder dachte, war oft alles andere als gottgefällig. Doch mit Guido Emmes änderte sich das. Niemand schien ihn wirklich zu mögen, aber alle hatten Respekt vor ihm. Was die Menschen nur an ihm fanden, dachte Gisbert immer, wenn er ihn erblickte. Sahen sie nicht, dass sich hinter der Fassade dieses feinen Bürgers ein Teufel verbarg? Emmes war eine Gefahr für den Frieden in der Dorfgemeinschaft, er säte Zwietracht und Hass.

Gisbert war durch seine Erfahrungen im Krieg längst den neuartigen Gedanken einiger aufgeklärter Leute anhängig, die sich immer mehr verbreiteten. Das grauenvolle Leid hatte ihn nachdenklich gemacht. Wie konnte Gott so etwas zulassen? Er war Menschen begegnet, die ähnliche Zweifel hatten. Immer mehr war er zu der Überzeugung gelangt, sich nicht länger von kirchlichen Vorschriften leiten zu lassen. Ein jeder sollte selbstbestimmt in Freiheit und ohne Unterdrückung leben können.

Leute wie Guido Emmes bekämpften solche ketzerischen Ideen mit allen Mitteln. Die herrschenden Kreise in Kirche und Adel, mit denen Emmes gemeinsame Sache machte, hatten kein Interesse an widerspenstigen Untertanen. Bevor er sein Amt in Hochstadt antrat, hatte Guido Emmes zusammen mit Franz Burkhart in Büdingen zahlreiche Verfahren gegen angebliche Hexen angestrengt. Obwohl der reformierte Theologe Anton Praetorius mit allen Mitteln versucht hatte, die Hexenverfolgung in Büdingen einzudämmen, wurden in der Grafschaft weiterhin Hexen verbrannt. Emmes‘ Gefährte Burkhart war durch die Verurteilung vermeintlicher Ketzer zu Reichtum gekommen, indem er sich deren Besitz nach ihrem Tod einverleibte. Gisbert wusste nur zu gut, dass des Öfteren Menschen denunziert und angeklagt wurden, deren Ableben ein lukratives Geschäft versprach oder die einem Konkurrenten ein Dorn im Auge waren. Nicht nur Calvinisten, alle machten mit, gleichgültig, ob Katholik oder Protestant. Gisbert war von der Kirche und allen ihren Glaubensrichtungen enttäuscht. Schließlich war es ihre Schuld, dass dieser elende Krieg so grausam lange gewütet hatte. Doch die neuen Lehren der Freiheit konnte auch die Kirche nicht mehr so einfach aus den Köpfen der Menschen verbannen.

Emmes betrachtete den Bürgermeister argwöhnisch. „Ich habe gehört, dass es einen Aufruhr gab. Von einem grausamen Mord ist die Rede", sagte er wichtigtuerisch.

Gisbert zögerte. „Ich weiß noch nichts Genaues. Ich möchte nicht, dass Panik ausbricht."

Emmes widersprach. „An der Wahrheit werdet auch Ihr nichts ändern."

„Es wird dunkel, da geht niemand mehr in den Hexenwald. Vor morgen werden wir nichts erfahren", erklärte Gisbert bestimmt.

Emmes musterte ihn skeptisch. „Ihr werdet mich doch in alles einweihen? Dazu seid Ihr verpflichtet, Gettenbach."

Gisbert sah ihn einen Moment abschätzig an. „Wenn Ihr mir nicht glaubt, dann fragt den Schäfer doch selbst. Dazu müsst Ihr Euch allerdings in diesen Sündenpfuhl begeben", sagte er und deutete auf die Dorfschänke hinter sich, dann ging er weiter.

Der Amtmann blickte ihm nach, dann betrat er steif die Schänke. Gisbert grinste süffisant. Er wusste, dass Emmes die Spelunke verabscheute und einige Zeit brauchen würde, bis er von dem Schäfer etwas erfuhr.

Mittlerweile hatten sich dicke, schwarze Regenwolken über Hochstadt geschoben. Gisbert schaffte es gerade noch rechtzeitig nach Hause, bevor das schwere Nass den Ort in knöcheltiefes Wasser tauchte.

***

Elisabeth stand im Hof unter dem offenen Fenster der Küche. Der Regen hatte sich verzogen und machte allmählich der Dämmerung Platz. Sie lauschte einem Gespräch ihrer Eltern.

„Es ist der Teufel! Er ist gekommen, um uns zu holen! Er wird nicht eher Ruhe geben, bis er das Vieh, die Äcker und alle Kinder vergiftet hat. Es ist Gottes Rache an den Ungläubigen“, jammerte Agnesia.

„Schweig endlich, Weib!“, fuhr Gisbert sie ärgerlich an, „du machst noch alle verrückt.“ Er ging zum Fenster und schloss es.

Agnesia warf sich auf ihre Knie und betete, dabei schloss sie die Augen und hob den Kopf dramatisch zur Zimmerdecke. Gisbert fragte sich immer öfter, wie er an eine solch abergläubische und dumme Frau geraten konnte. Er hatte sich damals bezirzen lassen von ihrem lieblichen Anblick und dem feurigen Kampf, den sie hatten, wenn sie das Bett teilten. Doch der Alltag und die schweren Entbehrungen der letzten Jahre hatten ihr längst das Feuer und auch ihr liebreizendes Äußeres genommen.

Gisbert betrat seine Stube und ging zu einem schweren, mit Ornamenten verzierten Eichenschrank. In seine Türen waren furchterregende Fratzen geschnitzt, die dafür gesorgt hatten, dass Elisabeth, als sie noch klein war, sich von dem Schrank fernhielt. Er schloss auf, nahm einen Dolch sowie einen länglichen Kasten heraus und legte beides auf seinen wuchtigen Schreibtisch. Er öffnete den Kasten und betrachtete die Radschlosspistole, die sich darin befand. Seit dem Krieg hatte er das alte Ding nicht mehr in der Hand gehabt. Er nahm einen kleinen Schlüssel und drehte das Radschloss in die richtige Position, um die Zündkammer zu öffnen. Dann ergriff er die Pulverflasche und gab Schwarzpulver hinein, so dass er, wenn er schießen wollte, nur noch den Zündhebel nach vorne spannen musste, um die Waffe scharf zu machen. Zu guter Letzt ließ er eine Bleikugel in den Lauf fallen, stopfte das Rohr und packte die Waffe in eine Ledertasche.

Elisabeth war zum Kuhstall gegangen und holte das Futtergras für die Kühe vom Wagen, das ihr Vater am Morgen besorgt hatte. Mit einer Holzgabel verteilte sie es an die zwei noch verbliebenen Kühe, die das Gras gierig aus dem Trog zupften und genüsslich zermalmten. Dann schüttete Elisabeth noch etwas von dem Eimer mit dem Trester dazu, den ihr Vater von seinen seltsamen

Experimenten mit den Äpfeln zurückbehielt. Elisabeth musste zugeben, dass die Milch der Kühe besser schmeckte, seit sie den Apfeltrester erhielten. Nur die Schweine durfte sie damit nicht füttern, weil sie sonst Magenkrämpfe bekamen.

Gisbert kam aus dem Haus. Er hatte sich seinen Übermantel über die Schultern geworfen, denn ein kalter Wind fegte um die Häuser. Elisabeth trat an die Stalltür und erkannte, dass ihr Vater seinen Dolch angelegt hatte und die Tasche trug, in der er seine Pistole aufbewahrte. Eilig ging er durch das Hoftor auf die Hauptstraße. Elisabeth musste unbedingt wissen, was er vorhatte und folgte ihm. Sie sah, dass ihr Vater zum oberen Stadttor ging und mit der Wache am Schäferhaus sprach. Die Wache ließ ihn durch eine kleine Tür im Tor nach draußen und verschloss sie wieder hinter ihm. Elisabeth lief zurück zum Kuhstall, die Kühe brüllten schon. Sie nahm den Melkschemel und fing an, die Euter einer der Kühe zu massieren, um sie zu melken. Was hatte ihr Vater vor? Elisabeth machte sich Sorgen um ihn. Mit einem Klatschen bekam sie den nassen, von Mist getränkten Schwanz der Kuh ins Gesicht. Sie hatte vergessen, ihn festzubinden. Sie fluchte und wischte sich den Kuhmist von der Wange, dann band sie den Schwanz mit einem Seil an den rechten Hinterlauf der Kuh.

Gisbert ging über die Zugbrücke, die über einen tiefen Graben führte, der Hochstadt umgab. Dieser sollte es, zusammen mit der Ringmauer und ihren Wachtoren, Angreifern schwer machen, ins Dorf einzufallen. Außer Hochstadt hatten nur wenige Nachbarorte solch eine Wehranlage. Die Bischofsheimer, deren Ort nur ein Wallgraben umschloss, suchten deshalb oft Zuflucht in Hochstadt.

Gisbert schaute sich noch einmal um. Sein Blick fiel auf das an einem Hang gelegene Hochstadt und auf den hohen Wehrturm, der alles im Ort überragte. Auf seinem Rundlauf unterhalb der steinernen Spitze stand die Wache und blickte ihm nach. Der Wehrturm war das Wahrzeichen Hochstadts, seine Glocken konnte man einst bis nach Wachenbuchen und weiter hören. Irgendwann würden sie wieder eine Glocke haben, seufzte Gisbert.

Direkt dahinter, in östlicher Richtung, befand sich die Kirche St. Kilian. Ihr kleiner Kirchturm war beim Abzug der Kroaten vor zwei Jahren, genau wie das Rathaus, in Brand geraten und ragte nun als ausgebrannte Ruine klagend in den Himmel.

Der Bürgermeister musste sich beeilen, wenn er im Hexenwald noch etwas sehen wollte. Er nahm den Hohlweg, der von alten Trauerweiden gesäumt war und östlich von Hochstadt hinunter zur Wachenbuchener Straße führte. Auf halber Strecke zwischen Hochstadt und Wachenbuchen bog er links in einen Feldweg ab und ging an den Überresten einer Mauer vorbei, die einst zu einer römischen Villa gehört hatte. Dann konnte er ihn sehen, den Hexenwald: eine Gruppe von hohen Bäumen, die wie eine schwarze Insel aus den umliegenden Äckern mahnend in den dunkelgrauen Himmel emporragte. Die Bäume rund um den Hexenwald hatte man schon vor ewigen Zeiten gerodet, um fruchtbaren Boden zu gewinnen. Nur an den Hexenwald hatte sich niemand herangetraut.

Vorsichtig trat Gisbert zwischen die Bäume auf den vom Regen durchweichten Boden. Der Wind schüttelte letzte Tropfen aus den Ästen. Gisbert durchstreifte den feuchten Wald, der mit seinen verbogenen, von moosbewachsenen Stämmen wie der schwarze Irrgarten des Teufels aussah. Wohl war ihm nicht zumute. Obwohl er nicht abergläubisch war, wurde er das Gefühl nicht los, dass mit diesem Ort etwas nicht stimmte. Niemand begab sich zu dieser Tageszeit in den Hexenwald. Gisbert kniff die Augen zusammen. Es dauerte eine Weile, bis sie sich an die Dämmerung gewöhnt hatten. Schon bald würde die Dunkelheit eine Untersuchung unmöglich machen. Schließlich fand er die Stelle, die ihm der Schäfer beschrieben hatte. Ein großer Baumstumpf lag samt mächtiger Wurzel quer im Wald. Blut würde Gisbert wohl nach diesem ergiebigen Regenguss nicht mehr finden, und von einer Leiche war keine Spur zu sehen. Hatte der Schäfer, dieser alte Säufer, sich die Sache nur eingebildet? Gisbert inspizierte den Platz genauer und stocherte im Humus der Herbstblätter herum. Plötzlich glitzerte ihm etwas entgegen, er hob es auf und wurde bleich. Es war ein Knopf aus Gold, auf dem das Wappen der Gettenbachs eingraviert war. Gisbert kannte es nur zu gut. Sein Bruder Balthasar trug die gleichen Knöpfe. Der bittere Geschmack von Magensäure stieß ihm auf. Er begriff, dass sein Neffe, der sich seit einigen Tagen auf dem Weg von Leipzig nach Frankfurt befand, wohl nie bei ihnen ankommen würde.

Es knackte im Dickicht. Gisberts Muskeln spannten sich an. Mit den geschärften Sinnen eines Menschen, der Gefahren wittern konnte, blickte er in die Richtung, aus der das Geräusch kam. Er täuschte sich nicht. Irgendetwas war dort, beobachtete jede seiner Bewegungen und kam langsam auf ihn zu. Er versuchte etwas im Dunkeln zu erkennen, doch das Gestrüpp war zu dicht. Er verließ sich ganz auf seine Intuition, und die hatte ihn noch nie im Stich gelassen. Schnell holte er seine Radschlosspistole hervor und spannte den Hahn. Er musste an die Steinschlosswaffe denken, die ihm sein Bruder mit seinem Neffen Arno hatte schicken wollen. Diese Waffen gab es erst seit kurzer Zeit, und sie waren schneller zum Abschuss bereit. Doch dieses Geschenk würde er jetzt wohl nicht mehr bekommen.

Die knackenden Äste kündigten einen massigen Körper an. Gisbert war klar, dass er bis zum letzten Moment warten musste, denn zum Nachladen würde ihm keine Zeit mehr bleiben. Plötzlich brach ein Ast bedrohlich nah. Gisbert zielte ins Gebüsch und drückte ab. Klickend drehte sich das Rad der Pistole, und der Zündhebel verrichtete seine Aufgabe. Mit einem lauten, rauchenden Pulverknall bohrte sich die Bleikugel ins Dunkel. Gisbert drehte sich um und lief, so schnell er konnte aus dem Wald. Aus sicherer Entfernung des Feldweges sah er sich zum Hexenwald um. Er schien getroffen zu haben, denn niemand folgte ihm.

***

Der Mann stand alleine in dem Gewölbe. Er hatte die Kapuze seines schwarzen Mantels tief ins Gesicht gezogen, so dass man ihn nicht erkennen konnte. In der rechten Hand hielt er eine Fackel und schaute nach allen Seiten in die abzweigenden Gänge. Er wartete. Jeden Moment konnten sie aus dem schwarzen Nichts auftauchen, die zwei Personen, die erst seit kurzem in Hochstadt weilten und die noch jemanden mitbrachten. Bald würde es so weit sein, bald würden alle beseitigt sein, die ihm im Weg standen. Aber zuerst musste ein Exempel statuiert werden. Fast wäre sein ganzer Plan in Gefahr gebracht worden. Leute, die nachfragten, waren das Letzte, was er jetzt gebrauchen konnte. Nur wenn er mit voller Härte zeigte, dass man ihm gehorchen musste, würden sie ihm auch folgen. Angst war schon immer das beste Mittel, um Menschen gefügig zu machen, und die Zeiten waren voller Angst.

Dann kamen sie. Die schwarzen Umhänge mit ihren Kapuzen schälten sich aus der Dunkelheit. Ihre Fackeln rauschten und erhellten das geduckte, höhlenartige Gewölbe. Sie zerrten eine Person mit sich. Der Junge mit den spitzen Zähnen war fast bewusstlos, Blut lief ihm aus Mund und Nase. Der Mann im schwarzen Mantel betrachtete das Opfer fast etwas mitleidig. Er war es also gewesen, das Kind. Es durfte keine Zeugen geben. Die beiden Männer erhielten ihre Befehle. Sie nickten und gingen genauso wortlos, wie sie gekommen waren. Den Jungen schleiften sie mit sich. Der Mann schaute ihnen noch einen Moment nach, bevor er den Rückweg antrat. Ein Gedanke kam ihm. Er würde sich das sinnlose Handeln dieses Burschen zunutze machen. Dies konnte seinen Plan sogar noch beschleunigen.

***

Wütend hockte er in seinem Erdloch im Hexenwald. Er hatte seinen Sohn nicht mehr unter Kontrolle. Der Meister hatte ihn holen lassen, und er konnte nur hoffen, dass er seinen Sohn nicht zu hart bestrafen würde. Sie waren leichtsinnig gewesen, hatten die Überreste der Leiche liegen gelassen. Ein Schäfer hatte sie entdeckt. Danach hatten sie den Leichnam entfernt und den Rest über einem Feuer gebraten und gegessen. Doch es war zu spät, ihr Meister hatte von der Sache Wind bekommen und schickte Männer mit Waffen. Es blieb ihm nichts anderes übrig, als ihnen zu erzählen, was sein Sohn getan hatte. Er stocherte mit einem spitzen Ast so lange in der Wunde an seinem Oberarm herum, bis er die Kugel hatte. Ein schriller Schmerzensschrei entfuhr ihm, als er mit seinen Fingern hineinfasste und die Bleikugel herauspulte. Erschöpft legte er Kräuter und Blätter auf die Wunde und wickelte sich ein dreckiges Stück Stoff um den Arm. Übermannt von Schmerz und Erschöpfung fiel er alsbald in einen tiefen Schlaf. Die Dunkelheit legte sich über den Hexenwald, es würde eine kalte Nacht werden.

Das Monster vom Hexenwald

Am Spielhaus ertönte hektisch die kleine Glocke. Der Ortsdiener kündigte eine Bekanntmachung an, Laternen wurden angezündet. Was konnte so wichtig sein, dass man um diese Zeit noch so viel Aufhebens machte? Elisabeth lief aufgeregt durchs Haus. Als sie an der Stube ihres Vaters vorbeikam, saß dieser betrübt an seinem Schreibtisch. Vor sich hatte er einen Keramikbecher und eine Flasche Portwein.

Elisabeth spürte, dass etwas nicht stimmte und ging zu ihm hinein. „Vater, die Glocke, es gibt Neuigkeiten."

Gisbert schaute sie an. „Ich weiß, Kind, ich komme nach. Ich ahne ohnehin, was es ist."

Elisabeth erkannte Verzweiflung in seinen Augen und legte zärtlich ihre Hand auf seine massige Schulter. „Es ist etwas geschehen, etwas Schlimmes, nicht wahr?"

Ihr Vater blickte sie ernst an und nickte. Von unten rief Agnesia nach Elisabeth.

Gisbert nahm den Becher, trank einen großen Schluck von dem Portwein und sagte: „Geh' jetzt, deine Mutter wartet schon."

Elisabeth tat, wie ihr geheißen. So ratlos hatte sie ihren Vater noch nie erlebt, immer wusste er, was zu tun war. Sie machte sich ernsthaft Sorgen.

In der Dunkelheit strömten die Bewohner von Hochstadt zum Tanzplacken am Rathaus und reckten neugierig ihre Hälse. Die Laternen warfen lange Schatten, die der Szenerie etwas Beunruhigendes verliehen. Elisabeth stand zusammen mit Agnesia in einem Pulk von aufgebrachten Leuten. Der Mord im Hexenwald hatte sich bereits herumgesprochen. Guido Emmes stand in der Mitte des Platzes, man hatte einen Kreis um ihn gebildet. Er berichtete der Menge von dem schrecklichen Tod eines Mannes im Hexenwald und verkündete zugleich lauthals, dass seine Männer das Monster bereits erlegt hätten, das den Edelmann getötet hatte. Nicht von dieser Welt sei es und schrecklich anzusehen. Das Böse habe sich im Hexenwald eingenistet, und er werde alles dafür tun, um diesen Teufel auszutreiben. Großer Beifall brandete auf. Einige murmelten zustimmend, andere gaben ihre Meinung laut zum Besten.

Maria drängte sich zwischen Agnesia und Elisabeth, sie hatte ihre Enkelin Mechthild dabei. Maria war Agnesias Schwester und Elisabeths Goth. Mit ihren drei Zähnen im Mund sah sie älter aus, als sie eigentlich war. Aufgeregt blickte sie in die Menge: „Einen Werwolf haben sie gefangen, aber nur einen kleinen, der Große, der kommt noch, das sag' ich euch!"

Agnesia hielt sich entsetzt die Hand vor den Mund, während sich Maria sichtlich an ihrer grausamen Vorahnung berauschte. Wenn es im Ort irgendwo schlimme Neuigkeiten gab, dann war Maria die Erste, die es wusste. Sie liebte es, damit hausieren zu gehen und kostete die Angst der anderen aus. Maria bediente sich oft der alten Zauber und Weissagungen, was einige Leute dazu bewog, bei ihr Rat und Schutz zu suchen. Dies ließ sich Maria selbstverständlich fürstlich entlohnen.

Gisbert war dieses abergläubische Brauchtum schon lange ein Dorn im Auge. Deswegen stand es mit seiner Beziehung zu Agnesias Schwester nicht zum Besten.

Elisabeth schaute sich fröstelnd um und blickte in Mechthilds argwöhnische Augen. Sie war als kleines Kind aus einem Fenster im ersten Stock gefallen und hatte seitdem eine Verkrümmung am Rücken, die sich zu einem Buckel ausgewachsen hatte. Ihre Eltern waren beide am Schwarzen Tod gestorben, der vor ein paar Jahren in Hochstadt gewütet hatte. Nun kümmerte sich Maria um das Kind ihres Sohnes und benutzte ihre Enkelin als eine Art Medium.

Elisabeth konnte Mechthild nicht ausstehen. Zwar tat sie ihr leid, aber Elisabeth war sich sicher, dass sie auch ohne das schwere Los eines Buckels so bösartig geworden wäre. Sie war einfältig, abergläubisch und noch dazu ungepflegt. Elisabeth spürte Mechthilds Eifersucht. Diese starrte sie fortwährend an, als ob sie mit aller Gewalt einen Fehler bei Elisabeth ausfindig machen wollte.

Der Ortsdiener mahnte zur Ruhe, und Guido Emmes fuhr mit seiner Rede fort. Sie hatten den Kadaver des Monsters, wie er den toten Jungen nannte, in eine Scheune vor der Stadtmauer gebracht. Niemand durfte dorthin, bis das Gericht die Sache untersucht hatte.

Viele Dorfbewohner trauten dem Frieden nicht und machten ihrer Besorgnis lauthals Luft. Wie konnte man sicher sein, dass das Monster wirklich tot war? Gab es nicht noch mehr von dieser Sorte? Als die Versammlung zu Ende war, gingen die Menschen mit einer Mischung aus Angst und Aufregung zurück zu ihren Häusern, verriegelten die Türen und beteten zu Gott.

An diesem Abend saß die Familie in gedrückter Stimmung am Esstisch. Agnesia verteilte eine Kohlsuppe in die Holzteller.

Nach dem Tischgebet schaute Gisbert Elisabeth und Agnesia ernst an. „Arno wird nicht kommen."

Elisabeth seufzte enttäuscht. Agnesia sah ihn mit offenem Mund an. „Der ganze Aufwand, die Vorbereitungen, alles umsonst?"

„Es liegt nicht in meiner Macht", sagte Gisbert, sein Wort duldete keinen Widerspruch. „Ein Kurier brachte die Nachricht. Arno ist krank."

Elisabeth erschrak. „Es ist doch nichts Ernstes?"

„Ich hoffe nicht", sage Gisbert knapp. „Nun esst!"

Elisabeth spürte die Unsicherheit in den Worten ihres Vaters. Sie hatte den Eindruck, dass er nicht die Wahrheit sagte. Agnesia schwieg eingeschnappt und löffelte ihre Suppe. Ihre nachtragende Art bewies Elisabeth wieder einmal, dass ihre Mutter von all den Problemen, die ihren Vater gerade belasteten, nicht die leiseste Ahnung hatte.

Es war Nacht, als Elisabeth in ihrer Kammer erwachte. Sie hörte laute Stimmen aus dem Zimmer unter ihr. Schlaftrunken schlich sie die Treppe zur Stube ihres Vaters hinunter. Sie musste ihr

Ohr nicht an die Tür drücken, um zu verstehen, was dahinter gesprochen wurde. Elisabeth erkannte die Stimmen. Weinmeister Andreas Rohn, die beiden reichen Bauern Heinrich Fredes und Nikolaus Heckerth sowie der Kaufmann Gregorius Müller befanden sich anscheinend bei ihrem Vater im Zimmer. Sie waren Mitglieder des Stadtrates und unterhielten sich aufgeregt über die neuesten Vorkommnisse. Guido Emmes hatte zwei Männer beauftragt, den Leichnam des Beschuldigten zu bewachen und niemand dorthin vorzulassen. Gisbert, der Bürgermeister, hatte den Toten jedoch sehen dürfen. Nun wollten die anderen wissen, ob es tatsächlich das Monster war, das die Gegend unsicher gemacht hatte und vor dem sie solche Angst gehabt hatten.

Heinrich Fredes redete dazwischen. „Ein Werwolf soll es sein."

Gisbert zischte ihn an: „Sprich leiser, du weckst ja alle im Haus. Es ist genauso wenig ein Werwolf, wie es ein Monster ist, was sie da gefangen haben. Bloß ein armer Junge, schrecklich zugerichtet."

„Was ist, wenn du dich irrst, Gisbert?", unterbrach Andreas Rohn. Das älteste Ratsmitglied stand von seinem Stuhl auf und lief nervös durch die Stube. „Du weißt, dass sich Werwölfe zurückverwandeln, wenn sie getötet werden. Von einer der Wachen habe ich erfahren, dass der Junge schrecklich spitze Reißzähne hat."

Gisbert setzte eine nachdenkliche Miene auf und zündete sich eine Pfeife an, bevor er wieder das Wort ergriff. „Allein die Tatsache, dass der Junge entstellt ist, reicht nicht aus, um daraus einen Werwolf zu machen. Wie erklärt ihr euch, dass seine Zunge abgeschnitten wurde, so als sollte er nichts mehr preisgeben. Außerdem hatte ich den Eindruck, dass man ihn einer peinlichen Befragung unterzogen hat ..."

„So wie üblich, wenn man es mit diesem Hexengeschmeiß zu tun bekommt", unterbrach ihn Bauer Heckerth. „Du kennst doch die Geschichten, die erzählt werden, von diesen Monstern, die im Hexenwald wohnen. Es verschwinden immer wieder Leute dort und jetzt auch dieser tote Edelmann."

„Seine Zunge, die kann er sich auch selbst abgebissen haben", gab der Kaufmann Gregorius Müller zu bedenken.

Gisbert verschwieg ihnen, dass es sich bei dem Toten im Hexenwald wahrscheinlich um seinen Neffen Arno handelte. Er wollte nicht noch mehr Unruhe in diese Angelegenheit bringen. Er legte seine Hand auf die Schulter des Weinmeisters Rohn: „Glaubst du wirklich noch immer an Hexen und Dämonen?"

„Das Böse gibt es genauso wie das Gute", entgegnete Andreas Rohn. „Schließlich haben sie vor Kurzem in Gelnhausen drei Hexen ihrer gerechten Strafe zugeführt, und erst danach waren die Leute vom Übel befreit. Oder nimm Büdingen. Seit die Hexen dort gebrannt haben, gibt es wieder bessere Ernten."

Die anderen außer Gregorius Müller nickten.

Gisbert setzte sich und paffte den Rauch seiner Pfeife in die Luft. „Ich befürchte, dies alles ist für Guido Emmes ein gefundenes Fressen, um noch mehr Macht an sich zu reißen. Er wird sich die Angst der Leute zunutze machen, um sie weiter einzuschüchtern."

„Dann glaubst du etwa nicht an das Böse?", fixierte ihn Bauer Fredes.

„Das letzte Böse, das ich auf dieser Welt gesehen habe, waren die Menschen selbst mit dem, was sie sich gegenseitig zufügten. Das war nicht der Teufel", sagte Gisbert entschieden.

Gregorius Müller stand auf. „Gisbert! Das ist Gotteslästerung. Sei auf der Hut! Guido Emmes wartet nur darauf, solche Worte aus deinem Mund zu hören."

Gisbert nahm seine Pfeife aus dem Mund und stopfte sie nach. „Vielleicht steckt ja etwas ganz anderes hinter der Geschichte", überlegte er und entzündete die Pfeife erneut, während er daran saugte.

„Und was?", wollte Fredes ungehalten wissen.

Gisbert blickte ihn einen Moment ruhig an. „Warten wir's ab."

Andreas Rohn setzte seinen Respondent auf. „Ich glaube, es ist das Beste, wenn wir uns jetzt zur Ruhe begeben. Morgen werden wir mehr erfahren."

Die anderen nickten müde und setzen ebenfalls ihre Hüte auf.

Elisabeth huschte zurück in ihre Schlafkammer. Sie legte sich auf ihr Bett und starrte zur Zimmerdecke. Flackernd warf das Kerzenlicht Schatten an die Wand und formte unheimliche Fantasiewesen, Werwölfe und Dämonen. Heute Nacht würde sie wohl kein Auge mehr zutun. Sie kannte die Scheune in der Nähe des Narrenturms, wo sie den vermeintlichen Werwolf aufgebahrt hatten. Als Kinder hatten sie dort oft im Heu gespielt. Wenn mit der Sache irgendetwas nicht stimmte, dann würde Elisabeth es herausfinden.
Gregorius Müller war noch bei Gisbert im Zimmer geblieben. „Du musst vorsichtig sein, Gisbert. Die anderen sind dir nicht wohl gesonnen. Heckerth und Fredes, sie schmeicheln sich bei Guido Emmes ein und gieren nach Macht."

„Ich weiß", sagte Gisbert müde. „Was hältst du von unserem Weinmeister Andreas Rohn? Glaubst du, er ist auf ihrer Seite?"

Gregorius überlegte. „Sicher bin ich mir nicht, er mag dich. Aber er ist alt und gefangen in Tradition und Aberglauben."

Gregorius setzte seinen Respondent auf, dann sah er Gisbert prüfend an. „Du hast uns nicht alles erzählt. Da ist noch mehr, nicht wahr?"

Gisbert überlegte einen Moment und nickte dann. „Der Tote, vielmehr das, was ich im Hexenwald gefunden habe … ich befürchte, es ist mein Neffe Arno."

Gregorius erschrak. „Dein Neffe? Bist du sicher?"

Gisbert nickte beklommen. „Er war über die Antsanvia auf dem Weg zu uns und wollte dann weiter nach Frankfurt. Aber er kam nie bei uns an. Ich habe einen Knopf gefunden mit dem Wappen meines Bruders."

Gregorius' Miene verdüsterte sich, er legte Gisbert seine Hand auf den Arm. „Das tut mir leid, Gisbert."

„Du darfst mit niemandem darüber reden, Gregorius, jedenfalls nicht im Moment. Ich will nicht, dass Elisabeth oder Agnesia etwas erfahren. Es ist alles schon schlimm genug", ermahnte ihn Gisbert.

Gregorius nickte besorgt. „Du hast Recht, Gisbert. Wir müssen auf der Hut sein. Wenn der Pöbel sich in seinem Aberglauben bestätigt sieht, wird Emmes weiteren Zulauf erhalten."

Gregorius reichte Gisbert die Hand und verabschiedete sich. Gisbert blieb nachdenklich zurück.

Zeugin in Gefahr

Es war kalt. Die Morgendämmerung begann, sich langsam in das Schwarz der Nacht zu fressen. Alles schlief noch. Niemand trieb sich zu dieser Zeit außerhalb der schützenden Stadtmauern herum. Der Bäcker hatte seine Brote längst gebacken und war nicht mehr im Backhaus.

Elisabeth, in einen grauen Mantel gehüllt, versuchte der Kälte und ihrer Angst Herr zu werden. Sie schob den Riegel leise zurück, stieg vorsichtig durch die Luke des Backhauses am Untertor, schlich durch die stille Backstube, öffnete die Tür auf der anderen Seite des Häuschens und befand sich nun außerhalb der Stadt. Sie musste aufpassen, dass der Wachmann auf dem Wehrturm sie nicht sah. Er hatte die Scheune, in der das Monster lag, gut im Blick. Elisabeth schlich ganz nah an der Turmmauer entlang und von hinten an die Scheune heran, die merkwürdigerweise unbewacht schien. Sie suchte das lose Brett, durch das sie als Kinder immer heimlich hineingeklettert waren. Zu ihrer Verwunderung war das Holz, das nur noch an einem rostigen Nagel hing, bereits zur Seite geschoben worden. Sie verharrte einen Moment und schaute sich um. Ihre Angst war groß, aber nicht so groß wie ihre Neugier und die Sorge um ihren Vater. Sie nahm all ihren Mut zusammen und krabbelte in die Scheune, in der der angebliche Werwolf aufgebahrt war.

Durch eine Luke hatte das erste Licht der Morgendämmerung bereits seinen Weg in die Scheune gefunden und ließ ihr Inneres erkennen. Jemand hatte Sackleinen über das vermeintliche Monster gelegt. Elisabeth zog mit zitternder Hand den Stoff zurück … und schaute in das schrecklich verzerrte Antlitz eines Jungen. Sein Körper war zerschunden und blutig von der peinlichen Befragung. Die Augen starrten ins Leere. Der schiefe Mund stand etwas offen und gab eine Reihe merkwürdig spitzer Zähne frei. Elisabeth erschauderte bei diesem scheußlichen Anblick. Nach einer Weile griffen ihre Finger zaghaft in seinen Mund. Mit einiger Anstrengung schaffte sie es, die Lippen des Jungen noch weiter zu öffnen, so weit, dass sie gut in den Mund sehen konnte. Fauliger Geruch strömte ihr entgegen, und sie musste angeekelt schlucken. Dann sah sie es. Ihr Vater hatte also Recht gehabt. Es war kein Werwolf, nur ein armer Junge, dem man die Zunge herausgeschnitten hatte. Der Schnitt war frisch. Irgendjemand hatte nicht gewollt, dass der Junge etwas erzählte.

Plötzlich hörte Elisabeth ein Geräusch. Schnell deckte sie den Leichnam zu und versteckte sich hinter einem Heuhaufen. Das Scheunentor öffnete sich knarrend. Sie konnte die Männer nicht sehen, aber sie hörte ihre Stimmen.

„Es war leichtsinnig. Wir hatten den Auftrag, ihn zu bewachen", sagte einer zweifelnd.

Der andere, der eine Stimme wie ein Reibeisen hatte, lachte spöttisch. „Du Hasenfuß. Dafür haben wir das Würfelspiel gewonnen. Außerdem … glaubst du wirklich, dass sich jemand hierher traut? Die haben doch alle Angst, und weglaufen kann der Junge ja auch nicht mehr."

Die Männer schlugen das Sackleinen zurück und überzeugten sich, dass der Leichnam noch an Ort und Stelle lag.

„Na also. Was hab' ich gesagt, alles noch da. Ein schöner Werwolf ", flüsterte die Reibeisenstimme hämisch.

Sie deckten die Leiche wieder zu.

„Ich kenne unseren Herrn. Er will, dass man seine Anweisungen bedingungslos befolgt", sagte die andere Stimme.

„Den interessiert nur, dass wir seinen Auftrag erfüllen. Nur das zählt. Alle Spuren verwischen, die unserem Herrn zum Problem werden könnten."

Elisabeth stockte das Blut in den Adern. Ihr war klar, dass ihr letztes Stündlein schlagen würde, wenn die beiden Männer sie jetzt erwischten. Verzweifelt hielt sie sich Mund und Nase zu, um ein Niesen zu unterdrücken, das der Staub des Heus bei ihr auslösen wollte. Die Männer machten sich gerade auf den Weg nach draußen, als Elisabeth ihr Niesen nicht mehr zurückhalten konnte, das als kurzes Schnarren herauskam. Die Männer hatten es gehört, zischten sich etwas zu und drehten sich um. Mit weit aufgerissenen Augen sah Elisabeth ihre Schatten und die beiden langen Messer in ihren Händen. Langsam kamen sie auf sie zu. Da stolperte einer der Männer über etwas, das sich zu bewegen begann. Das alte Kummet wurde wach. Der Bettler wurde im Dorf nur „das Kummet" genannt, weil er den Pferden das Geschirr umhängte und sonst nichts anderes konnte als saufen und herumliegen. Elisabeth war wohl nicht die Einzige, die das lose Brett an der Hinterseite der Scheune kannte. Nuschelnd fluchte das Kummet und versank gleich darauf wieder in seinen Schlaf. Die Männer standen neben dem Bettler, ganz nah bei Elisabeth. Sie machte die Augen zu und betete.

Der eine flüsterte: „Komm, lass uns gehen, der ist besoffen."

Der mit der Reibeisenstimme blieb aber stehen. „Bist du verrückt? Ein Zeuge von unserem Gerede! Ich habe nicht die Absicht, wegen eines Bettlers zu sterben, und das werden wir, wenn irgendwer etwas erfährt."

Voller Entsetzen sah Elisabeth, wie sich einer der Schatten mit seinem Messer über den Bettler beugte. Ein leises Ratschen und Gurgeln war zu hören. Es wurde zu einem grässlichen Spucken und Röcheln, das nur langsam erstarb. Dann war alles still. Die Männer nahmen den Leichnam an den Beinen, zogen ihn in eine Ecke und deckten ihn mit Heu zu. Dann verließen sie die Scheune. Draußen wurde es hell. Eilig verschlossen sie das Tor und entfernten sich.

Elisabeth liefen lautlos die Tränen herunter. Ihr Zittern bekam sie nicht in den Griff. Sie hatte solche Angst. Die beiden Männer konnten jeden Moment zurückkommen. Langsam kroch sie auf den Heuhaufen zu, in dem das Kummet stecken musste. Sie schob das Heu beiseite und sah direkt in das Gesicht des Bettlers. Seine weit aufgerissenen toten Augen starrten sie klagend an. Sein Hals war sauber mit einem scharfen Schnitt zur Hälfte durchtrennt, überall war Blut. Elisabeth spürte, wie ein Adrenalinstoß schlagartig in ihren Körper schoss. Sie wollte schreien, aber das Bewusstsein, dass sie in Lebensgefahr schwebte, hinderte sie daran. Aus ihrem Mund kam nur ein leises Stöhnen. Blass und mit zitternden Händen legte sie das Heu wieder über die Leiche und taumelte zur Rückseite der Scheune. Sie zwängte sich durch den Spalt, eilte zur Stadtmauer und übergab sich in einer versteckten Ecke.

Gisbert saß an seinem Schreibtisch, auf dem eine Kerze brannte. Eilig schrieb er eine Depesche an seinen Bruder Balthasar in Leipzig. In dem Brief äußerte er die Befürchtung, dass Arno wahrscheinlich einem Mord zum Opfer gefallen war. Balthasar sollte so schnell wie möglich kommen und ein paar einflussreiche Männer mit Waffen mitbringen, die helfen konnten, den Mord an seinem Sohn aufzuklären. Gisbert schwor seinem Bruder, mit seinem Leben dafür einzustehen, dass der oder die Mörder ihrer gerechten Strafe zugeführt würden. In tiefer Bestürzung über die Vorkommnisse beendete Gisbert das Schreiben und versiegelte die Depesche mit seinem Siegelring. Dann zog er seinen grauen Filzmantel an, löschte die Kerze und verließ das Zimmer.

Milchig weißer Nebel hüllte Hochstadt ein. Gisbert betrat die Straße. Aus dem Schatten eines Hauseingangs löste sich ein Mann mit einer Augenklappe. Lautlos wie eine Katze folgte er Gisbert.

Der Kurier galoppierte mit Gisberts Depesche über die Hartig direkt zur Hohen Straße. Er hatte den Weg nach Leipzig noch keine Meile beritten, da verfolgten ihn zwei Reiter. Als sie ihn erreichten, packten sie seine Zügel und zwangen ihn zum Anhalten. Die beiden Männer trugen alte Kleider der protestantischen Söldner und breitkrempige Hüte. Einer von ihnen trug eine Augenklappe, der andere hatte lange, blonde Haare, die ungepflegt unter seinem Hut hervorhingen. Der Einäugige drückte dem Kurier drohend einen Säbel an den Hals, der Blonde schaute sich prüfend um. Er hielt ebenfalls einen Dolch in der Hand. Sie zwangen den Kurier, die Depesche herauszugeben. Der Einäugige warf einen Blick darauf. Noch bevor der Kurier etwas sagen konnte, stach er ihm mit seinem Säbel mitten ins Herz. Der Kurier schrie kurz auf und glitt vom Pferd. Die beiden Männer stiegen von ihren Gäulen und schauten einen Moment zu, wie alles Leben aus dem Kurier wich.

Der Einäugige ging zum Kopf des Toten. Er grinste den Blonden an und rasselte mit seiner rauen Stimme. „Es soll doch aussehen, als habe ihn die Bestie geholt."

Dann holte er mit dem Säbel aus.

Elisabeth lag weinend auf ihrem Bett. Sie würde dieses schaurige Erlebnis niemals vergessen. Wenn sie die Augen schloss, sah sie immer wieder den toten Bettler vor sich. Was war nur geschehen? Plötzlich drohte alles aus den Fugen zu geraten, und sie hatte das Gefühl, dass bald nichts mehr so sein würde wie früher.

Es klopfte an der Tür, ihr Vater kam herein. Elisabeth riss sich zusammen und wischte die Tränen ab.

Gisbert setzte sich neben sie auf den Bettrand und strich ihr behutsam übers Haar. „Was ist los, meine kleine Lies?"

Elisabeth blickte ihn hilfesuchend an. Wie gut tat ihr diese Fürsorge jetzt. Sie liebte es, wenn ihr Vater sie mit seiner brummigen Stimme bei ihrem Kindernamen nannte. Elisabeth fiel in seine Arme und schluchzte.

Er versuchte, sie zu trösten. „Willst du es mir erzählen?"

„Es kommt nur einfach so über mich. Alles ist so schwer", sagte Elisabeth leise.

Ihr Vater löste sich von ihr und schaute sie an. Es war ein gütiger Blick und er lächelte: „Du wirst jetzt eine Frau. Deine Gefühle springen davon, und du kommst nicht hinterher. Das ist ganz normal."

Elisabeth rang sich ein Lächeln ab. Ihr Bedürfnis, ihm alles zu erzählen, war groß, aber sie schwieg aus Angst um ihren Vater. Immer noch hörte sie die Worte der beiden Männer: „Keine Zeugen!"

Von unten rief die Mutter zum Essen.

„Wird es gehen?", fragte Gisbert.

Elisabeth nickte und lächelte kurz, dann stand sie auf und die beiden gingen zusammen hinunter. Ihre Mutter schaute sie misstrauisch an. Agnesia konnte es nicht leiden, wenn sie und ihr Vater liebkosten und sie ausgeschlossen war. Elisabeths rote Augen verrieten, dass sie geweint hatte. Ihre Mutter sah Gisbert fragend an.

„Elisabeth wird eine Frau", sagte er mit einem leichten Lächeln.

Agnesia seufzte.

Da war es wieder. Warum musste Elisabeth ein schlechtes Gewissen haben, als sei sie nicht recht? Aber es war ihr inzwischen fast egal, was ihre Mutter dachte oder welche Regeln sie ihr vorschrieb. Elisabeth nahm sich vor, ihren eigenen Weg zu gehen. Nach dem Tischgebet würgte sie ihr Frühstück herunter, das aus in Kuhmilch getunkter Brotkruste bestand. Heute hatte sie einfach keinen Appetit.

Unerwünschter Besuch

Elisabeth ging nach draußen in den Hof, um Küchenabfälle an die Schweine zu verfüttern. Sie war noch immer aufgewühlt von den grausigen Ereignissen der vergangenen Nacht. Wäre sie doch nie zu dieser verwünschten Scheune gegangen. Während sich die Schweine im Gatter quiekend über das Futter hermachten, stieg ihr der Geruch von überreifen Äpfeln in die Nase und zerstreute sie etwas. Seit längerem experimentierte ihr Vater im Keller des Hauses mit diesem Obst herum. Sie wusste, dass ihn viele im Ort wegen des „Apfelweins" auslachten. Elisabeth musste zugeben, dass auch sie die Vorliebe ihres Vaters nicht teilen konnte. Einmal hatte er sie davon probieren lassen, und sie hatte es sogleich wieder ausgespuckt.

Nachdem Elisabeth die Schweine gefüttert hatte, ging sie zu dem großen Haufen Äpfel, die ihr Vater im Hof an der hinteren Scheunenmauer lagerte. Hier wimmelte es zu dieser Jahreszeit immer noch von Wespen. Sie griff sich ein schönes, rotgold leuchtendes Exemplar und betrachtete das seltsame Obst genauer. Es war kleiner als die anderen und geformt wie eine Birne. Dem Geruch nach schien es dennoch ein Apfel zu sein. Elisabeth untersuchte, ob er wurmstichig war, und biss dann gespannt hinein. Angeekelt verzog sie ihr Gesicht und spukte den Bissen aus.

Jemand räusperte sich hinter ihr. Als sie sich umblickte, stand da ihr Vater.

„Was ist das?“, fragte ihn Elisabeth angewidert.

„So ist er nicht genießbar, nicht wahr?", lächelte Gisbert mild.

Elisabeth spuckte auch die letzten Stücke dieser sauren Frucht aus. Ihr Mund zog sich immer mehr zusammen, und sie hatte Schwierigkeiten, etwas zu sagen. „Ich liebe Äpfel, aber das ist ..."

„... Sorbus Domestica, ein Speierling“, vollendete ihr Vater den Satz. „Und ich glaube fest daran, dass man damit einen vorzüglichen Apfelwein machen kann."

Elisabeth sah ihn ungläubig an. „Du willst uns vergiften …"

„Warte nur ab. Ihr werdet alle sehen, dass daraus noch etwas Brauchbares wird", erwiderte ihr Vater bestimmt. „Sei so gut und hilf mir beim Einsammeln. Wenn die Äpfel nicht verderben sollen, muss ich noch heute mit einem weiteren Experiment beginnen."

Elisabeth schüttelte verständnislos den Kopf. Dann holte sie einen Korb und sammelte das Obst ein.

Nachdem sie zwei Körbe voll hatte, kam Gisbert mit einem glimmenden Fidibus aus dem Haus und ging mit ihr zu dem schräg gemauerten Vorbau, der neben der alten Kastanie in den Boden verschwand. Dort schloss er eine schwere Holztür auf und stieg auf der Treppe in die Tiefe. Elisabeth musste vorsichtig sein, damit sie auf den ausgetretenen Steinstufen nicht ausrutschte und die Körbe mit den Äpfeln fallen ließ.

Sie genoss den Moment, selten bekam sie die Möglichkeit, in den Keller zu gehen. Ihr Vater war stets darauf bedacht, die Tür geschlossen zu halten. Seit ihrer frühesten Kindheit umgaben diese feuchten Gewölbe ein Geheimnis. Wieso durfte sie nie dort unten spielen? Das Verbot ihres Vaters machte sie neugierig. Sie hatte sich oft ausgemalt, dass dort geheime Schätze lagerten. Ihr Vater hatte ihr einst verraten, dass dort Gänge zu einem weit verzweigten Tunnelsystem führten. Jemand, der nicht kundig war, hätte sich dort unten für immer verlaufen können. Dass unter Hochstadt Geheimgänge lagen, war allgemein bekannt. Sie war aber sicher, dass ihr Vater mit seiner Vorsicht übertrieb. Sie hätte viel darum gegeben, die Katakomben zu erforschen.

Unten im großen Gewölbe roch es intensiv nach gärenden Äpfeln, Wein und Saft. Ihr Vater entzündete mit dem Fidibus zwei Öllampen, die an ihren Haken an der Wand hingen. Elisabeth schüttete die Äpfel aus den Körben in einen großen Trog. Hier wurden sie üblicherweise zerkleinert, bevor sie in die Holzpresse kamen. Daneben standen Eichenfässer und große ballonartige Glasflaschen, in denen sich eine trübe Flüssigkeit befand. Aus den Flaschen hingen Glasröhrchen, aus denen es hie und da blubberte. An ihnen hatte Gisbert Lederschläuche befestigt. Sie reichten bis nach oben und verschwanden durch die Kellerfenster. Das Ganze hatte etwas von einem alchimistischen Labor. Elisabeth starrte ins Dunkle des Kellers, in der Hoffnung, irgendein Geheimnis zu erhaschen. Aber die hinteren Gewölbe lagen in absoluter Dunkelheit.

Sie schaute ihren Vater besorgt an. „Soll ich nicht bei dir bleiben, wenn du dieses Zeug ausprobierst? Was ist, wenn du Hilfe brauchst? Du bist hier ganz allein."

Ihr Vater wusste, dass sie nur auf die Geheimgänge neugierig war, und legte ihr einen Arm um die Schulter. „Es ist alles andere als gefährlich, was ich hier mache. Man muss nur ein paar Regeln beachten ... Siehst du ... dort", Gisbert zeigte auf eine der großen Ballonflaschen, in denen es gärte. „Diese Flaschen sind neue Erfindungen und sehr teuer. Ich glaube aber, dass sie für den Gärungsprozess des Apfelweins besser geeignet sind als die Eichenfässer, in denen ich zum Vergleich auch Saft gären lasse."

Elisabeths Vater klopfte auf eine der Flaschen, so dass ein tiefer hohler Ton erklang. „Ich habe die Äpfel ausgepresst und den Saft in die Ballons gefüllt. Die Schläuche sind nötig, um die gefährlichen Gase, die bei der Gärung entstehen, nicht in den Keller zu lassen. Sonst könnte ich hier nicht arbeiten."

Gisbert ging zu einem der Eichenfässer, nahm ein Glas und zapfte etwas Apfelwein ab, den er Elisabeth zum Probieren gab.

Sie nahm vorsichtig einen kleinen Schluck und verzog das Gesicht. „Ich weiß nicht ..."

Ihr Vater lächelte wissend. „Ich gebe zu, dass meine Mixtur noch einer Verbesserung bedarf, aber ich bin auf dem richtigen Weg. Ich experimentiere seit geraumer Zeit mit einem Zusatz, der den Geschmack des Apfelweins verfeinern soll."

Gisbert griff eine Frucht aus dem großen Apfeltrog. „Dieser Zusatz ist der Speierling, den du so verabscheust. Aber genau er ist das Geheimnis, denn er ist dem Apfelwein weit mehr zugetan als die Quitte oder Schlehe. Außerdem hat der Speierling sehr viele Gerbstoffe. Zusammen mit unseren Hochstädter Apfelsorten wird daraus ein guter Tropfen werden. Es kommt nur auf die richtige Mischung an, und die muss ich noch herausfinden."

Elisabeth nahm zögernd die Frucht. „Speierling ... kommt das von Ausspeien? Jedenfalls ein passender Name für seinen widerlichen Geschmack."

Gisbert nahm ihr den Speierling aus der Hand. „Etwas mehr Respekt bitte vor dieser einzigartigen Frucht. Durch sie wird der Apfelwein nicht nur würziger, sondern auch besser verdaulich und länger haltbar. Eines Tages wird diese Kombination den Apfelwein das ganze Jahr über genießbar machen. Und jetzt lass mich allein, ich muss arbeiten."

Gisbert drehte sich unwirsch der Arbeit zu. Elisabeth zögerte kurz. Sollte sie ihrem Vater doch von den Ereignissen der letzten Nacht erzählen? Aber ein unbestimmtes Gefühl riet ihr, das Geheimnis vorerst für sich zu behalten. Ihr Vater wirkte schon niedergeschlagen genug, das war auch kein Wunder bei all den Geschehnissen der letzten Zeit. Ohne weitere Worte stieg sie die steile Kellertreppe nach oben.

Als sie die Tür hinter sich schloss, hatte die Herbstsonne das Oktobergrau verscheucht. Elisabeth atmete auf, hier oben war die Luft doch um einiges angenehmer als in diesem feuchten, muffigen Keller. Von der Straße drangen lautes Rufen und Schreien zu Elisabeth. Sie ging neugierig zum Eingangstor und trat auf die Hauptstraße. Männer auf Pferden waren nach Hochstadt gekommen und ließen ihre Tiere am Weedt trinken. Es waren versprengte Söldner der protestantischen Armee. Hochstadt hatte immer noch die Pflicht, sie zu versorgen. Elisabeth betrachtete die Männer mit einer Mischung aus Abscheu und Neugier. Sie kamen aus den verschiedensten Ländern. Da waren Schotten, Holländer, Schweden und Deutsche, und sie sprachen in den unterschiedlichsten Dialekten. Die bunten Kleider konnten nicht über ihr Elend hinwegtäuschen. Ihre schmutzigen Gesichter und ausgemergelten Körper waren gezeichnet vom Kampf. Trotzdem hatten sie auch etwas Aufregendes an sich, das das tägliche Einerlei im Dorf unterbrach. Bald scharten sich die Kinder um die Soldaten, um etwas von ihren Erlebnissen zu erfahren. Elisabeth war auf der Hut. Zu gut kannte sie die

Geschichten von Frauen, die von solchen Männern geschändet worden waren und anschließend an schlimmen Krankheiten starben. Ihr Vater hatte ihr ausdrücklich verboten, sich mit ihnen zu unterhalten. So blieb sie stumm in einiger Entfernung stehen und sah zu, wie immer mehr Neugierige aus dem Ort die neuen Besucher umringten.

Elisabeth ging zurück in die Hofreite. Gerne hätte sie mehr über die Söldner und ihre Absichten erfahren, aber die Arbeit, die sie noch zu erledigen hatte, würde sich nicht von selbst machen.

Als sie gerade das Eingangstor wieder schließen wollte, sah sie einen blonden, gut gewachsenen jungen Mann im Hof, der sich an dem Haufen mit Äpfeln zu schaffen machte. Elisabeth richtete kurz ihr Haar, ging zu ihm und räusperte sich vernehmlich. Der Blonde drehte sich zu ihr um und lächelte sie frech an. Dann biss er in den Apfel und verzog gleich darauf seinen Mund.

„Sorbus Do ... Do ...", Elisabeth suchte vergeblich nach dem lateinischen Wort. „... Speierling!", rief sie schließlich mit Nachdruck.

Der blonde Söldner schaute sie einen Moment fragend an und spuckte dann die abgebissene Frucht aus.

„Bedienen Sie sich immer einfach an fremdem Eigentum?", fragte Elisabeth empört.

„Ja", antwortete der Blonde gelassen, „vor allem, wenn die Äpfel so reif sind." Er sah auf den angebissenen Speierling in seiner Hand und deklamierte theatralisch: „Doch wehe dir, du reife Frucht, bist nicht, was du vorzugeben scheinst."

Elisabeth sah ihn kurz überrascht an, setzte aber wieder ihren ernsten Blick auf, um sich nicht anmerken zu lassen, dass ihr der Blonde imponierte. Irgendwie kam er ihr vertraut vor. Sie hatte das Gefühl, den Mann schon einmal getroffen zu haben, doch das war unmöglich. Der Söldner ließ seinen Blick zu ihrem Wams gleiten. Dieser zweideutige Blick trieb Elisabeth das Blut in die Wangen und machte sie wütend.

„Sie kommen hier einfach hereinspaziert und sind frech. Gehen Sie fort von unserem Hof, sonst hole ich meinen Vater, und mit dem ist nicht gut ..."

„... Äpfel essen?“, fragte der Blonde unverschämt und verbeugte sich übertrieben vor ihr. Dabei zog er galant seinen löchrigen Schlapphut. „Genau deswegen bin ich hier, meine Schöne. Ich möchte bitte zu Ihrem Herrn Vater.”

„Ich bin nicht Ihre Schöne“, widersprach Elisabeth, „mein Vater hat jetzt keine Zeit.”

„Es ist aber dringend. Ich überbringe eine wichtige Nachricht”, sagte der Söldner und salutierte dabei gekünstelt.

Elisabeth musterte den Blonden noch einmal, dann gab sie seufzend nach. „Wenn das so ist.”

Sie ging zur Kellertür, öffnete sie und rief nach ihrem Vater.

Gisbert kam die Kellertreppe hoch und schaute Elisabeth vorwurfsvoll an. „Was ist denn? Niemand soll mich stören.”

„Es ist aber wichtig”, sagte Elisabeth und trat zur Seite, so dass ihr Vater den jungen Mann sehen konnte.

Plötzlich geschah etwas mit ihrem Vater. Er wurde blass und stand da wie erstarrt. „Geh sofort ins Haus”, befahl er Elisabeth mit einer Stimme, die keinen Widerspruch duldete.

Sie nickte verwirrt. Während sie ins Haus zurücklief, sah sie sich noch einmal besorgt um. Sie ging nach oben in die Stube ihres Vaters und schaute aus dem kleinen Fenster, von dem man direkt in den Hof blicken konnte. Sie sah ihren Vater mit finsterer Miene bei dem blonden Söldner stehen, konnte aber nicht hören, was sie sprachen.

Gisbert musterte den Blonden feindselig. „Was willst du hier?”

Der Söldner grinste ihn angriffslustig an. „Mal sehen, was du so treibst. Du bist ein gemachter Mann, Glückwunsch. Hast mich wohl schon vergessen, Gisbert?” Verächtlich warf er seinen angebissenen Speierling zurück auf den Apfelhaufen. „Ich bin gekommen, um dir eine Nachricht zu überbringen. Ich gehöre zum Gefolge des Grafen von Ysenburg und seinem Gesandten Franz Burkhart. Guido Emmes hat nach uns gerufen. Burkhart freut sich schon, deine Bekanntschaft zu machen.”

Gisberts Missmut über diese Neuigkeit bereitete dem Söldner sichtlich Vergnügen. „Guido Emmes hat also nach dem Hexenjäger geschickt. Das sieht ihm ähnlich", erwiderte Gisbert giftig. „Ausgerechnet du arbeitest für diese ..."

Gisbert sprach es nicht aus und strafte ihn mit einem abfälligen Blick.

„Ja, Gisbert. Ausgerechnet ich. Ich bin dein schlechtes Gewissen. Dein Leben lang."

Der Bürgermeister packte den Blonden unsanft am Kragen. „Weißt du überhaupt, was du da redest? Wenn du Ärger machen willst, solltest du dir das gut überlegen."

Gisbert sah sich um. Er wollte nicht, dass jemand zuhörte. Elisabeth trat vom Fenster zurück, damit ihr Vater sie nicht sah.

„Lass mich lieber los oder willst du, dass wir uns gleich hier schlagen?", fragte der Blonde drohend.

Gisbert hatte seinen Zorn wieder im Griff. Der Söldner verbeugte sich und blickte Gisbert herausfordernd an. „Übrigens, deine Tochter ist hübsch geraten, ganz die Mutter."

Gisberts Augen wurden schmal. Dieser Satz hatte ihn ins tiefste Innere getroffen. Mit einer Eiseskälte, dazu angetan, den Herbst zum Winter gefrieren zu lassen, sagte er: „Halte dich von meiner Tochter fern, sonst gnade dir Gott."

Mit einem höhnischen Lächeln auf den Lippen ging der Blonde vom Hof.

Gisbert blickte ihm nach. Kurz vor dem Tor drehte der Söldner sich noch einmal um. Sein Lächeln war verschwunden, mit verächtlichem Blick spuckte er in den Hof. Dann begab er sich zu den Soldaten, die gegenüber am Weedt herumlungerten. Gisbert folgte ihm zum Tor und blickte hinüber, wo ein paar der Söldner gerade versuchten, mit zwei Mädchen aus dem Dorf anzubandeln.

Dann verschloss er das Hoftor und lehnte sich erschöpft dagegen. Es kam ihm vor, als sei alle Kraft aus seinem Körper gewichen. Er spürte den kalten Schweiß auf seiner Stirn. Mit viel Mühe hatte er sich dieses Leben aufgebaut und wollte es sich nicht wieder kaputtmachen lassen.

Elisabeth starrte besorgt zu ihrem Vater herunter.

***

Der Söldner mit der Augenklappe stand bei Guido Emmes im Arbeitszimmer. Er übergab ihm den Brief des Kuriers, den Gisbert beauftragt hatte. Der Einäugige nahm seinen schmutzigen Federhut ab, kratzte sich am Kopf und sagte mit seiner rauen Stimme: „Haben es ausgeführt, wie Ihr befohlen habt, mein Herr."

Emmes nahm die Depesche an sich und nickte. Dann griff er in seine Jackentasche und gab dem Einäugigen drei Silbermünzen in die Hand. Der Söldner betrachtete die Münzen genau und wollte in eine hineinbeißen.

Emmes fixierte den Mann mit abfälligem Blick. „Kipper und Wipper waren nicht am Werk. Das Silber ist echt."

Der Söldner biss trotzdem auf den Taler. Dann verbeugte er sich tief.

Emmes sah angewidert zu ihm herab. „Lass mich allein."

„Stehen zur Verfügung, wann immer Ihr uns braucht." Der Einäugige verbeugte sich noch einmal ergeben und wedelte dabei mit seinem Hut. Er drehte sich um, doch dann fiel ihm noch etwas ein. „Herr … da wäre noch etwas."

Der Amtmann reagierte ungehalten, da er den Brief endlich lesen wollte. „Was denn noch?"

Der Söldner mit der Augenklappe zögerte. „Herr, als wir heute Nacht bei der Leiche wachten, in der Scheune … da lag ganz versteckt so ein Bettler, … der schlief wohl im Heu, wir waren aber nicht ganz sicher, ob er wirklich nichts gehört hat … und da haben wir …"

Emmes erstarrte. „Was?"

„Naja, Ihr sagtet, „keine Zeugen", beichtete der Einäugige.

„Ihr Taugenichtse!", fuhr ihn Emmes an. „Ich habe gesagt, ihr müsst vorsichtig sein. Wo ist der Tote jetzt?"

Der Söldner machte eine Kopfbewegung zum Fenster. „Er liegt noch im Heu. Zugedeckt. Den findet so schnell keiner, erst wenn er anfängt zu stinken."

Emmes herrschte ihn wütend an. „Ihr lasst ihn noch heute Nacht verschwinden. Niemand darf euch dabei sehen. Hast du verstanden?"

Der Söldner nickte pflichtschuldigst. „Zu Befehl, mein Herr."

Plötzlich hielt Guido Emmes inne, ihm kam ein Gedanke. „Nein, wartet. Lasst ihn da, wo er ist. Ich glaube, wir können ihn gebrauchen. Wie habt ihr ihn getötet?"

Der Söldner fuhr mit seinem Daumen rasch an seiner Kehle entlang und machte deutlich, dass sie die Gurgel durchschnitten hatten.

Emmes überlegte einen Moment. „Geht heute Nacht in die Scheune und lasst es so aussehen, als habe der Werwolf ihm die Kehle aufgerissen."

Der Einäugige verbeugte sich, diesmal mit einem Lächeln auf den Lippen, und verließ den Raum. Emmes nahm endlich den Brief und las ihn durch. Dann ging er zu einer brennenden Kerze, die auf seinem Schreibtisch stand, und zündete Gisberts Depesche daran an. Anschließend warf er sie in den offenen Kamin, wo sie verbrannte. Er schenkte sich einen Schluck Rotwein ein, trat zum Fenster und atmete tief durch. Da sah er Elisabeth. Eilig lief sie an seinem Haus auf der Hauptstraße vorbei, die hier steil anstieg und zur Kirche führte.

Elisabeth saß in einer der hinteren eichenen Kirchenbänke. Es war dunkel und still, sie war alleine. Das gotische Kirchengewölbe über ihr und das Licht, das mystisch durch die bunten Glasfenster fiel, beruhigten sie etwas. Sie faltete die Hände und begann mit gesenktem Kopf zu beten. Sie wusste nicht mehr ein noch aus, in den letzten Stunden war so viel passiert. Erst das Erlebnis in der Scheune und jetzt das seltsame Verhalten ihres Vaters. Elisabeth hatte Angst.

Plötzlich setzte sich jemand neben sie. Als sie aufschaute, erblickte sie Guido Emmes. Es schien, als sei er zufällig in die Kirche gekommen, um ebenfalls in stiller Andacht zu beten, doch dann wandte er sich an sie. Er lächelte ihr zu, aber sie konnte ihm nicht in die Augen schauen. Warum nur spielten ihre Gefühle verrückt, wenn sie ihn sah? Was führte er im Schilde? Eine innere Stimme sagte ihr, dass sie auf der Hut sein musste vor diesem Menschen. Doch dann fing er ihren Blick auf, und sie fühlte sich plötzlich in seinen Augen gefangen. Seine Stimme hatte eine angenehm beruhigende Tiefe. Hatte sie ihn etwa falsch eingeschätzt? War er womöglich gar nicht dieser Teufel, den ihr Vater in ihm sah?

Guido Emmes begann ein Gespräch und erklärte Elisabeth, dass sie nicht alles glauben sollte, was die Leute über ihn redeten. Die Strenge sei nötig, um die Menschen wieder ins Lot zu bringen, nach dieser schwierigen Zeit. Der Krieg habe sie alle verroht und dumm gemacht. Nur sie sei anders, das habe er gleich gespürt. Auch wenn er mit ihrem Vater nicht immer einer Meinung sei, schätze er Gisbert doch als intelligenten Streiter, führte Guido Emmes aus. Ihm sei nicht entgangen, dass Elisabeth die Klugheit ihres Vaters geerbt habe und noch dazu das schönste Mädchen im Ort sei. Er schaute Elisabeth durchdringend an.

Dann sagte er sanft: „Sag, ist dir noch nie aufgefallen, dass deine Mutter Agnesia wenig gemeinsam hat mit dir?"

Elisabeth blickte ihn mit großen Augen an. Sie konnte nicht anders, als in absolutem Staunen zu verharren, und nickte langsam.

Guido Emmes lachte amüsiert. „Du denkst jetzt sicher, es geht nicht mit rechten Dingen zu, was ich dir erzähle. Aber, mein liebes Kind, es ist nicht schwer, dies zu erkennen."

Er griff nach Elisabeths Hand, und anstatt sie wegzuziehen, ließ sie ihn gewähren. Ganz im Gegenteil, Elisabeth hatte plötzlich das Gefühl, dass seine Hand ihre seelischen Nöte auffing und ihr Herz beruhigte. Sie spürte, wie er ihre Finger streichelte.

Er blickte ihr tief in die Augen und schien Elisabeths wachsendes Zutrauen und Interesse an ihm zu registrieren. „Es ist ein Geheimnis", flüsterte er ihr zu und beugte sich an ihr Ohr. „Ein Geheimnis zwischen dir und mir. Komm' heute am Abend zu mir. Dann werde ich dir alles erzählen. Ich finde, du bist alt genug, um die Wahrheit zu erfahren."

Mit diesen Worten erhob er sich, nickte ihr vertrauenerweckend zu und ging zur Tür. Als Elisabeth aus der Kirche trat, war sie nicht nur vom grellen Tageslicht geblendet, sondern auch von Guido Emmes' Komplimenten und seiner liebenswürdigen Vertrautheit, mit der er sie behandelt hatte. Eigentlich hatte sie die

Kirche besucht, um wieder Klarheit in ihre Gedanken zu bringen. Nun hatte Guido Emmes sie vollends durcheinandergebracht. Nachdem sie sich wieder gefangen hatte, fasste sie einen Entschluss.

Gisbert stand in seiner Ankleidekammer vor dem Spiegel und strich über seinen Spitzbart, den er, ganz wie es jetzt Mode war, reichlich zurecht gestutzt hatte. Er versuchte, die düsteren Gedanken an die letzten Vorkommnisse für einen Moment zu vergessen. Seine Pflichten als Bürgermeister riefen. Außerdem wollte er auf keinen Fall, dass Elisabeths und Agnesias Neugier geweckt wurde. Sie sollten sich keine Sorgen machen. Er befestigte das Wams an den Nesteln seiner Pluderhose. Sie war weit geschnitten und hatte an den seitlichen Schlitzen farbige Samteinlagen. Gisbert hatte sie extra bei einem Schneider in Frankfurt nähen lassen, schließlich musste er sich als Bürgermeister zuweilen in Amt und Würde zeigen. Der wöchentliche Stammtisch der Ratsherren im Ratskeller bot einen guten Anlass dazu. Gerade jetzt, wo dieser Hexenjäger Burkhart im Ort weilte, durfte Gisbert keine Schwäche zeigen. Er band das Hosenende oberhalb der Knie ab, so dass man seine verzierten Kniestrümpfe sehen konnte. Dann schlüpfte er in die frisch geputzten, dunkelbraunen, hochhackigen Halbschuhe, die in der Mitte mit einer großen Schnalle verziert waren. Über die reich mit Applikationen bestickte schwarze Samtjacke legte er einen weißen, seinem Stand angemessenen besonders großen Spitzenkragen, der beide Schultern bedeckte. Er betrachtete sich im Spiegel. Der neue schwarze Hut, dessen Krempe nicht mehr so breit war wie früher, war mit einer weißen Feder geschmückt. Er drehte den Hut auf seinem Kopf hin und her, bis er richtig saß. Gisbert verzog das Gesicht und sprach zu seinem Spiegelbild. „Wie ein Gockel siehst du aus, aber es hat Stil."

Da bemerkte er, dass er beobachtet wurde, und blickte ertappt zur offenen Kammertür, wo Elisabeth stand. „Stehst du etwa schon die ganze Zeit dort? Komm herein!"

Elisabeth versuchte ein Lächeln. Dann betrat sie die Kammer und schloss die Tür hinter sich.

Gisbert bemerkte Elisabeths Unruhe und sah sie fragend an. „Na, sag schon, was du auf dem Herzen hast, meine kleine Lies."

Elisabeth druckste herum. „Ich … naja." Sie nahm erneut Anlauf. „Ich wollte dich schon länger etwas fragen."

Gisbert rang sich ein Lächeln ab, während er seine Jacke zuknöpfte, und hoffte, dass Elisabeth nicht wusste, wie die Dinge standen.

Seine Tochter blickte zu Boden. „Du und Mutter … ich meine … Agnesia. Oft denke ich … wir haben so wenig gemeinsam, auch unser Aussehen ist …"

Gisberts Lächeln gefror. „Was willst du damit sagen?"

Elisabeth blickte ihrem Vater nun gerade in die Augen und platzte heraus. „Ich habe manchmal das Gefühl, dass Agnesia nicht meine Mutter ist."

Gisbert wurde blass, seine Kinnlade klappte nach unten. „Was redest du da, Kind?" Er suchte nach Worten, dachte nach, dann geriet sein Blut in Wallung.

Elisabeth sah, wie sich sein Gesicht mit zorniger Röte überzog. Ihr wurde klar, dass sie ihn zu einem falschen Zeitpunkt erwischt hatte.

„Wo hast du das her, wer sagt so etwas?", fuhr ihr Vater sie an.

Elisabeth schüttelte verwirrt den Kopf. „Niemand sagt etwas … aber, aber ich habe eben so ein Gefühl."

Gisbert wurde laut. „So ein Gefühl? Ich will, dass du dich sofort bei mir entschuldigst."

Elisabeth schwieg betreten und zugleich trotzig, denn Gisberts Wut verriet ihr, dass sie nicht Unrecht hatte. Sie blickte ihren Vater standhaft an und biss sich dabei auf die Lippen. Sie wollte eine Antwort und dachte nicht daran, sich zu entschuldigen.

Gisbert deutete mit dem Zeigefinger zur Tür. „Geh sofort auf deine Kammer! Vor morgen früh will ich dich nicht mehr sehen."

Elisabeth machte einen trotzigen Knicks und verließ schnell den Raum.

Gisbert starrte ihr nach. Längst war seine Tochter gegangen, doch sein Blick hing noch immer betreten an der Stelle, an der sie gestanden hatte.

Gisbert lief mürrisch im Haus umher und suchte seine Holztrippen. Als Agnesia ihm über den Weg lief, polterte er sie an. „Wo sind meine Holztrippen, Weib? Verdammt!"

Agnesia raunzte zurück. „Wo werden sie schon sein? Sie waren schmutzig, da habe ich sie abgewaschen! Sonst sieht das Haus des Bürgermeisters bald aus wie ein Kuhstall!"

„Na schön. Aber soll ich jetzt etwa mit meinen neuen Schuhen durch den Dreck laufen?", entgegnete Gisbert entwaffnend.

Agnesia verdrehte die Augen, und während sie wieder in die Küche ging, antwortete sie ihm schnippisch: „Sie stehen draußen zum Trocknen."

Gisbert sah ihr nach und sein Blick verriet, dass es ihm nicht wirklich um die Schuhe ging. Nein, es war die Gewissheit, dass sie ihre beider Vergangenheit vor Elisabeth nicht mehr lange geheim halten konnten. Er sagte Agnesia nichts, weil er weiterem Ärger vorerst aus dem Weg gehen wollte. Er konnte mit seiner Frau einfach nicht reden, ohne dass ihre Borniertheit ihm zusetzte. Gisbert trat also nach draußen, sah mürrisch auf die nassen Holztrippen und ging eilig ohne sie davon.

Der entschlossene Schritt und laute Hall seiner Absätze auf dem Pflaster der Hauptstraße verrieten Gisberts Missmut. Was war nur geschehen? Er hatte das Gefühl, dass alle Welt sich gegen ihn verschworen hatte, und jetzt musste seine Tochter auch noch mit dieser Frage aufwarten. Die Aufregung hatte seinen Mund ausgetrocknet, und er sehnte sich nach einem Bier. Er lief am alten Ziehbrunnen vorbei und betrat den Ratskeller. Das Lokal an der Hauptstraße war der Treffpunkt der gehobenen Bürger von Hochstadt. Bauern und Tagelöhner hatten dort keinen Zutritt. Gisbert klopfte den Dreck an seinen Schuhen, so gut es ging, ab, dann bestellte er beim Wirt einen großen Humpen vom dunklen Fassbier. Gregorius Müller, der schon bei einem Rotwein an einem der Tische auf ihn wartete, prostete ihm mit einem klobigen Weinglas zu. Gisbert setzte sich ihm gegenüber und trank einen großen Schluck Bier.

„Dass du Bier trinkst, bedeutet entweder, dass du am Verdursten bist oder schlechte Laune hast", sagte Gregorius neugierig.

„Beides", grummelte Gisbert in seinen Bart.

Gregorius Augen flackerten im Kerzenschein kurz auf. „Lass mich raten … liegt es an dem Namen Franz Burkhart und der Tatsache, dass dieser hier in Hochstadt weilt?"

Gisbert setzte wütend seinen Bierkrug ab, so dass etwas vom Bier herausschwappte, und knurrte: „Dieser Menschenschinder … oder Hexenkommissar, wie er sich gerne nennt."

Gisbert wusste über den Amtmann Burkhart aus Büdingen, dass er sich damit brüstete, Dutzende von Hexen dort auf den Scheiterhaufen gebracht zu haben. Als hessisch-darmstädtische Truppen 1634 Büdingen besetzt hatten, waren die Hexenverbrennungen in diesem Ort zumindest vorübergehend beendet worden. Aber sobald die Truppen später wieder abgezogen waren, hatte Burkhart dieselben Prozesse erneut aufgerollt und sich zur Unterstützung Guido Emmes geholt. Besonders hatte er es auf die Frauen abgesehen, die er noch vor der Besatzung verurteilt hatte, die aber entkommen und angeblich ins hanauische Hochstadt fliehen konnten.

Gregorius beugte sich zu Gisbert über den Tisch und redete leiser. „Wo dieser Mann auftaucht, herrscht Angst und Schrecken. Ich fürchte, dass unsere Leute im Dorf nach dieser Geschichte mit dem Werwolf darauf warten, dass er den Teufel austreibt."

Gisbert spuckte verächtlich auf den Boden. „So einer hat uns gerade noch gefehlt. Er macht alles zunichte, wofür ich die letzten Jahre eingetreten bin, nämlich in diesem Dorf den Aberglauben und die Dummheit auszutreiben."

Gregorius lächelte resigniert. „Die Dummheit, Gisbert, wirst du nie aus ihren Köpfen bekommen. Einen Schuldigen wird's immer geben, ob Ketzer, Hexen oder Juden."

Gregorius blickte auf. „Wenn man vom Teufel spricht …"

Gisbert, der mit dem Rücken zur Tür saß, drehte sich um. Guido Emmes und Franz Burkhart betraten das Gasthaus. Die Gäste verstummten allmählich angesichts der hochgestellten Neuankömmlinge. Die beiden begaben sich zum Tisch von Gisbert und Gregorius. Gisbert schaute zu ihnen auf, blieb aber sitzen, um seinen Missmut zu unterstreichen.

Guido Emmes hatte anscheinend nichts anderes erwartet. Mit kaltem Blick und einem zynischen Lächeln auf den Lippen deutete er zu Gisbert: „Unser werter Bürgermeister, Gisbert von Gettenbach. Darf ich vorstellen, Franz Burkhart."

Gregorius stand auf und gab Burkhart die Hand.

Gisbert wandte sich wieder seinem Bier zu. Er sprach zu Burkhart, ohne ihn anzublicken: „Habe schon von Ihnen gehört, Burkhart. Hier werdet Ihr jedenfalls keinen guten Schnitt machen, nicht solange ich Bürgermeister bin." Dann sah er ihn doch an. „Denn auch ich habe gute Kontakte. Graf Friedrich Casimir wird Euren Hexenprozessen nicht zustimmen." Nun waren die Fronten klar, dachte Gisbert erbittert.

Aus Burkharts Augen blitzte der Zorn, doch er überspielte es mit einem falschen Lächeln. „Warum dieser Argwohn, mein Herr? Wer sagt, dass ich wegen der Hexen hier bin? Ich komme als Freund von Guido Emmes."

„Ach ja?", entgegnete Gisbert, „und warum dann der Tross von Söldnern? Ich weiß, warum Ihr hier seid, aber erst müsst Ihr beweisen, dass es hier mit übernatürlichen Dingen zugeht."

„Kommt Zeit, kommt Rat", sagte Burkhart spitz und fügte triumphierend hinzu, „so wie einst in Mainz, nicht wahr, Herr Bürgermeister?"

Wütend sprang Gisbert auf ihn zu und wollte sein Messer ziehen.

Gregorius erhob sich schnell, ergriff Gisberts Arm und hielt ihn zurück. „Gisbert, beruhige dich, in Gottes Namen."

Gisbert riss sich zusammen und starrte einen Moment hasserfüllt in Burkharts Augen. Dann setzte sich wieder.

Emmes trat schützend vor Burkhart. „Gisbert von Gettenbach, so wahr ich hier stehe, diese Frechheit werdet Ihr büßen."

Burkhart klopfte seinem Freund auf die Schulter. „Lass nur, er weiß ja, dass er mir den Weg nicht versperren kann."

Gregorius versuchte zu retten, was noch zu retten war. „Ich möchte mich bei Ihnen entschuldigen, mein Herr. Der Bürgermeister hat zuviel vom Gerstensaft erwischt, und da geht es mit ihm zuweilen durch."

Burkhart nickte den beiden argwöhnisch zu und begab sich schließlich mit Emmes an einen anderen Tisch.

Gregorius Müller stand noch immer und war kreidebleich, dann setzte er sich langsam. Sein besorgtes Gesicht schlug in eine wütende Grimasse um: „Bist du von Gott verlassen? So kannst du doch nicht mit einem Amtmann reden, noch dazu mit einem, der solche Macht besitzt. Du bringst uns alle in Gefahr!"

Gisbert blickte Gregorius reumütig an. Er ärgerte sich über seine Unbeherrschtheit und rieb sich die Stirn, so als wollte er wieder Klarheit haben in seinem Kopf, der vom Bier träge war.

„Es tut mir leid, Gregorius."

„Hoffentlich ist es dafür jetzt nicht zu spät", knurrte Gregorius und wischte sich mit den Rüschen seines Hemdärmels den Schweiß von der Stirn. Nachdem er sich wieder beruhigt hatte, sah er Gisbert forschend an: „Was ist damals in Mainz geschehen? Warum hat dich diese Erwähnung so wütend gemacht?"

Gisbert winkte ab. „Ein andermal, ich erzähl's dir ein andermal."

Dann trank er seinen Bierhumpen in einem Zug aus.

***

Er hatte gesehen, wie sie seinen Jungen wegschleppten. Er hatte ihn gewarnt. Der Junge war selbst schuld. Er wusste, dass er seinen Sohn nicht wiedersehen würde. Plötzlich spürte er so etwas wie Trauer. Sein eigen Fleisch und Blut. Er hatte es geschlagen und gequält und dennoch litt er jetzt, als hätten sie ein Stück aus ihm herausgeschnitten. Er verkroch sich in seinem Erdloch. Nun war er einsam, hatte niemanden mehr, der sich kümmerte, wenn er nicht mehr konnte. Seine Gedanken schweiften ab in die Vergangenheit, in jene Zeit, als der Große Krieg auf seinem Höhepunkt angelangt war. Irgendwann damals musste es geschehen sein, dass er sein altes Leben verlor, den Glauben an die Menschen und an Gott. Nur er und sein Junge hatten damals das Massaker überlebt. Nachdem die Soldaten weg waren, kam der schlimme Winter, und sie fanden nichts zu essen. Keinen Krümel. Da aßen sie die Kadaver. Erst Tiere, dann Menschen. Über die Jahre wurden sie immer wilder und wahnsinniger. Schließlich hausten sie wie die Tiere selbst in dreckigen Löchern, aber sein Sohn war damals noch so klein, dass er kein anderes Leben kannte.

Irgendwann waren sie zu der festen Überzeugung gelangt, dass sie Auserwählte waren. Die Kraft der erloschenen Toten ging durch den Verzehr ihres Fleisches auf sie über, glaubten sie und feilten sich ihre Zähne zu spitzen Reißern. Soldaten und Marodeure, die kamen und sie töten wollten, liefen in panischer Angst vor ihnen davon. Einige erlegten und verspeisten sie. So hatten sie überlebt und sich eingerichtet in diesen schlimmen Tagen.

Doch dann kam einer, der keine Angst hatte vor ihnen. Einer, dem sie nicht gewachsen waren. Es war der Herr. Anstatt sie zu ächten, erkannte er ihre besonderen Fähigkeiten und gab ihnen noch mehr Macht. Er nahm sich ihrer an und brachte sie in die Gegend von Hochstadt, wo sie im Hexenwald ein neues Zuhause fanden. Sie sollten nach seinen Anweisungen die Dorfbewohner einschüchtern, Angst und Schrecken verbreiten und dafür belohnt werden. Alles, was der Herr verlangte, war, ihm zu gehorchen, und sein Sohn war ein gelehriger Schüler gewesen. Voller Trauer dachte er wieder an ihn. Die Trauer ging über in Zorn, dann in Hass. Er beschloss, es seinem Herrn heimzuzahlen. Zuerst würde er sich an den Leuten im Dorf rächen. Die Hölle auf Erden würde er diesem einfältigen Gesindel bereiten und sie in Panik und Aufruhr versetzen. Das hatte sein Herr nun davon. Nie hatte er seine Befehle in Frage gestellt. Weil er nichts wusste und weil ihm und seinem Sohn keine andere Wahl geblieben war, wenn sie nicht elendig verrecken wollten. Aber nun war alles anders. Es war ein Gefühl der Rache, das er nicht kontrollieren konnte und aus seinem Innern kam. Er starrte auf die Pistole in seiner Hand. Sie war in der Ledertasche gewesen, die der Edelmann bei sich getragen hatte. Solch ein Modell hatte er noch nie gesehen. Er musste unbedingt herausfinden, wie die Waffe funktionierte. Hasserfüllt dachte er an seinen Herrn. Er ahnte nicht, dass genau dies sein Herr bezweckt hatte.

Das Komplott

Emmes nahm den Wein und reichte ein Glas Franz Burkhart, der ihm verdrießlich zunickte. Beide standen in Emmes Arbeitszimmer am Fenster und blickten auf die Hauptstraße. Dann setzte sich Emmes an seinen Arbeitstisch. Er drehte sein Weinglas nachdenklich in der Hand und sah zu Burkhart, der immer noch am Fenster stand.

„Wie soll es weitergehen. Der Graf von Hanau steht hinter Gisbert. Er wird unserem Vorhaben niemals zustimmen."

Burkhart wandte sich zu Emmes. „Dann müssen wir ihn dazu zwingen. In Büdingen war es ähnlich. Graf Ernst wollte einer Hexenaustreibung nicht recht zustimmen. Da musste ich nachhelfen, die Bevölkerung aufhetzen. Dies hat enormen Druck auf den Grafen ausgeübt."

Burkhart kam zu Emmes an den Tisch und setzte sich zu ihm. Er überlegte einen Moment und sah ihn dann listig an.

„Mach es genauso! Du musst den Rat auf deine Seite bringen. Graf Casimir ist schwach, er hat andere Interessen. Nimm die Sache selbst in die Hand. Schaff Tatsachen! Führe eine öffentliche Voruntersuchung durch! Präsentiere Beweise! Sicher kann der Scharfrichter nachhelfen, den ich aus Büdingen mitgebracht habe."

Emmes dachte nach und lächelte. „Du sprichst mir aus der Seele." Dann schenkte er Burkhart und sich noch Wein nach.

Burkhart trank einen Schluck, dann fiel ihm noch etwas ein. „Wende dich an Heinrich von Schultheiß. Sein Wort gilt etwas. Auch bei den Protestanten. Was Casimir betrifft, könnten wir mit Hilfe seiner Frau Glück haben. Der calvinistisch dominierte Hof von Hanau bekämpft ihn, sie beschimpfen ihn wegen seiner fantastischen Ideen als Landverderber und Verschwender. Ein Schreiben von Schultheiß könnte den Druck auf Casimir erhöhen."

Emmes ließ sich kurz den Wein auf der Zunge zergehen. „Wo ist Schultheiß jetzt?"

Burkhart stellte das Weinglas auf den Tisch und nahm eine bequeme Haltung im Stuhl an. „Schultheiß hat sich aus Altersgründen von seinem Amt als oberster Richter im Kurfürstentum Köln nach Arnsberg zurückgezogen. Aber er gilt weiterhin als oberste Autorität in Hexenangelegenheiten und treibt auch in Arnsberg erfolgreich seine Ausmerzungen voran."

Emmes richtete sich entschlossen auf. „Ich werde ein Schreiben an Schultheiß aufsetzen und es ihm zu gegebener Zeit bringen lassen."

Burkhart grinste zufrieden und prostete Emmes zu.

***

Das Schützenhäuschen war ein kleines, viereckiges Gebäude aus Fachwerk mit einem hohen, spitzen Dach aus rot gebrannten Ziegeln. Es stand auf einer buckligen Anhöhe, als ob es über Hochstadt wachte. Eine wuchtige Steintreppe führte steil nach oben zu einer eisenbeschlagenen Tür. Es gab keine Fenster, nur kleine Schießscharten zu jeder Seite. Drinnen befanden sich ein kleiner Tisch und ein Hocker. An der Wand stand eine Pritsche aus Holz, auf der sich der Wingertschütz ausruhen konnte.

Gisbert saß auf den dicken Steinstufen des Häuschens, das er für die Bewachung der Weinberge hatte errichten lassen. Er schickte die Wache nach Hause, um eine Weile allein zu sein. Er liebte diesen Platz. Es hatte Gisbert viel Mühe gekostet, die Verwüstungen des Krieges beseitigen zu lassen und den Boden wieder ertragreich zu machen. Nun gab es wieder Wein, und die Menschen in Hochstadt standen besser da als die Leute der umliegenden Dörfer im Büchertal. Noch immer erfüllte es ihn mit Stolz und Ehrfurcht, wenn er über die Weinberge blickte. Von hier konnte man St. Kilian, mit seinem zerstörten Kirchturm sehen, daneben den hohen Wehrturm und die stattliche Ringmauer mit ihren Wachtürmen. Die Sonne zeigte kurz ihr Antlitz am wolkenverhangenen Himmel und machte sich bereit unterzugehen.

Gisbert dachte über die Ereignisse im Wirtshaus nach. Das viele Bier, das er wütend in sich hineingekippt hatte, machte ihn melancholisch. Diesmal saß der Stachel tief. Franz Burkhart hatte ihn an etwas erinnert, was er allzu lange versucht hatte zu verdrängen. Doch ihm war schmerzlich klar geworden, dass er die Geschehnisse der Vergangenheit und den Verlust dieses einen geliebten Menschen niemals vergessen konnte.

Ort der Verdammnis

Mainz, April 1636

Sie hatten die Frauen aus dem Holzturm gezerrt und in einen vergitterten Wagen gesperrt. Die Prozession zog mit dem holpernden Wagen über die Rheinstraße an dem riesigen alten Mainzer Kaufhaus „Am Brand" vorbei. Der Pöbel spuckte nach den Frauen und bewarf sie mit faulem Gemüse und anderem Unrat. Auf dem Marktplatz am Dom hatte man bereits einen großen Haufen aus Holz aufgetürmt. Er war mit einem hölzernen Gerüst umgeben, an das man die Hexen binden konnte, um sie dem Feuer zu übergeben.

Wie benommen stand Gisbert in der Menge und sah zu, wie seine Frau mit den anderen armen Seelen zum Scheiterhaufen fuhr. Er ging weit nach vorne, so dass Anna ihn und Lies sehen konnte. Er musste schlucken, als er sie sah, seine Augen füllten sich mit Tränen. Seine rechte Hand griff unweigerlich zum Dolch, während er auf seinem linken Arm das Kind hielt. Gedankenblitze stoben wie ein Feuerwerk durch seinen Kopf, er war drauf und dran, sich auf die Peiniger zu stürzen. Er wollte Anna befreien oder mit ihr in den Tod gehen. Doch dann trafen sich ihre Blicke. Er sah die Güte in ihren Augen und die Aufforderung, an die kleine Lies zu denken.

Anna hatte sich mit all dem längst abgefunden und bat ihn jetzt, sie ihrem Schicksal zu überlassen. Gisbert hatte dies nicht akzeptieren wollen, aber dann wurde ihm klar, dass er keine andere Chance hatte, wenn er ihr Kind retten wollte. Lies war gerade vierzehn Monate alt, ein kleines, hilfloses Wesen. Und dann gab es da auch noch Jakob, den sie einst aufgenommen hatten. Würde Gisbert ebenfalls sterben, wären die Kinder Pein und Tod ausgesetzt, denn wer von den lumpigen Elendsgestalten um ihn herum hätte sie nehmen und aufziehen sollen? Ein letzter liebender Blick vereinte Gisbert für immer mit Anna. Dann drehte er sich fort und bahnte sich, dumpf und krank vor Kummer, den Weg durch die Menge.

Als er endlich den johlenden Pöbel hinter sich gelassen hatte, verließen ihn die Kräfte. Alles schien unwirklich, und der Boden unter ihm fing an zu schwimmen. Er lehnte sich mit dem Rücken gegen eine Hauswand und sank nieder. Lies, die er getragen hatte, glitt neben ihm unsanft zu Boden und fing an zu schreien. Ein Schreien, das plötzlich in weiter Ferne zu sein schien. Gleich würde er ohnmächtig werden, doch dann sah er ein paar Leute, die neugierig zu ihm und dem schreienden Kind blickten. Sie wunderten sich, dass hier einer war, dem das Spektakel keine Freude bereitete, sondern, ganz im Gegenteil, arg mitzunehmen schien. Gisbert stand mühsam auf. Er packte die kleine Lies und suchte das Weite.

Eilig lief er zu der Kammer, die er zuletzt mit Lies und Jakob geteilt hatte, und suchte das Nötigste für ihre Flucht zusammen.

Plötzlich stand der blonde Junge in der Tür. Mit hasserfülltem Blick starrte Jakob Gisbert an. „Wie kannst du das nur zulassen? Du lässt sie einfach im Stich!"

Gisbert konnte seine Tränen nicht mehr zurückhalten. Er wollte ihm sagen, dass er alles versucht hatte und jetzt wenigstens das Leben von Lies und Jakob retten musste. Doch er brachte kein Wort heraus. Jakob schrie ihn voller Verachtung an: „Ich hasse dich! Ich werde nie wieder kommen!" Dann rannte er davon.

Gisbert streckte den Arm aus, um ihn zurückzuhalten, doch er war unfähig, irgendetwas zu tun. Er wollte einfach nur weg von dem Ort, an dem ihm das Liebste genommen worden war.

***

Gisbert saß am Rande eines größeren Waldstückes an einen Baum gelehnt im Gras. Er hatte Mainz hinter sich gelassen. Die Sonne schien und vermittelte den Eindruck, als sei dies eine friedliche Welt. Die kleine Lies war in seinen Armen eingeschlafen. Gisbert stand unter Schock, es war, als hätte das Grauen seine Tränen für immer versiegen lassen. Er fühlte sich ausgelaugt und leer. Wie hatte es nur so weit kommen können?

Alles hatte mit dem Rückzug der protestantischen Truppen des schwedischen Königs Gustav Adolf aus Mainz angefangen. Die Stadt war seit Anfang 1636 wieder katholisch und wurde von Erzbischof Anselm Casimir Wambolt von Umstadt mit harter Hand regiert.

Er hatte zu seiner Unterstützung den ausgewiesenen Verwaltungsfachmann Heinrich von Schultheiß aus Köln kommen lassen. Schultheiß hatte, bevor er für den Kölner Kurfürst tätig gewesen war, schon einmal unter Anselms Vorgänger in der Mainzer Verwaltung gearbeitet und kannte sich in den Verhältnissen bestens aus. Mit seinem Buch „Außführliche Instruction Wie in Inquisition Sachen des grewlichen Lasters der Zauberey zu procediren" war er im ganzen Reich bekannt geworden und wurde als Autorität für Hexenfragen gerne konsultiert. In der Schrift beschrieb er, wie man Hexen erkennt und sie erfolgreich liquidiert.

Schultheiß hatte es besonders auf die gottesfürchtigen Protestanten abgesehen, die sich unter Gustav Adolf in Mainz angesiedelt hatten, und auf Menschen, die erst vor Kurzem zum Protestantismus übergetreten waren. Sie wurden gezwungen, wieder den katholischen Glauben anzunehmen. Anna war in eine dieser Säuberungsaktionen der katholischen Kirche geraten. Sie hatte sich zu einer Diskussion mit Geistlichen hinreißen lassen und dabei nicht nur ihren protestantischen Glauben verteidigt, sondern auch eine Verbesserung der Lebensumstände der Menschen verlangt. Sie forderte die Behandlung von Kranken und mehr Hygiene. Als Tochter einer Apothekerin kannte sie sich mit medizinischen Dingen und den möglichen Ursachen von Krankheiten aus.

An ihr und einigen anderen Frauen wollte Schultheiß jedoch ein Exempel statuieren. Sie wurden der Hexerei angeklagt. Schnell hatte man Zeugen gefunden, die das böse Treiben dieser protestantischen Ketzerweiber bestätigten.

An dem Prozess gegen die Frauen durfte Gisbert nicht teilnehmen. In seiner Verzweiflung hatte er Heinrich von Schultheiß aufgesucht. Gisbert flehte ihn an, die Todesstrafe in eine Gefängnisstrafe umzuwandeln und seiner Frau eine weitere peinliche

Befragung zu ersparen. Doch Schultheiß war schlimmer als alle anderen und lachte ihn aus. In seiner Wut ging Gisbert auf ihn los. Nur die Wachen konnten ihn daran hindern, diesen Hexenjäger totzuschlagen. Heinrich von Schultheiß befahl, Gisbert als Teufelsbuhler in Haft nehmen zu lassen. Doch Gisbert gelang es zu flüchten. Er hatte Mainz allerdings nicht verlassen, sondern versteckte sich in einem Keller. Bald darauf wurden die Namen der verurteilten Frauen laut vorgelesen, darunter war auch Anna von Gettenbach. Gisbert hatte bis zuletzt auf eine Gelegenheit gehofft, sie zu befreien. Ein paar Söldner, die er bezahlt hatte, sollten ihm helfen, das Gefängnis zu stürmen. Doch der Plan wurde verraten. Gisbert konnte sich und Lies in letzter Minute in Sicherheit bringen, Jakob fand er nicht.

Nachdem die peinliche Befragung der Frauen vorbei und die Todesurteile verkündet worden waren, hatte er dem Treiben beigewohnt, ohne dass jemand Notiz von ihm genommen hätte. Seine Kleidung glich mittlerweile dreckigen Lumpen, so dass er unter dem Pöbel kaum auffiel. Die Leute waren voll und ganz mit dem Schauspiel der Hinrichtung beschäftigt, so als hätten sie nicht schon genug Gräuel erlebt. Sie waren geradezu besessen von dem Gedanken, dass all die Pein und Marter des Krieges vom Teufel herrührte, und dass es die Hexen waren, die sein blutiges Spiel vorantrieben.

***

Der junge, dunkelhaarige Mann hatte nach langem Suchen endlich wieder die Spur Gisbert von Gettenbachs aufgenommen. Mit seinen siebzehn Jahren sah er älter und reifer aus als viele junge Männer in diesem Alter. Er war erst seit kurzem in Mainz, doch durch sein Auftreten und seine Sprachgewandtheit war es ihm schon bald gelungen, in den Kreis der Amtmänner um Schultheiß vorzudringen. Die gute Ausbildung, die er in einem katholischen Jesuitenorden genossen hatte, trug jetzt Früchte. Dort hatte man ihn als Waisenjunge aufgenommen. Lange weigerte er sich zu konvertieren. Doch sie hatten ihn so lange gezüchtigt und gequält, bis er seinen Widerstand aufgab. Die Mönche hatten geglaubt, durch das immer stärkere Auspeitschen seinen starken Willen gebrochen zu haben. Doch dem Jungen wurde irgendwann klar, dass es unnötig war, die schlimmen Schmerzen zu ertragen. Es gab andere Wege, Wege der Täuschung und des Kalküls. Den katholischen Glauben würde er nur zum Schein annehmen. In seinem tiefsten Innern war er Calvinist geblieben, so wie einst seine Familie in Magdeburg, die von den Katholischen ermordet worden war.

Damals war es gewesen, dass er seinen Plan geschmiedet hatte. Insgeheim würde er geschickt die Fäden ziehen. Gisbert von Gettenbach sollte nichts von seiner Existenz erfahren, jedenfalls solange nicht, wie er, Guido Emmes, es für richtig hielt.

Er hatte sich einen guten Platz gesichert und stand mitten im Pöbel. Er schaute zu, wie die Frauen brannten. Die Schreie der Sterbenden ließen selbst ihn nicht kalt. Aber wenn er an Gisbert dachte, dann war dieser Zustand auszuhalten, ja verschaffte ihm sogar eine Art von Befriedigung. Besonders die Tatsache, dass Gisbert nicht wusste, dass es ihm zu verdanken war, dass Anna hier als Hexe brannte, erfüllte ihn mit Zufriedenheit. Er war als geheimer Zeuge aufgetreten und hatte alle Beweise erbracht, die Heinrich von Schultheiß für die Verurteilung der Hexen gebraucht hatte. Er war es aber auch, der verhindert hatte, dass man Gisbert fasste. Denn er wollte sehen, wie Gisbert litt, so wie er selbst einst gelitten hatte.

Als das Schreien erstarb und sich die Luft mit dem Geruch von verbranntem Fleisch mischte, wollte Guido Emmes den Platz verlassen. Da entdeckte er den blonden Jungen. Er kniete am Boden und sah verzweifelt zu dem Scheiterhaufen. Sein Gesicht war von Dreck und Tränen verschmiert. Emmes ging zu ihm und legte eine Hand sanft auf seine Schulter. Der Junge blickte ihn traurig mit seinen rot verweinten Augen an.

Guido Emmes sah mitfühlend zu ihm hinunter: „Man hat dir übel mitgespielt, mein Junge." Er wartete nicht, bis der Junge antwortete, sondern gab ihm ein Tuch, mit dem er sein Gesicht abwischen konnte. „Wie alt bist du?"

Immer noch bebend vor Schmerz sagte der Junge fast wütend: „Zwölf."

„Du gehörst zu Gisbert von Gettenbach, nicht wahr? Bist du ihm weggelaufen?"

Der Junge blickte ihn erstaunt an und nickte zaghaft.

Emmes fuhr fort: „Er ist einfach auf und davon und hat sie allein gelassen."

Der Junge sah ihn jetzt prüfend an.

Emmes Blick schweifte nachdenklich zum Richtplatz. „Ja, ich kenne Gisbert von Gettenbach, und ich muss sagen, dass ich nicht gerade ein Freund von ihm bin. Aber wenn du willst, werde ich mich um dich kümmern. Jetzt, da du alleine bist."

Guido Emmes blickte wieder zu dem Jungen und streckte ihm freundschaftlich die Hand entgegen.

Jakob stand zögernd ohne seine Hilfe auf und blickte ihn einen Moment an. Er dachte an Gisbert. Zorn und Hass vertrieben die verzweifelte Trauer, die er eben noch empfunden hatte. Er gab dem Mann die Hand.

Emmes war zufrieden. Schließlich würde der Junge nie erfahren, dass der Schmerz, den er ertragen musste, ihm selbst zu verdanken war.

***

Der Schock war einer unfassbaren Trauer gewichen. Gisbert konnte endlich weinen und blickte zwischen einem Schleier aus Tränen auf die kleine Lies in seinen Armen. Sie war aufgewacht und brabbelte munter unzusammenhängende Worte, dabei zog sie an seinen Haaren und jauchzte. Zum Glück verstand sie nichts von den Zusammenhängen und dem schrecklichen Zustand Gisberts. Lies war jetzt alles, was er noch hatte. Er streichelte sanft über ihr weiches, rotes Haar, das sie von ihrer Mutter geerbt hatte und ihn an den schmerzlichen Verlust erinnerte. Irgendwann schlug seine Trauer um in Zorn. Zorn über sich selbst und die ganze Welt. Er hasste sich dafür, dass er zu schwach gewesen war, mit Anna in den Tod zu gehen, und er hasste sich dafür, bei der

Katholischen Liga gedient zu haben, jener Seite, die seine Frau auf dem Gewissen hatte. Dass er überhaupt in diesen unsinnigen Krieg gezogen war, zermürbte ihn. Wie eigensinnig er doch gewesen war, ein jugendlicher Hitzkopf. Nun war ihm die Rechnung präsentiert worden. Er hatte schlimme Dinge erlebt in diesem Krieg ohne Moral. Doch erst jetzt wusste Gisbert wirklich, was Verzweiflung bedeutete, und wenn da nicht Lies gewesen wäre, so hätte er seinem jämmerlichen Dasein ein Ende bereitet.

Wie sollte es jetzt weiter gehen? Er musste für das Kind sorgen. Es gab nur eins, was er tun konnte, und zwar das, was er die ganzen Jahre gelernt hatte: als Soldat zu dienen. Aber Gisbert wollte nie mehr der katholischen Seite zu Diensten sein. Er beschloss, sein Wissen über die Pläne der katholischen Liga zu nutzen und bei den Protestantischen vorstellig zu werden.

Den ganzen Tag war Gisbert durch Felder und Wiesen mainaufwärts gelaufen, Lies hatte er sich mit einem Tuch um den Bauch gebunden. Ihm war klar, dass er unbedingt etwas zu essen für die Kleine auftreiben musste. Doch überall, wo er hinkam, bot sich ihm ein Bild von Verwüstung und Tod.

Gisbert hatte gerade einen Bach überquert, als er hinter einem Hügel Rauch aufsteigen sah. Kurz darauf stand er mit der schreienden Lies vor den qualmenden Ruinen eines kleinen Dorfes. Es roch nach Verwesung. Die Wege und Felder waren übersät mit Leichen von Männern und entblößten, geschändeten Frauenkörpern, die bereits begonnen hatten sich aufzublähen. An einer dicken, alten Buche hatte man an die zwanzig Menschen aufgehängt, darunter Frauen und Kinder. Gisbert drückte Lies fester an sich, so dass sie nichts von all dem Grauen sehen konnte. Der Leichenteppich zog sich bis zum Wald, wohin sich die Leute vor den Soldaten vergebens hatten retten wollen. Es war müßig zu fragen, welche Seite dieses Grauen angerichtet hatte. Gisbert war lange genug dabei, um zu wissen, dass im Krieg keiner Gnade kannte. Es war die Hölle auf Erden, von Menschen gemacht, und die Kirche half fleißig mit. Von weitem hörte er laute aggressive Stimmen. Womöglich waren die Häscher noch im Dorf, er schlich eilig in den Wald. Als Gisbert schon fast alle Hoffnung verloren hatte, etwas Essbares zu finden, und Lies erste Anzeichen von Ermattung zeigte, entdeckte er in dem undurchdringlichen Waldstück eine entlaufene Kuh. Das Tier war am Bein verletzt und brüllte vor Schmerzen. Langsam näherte er sich der Kuh und fing an, sanft auf sie einzureden. Nach einer Weile wurde die Kuh ruhiger, und er sah, dass sie einen dicken Euter hatte. Er molk von der mageren Kuh etwas Milch und träufelte sie Lies mit einem Stück Stoff in den Mund. Nachdem seine Tochter eingeschlafen war, streichelte er die Kuh dankbar. Das Tier brüllte erneut qualvoll, und plötzlich manifestierte sich an dieser armen Kreatur der ganze Schmerz, den Gisbert empfand, ein Schmerz, der so groß war, als müsste die ganze Welt daran zu Grunde gehen. Was taten sich die Menschen nur an? Er verfluchte die Mörder, die seine Frau umgebracht hatten. Wenn er je nochmal auf Heinrich von Schultheiß treffen sollte, würde er diesen Menschenschinder umbringen, schwor er sich. Verbittert und mit einem Gefühl der Ohnmacht stand er vor der Kuh. Mit einem Stich in den Hals erlöste er sie von ihren Schmerzen. In einem alten, verbeulten Landsknechtshelm mischte er den Rest der Milch mit dem Blut der Kuh, damit sein Kind genug Nährstoffe erhielt. Dann machte er ein Feuer für die Nacht, hielt ein großes Stück Rindfleisch in die Flammen und aß, soviel er konnte.

***

Nachdem Gisbert wieder etwas zu Kräften gekommen war, nahm er Lies und wanderte tagelang weiter am Main entlang. Von einem Wegelagerer hatte er gehört, dass schwedische Truppen im Raum Hanau erfahrene Soldaten als Söldner suchten. Gisbert fand an den Toren Frankfurts keinen Einlass, da die gepeinigten Menschen Angst vor der Pest hatten. So schlug er sich bis nach Dörnigheim durch, das stark verwüstet worden war. Viele Dorfbewohner waren an Hunger oder der Pest gestorben. Als er an einem Friedhofsacker vorbei kam, sah er, dass die Gräber ausgehoben waren. Leichenteile und Knochen lagen herum, Dutzende von schwarzen Krähen stritten sich um die stinkenden Überreste. Gisbert zog es vor, einen Bogen um das wüste Dorf zu machen, denn er hatte gehört, dass sie in manchen Gegenden aus Not Menschen und sogar Leichen aßen.

Schließlich fand er eine einsame Wiese in der Nähe des Mains, auf der eine stattliche Ulme stand. Einige Meter weiter sah er die zerstörten Mauern eines kleinen Schlösschens, das ausgebrannt war, und dahinter in der Ferne die mächtigen Dächer einer Doppelkirche, die die Häuser Hanaus überragten. Gisbert beschloss, sein Lager im Schutz der Ulme aufzuschlagen. Er sorgte sich um Elisabeth, für die er keine Milchvorräte mehr hatte. Ermattet lehnte sie an seiner Brust und machte einen schwächlichen Eindruck. Seine kleine Tochter würde kaum überleben, wenn es so weiterging, dachte er betrübt.

Gisbert hatte ein Feuer gemacht und das Mainwasser in einem kleinen, im Schutt aufgefundenen Kupferkessel abgekocht, so dass sie ausreichend zu trinken hatten. Mit den letzten Brotkrumen, in die er eine lange Weidenrute gestochen hatte, angelte er eine stattliche Barbe. Beinahe wäre ihm der große Fisch entwischt, und Gisbert konnte ihn nur deshalb erlegen, weil er in den Main gesprungen war und mit seinem Messer auf den Fisch eingestochen hatte, der sich aus Panik im Schilf einer Sandbank verfangen hatte. Er verschlang den Fisch halb gegrillt und versuchte, Lies etwas Fischbrei einzuflößen.

Nachdem er seine Kleider zum Trocknen auf einen Ast gehängt hatte, streckte er sich auf seinem Nachtlager bequem aus. Die kleine Lies war endlich eingeschlafen. Es war eine für Anfang Mai ungewöhnlich laue Nacht. Gisbert konnte die funkelnden Sterne durch die Blätter des Baumes erhaschen. Die Abendluft war erfüllt vom frischen Grasgeruch der Mainwiesen, und der monotone Wasserlauf des Flusses sorgte dafür, dass sich Gisbert endlich etwas entspannen konnte. Er schöpfte wieder Hoffnung und betete zu Gott, dass er sie beide durchbringen konnte. Ein Luftzug erfasste die Ulme, so dass die Blätter sanft raschelten und die Äste knarrten. Fast schien es so, als wollte ihm der Baum etwas zuflüstern, ihm Mut machen und Zuversicht schenken. Gisbert betrachtete die Ulme genauer. Wie alt mochte sie wohl sein? Wohl um die fünfzig Jahre, schätzte er. Wahrscheinlich würde der Baum immer noch stehen, wenn er und Lies längst vergangen waren; ein stummer Zeuge, während Kriege und Katastrophen die Welt verwüsteten und viele Generationen von Menschen kamen und gingen, dachte Gisbert müde und schlief schließlich ein.

Am frühen Morgen wurde Gisbert von Stimmen geweckt. Es waren Leinreiter, die sich angestrengt etwas zuriefen und ein voll beladenes Schiff an Leinen flussaufwärts zogen. Die bewaffneten Treidler befanden sich nicht weit von Gisbert und Lies. Plötzlich preschte wie aus dem Nichts eine Horde wilder Reiter aus einem Gebüsch hervor, das ganz in Gisberts Nähe am Rande der Wiese stand. Die ebenfalls bewaffneten Männer waren den Leinreitern zahlenmäßig um einiges überlegen. Schnell zog Gisbert seine halbnassen Kleider an und legte den Degen um. Er versteckte sich hinter der Ulme und beobachtete angespannt das Geschehen. Lies schlief, noch immer auf dem Boden gebettet, und bekam von alldem nichts mit.

Im Handumdrehen hatten die Angreifer die Leinreiter überwältigt und gefangen genommen, ohne dass auch nur ein Schuss gefallen war. Dann zogen sie das Schiff ans Mainufer. Während die Männer das Schiff plünderten, lief ihr Anführer umher und gab Anweisungen. Gisbert traute seinen Augen kaum, denn der Mann kam ihm bekannt vor. Gisbert blickte zur schlafenden Lies. Jetzt galt es, alles in eine Waagschale zu werfen. Sollte es nicht gelingen, dann waren er und sein Kind ohnehin verloren.

Gisbert ging auf die Männer zu. Es dauerte nicht lange, und er wurde bemerkt. Einer der Männer legte bereits mit seiner Muskete auf Gisbert an, da rief Gisbert laut: „Brand! Johannes Brand!"

Der Anführer gab dem Mann den Befehl, nicht zu schießen. Langsam näherte er sich Gisbert. Plötzlich stutze er, dann zog ein breites Lächeln über sein Gesicht.

„Potz Blitz! Gisbert von Gettenbach!", rief er erfreut.

Gisbert hatte den ehemaligen Söldner und Freund seit seinem Aufenthalt in Heidelberg nicht mehr gesehen, aber noch in guter Erinnerung behalten. Brand freute sich ebenfalls, Gisbert wiederzusehen und war gespannt darauf zu erfahren, was ihn vor die Tore Hanaus trieb. Stolz zeigte er Gisbert die wertvolle Fracht aus dem Schiff. Mehr als zweihundert Musketen, außerdem Kanonenkugeln und Säcke mit Korn, Speck und Pökelfleisch hatten sie erbeutet. Dies alles war eigentlich für die katholischen Truppen des Kaisers, die Hanau belagerten, bestimmt gewesen. Brand erklärte Gisbert, dass sie schon mehrere solcher Überfälle gemacht hatten, um die eingeschlossene Bevölkerung zu ernähren und dass sie Leute wie ihn bräuchten. Er bot Gisbert an, mit ihm nach Hanau zu kommen, und Gisbert willigte dankbar ein. Ein Wink des Schicksals hatte ihn und Lies vorerst vor dem Schlimmsten bewahrt.

Auf Schleichwegen, vorbei an den Schanzen, die die kaiserlichen Truppen Lamboys rund um Hanau errichtet hatten, kamen sie unerkannt voran. An der Bastion mit dem Namen Esel gab es einen verborgenen Gang, der in die Stadt führte.

Johannes Brand war, wie Gisbert erfuhr, als Söldner viel in der Gegend am Oberrhein herumgekommen und war dann in Hanau gelandet. Vor ein paar Jahren hatte er das Kriegshandwerk aufgegeben und die Witwe eines reichen Hanauer Gastwirts geheiratet. Seitdem führte er den „Rappen", ein bekanntes Lokal in der Altstadt.

Gisbert und seine Lies konnten bei Brand unterkommen, und es dauerte nicht lange, bis Brand ihn bei General Ramsay vorstellte, der den Oberbefehl in der belagerten Stadt innehatte. Gisbert wurde den Truppen zugeteilt, die durch weitere Ausfälle die Versorgung der belagerten Stadt sichern sollten. Bei den Kämpfen kam Gisbert seine Kampferfahrung, die er bei der Liga erworben hatte, zugute. Die taktische Klugheit, die er an den Tag legte, blieb auch den Offizieren nicht verborgen.

Doch trotz der mutigen Übergriffe blieb die Lage hoffnungslos, zumal die Kaiserlichen ihre Schiffe und Einheiten, die für

Nachschub sorgten, immer besser bewachten. Vierzehn Monate schon hielt Lamboy die Stadt eingeschlossen. Hanau litt an einer schlimmen Überbevölkerung, da sich auch die Menschen aus den benachbarten Dörfern hinter die schützenden Mauern der Stadt zurückgezogen hatten. Die beengten und unhygienischen Zustände sorgten dafür, dass sich Ratten und Krankheiten in Windeseile verbreiten konnten. Die Pest brach aus, und die Menschen starben wie die Fliegen. Die Friedhöfe konnten die vielen Leichen nicht mehr aufnehmen. Der Gestank von Tod und Verwesung wehte durch die Stadt und nahm die Luft zum Atmen. Gisbert wusste nicht mehr, ob es Glück oder Unglück gewesen war, nach Hanau gekommen zu sein. Er tat alles, um Elisabeth zu schützen, und schloss das Kind in Brands Haus ein. Was wollte man sonst gegen die Pest unternehmen? Da sich immer mehr Lumpenpack und Elendsgestalten im „Rappen" eingefunden hatten, hielt Brands Frau die Wirtschaft mittlerweile geschlossen.

Nichtsdestotrotz wurde Elisabeth immer aufgeweckter. Sie schien von all dem, was hinter ihnen lag und was sie noch immer bedrängte, keinen Schaden zu nehmen. Seit geraumer Zeit, noch bevor die große Pestwelle ausgebrochen war, wohnte eine Verwandtschaft Brands aus Hochstadt und Groschlag im Haus des „Rappen": die Magd Ursula und ihre Tochter Agnesia. Die beiden Frauen kümmerten sich um die kleine Lies und sorgten dafür, dass es ihr an nichts fehlte.

Agnesia war ein hübsches, junges Ding, schwarzhaarig und von üppiger Statur. So kam es, dass sie und Gisbert in den Tagen, als sie wegen der Pest das Haus nicht verließen, zueinander fanden. Gisbert trug Anna immer noch im Herzen, aber nach allem, was ihm widerfahren war, sehnte er sich nach körperlicher Nähe und Zerstreuung. Es war weniger Liebe als verzweifeltes Verlangen, was ihn antrieb. In scheinbar unbändiger Gier waren sie übereinander hergefallen, und Gisbert war von Agnesias Temperament überrascht. Die junge Frau hatte eher den Eindruck vermittelt, von strengem Glauben und Keuschheit geprägt zu sein. Gisbert war zwar in der Liebe nicht unerfahren, aber was Agnesia aufführte, stellte alles in den Schatten, was er bisher erfahren hatte.

Sie liebten sich jeden Tag so, als sei es der letzte. Agnesia schien all seine Wünsche zu erraten, und sie war sich nicht zu schade, die wildesten Stellungen auszuprobieren, so dass Gisbert sich manches Mal fragte, wo sie diese Fähigkeiten wohl erlernt haben mochte. Ihm war aber auch nicht entgangen, dass Agnesia nach ihren Zusammenkünften stets einen einsamen Raum aufsuchte, wo sie lange Buße tat und den Herrgott um Gnade für ihr sündiges Handeln anflehte.

Gisbert machte sich langsam Sorgen, denn je mehr sie sich ihrem wilden Treiben hingaben, umso mehr wurde ihr Verlangen genährt. Kein noch so geheimes Plätzchen schien vor Agnesia und Gisbert sicher zu sein, und die Tatsache, dass die Bediensteten des „Rappen" verlegen grinsten, wenn sie an ihnen vorübergingen, ließ Gisbert hoffen, dass bald etwas geschehen mochte, was den beiden Sündern etwas Pause gönnte.

Als hätte der Herrgott seinen Wunsch erhört, war tags darauf ein Kanonenschuss zu hören. Johannes Brand kam von der Straße in den „Rappen" gestürmt und schrie euphorisch: „Sie kommen, vom Wartbaum durch den Bruchköbler Wald, die Rettung naht, endlich!" Alle jubelten vor Erleichterung, denn langsam gingen auch die Vorräte im „Rappen" zur Neige. Tagelang schon ernährte Gisbert sich und die kleine Lies von in stinkendem Wasser eingeweichten Brotkrumen.

Landgraf Wilhelm von Hessen-Kassel war im Anmarsch auf Hanau. Sein Heer kam vom Bruchköbler Wald, räumte die feindlichen Schanzen und wollte Hanau am Ostrand umgehen. Gisbert wusste, wenn dieser Ansturm fehlschlug, war ganz Hanau verloren.

Er besprach sich mit Brand, und sie beschlossen, noch einen einzigen Ausfall zu wagen, um das Heer des Landgrafen zu unterstützen. Sie sammelten die in Hanau übrig gebliebenen Elendsgestalten um sich und schworen sie auf einen letzten gemeinsamen Kampf ein. In dem Moment, als Landgraf Wilhelm von Hessen-Kassel mit seinen Truppen die Kaiserlichen um Lamboy an der Kinzigbrücke angriff, öffneten Gisbert und seine Männer mutig das Nürnberger Tor und fielen Lamboys Soldaten von hinten in den Rücken. In einem zähen Zweikampf gelang es Gisbert, einen führenden Unterkommandeur von Lamboy zu erstechen und trug so einen großen Teil dazu bei, die Kampfmoral der Kaiserlichen zu schwächen. Es dauerte nicht mehr lange, bis die katholischen Truppen besiegt waren. Unter dem Beifallssturm der Bevölkerung zog die protestantische Armee durch das Nürnberger Tor in Hanau ein, die Stadt war befreit.

Gisbert kehrte glücklich zu Agnesia und Elisabeth in den „Rappen" zurück.

General Ramsay, der von Gisberts Kühnheit im Kampf um Hanau erfahren hatte, verschaffte ihm kurz danach einen Posten in der Armee des ebenfalls schottischen Feldmarschalls Alexander Leslie. Gisbert nahm dieses Angebot dankbar an; bot es ihm doch die Aussicht auf ein gesichertes Einkommen. Außerdem wollte er Ramsay nicht enttäuschen.

Mit Agnesia war es in der Zwischenzeit etwas Ernstes geworden, und Gisbert beschloss, wenn er von dem Feldzug zurückkam, sie zur Frau zu nehmen. Vorerst blieb Agnesia mit Elisabeth in Hanau, und Gisbert zog mit Leslies Truppen nach Wittstock Dosse, wo sie unter der Führung von Johan Banèr gegen das kaiserliche Herr von Melchior von Hatzfeldt antreten sollten.

Die letzte große Schlacht

Wittstock Dosse, 3. Oktober 1636

Der Kampf war vorbei, sie hatten gewonnen. Gisbert stand mit bitterer Miene an dem Massengrab, das sie am Scharfenberg ausgehoben hatten. Er starrte auf die leblosen Körper in der Grube, unter denen sich viele seiner Kameraden befanden. Durch eine Umgehungstaktik der Reiterei, die Gisbert dem schwedischen Heeresführer Johan Banèr vorgeschlagen hatte, konnten sie die Schlacht am Ende doch noch für sich entscheiden, obwohl es anfangs nicht gut für sie ausgesehen hatte. Doch zu welchem Preis, fragte sich Gisbert. Neunzehntausend Schwedische gegen zweiundzwanzigtausend aus den sächsisch-kaiserlichen Truppen waren es gewesen. Es gab Tausende Tote auf beiden Seiten.

Es ging schon lange nicht mehr um Religion. Die Habsburger und Spanier rangen mit den Franzosen um die Vormachtstellung in Europa. Gisbert war wie so viele andere in diesem Krieg nur ein Spielball für das Machtgeplänkel der Herrschenden. Er spuckte das Blut aus, das sich in seinem Mund angesammelt hatte. Auch er könnte dort unten liegen, dachte Gisbert, aber außer einer Schnittwunde am Kopf hatte er keine Verletzung und war noch einmal mit dem Leben davon gekommen. Seine Knochen schmerzten. Er war müde, wollte nicht mehr kämpfen. Er sehnte sich nach Ruhe und nach seiner Tochter Lies.

Nähre dich redlich!

10. Oktober 1636
Nach dem Kampf um Wittstock hatte Banèr Gisbert wegen seiner Verdienste im Kampf zum Unteroffizier ernannt. Gisbert wollte kein Söldner mehr sein, doch was nützte ihm alles Wunschdenken, wenn er kein Geld hatte, um sich und seine Tochter zu ernähren?

Auf dem Rückweg kam er an Leipzig vorbei und entschloss sich, seinen Bruder zu besuchen, der nach ihrer Flucht aus Magdeburg die Geschäfte des Vaters in Leipzig übernommen hatte. Von seinem Vater konnte Gisbert nicht viel erwarten, das wusste er. Sicher hatte er von Balthasar erfahren, dass Gisbert einige Zeit für die Kaiserlichen gekämpft hatte, und das dürfte die Kluft zwischen Vater und Sohn noch verstärkt haben. Doch als Gisbert bei seinem Bruder eintraf, der jetzt mit seiner Familie im Elternhaus wohnte, erfuhr er, dass sein Vater einige Wochen zuvor gestorben war. Trotz seines angespannten Verhältnisses zum Vater nahm diese Nachricht Gisbert sichtlich mit. Nun konnte er mit ihm nie mehr ins Reine kommen.

Wie schon erwartet, hatte von Gettenbach seinen Besitz und den Tuchhandel Balthasar vermacht, aber sein Bruder hatte auch erfreuliche Nachrichten. Als der Vater von der Rettung Balthasars aus Magdeburg durch Gisbert erfuhr, hatte er seinen jüngsten Sohn mit einer stattlichen Summe bedacht. So kam es, dass Gisbert als wohlhabender Mann nach Hanau zu Lies und Agnesia zurückkehrte.

Die Dörfer um Hanau waren wüst, aber am Untermain war die Lage etwas erträglicher geworden. Da Agnesia gerne nach Hochstadt zurück wollte, kaufte Gisbert dort eine der vielen seit dem Krieg leerstehenden Hofreiten.

Gisbert hatte dem Krieg abgeschworen. Er wollte von vorne beginnen, sich um seine Familie kümmern und mit ehrlicher Arbeit als Bauer sein Leben bestreiten. An der Hofreite, die im Krieg zu Gisberts Erstaunen nur mäßig beschädigt worden war, ließ er das Nötigste wieder herrichten. Kurz darauf war nicht nur die Einweihung des Hauses zu feiern, sondern auch die Hochzeit mit Agnesia.

Das neue Glück

Hochstadt, März 1637

Die Menschen ließen für diesen Tag ihre Sorgen hinter sich, und jeder trug zu Gisberts Fest bei, was er entbehren konnte. Sie waren ausgelassen und fröhlich, es gab hessische Spezialitäten wie Handkäse mit Musik, Blutwurst, Bratwurst, Speckkuchen und Sauerkraut mit Rippchen. Unter den Gästen war auch Gisberts Freund Johannes Brand mit seiner Frau und Tochter Gretchen. Brands Frau brachte Grüne Soße mit, sie hatte das Rezept von einem Hugenotten aus Frankfurt bekommen und servierte die Speise mit gekochten Eiern und Rindfleisch. Es war eine der seltenen Gelegenheiten, bei der sich die Leute einmal richtig sattessen konnten. Brand gratulierte seinem frisch vermählten Freund. Das Bauernleben war sicher weniger gefährlich, dennoch bedauerte Brand, dass mit Gisbert ein kühner Kämpfer und Streiter verloren ging.

In den kommenden fünf Jahren verspürte Gisbert seit langem das erste Mal eine Art Zufriedenheit, auch wenn der Krieg anscheinend nie enden wollte. Er war damit beschäftigt, die Hofreite in einen guten Zustand zu bringen. Seine Tochter Elisabeth fühlte sich in Hochstadt wohl und hielt Gisbert und Agnesia auf Trab. Jeder im Dorf dachte, dass Agnesia Elisabeths Mutter sei, auch wenn das kleine rothaarige Mädchen kaum Ähnlichkeit mit der schwarzhaarigen Frau hatte.

In geheimer Mission

Hochstadt, Januar 1642
Es war eine eisige Nacht. Plötzlich klopfte es hektisch am Tor der Hofreite. Gisbert trat mit seinem weißen Schlafrock und einer Kerze in der Hand vorsichtig zum Tor und öffnete. Vor ihm stand Johannes Brand.

Gisbert war verwundert aber erfreut: „Johannes, dass dich die Wache um diese Zeit einlässt, kann nur bedeuten, dass du ein wichtiges Anliegen hast." Gisbert fasste ihn freundschaftlich am Arm und zog ihn herein. „Komm, ich mache eine Flasche Portwein auf."

Brand und Gisbert gingen an Agnesia vorbei, die schlaftrunken aus der Kammer lugte.

In Gisberts Arbeitsstube setzten sie sich an den Holztisch, und Gisbert schenkte den Portwein in kleine Zinnbecher. Brand trank schnell und wirkte aufgekratzt. Gisbert trank ebenfalls in einem Zug aus und sah dann neugierig zu Brand.

„Sprich, was ist los?"

Brand sah ihn einen Moment zögernd an. „Gisbert, du musst mir helfen. Wie du sicher schon weißt, ist unser Graf Johann Ernst gestorben."

Gisbert nickte: „Ja. Ich habe davon gehört. Nach nur siebenwöchiger Regierungszeit, er war der letzte Nachkomme."

Brand fuhr fort: „Nach dem 1610 geschlossenen Erbvertrag sollen nun die Grafen von Hanau-Lichtenberg, die in Buchsweiler im Elsass und in Babenhausen residieren, die Nachfolge antreten." Brand stand auf und sah nachdenklich aus dem Fenster.

Gisbert blickte neugierig zu Brand. „Wer wird jetzt Graf von Hanau?"

Brand wandte sich wieder Gisbert zu. „Friedrich Casimir. Er ist erst neunzehn Jahre alt."

Gisbert überlegte. „Ja und?"

Brand kratzte sich am Kopf. „Die Sache hat einen Haken. Der Landgraf von Hessen-Darmstadt und der erzkatholische Mainzer Erzbischof Anselm haben ein Auge auf Hanau geworfen. Sie wollen verhindern, dass der als Freigeist bekannte Friedrich Casimir sein Amt in Hanau antreten kann. Deshalb haben die Hanauer Räte beschlossen, Casimir in einer Geheimaktion nach Hanau zu bringen."

Brand setzte sich zu Gisbert an den Tisch, nahm die Portweinflasche und schenkte beiden nach, während Gisbert ihn immer noch fragend ansah.

Brand prostete ihm zu. „Und wer wäre dafür besser geeigneter als der tollkühne Gisbert von Gettenbach?" Er setzte ein breites Grinsen auf.

Es hatte Brand nicht allzu viel Überredungskunst gekostet, Gisbert zu überzeugen. Auch wenn er bangen Herzens an seine Tochter dachte, schien Gisbert es zu genießen, endlich wieder in ein Abenteuer ziehen zu können. Brand war froh, dass sein Freund mit ihm ritt, er schätze Gisberts Mut, seine Wendigkeit und seinen Weitblick.

Es war eine tagelange Reise. Sie ritten erst an Main und Rhein entlang, dann durchquerten sie die Pfalz und das Unterelsass. Schließlich erblickten sie das stolze Schloss Lichtenberg am Rande der Vogesen und erreichten kurz darauf Buchsweiler. Die Männer wurden ins Schloss eingelassen und waren von der üppigen und geschmackvollen Einrichtung schier überwältigt. Sie genossen ein luxuriöses Nachtlager und den kräftig gewürzten elsässischen Baekeoffe, zu dem ein vortrefflicher Gewürztraminer kredenzt wurde.

Gleich am frühen Morgen brach die Gruppe Richtung Hanau auf. Es war klirrend kalt. Außer Friedrich Casimir war noch sein Vormund Georg von Fleckenstein dabei.

Sie hatten die Pferde gesattelt und sich so warm es ging eingepackt. Lange ging alles gut. Sie übernachteten im Freien am Lagerfeuer, die Kälte ließ sie zusammenrücken. Casimir, der als

Jagdpage verkleidet war, setzte sich im Schein des Feuers zu Gisbert. Er interessierte sich für die Geschichten, die Gisbert über den Krieg und die Menschen, die er getroffen hatte, erzählte. Anfangs dachte Gisbert noch, dass Casimir zu jung für das Regieren in Hanau sei, doch in dem Gespräch erwies sich der junge Graf als intelligent und vorurteilsfrei.

Am nächsten Tag ging es durch den Odenwald, wo Brand einige Schleichwege kannte. Da die Überfahrt des Mains bei Steinheim stark bewacht wurde, wollten sie den Fluss schon bei Seligenstadt überqueren. Doch plötzlich gerieten sie in einen Hinterhalt. Eine Truppe von Söldnern, die sich in der Seligenstädter Abtei versteckt hatte, war ihnen auf die Spur gekommen und preschte mit ihren Pferden auf die kleine Gruppe um Graf Casimir zu. Der Trupp war weit überlegen, aber Brand und Gisbert kämpften mit Säbeln und Pistolen wie die Löwen. Ihre jahrelange Kampferfahrung im Großen Krieg machte sie zu gleichwertigen Gegnern und überraschte die Angreifer. Es gelang Gisberts Gruppe zu entkommen. Auf ihrer Flucht umgingen sie das Kurmainzer Gebiet in Großauheim. Zum Glück wusste Brand einen Weg durch die sumpfige Bulau, dadurch schüttelten sie die Verfolger ab und erreichten das sichere Hanau.

Die Hanauer empfingen Casimir feierlich. Nachdem sich der neue Regent mit seinem Vormund Fleckenstein beraten hatte, bekamen Gisbert und Brand eine Belohnung. Brand erhielt die Stelle des Landbereiters, Gisbert wurde Bürgermeister von Hochstadt.

Ein folgenreicher Entschluss

Hochstadt, 5. Oktober 1649
Die letzen Sonnenstrahlen tauchten das Schützenhäuschen in goldenes Licht. Gisbert saß noch immer auf den Stufen. Die Erinnerungen verschwammen, und er erwachte aus seiner Versunkenheit. Viele Jahre waren seitdem vergangen. Der Krieg war endlich zu Ende gegangen, aber Gisbert hatte viel Not erlebt und geliebte Menschen verloren. Er dachte an seine Frau Anna, die er im Stich lassen musste, was er sich niemals verzeihen konnte. Auch seinen alten Freund Johannes Brand hatte er verloren. 1644 starb Brands Frau an der Ungarischen Krankheit. Brand kam über den Verlust nicht hinweg. Er verkaufte sein Wirtshaus, den „Rappen", legte sein Amt nieder und ging in die Fremde. Getrieben von Schmerz und Verzweiflung kämpfte er als Söldner bei den Niederländern gegen die Spanier. Irgendwo auf einem namenlosen Feld bei Flandern war er 1646 gefallen.

Betrübt sah Gisbert, wie die Sonne im Westen versank. Schwer erhob er sich. Die Erinnerung setzte ihm zu. Er musste zurück zum Hof. Agnesia fragte sich sicher bereits, wo er blieb.

Elisabeth saß derweil in ihrem Zimmer am Fenster und versuchte zu lesen, doch die untergehende Sonne gab mittlerweile zu wenig Licht. Das Lesen wollte ihr ohnehin nicht gelingen, da sie ständig in düstere Gedanken abschweifte. Sie spürte, dass ihr Vater mehr wusste, als er ihr sagte, und sie war umso enttäuschter, dass er ihr etwas anderes weismachen wollte. Stattdessen hatte sie nun Stubenarrest, und das Abendessen fiel für sie aus. Wenn niemand sie ernstnahm, musste sie eben selbst die Wahrheit herausfinden. Elisabeth blickte aus dem Fenster. Die knorrigen Äste der nahezu kahlen Kastanie hakten sich wie Krallen in der Abenddämmerung fest, so als wollten sie den Nachthimmel herunterziehen. Sie dachte an ihr geheimes Versteck im Baum.

Was hatte sie damals als kleines Kind dort wohl versteckt? Sie grübelte angestrengt und konnte sich undeutlich an eine Kette oder etwas Ähnliches erinnern. Es war ein Geheimnis, das niemand wissen sollte, und hatte irgendetwas mit Gisbert und Agnesia zu tun. Ihr Vater war damals sehr wütend. Er stritt mit Agnesia, weil er sie verdächtigte, den Schmuck fortgeworfen zu haben. Doch in Wahrheit war es Elisabeth gewesen, die ihn an sich genommen hatte. Aus Angst vor einer Strafe hatte sie ihre Tat verheimlicht und das Stück versteckt.

Sie beschloss, der Sache auf den Grund zu gehen und nachzuschauen, was genau sich in dem Astloch verbarg. Sie lief leise nach draußen. Agnesia war in der Küche damit beschäftigt, das Abendessen zuzubereiten. Elisabeth stand vor der Kastanie und suchte nach einem guten Einstieg. Zu ihrer Verwunderung schaffte sie es mit Leichtigkeit, nach oben zu klettern, so vertraut war ihr der Baum immer noch. Es dauerte nicht lange, bis sie hoch oben vor dem Astloch kauerte. Plötzlich ging unter ihr die Tür auf. Elisabeth hielt den Atem an. Agnesia trat mit einem Eimer nach draußen und schüttete Schmutzwasser in den Hof. Nachdem sie wieder ins Haus gegangen war, griff Elisabeth neugierig in den Hohlraum im Baumstamm. Sie zog einen Gegenstand hervor, der in ein Stück Stoff verpackt war. Der modrige Stofffetzen zerfiel fast in ihren Händen und gab eine silberne Kette mit einem Anhänger frei, in dessen Mitte ein kleiner, glitzernder Stein eingefasst war. Auf der Rückseite waren die Worte „Für Gisbert" eingraviert. Elisabeth entdeckte, dass es sich bei dem Anhänger um ein Medaillon handelte. Doch es ließ sich nicht öffnen, der Verschluss war verwittert und klemmte.

Elisabeth stieg mit ihrem Fund vom Baum und schlich zurück auf ihr Zimmer. Sie nahm ihren Brieföffner, steckte ihn in den kleinen Spalt des Medaillons und hebelte es vorsichtig auf. Zum Vorschein kam das winzige, fein mit Tusche gemalte Porträt einer Frau. Die Farben waren verblasst, dennoch war das Bild deutlich zu erkennen. Elisabeth spürte, dass sie etwas ganz Besonderes in den Händen hielt, und fühlte eine enge Verbundenheit zu der Frau, ohne sie zu kennen. Sie war sehr schön und hatte rote

Haare wie sie. Sollte sie mit ihren Vermutungen recht haben? War diese Frau auf dem Bild womöglich ihre wahre Mutter?

Um Gewissheit zu erlangen, musste sie nur noch eine Hürde überwinden. Sie würde die Einladung zu dem Treffen mit Guido Emmes annehmen.

Elisabeth warf sich ihren Mantel über. Es gelang ihr, unbemerkt aus dem Haus zu schlüpfen. Wohl war ihr nicht zu Mute, als sie die dunklen Gassen entlang lief und die geduckten Häuser ihr mahnend „Kehr um!" zuzurufen schienen. Aber der Wunsch, endlich die Wahrheit zu erfahren, war stärker als ihre Angst vor Gisberts Strafe, die sie bekommen würde, falls er herausfand, was sie tat.

Der blonde Söldner hatte gerade das Schreibzimmer von Guido Emmes verlassen, als Elisabeth das Treppenhaus des stattlichen Fachwerkbaus betrat. Sie lüftete ihre Kapuze, und der Blonde erkannte Gisberts Tochter. Schnell versteckte er sich in einer dunklen Ecke des Stiegenhauses. Elisabeth bemerkte nichts, als sie an ihm vorbei zur Treppe ging. Der Blonde schaute ihr nachdenklich hinterher. Zwar hasste er Gisbert, aber seine Tochter erinnerte ihn stark an Anna, die ohne Zweifel ihre Mutter gewesen war. Die Erinnerung an Gisberts erste Frau saß noch immer wie ein tiefer Schmerz in ihm. Sie hatte ihn aufgenommen wie ihr eigenes Kind, und er hatte sie dafür geliebt. Der Blonde war beunruhigt, dass Elisabeth allein zu Guido Emmes ging. Doch er konnte im Moment nichts dagegen unternehmen. Emmes hatte viel für ihn getan, als er ihn damals in Mainz aufgenommen und für seinen Lebensunterhalt gesorgt hatte. Doch gerade deswegen kannte er diesen Menschen nur zu gut. Emmes war unfähig, Liebe, Güte oder Erbarmen zu empfinden. Die Beziehung zwischen ihm und Emmes bestand aus einer Art Nehmen und Geben, mehr nicht. Emmes benutzte ihn als Werkzeug für seine Pläne. Wenn er ihn eines Tages nicht mehr brauchte, würde er den Blonden fallen lassen wie eine heiße Kartoffel. Der Blonde war gewappnet. Doch verband sie eine Sache. Es war der Hass auf Gisbert von Gettenbach.

Elisabeth klopfte zaghaft an die Tür. Eine Stimme forderte sie auf hereinzukommen. Sie betrat schüchtern die Stube. Guido Emmes schien sie bereits erwartet zu haben. Im Kamin brannte ein Feuer und wärmte behaglich den Raum. Es duftete angenehm nach verbrannten Tannenzweigen, die Emmes zusätzlich in die Flammen geworfen hatte. Er half ihr aus dem Mantel und bat sie mit einer Handbewegung, Platz zu nehmen. Guido Emmes nahm eine Glaskaraffe, in der sich Rotwein befand, und goss den Wein in zwei wertvolle Kristallgläser. Als er Elisabeth ein Glas reichte, lehnte sie ab.

Emmes verharrte. „Wie alt bist du jetzt, Elisabeth?"

„Fünfzehn Jahre", antwortete sie zaghaft.

Er streckte ihr das volle Glas wieder hin und nickte lächelnd. „Fünfzehn. Dann bist du jetzt eine Frau und solltest dieses Getränk, das göttlich ist und dem Blut Christi entstammt, nicht ablehnen. Außerdem wirst du es brauchen, wenn ich dir die Geschichte deiner wahren Mutter erzählen soll."

Elisabeth holte das Medaillon hervor und gab es Guido Emmes. „Können Sie mir sagen, wer die Frau auf dem Bild ist?" Sie blickte ihn mit erwartungsvollen Augen an.

Er schwieg beharrlich. Da nahm sie das Glas und nippte vorsichtig daran. Sie fand Gefallen an dem süßen Wein. Beim zweiten Schluck nahm sie mehr.

Emmes setzte sich auf einen ledernen Sessel ihr gegenüber, klappte das Medaillon auf und betrachtete das Bild. Das Warten auf seine Antwort kam Elisabeth endlos vor, und das Knistern des Feuers im Kamin verstärkte die unerträgliche Stille noch. Emmes trank vom Wein und ließ ihn genussvoll im Munde zergehen. Schließlich stellte er das Glas beiseite und gab ihr das Medaillon zurück: „Ja. Die Frau auf dem Bild ist keine Geringere als deine Mutter."

Elisabeth schloss die Augen. „Ich hab's gewusst."

Emmes faltete seine Hände und lehnte sich entspannt zurück. „Es war vor vielen Jahren. Ich sah deine Mutter auf dem Marktplatz in Mainz. Sie hieß Anna und verkaufte an einen Stand, Salben und Kräuter. Sie war bildhübsch ... so wie du."

Elisabeth errötete und lächelte schüchtern. Irritiert stellte sie fest, dass Guido Emmes im Licht des Kaminfeuers wirklich gut aussah.

Emmes trank vom Wein und fuhr fort. „Anna und dein Vater Gisbert waren mit einem Zug protestantischer Söldner nach Mainz gekommen. Die Stadt war zu der Zeit von den Schweden besetzt. Aber nachdem man sie vertrieben hatte, wurde Mainz wieder katholisch. Für die Protestanten begann eine schwierige Zeit. Manche konvertierten wieder zum katholischen Glauben, andere bestanden weiterhin auf ihrem Protestantismus. Und das aus gutem Grund. Die katholische Kirche galt als machtbesessen und korrupt. Deine Mutter war eine überzeugte Protestantin, niemals hätte sie gelogen oder aus Angst ihren Glauben verleugnet."

Elisabeth sog die Informationen über ihre Mutter auf wie ein Schwamm. Doch plötzlich hatte sie den Eindruck, als verhallten die letzten Worte von Guido Emmes wie ein langgezogenes Echo. Seine Gestalt verbog sich und zog sich dann seltsam in die Länge. Sie schüttelte ihren Kopf, um die Trugbilder loszuwerden. Vielleicht war es der Wein, schließlich hatte sie noch nie Alkohol getrunken. Sie stellte ihr Glas auf den Tisch: „Es tut mir leid … Ich glaube, ich muss gehen."

Die Worte aus ihrem Mund kamen ihr seltsam unwirklich vor, wie aus weiter Ferne. Elisabeth erhob sich schwer. Plötzlich schien es, als sei der ganze Raum schief und Guido Emmes säße seitlich an der Wand. Noch bevor sie ihre Verwunderung darüber äußern konnte, fiel sie nieder. Sie fiel und fiel und hatte das Gefühl, dass Wolken sie davontrugen. Emmes sprang auf und wollte sie auffangen, doch da war Elisabeth schon mit einem dumpfen Schlag auf den Holzboden gefallen.

Der Blonde horchte an der Tür. Er hatte kaum verstehen können, was sie redeten. Dann war es seltsam still geworden, und er hatte den Eindruck, als sei etwas zu Boden gefallen. Gerade als er unruhig sein Ohr näher an die Tür drücken wollte, stieg der Einäugige die Treppe empor. Verärgert zischte ihm der Blonde entgegen: „Was willst du hier?"

„Ich habe dich gesucht", knarzte der Einäugige mit seiner rauen Stimme, „Wir wollten uns heute Abend amüsieren, hast du's vergessen?"

Der Blonde blickte unsicher zur Tür, hinter der sich Elisabeth befand, wollte aber kein Misstrauen wecken. Er seufzte und nickte schließlich. „Wir sollten lieber den toten Landstreicher aus der Scheune wegräumen", ermahnte er den Einäugigen.

Doch der winkte grinsend ab: „Der läuft uns nicht weg. Außerdem soll er da bleiben, wo er ist."

Der Blonde sah ihn fragend an.

Der Einäugige klopfte ihm beruhigend auf die Schulter: „Neuer Befehl. Wir haben nun anderes zu tun. Komm jetzt, ich habe für uns beide ein ganzes Fass bestellt. Kein Dünnbier, echtes Fassbier." Er packte den Blonden am Ärmel und zog ihn mit sich.

Elisabeth erwachte benommen. Zunächst war ihr nicht klar, wo sie sich befand. Warmer Kerzenschein tauchte das Zimmer in eine heimelige Atmosphäre. Sie erschrak, als sie feststellte, dass ihr Kleid geöffnet war und locker über ihrer Brust lag. Guido Emmes trat neben sie. Er schaute von oben auf sie herab, denn sie lag auf seinem Bett. Mit gütigem Blick erklärte er ihr, dass sie ohnmächtig geworden war. Und weil sie so schwer geatmet hatte, musste er ihr Kleid lockern. Er versicherte ihr aber sogleich, nichts von ihrer Unschuld gesehen zu haben. Der Wein war wohl doch etwas zu stark gewesen, beteuerte Guido Emmes und machte sich nun Vorwürfe. Elisabeth gelang es mit einiger Mühe aufzustehen, musste sich jedoch gleich wieder setzen, weil ihr schwindlig wurde. Die ganze Situation war ihr furchtbar peinlich. Sie bat Guido Emmes, mit niemandem darüber zu reden. Emmes versprach ihr absolute Verschwiegenheit. Nachdem sich Elisabeth wieder erholt hatte, warf sie ihren Umhang über und verließ das Zimmer, nicht ohne vorher einen Handkuss von Guido Emmes erhalten zu haben, der ihr damit seine Zuneigung versicherte.

Elisabeth konnte unbehelligt in ihr Zimmer schleichen. Schnell zog sie ihren Umhang und das Kleid aus und legte sich ins Bett. Ihr Kopf dröhnte, aber sie fühlte sich trotzdem seltsam leicht.

Sie dachte an Guido Emmes, und ein Gefühl von Hitze stieg in ihr auf. Sie wollte sich nicht in diesen Menschen verlieben, aber durch Vernunft war der Liebe kaum beizukommen, hatte sie gehört. Sie seufzte. Je mehr sie sich diesem Zustand der Verliebtheit versagte, umso mehr wurde ihr Verlangen geweckt. Irgendwie hatte es dieser seltsame Mann geschafft, ihre Gefühle ganz durcheinanderzubringen. Die Dunkelheit in ihrem Zimmer machte sie schläfrig, doch dann spürte sie einen ziehenden Schmerz in ihrem Unterleib. Plötzlich wurde die Tür aufgerissen, und Agnesia stand mit einer Kerze im Zimmer. Elisabeth erhob sich schwer, so als würde sie aus dem Schlaf gerissen.

„Wir haben dich gesucht", wetterte Agnesia, „solltest du nicht auf deinem Zimmer bleiben? Dein Vater ist wütend, weil du nicht hörst. Er wird dich dafür strafen. Du sollst zu ihm kommen." Dann machte Agnesia auf dem Absatz kehrt und stapfte wieder nach unten.

Elisabeth schleppte sich die knarrenden Holzstufen hinunter und betrat die Küche, wo ihr Vater mit sorgenvoller Miene am Tisch saß. Er strafte sie mit einem ernsten Blick.

Agnesia blickte sie prüfend an. „Elisabeth, wie siehst du aus? Du bist ganz blass."

Gisbert überspielte seine Besorgnis und fixierte Elisabeth streng. „Setzt dich! Wo warst du?"

Elisabeth schaute ihn ängstlich an und setzte sich zaghaft auf einen Stuhl. „Ich … war spazieren, mir war nicht wohl. Danach habe ich mich hingelegt und muss eingeschlafen sein. Es tut mir leid …"

Sie spürte wieder dieses Ziehen im Bauch und schaute an sich herab. Erst jetzt sah sie, dass der ganze weiße Unterrock, den sie noch anhatte, voller Blut war. Vor Schreck sprang sie auf. Plötzlich kam wieder ein Schwindel über sie, und sie fiel zu Boden. Gisbert sprang erschrocken auf. Er versuchte Elisabeth aufzuwecken, indem er ihr leicht auf die Wange klopfte. Behutsam nahm er ihren Kopf und streichelte ihre Stirn. Elisabeth erwachte benommen und schaute ihn hilflos an.

Gisberts Blick war jetzt voller Güte. Er sah sorgenvoll zu Agnesia, die danebenstand. „Was ist mit ihr?"

Agnesia nahm die Situation weitaus gelassener und seufzte: „Sie hat ihren Weiberkram. Bei manchen ist das sehr stark." Dann ging sie zur Feuerstelle und setzte einen Kessel mit Wasser auf: „Trag sie nach oben, ich kümmere mich darum."

Gisbert nahm seine Tochter auf die Arme und trug sie die Treppe hinauf in ihr Zimmer. Sie war in der Zwischenzeit in einen tiefen Schlaf gesunken.

Als Elisabeth erwachte, lag sie in ihrem Bett. Im flackernden Kerzenlicht erkannte sie Agnesia, die auf einem Stuhl neben ihr saß. Sie blickte Elisabeth eine Weile ausdruckslos an. „Ich habe unter deinem Bett ein blutiges Laken gefunden."

Elisabeth erschrak ertappt.

Agnesia lächelte wissend. „Halb so schlimm, Kindchen. Das machen wir alle durch, die einen mehr, die anderen weniger."

Elisabeth richtete sich ein Stück auf. „Dann bin ich jetzt endgültig eine Frau?"

Agnesia nickte.

Elisabeth verzog ihr Gesicht und ließ sich aufs Kissen zurücksinken.

„Ich hab's mir nicht so schmerzhaft vorgestellt."

Agnesia gab ihr einen nassen Lappen. „Das mit den Schmerzen vergeht. Und es ist ja nur einmal im Monat. Ich habe dich sauber gemacht und dir ein Tuch angelegt." Agnesia legte den Kopf schief. „Diese Blutung hier ist … na ja … hellrot … und … du hast einen Kratzer dort … Woher kommt der?"

Elisabeth schaute sie erschrocken an und schüttelte den Kopf. „Ich weiß es nicht."

Agnesia sah sie prüfend an, dann sagte sie ruhig: „Es ist nicht schlimm, wahrscheinlich hast du dich im Schlaf gekratzt."

Elisabeth seufzte: „Warum müssen wir Frauen bluten?"

Agnesia verzog ihre Mundwinkel, so als würde es einem jungen Mädchen nicht zustehen, solch eine Frage zu stellen. „Der Herrgott hat's nun mal so eingerichtet. Nur so können wir Kinder bekommen. Wenn du eines Tages nicht mehr blutest, kündigt sich Nachwuchs an."

Elisabeth tupfte ihren heißen Kopf mit dem nassen Lappen ab und sah entsetzt zu Agnesia. „Du meinst, ein Kind?"

Agnesia nickte. „Ja, irgendwann, wenn du den richtigen Mann gefunden hast. So, jetzt ruh dich aus, mit dem Kinderkriegen hast du ja noch ein Weilchen Zeit."

Noch bevor Elisabeth weitere Fragen stellen konnte, hatte Agnesia ihr den Lappen abgenommen, ihn in eine Schüssel geworfen und ging damit zur Tür.

Elisabeth rief ihr nach. „Bitte, schick mir Vater, ich muss noch einmal mit ihm reden."

Agnesia verdrehte die Augen und nickte.

Elisabeth spürte Agnesias Kälte, aber jetzt, wo sie wusste, dass sie nicht ihre Mutter war, war ihr klar, woran es lag. Agnesia konnte Elisabeth einfach nicht leiden.

Es kam Elisabeth wie eine Ewigkeit vor, bis ihr Vater ins Zimmer trat. Er setzte sich zu ihr ans Bett und streichelte ihr liebevoll übers Haar:

„Meine kleine Lies ist jetzt eine Frau. Wie schnell doch die Zeit vergeht."

Elisabeth sah Gisbert ernst an. „Vater, ich muss dir etwas Wichtiges sagen … und es ist geheim."

Gisbert musterte sie kurz, dann stand er auf und schloss die Zimmertür. Er zog den Stuhl näher zu Elisabeth heran.

„Ich war in der Scheune, letzte Nacht … in der Scheune, wo sie den toten Jungen aufgebahrt haben", gestand Elisabeth.

Gisbert drückte Elisabeths Hand. „Was zum Teufel hast du dort verloren? Und noch dazu in der Nacht!"

Elisabeth wurde kleinlaut. „Ich war neugierig und wollte für dich herausbekommen, was wirklich geschehen ist … Das alte Kummet schlief dort im Heu, und da …" Elisabeth stockte und ihr kamen die Tränen.

„Rede Kind, was hast du gesehen?", fragte Gisbert aufgewühlt.

Elisabeth flüsterte mit erstickter Stimme: „Es kamen zwei Männer. Sie haben mich nicht gesehen, weil ich mich versteckt hatte. Sie haben nach der Leiche des Jungen geschaut. Dann haben sie das alte Kummet im Heu entdeckt und da haben sie … da haben sie …" Elisabeth musste wieder weinen und schluchzte. „Sie haben ihm die Kehle durchgeschnitten …"

Gisbert nahm sie in die Arme, dann löste er sich wieder. „Konntest du erkennen, wer die Männer waren?"

Elisabeth schüttelte den Kopf. „Nein, aber einer hatte eine sehr tiefe, raue Stimme, wie ein Reibeisen."

Ihr Vater sah sie streng an. „Elisabeth, hör gut zu, was ich dir jetzt sage. Du wirst mit niemandem darüber reden, mit niemandem, hast du verstanden?"

Elisabeth nickte und wischte sich die Tränen ab. „Sie haben gesagt, dass es keine Zeugen geben darf …"

Gisbert legte seinen Finger an ihren Mund. „Ich will, dass du ab jetzt schweigst wie ein Grab und zu Hause bleibst."

Elisabeth nickte besorgt.

Gisbert erhob sich. „Hab keine Angst, ich werde das regeln. Schlaf jetzt!" Gisbert löschte die Kerze und verließ das Zimmer.

Er stand noch eine ganze Weile vor ihrer Tür. Sorgenfalten hatten sich tief in sein Gesicht gegraben. Es war der dritte Tote binnen kurzer Zeit. Er musste so schnell wie möglich etwas unternehmen, sonst würde alles aus dem Ruder laufen, und es würde einen Aufruhr geben.

Es war schon spät in der Nacht, als Gisbert zur Scheune schlich. Genau wie Elisabeth kannte auch er die geheimen Wege, um nachts aus der Stadt herauszukommen. Nachdem er eine Kerze angezündet hatte, dauerte es nicht lange, bis er die Leiche vom alten Kummet unter dem Heu gefunden hatte. Sein Anblick war grauenhaft. Gisbert betrachtete den Toten genauer. Etwas stimmte nicht mit ihm. Elisabeth hatte erzählt, die Männer hätten dem alten Kummet die Gurgel durchgeschnitten. Doch dies hier war kein Schnitt. Seine ganze Kehle schien aufgerissen, geradezu zerfetzt, so als hätte ein wildes Tier ihn angefallen.

Gisbert blickte zur daneben liegenden Leiche des Jungen. Er weigerte sich an irgendetwas Übernatürliches zu glauben, aber er musste sich eingestehen, dass ihm nicht wohl bei der Sache war. Vorsichtig ging er zur Leiche des Jungen und betrachtete sie genau. Die Leichenstarre hatte längst eingesetzt, es war kein Leben in diesem Körper. Aber der Mund des Jungen war mit Blut verschmiert und erweckte den Anschein, als habe er ein Tier oder einen Menschen zerrissen. Jemand wollte, dass es so aussah, als habe sich der Junge in einen Werwolf verwandelt und das arme Kummet getötet. Gisbert überlegte. Wenn der Tote entdeckt würde und die Leute sahen, dass der Bettler Bisswunden wie von einem Wolf hatte, würden sie sicher sofort nach dem verhassten Hexenjäger Franz Burkhart rufen, der im Ort weilte. Am nächsten Tag war Ratssitzung. Guido Emmes und Franz Burkhart hätten ein leichtes Spiel, die Bewohner von etwas Bösartigem, Übernatürlichem zu überzeugen. Gisbert musste das unbedingt verhindern. Es gab nur eine Lösung, er würde die Leiche des Bettlers verschwinden lassen. Gisbert blickte auf den Leinensack, mit dem der tote Junge zugedeckt gewesen war und der nun in einer Ecke lag. Er nahm ihn und wickelte das Kummet darin ein, dann holte er eine von den Ketten, die an den Balken hingen, und schlang sie um den Sack mit dem Leichnam.

Gisbert zog den Bettler ächzend durch den hinteren Einlass mit dem losen Brett und legte ihn über seine Schulter. Schweren Schritts lief er hinter der Scheune über einen Umweg Richtung Hartig. Der nächtliche Mond gab genug Licht und führte ihn sicher zum Töngeswald. Der Schwarze See war tief und morastig genug, um den Toten dort sicher zu verbergen. Er steckte ein paar große Steine unter die Kleidung des armen Kummets und zerrte die Ketten darüber. Dann watete er an einer unübersichtlichen Stelle durchs Schilf in den eiskalten See und schob seine Last ins tiefe Wasser, bis sie nach einigem Zögern mit einem Glucksen und Plätschern schließlich versank.

Die Ratssitzung

Hochstadt, 6. Oktober 1649
Im oberen Stock des Spielhauses fand an diesem grauen Oktobertag die Ratssitzung statt. Neben Gisbert saßen in nobler Bekleidung an einem langen Tisch Gregorius Müller, gefolgt von Heinrich Fredes, Andreas Rohn und Nikolaus Heckerth, der als einflussreichster Bauer im Ort das Protokoll führte. Weitere Teilnehmer waren Pfarrer Cress, Caspar Strohl, der Wirt des Ratskellers, die reichen Bauern Hans Weber, Johannes Eibelshäuser, Johann Schmid und natürlich der Amtmann Guido Emmes. Als besonderen Gast hatte Emmes, sehr zu Gisberts Verdruss, Franz Burkhart eingeladen, an der Sitzung teilzunehmen. Der Mundschenk Christophel Stein sorgte dafür, dass die Herren nicht trockenen Mundes beraten mussten, und füllte die Gläser mit dem besten Wein der Gegend.

Nikolaus Heckerth stand auf und fasste die Ereignisse der letzten Tage, angefangen bei dem Bericht des Schäfers, der die Überreste des Edelmannes im Wald gefunden hatte, bis zu dem toten Jungen mit den spitzen Zähnen, zusammen.

Als er geendet hatte, erhob sich Guido Emmes. Er wartete, bis Ruhe im Raum eingekehrt war, und ergriff das Wort:

„Wie wir alle wissen, sind bei diesen Todesfällen böse Kräfte im Spiel. Böse Kräfte, die uns veranlasst haben, die Leiche des vermeintlichen Jungen, oder besser gesagt dieses Teufels, genauer zu untersuchen. Der Kadaver zeigt Merkmale, wie sie bei einem Werwolf zu Tage treten. Dies lässt mich zu dem Schluss gelangen, dass es sich um kein menschliches Wesen handelt, sondern um das Monster, das schon länger in dieser Gegend sein Unwesen treibt."

Guido Emmes blickte in die erschrockenen Gesichter der Anwesenden. Mit Genugtuung bemerkte er, dass er sie bei ihrer Angst gepackt hatte.

Franz Burkhart erhob sich und sah besorgt in die Runde. „Wer weiß, ob nicht noch andere dieser Teufel existieren? Es wäre nicht das erste Mal, dass ich so etwas erlebe."

Lautes Gemurmel schwappte durch die Menge. Jemand rief: „Gut, dass Franz Burkhart da ist."

Guido Emmes hob seine Hand, und die Männer verstummten. „Natürlich ist es möglich, dass es noch weitere solcher Teufel gibt. Oder dass dieser hier, solange er nicht dem Feuer übergeben wurde, weiterhin nachts sein Unwesen treibt. Wenn dem so ist, dann wird das Morden nicht aufhören. Es ist also besser, wenn sich ein jeder gottesfürchtig zeigt und folgsam ist."

Gisbert stand auf. „Ihr solltet vielleicht noch erwähnen, dass dieser junge Mann, von dem hier die Rede ist, gefoltert wurde, bevor er starb, ohne dass darüber der Rat informiert wurde."

Emmes schaute Gisbert listig an. „Was wir taten, war rechtens, Herr Bürgermeister, schließlich wurde mir als Amtmann die Pflicht übertragen, die Constitutio Criminalis Carolina anzuwenden, wenn ein Verdachtsfall vorliegt."

Die Anwesenden murmelten beifällig.

Gisbert räusperte sich laut und ergriff wieder das Wort. „Wenn man Euch reden hört, dann war dies kein Verdachtsfall, sondern Ihr wart von Anfang an vom Teufelswerk überzeugt. Mit Euren Behauptungen und diesem Aberglauben schürt Ihr die Angst unter den Menschen. Doch durch Angst wurde noch nie etwas zum Guten gewendet. Ihr habt keinen Beweis dafür, dass der Junge den Edelmann getötet hat."

Guido Emmes ging zurück zu seinem Platz und holte aus seiner Ledertasche den blutigen Fetzen einer Jacke heraus. Er schwenkte ihn demonstrativ mit erhobenem Arm, so dass ihn alle sehen konnten. Gisbert kannte die Jacke nur zu gut, aber er schwieg. Er wollte Guido Emmes die Genugtuung nicht gönnen. Dieser gab den Stofffetzen weiter an die Ratsmitglieder, die ihn mit Ekel begutachteten.

„Diesen Rest einer Jacke fanden wir bei dem Teufel, blutig und zerrissen. Es deutet darauf hin, dass der Werwolf den Mann gerissen und aufgezehrt hat. Deswegen wurden keine Überreste der

Leiche gefunden. Außerdem gab dieser Teufel bei der Befragung zu, den Mann getötet zu haben und …"

Gisbert fiel ihm ins Wort. „Und das hat er Euch mit herausgerissener Zunge gesagt?"

Als Gelächter im Saal ertönte, rang Emmes kurz nach Worten. Er hatte wohl nicht damit gerechnet, dass Gisbert die Leiche des Jungen so genau untersuchen würde. Doch schnell gewann Emmes seine Fassung wieder, nicht ohne Gisbert eines feindlichen Blickes zu würdigen. „Er sagte dies, bevor er sich seine Zunge abbiss. Selbst im Todeskampf, nach der Befragung, hat dieses Wesen um sich geschlagen, gekratzt und gebissen. Dabei hat er sich die Zunge selbst abgerissen."

„Dies ist nicht unüblich bei solchen Biestern", warf Franz Burkhart ein.

Der Pfarrer und einige der Zuhörer nickten. Auch Bauer Fredes bezeugte durch ein Brummen Zustimmung. Doch die übrigen Ratsherren hatte Emmes anscheinend nicht überzeugen können.

Gregorius Müller stand zaghaft auf. „Die Beweislage scheint nicht eindeutig zu sein. Deshalb schlage ich eine Unterbrechung der Sitzung vor."

„Gut, dann soll es so sein", entgegnete Guido Emmes selbstsicher. „Nach der Pause werde ich Euch endgültig handfeste Beweise dafür vorlegen, dass eine Teufelaustreibung notwendig ist, damit sich das Böse nicht weiter in Hochstadt ausbreiten kann. Dann wird auch der Graf von Hanau überdenken müssen, ob ein solcher Bürgermeister, der sein Dorf nicht vor des Teufels Bestien schützen will, es verdient, noch länger dieses Amt zu bekleiden."

Großes Stimmengewirr ertönte im Raum. Nikolaus Heckerth klopfte mit einem Holzhammer auf den Tisch. „Der Rat zieht sich zu einer Beratung zurück. In einer halben Stunde geht es weiter." Er nahm eine Sanduhr, die neben ihm stand, und drehte sie um.

Unter Gemurmel erhoben sich die Teilnehmer der Ratssitzung und gingen nach draußen. Gisbert fing den höhnischen Blick von Guido Emmes auf und blieb als Einziger im Ratszimmer zurück. Er schaute aus dem Fenster des Spielhauses, das den Blick auf die Hauptstraße freigab. Während sich einige Männer hinter dem Spielhaus erleichterten, stand Guido Emmes unten am Weedt. Zwei Söldner eilten auf ihn zu, einer mit einer Augenklappe und der Blonde, den Gisbert nur zu gut kannte. Die beiden gestikulierten aufgeregt, und der Einäugige zeigte zur Scheune vor dem Stadttor, in der der angebliche Werwolf und sein vermeintlich neuestes Opfer liegen sollten. Guido Emmes geriet in Rage und kanzelte die beiden forsch ab. Gleich darauf legte er wieder seine hochmütige Miene auf, so als sei nichts gewesen. Gisbert konnte sich ein zufriedenes Grinsen nicht verkneifen. Der Raum füllte sich langsam wieder, und als alle Platz genommen hatten, ging die Sitzung weiter.

Nikolaus Heckerth blickte fragend zu Guido Emmes. Der blieb hochmütig stehen und erklärte, dass der Beweis noch warten müsse, aber demnächst endgültig vorliegen werde. Man solle sich auf sein Wort verlassen. Wieder raunte es durch die Menge.

Heckerth zögerte, ihm schien die Situation unangenehm zu sein. Dann wandte er sich bedauernd an die Runde. „Eine Ratssitzung, die in einer Sache begonnen hat, muss in der selbigen zu einer Entscheidung führen, so sagen es nun einmal leider unsere Statuten." Dann schlug er dreimal mit dem Holzhammer auf den Tisch. „Deshalb kommen wir jetzt zur Abstimmung, ob die vorgelegten Beweise für die Existenz eines Werwolfs ausreichen."

Drei Ratsherrn stimmten mit Ja, drei enthielten sich und der Rest war dagegen.

„Damit sind wir zu dem Schluss gelangt, dass eine Teufelsaustreibung und Säuberungsaktion in Hochstadt nicht durchgeführt werden kann. Tut mir leid, Herr Amtmann."

Emmes erkannte, dass sein Anliegen gescheitert war und sah mit giftigem Blick in die Runde. Dann setzte er ein überhebliches Lächeln auf.

„Eine Teufelsaustreibung könnt ihr verhindern. Aber als Vertreter des Amtes Büchertal befehle ich, dass der Leichnam der Bestie von Franz Burkhart nach Büdingen verbracht wird, damit sie dort noch einmal begutachtet und anschließend dem reinigenden Feuer übergeben werden kann. Ferner werden wir uns die Freiheit nehmen, die Sache weiter zu verfolgen, falls das böse Treiben hier kein Ende findet."

Gisbert wollte zum Protest ansetzen, doch Emmes überfuhr ihn herrisch. „Laut der Halsgerichtsbarkeit sind wir jederzeit befugt einzugreifen."

Gisbert schaute in die Runde. Er wusste, dass Emmes Recht hatte, aber er ließ sich nicht einschüchtern und hob beide Hände. „Es soll den beiden Herren gestattet sein, den Leichnam mitzunehmen. Vielleicht tragen sie dann für immer zusammen mit ihrem Aberglauben den Teufel aus dem Ort hinaus."

Allgemeines Gelächter erscholl im Raum. Nikolaus Heckerth hämmerte laut auf den Holztisch, bis es ruhiger wurde. „Die Sitzung ist beendet und das Unglück vorerst gebannt!"

Großer Applaus wurde Gisbert zuteil, außer von Nikolaus Heckerth, Heinrich Fredes und dem Pfarrer, der den Kopf schüttelte und anfing zu beten.

Gregorius lief zu Gisbert und klopfte ihm freundschaftlich auf die Schulter. „Denen hast du es gezeigt."

Als sie auf die Straße kamen, trat Franz Burkhart bedrohlich nah vor Gisbert. „Diesmal noch habt Ihr es geschafft, Gisbert von Gettenbach. Aber wir werden sehen, wer zuletzt lacht. Ihr verleugnet den Teufel und werdet daran zugrunde gehen. So wie einst Eure Frau." Mit diesen Worten nickte er Gisbert zu, drehte sich um und ging fort.

Gisbert wäre diesem Menschenschinder am liebsten ins Gesicht gesprungen und blickte ihm wütend nach.

***

Der blonde Söldner und der Mann mit der Augenklappe saßen mürrisch in der Dorfschänke. Der Blonde hob betrunken seinen Bierhumpen und prostete dem Einäugigen zu. „Das war wirklich eine gute Idee von dir, erst am frühen Morgen in die Scheune zu gehen. Darauf trinken wir. Trinken wir darauf, dass der Bettler plötzlich wieder laufen kann und sich auf und davon gemacht hat. Trinken wir darauf, dass wir jetzt wahrscheinlich keine Arbeit mehr haben."

„Ach, halt's Maul", bellte ihn der Einäugige an und trank den letzten Rest von seinem Bier. „Da hat uns jemand reingelegt, und wenn ich den finde, dann gnade ihm Gott." Damit erhob er sich wankend. „Ich muss schlafen."

Der Einäugige begab sich schwerfällig zur Tür. Der Blonde schaute ihm nach, erhob abermals den Bierhumpen und prostete ihm mit abfälligem Gesichtsausdruck nach.

Guido Emmes stand bebend vor Zorn in der Schreibstube seines Hauses. Er blickte auf die Hauptstraße und sah zu, wie Franz Burkhart zusammen mit dem Blonden und ein paar Söldnern davonritt. Die Schmach, dass Gisbert als Sieger aus der Verhandlung hervorgegangen war und ihn bloßgestellt hatte, schien ihn innerlich aufzufressen. Doch Guido Emmes war noch lange nicht am Ende. Er hatte noch mehrere Trümpfe in dem Spiel, das die Dorfbewohner schon bald in Aufruhr versetzen würde; solange, bis sie Franz Burkhart anflehen würden, zurückzukommen, um seines Amtes zu walten. Glühend überkam ihn die Erinnerung an den Abend, als Elisabeth bei ihm war. Dieses törichte Mädchen hatte tatsächlich geglaubt, er würde ihr helfen. Er dachte daran, wie sie bewusstlos auf seinem Bett lag und er sie langsam entblößte. Knospen der Unschuld und Reinheit. Mit Genuss erinnerte er sich, wie er dieses unschuldige Fleisch genommen hatte, wie er in sie eindrang, so lange bis er seinen teuflischen Saft in sie gegeben hatte. Guido Emmes betete, dass der Samen fruchten und Unglück über Gisbert von Gettenbachs Familie bringen würde.

***

Er stand am Rande des Hexenwaldes und sah, wie Franz Burkhart mit seinem Gefolge Richtung Büdingen aus dem Dorf ritt. Der unter einer zerschlissenen Filzdecke ruhende Leichnam seines Sohnes lag auf einer Holzkarre, die von zwei müden Ochsen gezogen wurde. Hasserfüllt blickte er auf Hochstadt, als gerade eine rot glühende herbstliche Abendsonne unterging. So rot wie das Blut, das über euch kommen wird, dachte er rachedurstig. Sein Herr hatte ihm verboten, ins Dorf zu kommen, doch das hatte für ihn keine Bedeutung mehr. Er war mit den Geheimgängen des Ortes bestens vertraut. Nein, so schnell würde er sich nicht erwischen lassen. Es würde schleichend kommen. Die Einheimischen sollten für einige Zeit glauben, dass der Spuk vorbei sei, sie sollten sich in Sicherheit wiegen. Dann würde er sich von Zeit zu Zeit einen von ihnen holen. Panik würde sich ausbreiten, und alle sollten glauben, dass das Böse wieder über sie gekommen sei. Ja, der Teufel war nicht fort, war nie fort gewesen. Denn er war der Teufel und eine hungrige Bestie dazu, und er würde sich auch seinen Herrn holen, um sein Fleisch zu essen.

***

Der Tross nach Büdingen bestand aus einem Haufen versprengter Söldner verschiedener Nationen. Eintönig polterte der Wagen mit der Leiche hinter ihnen her. Niemand sprach ein Wort. Der Blonde ritt neben Franz Burkhart und kämpfte nach der durchzechten Nacht mit seiner Benommenheit. Immer wieder nickte er ein, und sein Kopf sank ihm auf die Brust. Jeder Stein, über den sein Pferd holperte, riss ihn kurz aus dem Schlaf. Schließlich zwang er sich, die Augen offen zu halten, nahm einen Apfel aus der Satteltasche und biss hinein. Er musste an Gisberts Tochter denken. Ihm behagte es gar nicht, dass er sie jetzt nicht mehr sehen würde und dass sie Guido Emmes hilflos ausgeliefert war. Was hatte er vor? Der Blonde ahnte, dass es nichts Gutes war. Er hätte Gisbert warnen müssen, aber sein Stolz und seine Wut auf ihn waren stärker gewesen. Doch wenn er jetzt an die schöne, unschuldige Elisabeth dachte, kam ihm seine Arbeit für Guido Emmes immer unsinniger vor. Der hatte ihn beauftragt, Burkhart zu begleiten und als sein Abgesandter das Spektakel, die Verbrennung des Jungen, zu überwachen. Aber in ein paar Tagen würde er wieder nach Hochstadt zurückkehren und in Elisabeths Nähe sein können.

Trügerische Ruhe

Hochstadt, 7. Oktober 1649
Elisabeth erlebte ihren Vater an diesem Morgen bei bester Laune. Er neckte sogar Agnesia, die ihn dann wie immer zurechtwies und ihn an sein Amt des Bürgermeisters erinnerte. Gisbert war heilfroh, das Schlimmste verhindert zu haben, und er hatte den Anblick genossen, als Franz Burkhart und seine Männer aus dem Tor geritten waren. Es würde wieder ein harter Winter werden, und sie hatten genug damit zu tun, dass es ausreichend zu essen gab im Dorf. In Hochstadt war kein Platz für Hexenjäger und Teufelsaustreiber. Ihm war dennoch klar, dass er vor Guido Emmes auf der Hut sein musste. Er hatte ihn bloßgestellt, und der Amtmann würde sicherlich schon darauf warten, es ihm heimzuzahlen. Aber fürs Erste war Ruhe eingekehrt.

***

Der Mann mit dem schwarzen Kapuzenumhang stand mit einer Fackel im Felsenkeller. Es dauerte nicht lange, bis aus einem der Gänge, die in das große Gewölbe mündeten, zwei Männer gelaufen kamen. Auch sie hatten ihre Kapuzen tief ins Gesicht gezogen. Doch als sie mit den Fackeln zusammenstanden, wurden ihre Gesichter erhellt. Nikolaus Heckerth und Heinrich Fredes blickten nervös zu Guido Emmes. Der machte keinen Hehl daraus, dass er zornig und enttäuscht war von seinen Mitstreitern: „Eine große Chance wurde verspielt."

Fredes sah zu Emmes und Heckerth. „Wir haben alles versucht, aber Gisbert genießt viel Sympathie im Dorf."

„Dann hättet Ihr dafür sorgen müssen, dass sich das ändert", zischte ihnen Emmes wütend entgegen.

Heckerth musste sich kurz räuspern, bevor er etwas herausbrachte. „Vielleicht wäre es besser, alles abzublasen und zu warten."

„Zu warten!", bellte ihn Emmes an. „Was denkt Ihr eigentlich, was hier geschieht, wenn Gisbert von Gettenbach herausfindet, wer hier gegen ihn arbeitet und auf seine Äcker erpicht ist? Was, glaubt Ihr, macht er dann mit Euch?"

Nikolaus Heckerth und Heinrich Fredes blickten verlegen zu Boden.

Heckerth seufzte schließlich. „Ich gebe ja zu, dass ich voller Argwohn gegen Gisbert war, weil er das Amt bekam, das eigentlich mir zustand. Sie gaben es einfach diesem zugewanderten Söldner. Aber ihn deswegen ins Unglück zu stürzen und seine ganze Familie dazu ..."

Guido Emmes unterbrach ihn forsch und drohte. „Ihr seid im Wort. Wenn Ihr es brecht, kann ich für nichts garantieren."

Fredes fügte matt hinzu: „Er hat recht, Nikolaus. Es gibt kein Zurück. Wir haben uns schon zu weit vorgewagt."

Heckerth überlegte einen Moment, dann nickte er zaghaft.

„Ihr verhaltet euch ruhig, bis ich sage, wie wir weiter verfahren. Geht jetzt", befahl Guido Emmes in herrischem Ton.

Heinrich Fredes und Nikolaus Heckerth nickten ihm zu und schlichen lautlos davon. Emmes sah dem Flackern ihrer Fackeln nach, bis das unruhig zuckende Licht in den Gängen verschwunden war. Er blieb allein im Gewölbe zurück und blickte sich langsam nach allen Richtungen um. Schon seit geraumer Zeit hatte er das Gefühl, das ihm jemand nachschlich. Jemand, der mit den geheimen Gängen dieses Ortes bestens vertraut war, der nur darauf zu warten schien, dass er hier unten allein war. Als Guido Emmes die Fackel etwas weiter von sich hielt und in einen der dunklen Gänge leuchtete, erkannte er die schreckliche Fratze der Bestie mit ihren spitzen Zähnen. Gierig verschlang das Monster ihn bereits mit seinen Augen, noch bevor es mit einem Satz bei Guido Emmes war. Es packte ihn und warf ihn zu Boden. Voller Gier und Hass wollte es seine Zähne in seinen Hals schlagen.

Doch in diesem Moment ertönte das Klicken eines Radschlosses und der Lauf einer Waffe wurde an seine Schläfe gedrückt. Eine starke Hand packte es an den Haaren und riss es nach oben. Die Bestie starrte wütend in das Gesicht des Mannes mit der Augenklappe. Guido Emmes stand auf, klopfte den Dreck von seinen Kleidern und sah in die unruhigen Augen des Mannes, den sie Bestie nannten.

„Du bist zornig wegen deines Sohnes. Ja, das kann ich verstehen. Aber du willst den Falschen bestrafen. Ich habe versucht, ihn zu retten. Der Bürgermeister, Gisbert von Gettenbach, wollte dem Treiben deines Sohnes ein Ende bereiten, denn er hat seinen Neffen getötet. Deswegen musste dein Sohn sterben. Der Bürgermeister selbst hat es getan, ich habe es mit eigenen Augen gesehen."

Wie ein hungriger Wolf blickte ihn die Bestie an.

„Du glaubst mir nicht? Er kann es bezeugen." Guido Emmes blickte zu dem Einäugigen, der der Bestie bestätigend zunickte. Emmes wartete, bis die Bestie wieder zu ihm sah. „Für dich habe ich jetzt nur eine Botschaft. Entweder du glaubst mir und wirst tun, was ich dir sage, oder du wirst deinem Hass nicht freien Lauf lassen können und auf der Stelle sterben. Wenn du mir glaubst, dann nicke und du kannst gehen."

Die Bestie überlegte und ihr hasserfüllter Blick erstarb langsam, dann nickte sie.

„Du wirst schon bald deinen Sohn rächen können. Nur habe noch etwas Geduld und warte auf meine Anweisung", fügte Emmes besänftigend hinzu.

Die Bestie blickte ihn noch einmal misstrauisch an, so als wolle sie überprüfen, was er ihr soeben versprochen hatte, dann verschwand sie in einem der dunklen Gänge.

Der Einäugige trat auf Emmes zu. „Was ist, wenn dieser grausige Abschaum nicht tut, was Ihr sagt? Soll ich die Sache nicht lieber beenden?"

Emmes blickte ihn nachdenklich an. „Nein, noch nicht. Wir brauchen ihn noch. Er wird tun, was ich sage."

Ein Unheil kommt selten allein

Hochstadt, Sonntag, 8. Januar 1650
Als Elisabeth an diesem Sonntag mit ihrem Vater und Agnesia durch die Kirche zu ihrem angestammten Platz nach vorne schritt, kam es ihr wie ein Opfergang vor. Guido Emmes stand in einer der vorderen Reihen. Wie oft hatte sie an ihn denken müssen in den letzten Wochen. Ihre Gefühle hatten verrückt gespielt, und das Verlangen nach ihm hatte sie zum Weinen gebracht. Gleichzeitig plagte sie ihr schlechtes Gewissen, weil sie nur noch an den Mann denken konnte, den ihr Vater so sehr hasste. Er durfte niemals davon erfahren und wäre zutiefst enttäuscht über ihren Verrat. Dabei hatte sie die leise Hoffnung gehegt, dass jetzt, nachdem einige Zeit vergangen war und sie ihn länger nicht gesehen hatte, ihre Sehnsucht nachgelassen haben würde. Doch als sich ihre Blicke trafen und er sie anlächelte, wusste sie, dass es zwecklos war. In seinem Blick spiegelte sich das Geheimnis ihres Treffens, von dem noch immer niemand erfahren hatte. Elisabeth wandte sich schnell ab und hoffte, dass ihrem Vater ihre geröteten Wangen nicht aufgefallen waren.

Seit Tagen war ihr hundeelend zumute, und dieser Zustand hatte sich bereits auf ihr Gemüt niedergeschlagen. Wäre ich doch damals nicht zu ihm gegangen, dachte sie verzweifelt. Es brachte ihr nur Unglück und Aufruhr. In diesem Moment beschloss sie, sich in Zukunft von Guido Emmes fernzuhalten und seine Blicke nicht mehr zu erwidern, auch wenn dies mit großen Leiden verbunden sein würde.

Mechthild, die neben ihrer Großmutter Maria stand, hatte Elisabeths Gefühlsausbruch registriert. Sie erriet, dass der Blick, den Guido Emmes Elisabeth geschenkt hatte, mehr als nur eine harmlose Begrüßung war. Mechthild hasste ihre Cousine nun noch mehr, denn insgeheim empfand sie selbst Zuneigung für Guido Emmes und hätte nur zu gerne mit Elisabeth getauscht.

Doch was wollte er schon mit einer buckligen Magd anfangen, um die alle einen Bogen machten, es sei denn, sie hatte mal wieder eine ihrer Visionen. Dann kamen sie alle, und Mechthild stand im Mittelpunkt. Dann fühlte sie für einen kurzen Moment, wie es sein musste, interessant und beliebt zu sein. Sie wünschte sich, Elisabeth wäre tot und sie müsste nicht mehr diese leuchtende Schönheit ertragen.

***

Es war ein sonniger, klirrend kalter Morgen. Der Schnee war pulvrig und tief. Mühsam stapfte der Junge den Lehmkaudenweg hoch zur Hohen Straße. Die kalte Luft brannte in seiner Lunge. Als er sich umdrehte, sah er den geraden Rauch aus den Schornsteinen der Hochstädter Häuser aufsteigen, die sich hinter der Stadtmauer duckten. Wohl war ihm nicht bei dem Gedanken, dass er ohne seinen Bruder Gerhard gehen musste. Gerhard war mit seinen sechzehn Jahren der Älteste von den noch vier lebenden Geschwistern. Er hatte die Führung in der Familie übernommen, weil ihr Vater noch immer nicht aus dem Krieg heimgekehrt war und wahrscheinlich auch nie mehr zurückkommen würde. Doch weil Gerhard mit hohem Fieber das Bett hüten musste, fiel die Verantwortung für die Familie an den zweitältesten, an ihn. Ludwig hatte ein ungutes Gefühl mit dieser Last. Auf der anderen Seite war er stolz darauf, seinen Geschwistern beweisen zu können, dass er jetzt auch bald erwachsen war. Die Mutter hatte ihnen verboten, ohne Begleitung in den Wald an der alten Römerstraße zu gehen, aber sie hatten kein Brennholz mehr, und Ludwig hatte beschlossen, welches zu holen. Er hatte zur Sicherheit seinen Dolch mitgenommen, denn Wegelagerer gab es überall. Zum Glück waren die bösen Geschichten, die sich in Hochstadt noch vor wenigen Monaten abgespielt hatten, vorbei, sonst hätte er sich wohl nicht alleine in den Lohwald getraut.

Bald hatte er die Anhöhe hinter sich gelassen und lief über den uralten Handelsweg, den schon die Römer benutzt hatten, zum Wald. Kahl und schwarz reckten die Bäume ihre Äste in den blauen Winterhimmel. Die Große Lohe bestand aus Erlen, Buchen und Eichen und gehörte dem gräflichen Haus. Es war strengstens verboten, dort Bäume zu fällen, denn die edlen Herren nutzten diesen Wald in den Sommermonaten gerne für ihre Jagd auf Wildschweine und Wölfe. Im Winter war es den Bewohnern von Hochstadt aber erlaubt, dort totes Holz und Reisig zu sammeln.

Ludwig fing an, kleine Äste aus dem Schnee zu ziehen und in die Kraxe zu werfen, die er auf dem Rücken trug. Zum Glück lag noch viel Holz herum. Diesen Winter hatten sich anscheinend erst wenige Hochstädter in den Wald getraut. Weiße Stille lag über allem, nur seine knirschenden Schritte im Schnee waren zu hören. Umso mehr erschrak er, als er plötzlich das Knacken eines Astes hinter sich hörte. Als er sich umdrehte, traute er seinen Augen nicht. Vor ihm stand eine grauenvolle Bestie. Starr vor Schreck blieb er stehen und blickte mit Entsetzen auf die spitzen Zähne in ihrem aufgerissenen Maul.

Er hatte leichtes Spiel mit dem jungen Holzsammler gehabt. Endlich war die Zeit des Wartens vorbei, endlich hatte er die Erlaubnis seines Meisters bekommen, seinen Durst nach Rache zu stillen. Als es vorbei war, labte er sich an dem Anblick der blutroten Lache, die sich im weißen Schnee ausbreitete.

***

Elisabeth stand im Hof und weichte die Hemden ihres Vaters in einem Waschzuber mit warmem Wasser ein. Daneben befand sich ein großer, eiserner Kessel auf einem Metallgestell, unter dem Holz glimmte. Dichter Rauch, der sich weiß über die Kälte legte, hüllte die Hofreite langsam in einen Nebel. Agnesia wendete ächzend mit einem Stock die schwere Wäsche, die in dem riesigen Topf kochte. Elisabeth nahm eines der Hemden ihres Vaters aus dem Waschzuber und begann, es auf einem Waschbrett zu rubbeln, das sie über den Zuber geklemmt hatte. Sie strich sich mit dem Handrücken über die Stirn. Wieder plagte sie große Übelkeit. Sie fürchtete, ernsthaft krank zu sein. Den ganzen Tag musste sie nun schon Agnesia beim Waschen zur Hand gehen, was an ihren Kräften zehrte. Bis jetzt hatte Agnesia nichts bemerkt, und in der verqualmten Luft konnte sie Elisabeth ohnehin nicht deutlich sehen. Ihr Vater war zu sehr mit seinen eigenen Dingen beschäftigt, als dass ihm etwas aufgefallen wäre.

Allerdings war da noch etwas anderes, das Elisabeth Sorge bereitete. Sie hatte seit zwei Monaten keine Blutung mehr. Agnesia hatte ihr erklärt, was das bedeutete, doch es konnte nicht sein, denn sie war ja noch nie mit einem Mann zusammen gewesen. Unwillkürlich dachte Elisabeth daran, wie sich wohl die Jungfrau Maria gefühlt haben musste, als sie von ihrer Schwangerschaft erfuhr. Spielte der liebe Gott ihr einen Streich? Sie glaubte nicht daran, auserwählt zu sein, dafür stand sie viel zu fest mit beiden Beinen im Leben. Aber mit wem konnte sie über all das reden? Noch während sie überlegte, wen sie heimlich zu Rate ziehen konnte, stieg ihr die Magensäure auf. Schnell gab sie vor, austreten zu müssen. Sie schaffte es gerade noch bis zum Holzverschlag, dann übergab sie sich.

***

Der Einäugige lehnte an einer Säule des Rathauses und beobachtete das Treiben im Dorf. Das Hoftor zum Anwesen des Bürgermeisters stand offen, und er erhaschte von Zeit zu Zeit einen Blick auf Elisabeth, die mit Agnesia die Wäsche wusch. Er dachte an den Blonden, der seit ein paar Tagen wieder in Hochstadt weilte. Der Einäugige hatte in der Zwischenzeit Guido Emmes als rechte Hand gedient und sein Wohlwollen genossen. Ihm behagte gar nicht, dass der Blonde wieder da war und ihm seinen Platz streitig machte. Doch dann entspannte er sich. Schlau und durchtrieben, wie er war, schaffte er es immer wieder, andere auszustechen. Er hatte Emmes glaubhaft vermittelt, dass der Blonde Schuld am Verschwinden des toten Bettlers aus der Scheune war. Der Einäugige war sich sicher, dass er es noch weit bringen würde. Die Zeit war reif dafür. Es mangelte nach dem Krieg an fähigen Männern, und es gab genug brachliegenden Grundbesitz. Noch ein wenig Geduld und er würde sicher bald Herr über ein eigenes Anwesen sein. Das hatte ihm Emmes versprochen, wenn er tat, was ihm befohlen wurde. Es war nicht seine Sache zu beurteilen, was dabei richtig oder falsch war, Hauptsache, er würde seine Belohnung erhalten. In diesen Zeiten musste jeder sehen, wo er blieb.

Seit einiger Zeit misstraute sein Herr dem Blonden, der immer aufmüpfiger wurde. Emmes hatte ihm deshalb den Befehl erteilt, den Blonden im Auge zu behalten und, wenn nötig, zu beseitigen. Und er freute sich schon darauf, wenn er eines Tages diesem arroganten Schönling den Todesstoß versetzen konnte. Doch im Moment hatte er einen wichtigeren Auftrag erhalten. Er sollte für Guido Emmes die Tochter von Gisbert von Gettenbach beschatten, denn Emmes wollte unbedingt wissen, welche Krankheit sie befallen hatte und was für ihren blassen Teint verantwortlich war.

***

Gisbert war gerade damit beschäftigt, den großen Eisentopf, in dem die Wäsche ausgekocht worden war, in einem Unterstand zu verstauen, als Grete Brosch weinend in den Hof gelaufen kam.

„Oh, mein Herr, oh Gott! Was soll ich nur tun?"

Gisbert ging ihr entgegen. „Nun beruhige dich doch. Erzähl, was ist geschehen?"

Grete wischte sich die Tränen mit dem Ärmel aus dem Gesicht. „Ludwig, mein Zweitältester, er ist nicht zurückgekommen, und es wird bald dunkel."

Gisbert blickt sich kurz um, dann zog er die Frau in den hinteren Teil des Hofes. Er wollte verhindern, dass ihr Gespräch von anderen gehört wurde. „Wo ist er hingegangen, dein Sohn?"

Grete schnäuzte kurz in ein altes Tuch. „Wir haben kein Holz mehr, und Gerhard ist krank. Da ist der Ludwig allein zum Lohwald an der Hohen Straße gegangen ..."

Gisbert unterbrach sie. „Allein?"

Sie nickte schuldbewusst.

Gisbert seufzte. „Wie oft habe ich schon gesagt, dass die Jungen nicht alleine da raus gehen sollen? Noch immer treiben sich zu viele Diebe und Landsknechte herum."

Grete fing wieder an zu weinen und vergrub ihr Gesicht in das verrotzte Tuch.

Gisbert bereute, dass er sie mit seinen Worten noch mehr verunsichert hatte, und legt beschwichtigend seine Hand auf ihre Schulter.

„So beruhig' dich doch. Vielleicht hat er sich verlaufen oder einfach nur getrödelt." Gisbert blickte zum Himmel, der die Dämmerung bereits ankündigte. Erste Schneeflocken tanzten um seine Nase. Nach einem Stoßseufzer wandte er sich wieder Grete zu: „Geh nach Hause. Ich werde ihn suchen und bringe ihn dann zu dir."

Sie sah ihn dankbar an: „Gott vergelt's!"

Sie drückte seine Hand und ging langsam gebeugten Hauptes vom Hof.

Als Gisbert ins Haus trat, stellte sich ihm Agnesia in den Weg. „Was wollte die Brosch?"

Gisbert schaute sie nachdenklich an. „Ludwig ist zum Holzholen in den Wald gegangen. Er ist noch nicht zurück."

Agnesia strafte ihn mit einem abfälligen Blick „Und jetzt sollst du wieder los und dich darum kümmern. Als hätten wir nicht genug zu tun."

Gisbert unterbrach sie barsch. „Du vergisst, dass ich der Bürgermeister bin und Verantwortung trage. So, und jetzt geh mir aus dem Weg!"

Agnesia gab widerwillig nach und zog sich mit säuerlicher Miene in ihre Küche zurück.

Mittlerweile schneite es heftiger.

Gisbert hatte den ganzen Wald abgesucht und nach dem Jungen gerufen. Bei dieser Kälte konnte man nachts schnell erfrieren. Zu dem Schneetreiben kam jetzt auch noch die Dunkelheit. Keine Spur von Ludwig. Gisbert wusste, dass das kein gutes Zeichen war. Unheimlich knarrten die Äste, die der Wind kräftig niederbog. Plötzlich hört Gisbert ein Säuseln und langgezogenes Schluchzen. Doch es waren nur die Bäume, die seinen Sinnen einen Streich spielten. Während er den Heimweg antrat, tröstete er sich mit dem Gedanken, dass Ludwig bereits nach Hause gekommen sein könnte.

***

Es war ein spärliches Abendbrot aus trockenen Brotkrumen und einer Kohlsuppe, die mehr aus heißem Wasser bestand als aus dem Gemüse. Wie immer hatte sie zusammen mit ihrer Großmutter das Tischgebet gesprochen. Nun löffelte sie schlürfend und schweigsam ihre Suppe aus. Mechthild musste an Guido Emmes denken. Der Gedanke, dass er ausgerechnet etwas für Elisabeth empfinden könnte, machte sie rasend. Mechthild war besessen von Guido Emmes, ihre Gedanken kreisten nur um ihn. Tag und Nacht träumte sie davon, in seinen Armen zu liegen und seine Ehefrau zu sein. Durch seine angesehene Stellung wären die Frauen im Dorf endlich gezwungen, auch ihr Respekt zu zollen. Wenn nur Elisabeth nicht wäre, die von Emmes mit gierigen Blicken geradezu verschlungen wurde und in ihr eine ohnmächtige Eifersucht entfachte. Warum hatte Gott nur Elisabeth mit solcher Schönheit beschenkt und nicht wenigstens ein bisschen davon für sie übrig gehabt? Warum hatte er sie mit diesem Buckel gestraft und dazu verurteilt, von allen verlacht zu werden? Sie konnte ihren Neid auf Elisabeth einfach nicht unterdrücken. Obwohl sie wusste, dass es eine Sünde war, gab sie sich ihren Gefühlen hin.

Plötzlich sah sie Guido Emmes. Wie ein Trugbild stand er unvermittelt in der Tür und sah sie finster an, als sei er der Leibhaftige. Er kam langsam näher, ohne den Blick von Mechthild zu wenden. Ihr wurde heiß. In seinem Blick lag etwas Böses, Vulgäres, aber auch Lüsternes. Sie wusste, dass sie sich nicht wehren konnte. Im Gegenteil, alles in ihr schien sich für ihn zu öffnen. Guido Emmes drang wie ein rauchiger Schemen in sie ein. Heißes Blut durchströmte ihren Körper mit Wollust und ließ ihre Muskeln zucken. Sie warf beide Arme in die Luft, der Suppenteller flog quer durch den Raum und landete auf dem Holzboden. Mechthild kippte vorne über und glitt unter Zuckungen auf den Boden. Schaum tropfte aus ihrem Mund.

Ihre Großmutter Maria wusste sofort, was zu tun war. Sie setzte sich auf Mechthild, packte ihre Arme und band sie vorne mit einem Leinenschal zusammen, den sie aus ihrem Kittel gezogen hatte. Dann nahm sie ein Stück Holz und klemmte es Mechthild zwischen die Zähne. Maria hielt das zuckende Bündel so lange fest umklammert, bis es sich langsam beruhigte. Die alte Frau ächzte vor Anstrengung und seufzte erleichtert, als es vorbei war. Das Mädchen plagten wieder böse Träume. Die Anfälle kamen immer öfter und wurden schlimmer. Wenn die Leute sie so sahen, waren sie überzeugt, dass das Mädchen von fremden Mächten auserwählt war, Weissagungen zu verkünden. Doch Maria wusste es besser. Nicht auszudenken, wenn Mechthild eines Tages an diesem Leiden sterben würde. Wie sollte sie dann ihr Auskommen haben? Mechthild war ihre einzige Einnahmequelle, und sie hoffte, dass sie ihr noch eine Zeitlang erhalten blieb. Nur ihrem Schwager Gisbert war es ein Dorn im Auge, dass sie ihre Enkelin für ihre Weissagungen benutzte. Seitdem er Bürgermeister war, ging es vielen Leuten im Dorf besser, allen voran ihrer Schwester Agnesia. Doch für sie selbst und ihre Geschäfte war Gisbert eine Bedrohung, weil er keinen Respekt vor den alten Bräuchen kannte und sie als gefährlichen Aberglauben verboten hatte. Insgeheim hoffte sie, dass er eines Tages verschwinden würde.

Verhängnisvolle Überraschung

Hochstadt, 9. Januar 1650
Es war dunkel geworden, nur der niedergefallene Schnee gab ein mattes Licht. Dichte Schneeflocken wirbelten in der Kälte. Elisabeth hatte die Kapuze ihres grauen Umhangs tief in ihr Gesicht gezogen und hoffte, dass ihr niemand aus dem Dorf begegnete. Sie ging durch die Bogengasse und gelangte von dort zu dem engen, lehmigen Gang, der sich zwischen den letzten Häusern und der Ringmauer befand. Kleine Schießscharten in der Mauer gaben am Tag den Blick auf die Schütt frei, wie die Bewohner ihren Wallgraben nannten, und auf die dahinter liegende hügelige Hartig. Die alte Emilia Trapp wohnte direkt am Gang unweit vom Narrenturm, in einem vermoderten, schiefen Steinhaus, das wohl so alt war wie sie selbst.

Elisabeth klopfte zaghaft an die morsche Holztür. Diese öffnete sich knarrend, und eine gebeugte, runzelige Frau lugte argwöhnisch hinter einem schwarzen Kopftuch hervor. Sie kniff die Augen zusammen und versuchte durch das Schneetreiben vor ihrer Tür hindurchzusehen. Dann erkannte sie Elisabeth, und ihr Mund weitete sich zu einem erfreuten Lächeln, das ihre wenigen schwarzen Zähne zum Vorschein brachte. „Na, wenn das nicht die kleine Lies ist. Du warst schon lange nicht mehr hier, komm herein." Elisabeth schaute sich kurz um, um sicherzugehen, dass niemand sie beobachtete. Der Einäugige ging schnell hinter dem Wehrturm in Deckung. Elisabeth klopfte den Schnee von ihrem Umhang und trat ins Haus.

Sie kannte die Witwe, seit sie ein kleines Kind war. Angeblich war ihr Mann im Krieg gefallen, aber böse Zungen behaupteten, er sei aufgrund ihrer Eigentümlichkeit mit einer anderen auf und davon gelaufen. Andere munkelten, sie sei eine Hexe aus Büdingen, der nach ihrer Verurteilung vor einigen Jahren die Flucht nach Hochstadt gelungen sei.

Die alte Trapp kannte sich gut mit Kräutern und allerlei sonderlichen Brauchtümern aus. Elisabeth hatte keine Vorurteile ihr gegenüber, im Gegenteil, sie hatte es genossen, als kleines Mädchen mit ihr durch die Felder zu gehen und etwas über merkwürdige Hausmittel oder alte Sagen zu erfahren. Dabei hatte Elisabeth viel gelernt. Emilia Trapp hatte ihr gezeigt, wie man mit Beinwell Verstauchungen, Prellungen und sogar Knochenbrüche heilen konnte oder mit Johanneskraut Nervenentzündungen behandelte. Weißkohl verwendete sie bei Sehnenentzündungen, Beifuß bei Fieber und Krämpfen. Sie hatte für jedes Leiden ein Rezept parat. Elisabeth hatte sich schon lange vorgenommen, das Wissen über Kräuter, das ihr die alte Frau vermittelt hatte, aufzuschreiben.

Seit sie in Hochstadt war, betätigte sich Emilia Trapp außerdem als Hebamme. Viele Bewohner des Dorfes hatten das Licht der Welt mit ihrer Hilfe erblickt. Auch bei schwierigen Geburten wusste sie Rat. Trotzdem mieden die meisten Leute den Kontakt mit ihr, teils aus Misstrauen, teils aus dem Aberglauben, dass es bei ihren Heilkünsten nicht mit rechten Dingen zugehen konnte. Hinzu kam, dass der Pfarrer kein gutes Haar an ihr ließ. Denn es war allgemein bekannt, dass Frauen sie auch aufsuchten, wenn sie kein Kind bekommen wollten. Da Vergewaltigungen im Ort während des Krieges gang und gäbe gewesen waren, drückten alle ein Auge zu. Doch nun war der Krieg vorbei, die Gewalt gebannt und anscheinend rechtfertigte nichts Emilia Trapps Eingriffe mehr.

Gisbert war einer der wenigen, der zu ihr hielt und sie in Schutz nahm, denn er wusste, dass sie wirklich etwas von der Heilkunst verstand. Er verbot es auch nicht, wenn Elisabeth die alte Trapp besuchte, was bei Agnesia stets Neid und Missgunst weckte. Die alte Frau hatte nämlich noch ganz andere Qualitäten: Sie konnte die besten Weihnachtsplätzchen weit und breit backen und übertraf dabei noch den alten Bäcker Bruger um Längen. Elisabeth war eine der wenigen, die wussten, dass der berühmte Zuckerkuchen aus Hochstadt, mit dem der Bäcker Bruger so berühmt geworden war, eigentlich eine Erfindung von Emilia

Trapp war. Doch bescheiden, wie sie war, begnügte sie sich damit, ab und an ein Blech Zuckerkuchen zu bekommen und ansonsten die Lorbeeren dem Bäcker zu überlassen.

So traf es sich, dass just zu der Zeit, als Elisabeth sie aufsuchte, die alte Trapp ein reiches Sortiment an Gebäck zu bieten hatte. Elisabeth sog voller Genuss den Duft des frisch gebackenen Kuchens ein und konnte für einen Moment ihr wahres Anliegen vergessen. Sie setzte sich in der Küche, dem größten Zimmer im ganzen Häuschen, auf einen Hocker neben die wärmende Feuerstelle. Hier saß sie immer, wenn sie Emilia besuchte. Es dauerte nicht lange und die Alte brachte ihr eine Tasse Kräutertee und einen Teller mit einem Kuchen, den Elisabeth noch nicht kannte. Sie setzte sich zu ihr und schaute sie erwartungsvoll an. So war es stets, wenn Elisabeth zum Kosten kam. Das Mädchen betrachtete interessiert das neuartige Gebäck. Es war fast weiß und dem Zuckerkuchen nicht unähnlich, nur mit dem Unterschied, dass statt einer dunklen Zuckerkruste seine obere Schicht aus hellen und verschieden großen Teigkrümeln bestand. Elisabeth probierte den Kuchen und wollte etwas sagen, doch statt der Worte sprangen die trockenen Kuchenkrümel aus ihrem Mund. Sie nahm etwas Tee. „Mmmh … du hast dich selbst übertroffen."

Die alte Trapp klatschte vor Freude in die Hände. „Ich hab's gewusst. Hefeteig mit viel Butter und … mehr verrat' ich nicht … eine ganz besondere Zutat. Ich nenne ihn Riwwelkuche, wegen der Riwwel."

„Riwwel?" Elisabeth schaute die alte Frau fragend an.

„Ich meine Krümel." Emilia Trapp nahm sich selbst ein Stück, steckte es in den Mund und schloss genüsslich während des Kauens die Augen. Dann blickte sie Elisabeth prüfend an. „Du bist nicht wegen des Kuchens gekommen …"

Elisabeth nickte und holte tief Luft, so als müsste sie eine schwere Hürde bewältigen. „Ich weiß mir einfach keinen Rat und kann mit niemandem darüber reden. Alles ist so anders als früher."

Emilia Trapp sah Tränen in Elisabeths Augen und ihre Verzweiflung. Sie legte ihre Hand beruhigend auf Elisabeths Knie.

„Nur ruhig, mein Kind, alles halb so schlimm. Erzähl mir, was dich bedrückt."

Elisabeth sammelte sich, ihre Augen suchten einen Halt im Chaos der Küchenutensilien, die sie umgaben. Dann fand ihr Blick wieder zu der alten Frau, die gespannt wartete. „Ich … ich bin jetzt eine Frau …"

Emilia Trapp lehnte sich nach hinten, begleitet von einem fröhlichen Kichern. Dann beugte sie sich wieder nach vorne und umfasste Elisabeths Hände.

„Eine Frau? Aber das ist doch nichts Schlimmes, davor musst du doch keine Angst haben."

Elisabeth druckste herum. „Das ist es auch nicht. Davor habe ich keine Angst."

Die Trapp verharrte in ihrer Position und ließ Elisabeths Hände los. „Na, was ist es dann? Du musst es mir schon sagen, wenn ich dir helfen soll."

Elisabeth seufzte. „Es geht um meine Blutung … du weißt schon …"

Die alte Trapp nickte wissend.

„… Ich habe geblutet, und jetzt blute ich nicht mehr … Ich meine … Agnesia hat gesagt, es käme wieder, nach vier Wochen."

Die Alte stand langsam auf und betrachtete sie aus verschiedenen Richtungen. Während sie um Elisabeth herumging und sie mit ihren Blicken abtastete, folgten ihr Elisabeths Augen, ohne dass sie ihren Kopf bewegte.

„Wie lange? Wie lange ist es her, dass du geblutet hast?", fragte Emilia Trapp, während sie Elisabeth noch immer prüfend ansah.

Elisabeth überlegte. „Schon über zwei Monate. Sag, habe ich etwas Schlimmes?"

Die alte Trapp fasste Elisabeth überraschend kräftig am Arm und zog sie vom Hocker hoch. „Bleib so stehen!"

Dann tastete sie das Mädchen an allen erdenklichen Stellen ab. Sie untersuchte Elisabeths Augen, zog den Tränensack herunter und betrachtete das Rot im Augenlid. Sie befahl Elisabeth, ihr Mieder zu öffnen, tastete die Bauchgegend ab und tat das Gleiche mit ihren Brüsten. Dann stellte sich Emilia Trapp vor Elisabeth und sah ihr ernsten Blickes in die Augen. „War dir in letzter Zeit schlecht, hast du dich übergeben?“

Elisabeth nickte mit großen ängstlichen Augen. „Werde ich sterben?”

Die Alte schlurfte zu einem kleinen Schrank, der in einer Ecke stand, und holte eine Flasche und ein Glas daraus hervor. Dann goss sie das Glas voll und gab es Elisabeth. „Nimm Platz und trink!“

Elisabeth zog ihre Kleider zurecht , setzte sich wieder auf den Hocker und nahm einen Schluck, nur um ihn sofort wieder hustend und prustend auszuspucken. „Pfui Teufel! Es brennt wie Feuer.”

Die alte Trapp nahm ihr das halbleere Glas ab und kippte den Rest in einem Schluck selbst hinunter. Dann seufzte sie und schaute besorgt zu Elisabeth. „Mein eigener Kräuterschnaps. Er beruhigt die Nerven.” Sie schüttelte den Kopf. „Kind, Kind, was hast du dir nur dabei gedacht?”

Elisabeth verstand gar nichts mehr. Mit offenem Mund starrte sie Emilia Trapp an. „Was meinst du? Ich habe doch nichts getan!”

Die Trapp schüttelte missbilligend den Kopf. „Du bist schwanger, mein Kind.“

Elisabeths Kinnlade klappte nach unten, gefolgt von einem ungläubigen Kopfschütteln. „Schwanger ... nein, das kann nicht sein. Ich ...“

Emilia Trapp nahm ihre Hand. „Es besteht gar kein Zweifel. Also wer ist es? Mir kannst du es ruhig sagen.“

Elisabeth schüttelte noch immer ungläubig den Kopf.

Plötzlich erschrak die alte Trapp. „Sie haben dich doch nicht etwa vergewaltigt?”

Elisabeth wollte etwas sagen, doch ihre Stimme versagte.

Emilia drückte ihre Hand fest und blickte ihr tief in die Augen. „Du wirst doch wissen, wer der Vater ist?”

Elisabeth zog wütend ihre Hand aus der Umklammerung. „Da ist kein Mann. Da war niemand. Verstehst du? Niemand! Ich schwöre bei Gott ... Vielleicht ist es das Gleiche, wie bei der heiligen Mutter Gottes, der Jungfrau Maria!”

Die alte Frau lachte wissend und erhob sich langsam. „Der Heilige Geist? Glaub mir, mein Kind, du bist nicht die Erste, die das denkt. Aber das ist nie der Fall, nie, hörst du? … Überlege genau!"

Elisabeth zuckte mit den Schultern, dann fing sie an zu weinen. Emilia nahm sie in den Arm und tätschelte ihren Rücken.

Elisabeth tupfte ihre Tränen mit einem Filztuch ab. Die alte Frau gab ein paar Tropfen einer Arznei in Elisabeths Kräutertee, um ihre Nerven zu beruhigen. Sie nahm das Mädchen bei den Schultern. „Hör mal, Kind, du darfst mit niemandem über diese Sache reden. Du weißt, was sie über Frauen sagen, die ohne Ehemann Kinder bekommen. Sie halten sie für gottlos!"

Elisabeth nickte stumm.

„Ich werde dir beistehen. Jemand will dir übel mitspielen. Hast du in letzter Zeit irgendeinen Mann getroffen, der dir näher gekommen ist, der dir Alkohol oder andere Tinkturen gegeben hat? Du musst es mir sagen."

Elisabeth wollte den Kopf schütteln, doch dann erinnerte sie sich an etwas. Sollte sie wirklich darüber sprechen? Sie nahm schließlich all ihren Mut zusammen. „Da war ein Treffen."

Emilia Trapp war ganz Ohr.

„Guido Emmes hatte mich eingeladen, er … er wollte mir etwas erzählen … über meine wahre Mutter."

Emilia Trapp atmete aus. „Dann weißt du es also jetzt?"

Elisabeth nickte.

„Was geschah bei diesem Treffen?"

Elisabeth überlegte einen Moment. Dann erzählte sie der alten Trapp von ihrer Ohnmacht und davon, dass Guido Emmes sich gekümmert hatte und auch von dem Kleid, dass er wegen ihrer Atemnot geöffnet hatte.

Emilia ließ sich auf ihren Stuhl sinken. „Guido Emmes! Herr im Himmel."

Elisabeth blickte verwirrt zur Alten.

„Du bist auf den ältesten Trick der Welt hereingefallen. Er hat dir etwas ins Getränk getan und dann hat er …"

Elisabeth starrte sie entsetzt an, sie konnte nicht glauben, was die alte Frau da sagte. „Du meinst … Guido Emmes hat …?!"

Als Elisabeth den Namen laut aussprach, legte Emilia den Zeigefinger auf ihre Lippen. „Still! Den Namen solltest du in diesem Zusammenhang nie mehr erwähnen. Dieser Mann hat viel Macht, und er ist gefährlich."

Emilia Trapp nagte an ihrer Unterlippe. „Warum er das getan hat, das würde ich zu gerne wissen." Sie stand auf und ergriff Elisabeth am Arm. „Pass auf, meine kleine Lies. Ab jetzt kein Wort mehr, zu niemandem, hast du verstanden?"

Elisabeth nickte geschockt. Wenn ihr Vater davon erfuhr …

„Komm morgen in aller Frühe zu mir, wenn alles noch schläft. So wie es aussieht, ist deine Schwangerschaft schon fortgeschritten, aber vielleicht kann ich noch etwas tun."

Elisabeth vergrub ihr Gesicht verzweifelt in den Händen. Die alte Trapp nahm ihr behutsam die Hände vom Gesicht. „Wenn du das Kind bekommst, kannst du nicht in Hochstadt bleiben, nie mehr, das weißt du."

Elisabeth verstand und nickte traurig.

Emilia Trapp nahm sie noch einmal in den Arm. „Es tut mir leid. Aber wir werden diesem Teufel keinen Grund geben, dich bloßzustellen, warum auch immer er das tat."

Der Einäugige trat zurück vom geschlossenen Fensterladen, auf den er sein Ohr gepresst hatte. Er hatte genug gehört. Guido Emmes würde sich über diese Nachricht sicher freuen, und vielleicht würde ihm dies sogar noch einen Gulden extra einbringen.

Es hatte aufgehört zu schneien, alles war wie mit Zuckerguss bedeckt und lag eingebettet in seelenruhiger Stille.

Guido Emmes stand in seinem Arbeitszimmer, das vom Feuer des Kamins erhellt wurde. Er hatte seine Hände hinter dem Rücken verschränkt und sah in die knisternden Flammen, deren Schein flackernd über sein triumphierendes Gesicht tanzte. Sein Wunsch war also in Erfüllung gegangen. Gott hatte es so gewollt. Oder der Teufel persönlich. Dass Elisabeth nach seinem nur einmaligen Zutun schwanger geworden war, sah er als Vorsehung an. In ein paar Stunden würden die weiteren Pläne, die er ersonnen hatte, zur Vollendung gebracht werden.

***

Für Elisabeth war es die längste Nacht ihres Lebens. Sie grämte sich, denn sie würde eine große Sünde begehen, wenn sie das Leben in ihrem Leib tötete. Aber es musste sein. Wie hatte sie sich nur so täuschen und ihren Träumereien hingeben können? Warum hatte er das getan, das fragte sie sich immer wieder. Dieses Unrecht war sicher nicht aus Liebe geschehen. War es die Gier nach ihrem Fleisch oder bezweckte er etwas ganz anderes damit? Elisabeth warf sich unruhig in ihrem Bett hin und her. Wenn Guido Emmes ihr wirklich hatte schaden wollen, dann würde sie es ihm heimzahlen.

Es war noch dunkel, als sie an diesem frühen Morgen zur alten Trapp kam. Sie hatte sich heimlich davongeschlichen, als alle noch schliefen. Niemand hatte sie gesehen. Die alte Frau hatte alles vorbreitet. Kerzen brannten und beleuchteten einen großen Holztisch, auf dem ein weißes Laken ausgebreitet lag. Ein Gefäß mit einer Kräuterflüssigkeit stand darauf. Elisabeth roch an der beißenden Tinktur und zog angewidert ihren Kopf zurück.

Emilia Trapp legte ein weiteres sauberes Tuch auf den Tisch. „Das ist eine Mixtur aus Sadebaum. Es hilft fast immer, und durch die Kräuter, die ich dazu getan habe, werden die Schmerzen etwas gedämpft. Aber ich will dich nicht anlügen. Es wird trotzdem wehtun."

Sie gab Elisabeth aus einer Kelle einen großen Schluck Wermut. Elisabeth liefen die Tränen herab, und sie nestelte an ihrem Kleid, um es zu öffnen. Plötzlich flog krachend die Tür auf. Erschrocken blickten Emilia Trapp und Elisabeth sich an. Der Einäugige und ein paar Wachmänner stürmten herein, gefolgt von Pfarrer Cress und Guido Emmes.

Wut der Verzweiflung

Hochstadt, Dienstag, 10. Januar 1650
Gisbert wurde unsanft geweckt, als Gregorius in sein Schlafgemach polterte. Agnesia hatte ihn hereingelassen, und er war ohne Umschweife direkt zu Gisbert hinaufgerannt. Begleitet von Agnesias Protest hatte er eine kleine Schneespur auf der Treppe zurückgelassen. Binnen Sekunden war Gisbert hellwach, denn am Ausdruck von Gregorius' Gesicht erkannte er sofort, dass etwas Schlimmes passiert sein musste.

„Gisbert! Sie haben deine Tochter verhaftet. Dieser Teufel, er hat sie einfach in den Narrenturm gesperrt."

Agnesia bekreuzigte sich erschrocken.

Gisbert sprang aus dem Bett und wiederholte die Worte, als habe er Gregorius nicht richtig verstanden. „In den Narrenturm?"

Gregorius nickte bekümmert. Gisbert zog seine Kleider direkt über sein Schlafgewand. Noch während er den Gürtel mit dem Rapier anlegte und in seine Stiefel schlüpfte, stellte er Fragen: „Warum hat man sie festgenommen?"

Als Gregorius nicht sofort antwortete, brüllte Gisbert unbeherrscht. „Sprich! Warum?"

Gregorius sammelte sich. „Man hat sie bei der alten Trapp in einer heiklen Situation erwischt. Sie werden beide der Teufelsbuhlerei bezichtigt."

Jetzt war Gisbert nicht mehr zu halten. Er schob Gregorius und Agnesia beiseite und stürzte aus dem Zimmer.

Vor dem Spielhaus hatten sich bereits Schaulustige versammelt. Sie flüsterten und zischten sich Worte zu, als Gisbert sich den Weg durch die Menge zum Eingang bahnte. Dort standen zwei Wachen, die Gisbert den Weg versperrten.

„Lasst mich sofort ein, ich bin der Bürgermeister, verdammt!"

Die Wächter schauten sich unsicher an.

Bauer Fredes kam eilig vom oberen Stockwerk des Spielhauses hinuntergelaufen und tauchte hinter den Wachmännern auf. „Lasst ihn ein!"

Gisbert rempelte sich den Weg durch die Wachen frei und schnappte Fredes am Kragen. „Was ist hier los? Hab' ich richtig gehört?"

Heinrich Fredes versuchte Gisbert, zu beschwichtigen. „Ich habe damit nichts zu tun, glaub mir. Ich bin eben erst eingetroffen."

Hinter Gisbert erschien Gregorius und mahnte ihn zur Besonnenheit. Gisbert ließ von Fredes ab und stieg eilig nach oben in die Amtsstube. Auch hier standen zwei Wachen mit Hellebarden, doch sie ließen ihn ein. Neben Emmes saßen auf der einen Seite des Tischs der Pfarrer sowie einige Männer des Rates, vor dem Tisch standen der Blonde und der Einäugige. Der Söldner mit der Augenklappe legte seine Hand an die Pistole, als Gisbert das Zimmer betrat, und fixierte ihn.

Guido Emmes stand auf und sagte süffisant: „Ich wollte gerade nach dem Bürgermeister schicken lassen. Die Lage ist ernst."

Gregorius hielt Gisbert am Arm fest, der zornbebend vor Emmes stand und ihn voller Hass anblickte, während der Pfarrer verlegen auf seinem Stuhl hin und her rutschte.

„Was habt ihr ausgeheckt, ihr Teufel?"

Emmes zeigte keine Angst vor Gisberts bösem Blick. Stattdessen deutete er auf ein Gefäß, das mit einer grünlich-braunen Flüssigkeit gefüllt war und neben ihm auf dem Tisch stand.

„Juniperus Sabina. Auch Sadebaum genannt, Ihr habt sicher schon davon gehört."

Gisbert blickte ihn abschätzig an. „Ich weiß, was das ist, aber was hat das mit meiner Tochter zu tun?"

Guido Emmes blickte mit Genugtuung erst zum Pfarrer und dann zu den anderen und kostete den Moment aus. „Eure Tochter wurde dabei erwischt, wie sie ein Kind wegmachen lassen wollte. Das allein ist schon eine schlimme Straftat. Doch es ist nicht irgendein Kind, das sie wegmachen wollte." Emmes beugte sich zu Gisbert. „Ich werde beweisen, dass es ein Kind des Teufels ist."

Nun war es um Gisberts Fassung geschehen. Er riss sich von Gregorius los und stürzte sich hasserfüllt auf den Mann mit den schwarzen Haaren. Wild schlugen seine Fäuste auf ihn ein. Keinem der Anwesenden gelang es, Gisbert in seinem Zorn zu bändigen und von Emmes wegzuzerren. Der Einäugige legte mit der Pistole an und spannte das Rad.

Gerade als er schießen wollte, schlug ihm der Blonde die Waffe weg. „Bist du des Wahnsinns! Er ist der Bürgermeister! Außerdem könntest du unseren Herrn treffen."

Schließlich bereitete ein Hieb mit dem Kolben seiner Muskete, die der Blonde in der Hand hatte, Gisberts Treiben ein Ende. Die Wachen schleppten den bewusstlosen Bürgermeister in ein Nebenzimmer der Amtsstube und verschlossen die Tür hinter ihm.

Guido Emmes rappelte sich wieder auf. Er blutete aus Mund und Nase, doch sein triumphierender Blick war unübersehbar. Gregorius ließ sich geschockt auf einen Stuhl sinken.

Gisbert erwachte auf dem Boden des Amtszimmers, in das man ihn gesperrt hatte. Mittlerweile hatten die Wachen Gregorius auf sein Drängen hin zu Gisbert eingelassen. Er kniete vor ihm und sah sorgenvoll auf ihn herab. Gisbert öffnete mühsam seine Augenlider. Im ersten Moment dachte er, er würde aus einem schlimmen Traum erwachen. Doch dann spürte er den Schmerz an seinem Kopf und sah in das besorgte Gesicht von Gregorius, das noch eingefallener wirkte als sonst. Sein Blick verriet Gisbert, dass die Sache diesmal ernst war. In Gregorius hatte Gisbert einen wahren Freund, und der war im Moment wahrscheinlich der Einzige, auf den er sich verlassen konnte.

Gregorius half Gisbert auf, der sich schwerfällig auf einen Stuhl stützte. „Sie wollen dich erst rauslassen, wenn du versicherst, dich ruhig zu verhalten."

Gisbert wischte sich mit der flachen Hand das Blut von der Stirn und nickte benommen. „Ich will zu ihr. Ich will zu meiner Tochter!"

Gregorius beugte sich zu Gisberts Ohr und sprach leise. „Gisbert, wir müssen jetzt mit Bedacht handeln, die Situation ist heikel. Wenn wir einen Fehler machen, spielen wir diesem Teufel nur in die Hände. Verstehst du?"

Gisbert blickte seinen Freund verzweifelt an und nickte schließlich langsam.

„Sie wollen dich nicht zu ihr lassen, damit du ihr nichts einflüsterst. Es wird zu einer Verhandlung kommen."

Gregorius letzter Satz ließ Gisbert zusammenfahren. „Du meinst, einen Hexenprozess." Nur mit Mühe konnte Gisbert seinen ohnmächtigen Zorn unterdrücken. „Ich werde noch heute zum Grafen von Hanau reiten und ..."

Gregorius unterbrach ihn. „Sie wollen dich nicht fortlassen aus Hochstadt. Ich werde das erledigen und ein Wort für dich einlegen. Friedrich Casimir ist kein Freund solcher Prozesse, das weißt du. Ich werde alles in meiner Macht Stehende tun, um dieses Verfahren zu verhindern."

Gisbert blickte ihn an und lenkte schließlich ein.

Gregorius schlug mit der Faust an die Tür. „Öffnet uns! Der Bürgermeister wird sich ruhig verhalten."

Gisbert und Gregorius gingen durch den Amtsraum, vorbei an Heinrich Fredes, Nikolaus Heckerth und Pfarrer Cress, die ihm allesamt nicht in die Augen blicken konnten. Jetzt hatte Gisbert Gewissheit, auf wessen Seite sie standen. Nur Andreas Rohn saß betrübt und nachdenklich auf seinem Platz und beobachtete das Geschehen. Er schien trotz ihrer oft unterschiedlichen Ansichten in vielen Fragen kein Befürworter dieser Maßnahmen zu sein.

Auch Nikolaus Heckerth war unwohl bei der Sache. Er wollte Gisbert etwas sagen, doch dann traf sein Blick auf Guido Emmes' bedrohliche Miene, und er überlegte es sich anders.

Bevor Gisbert den Raum verließ, sah er zu Emmes. „Wenn Ihr glaubt, Ihr kommt damit durch, habt Ihr Euch getäuscht. Wenn Elisabeth etwas zustößt, dann ..."

Emmes lächelte herausfordernd. „Dann werdet Ihr was, Gisbert von Gettenbach?"

Der Einäugige trat neben seinen Herrn und griff nach dem Degen.

Gregorius zog Gisbert weiter, und Gisbert gab nach. Er wusste, dass es jetzt keinen Sinn hatte, seinen Gefühlen freien Lauf zu lassen. Im Moment hatte Emmes einfach die besseren Karten.

***

Gisbert saß in der Küche am Esstisch und starrte in das Feuer, dessen behagliche Wärme so gar nicht zu seiner Verfassung passen wollte. Vielmehr hatte er den Eindruck, als verhöhnten ihn die tanzenden Flammen. Er raufte sich mit beiden Händen die Haare. Was konnte er tun? Dass er nicht zu seiner Tochter durfte, zermürbte ihn.

Agnesia legte Holz nach und stellte einen Topf auf den Feuerrost. Dann sah sie mürrisch zu Gisbert. „Irgendwann musste es so kommen. Du warst immer zu gutmütig zu ihr. Hättest du sie im rechten Glauben erzogen, wäre sie ..."

Plötzlich sprang Gisbert auf und ging bedrohlich auf Agnesia zu. Sein Kopf war rot vor Wut, und der Hass in seinen Augen sprang ihr entgegen, so dass sie augenblicklich verstummte.

Gisbert hob drohend den Arm und machte eine Faust. „Noch ein Wort und ich erschlage dich hier an Ort und Stelle, Weib!"

Selbst eine bornierte Frau wie Agnesia konnte erkennen, dass es an der Zeit war, das Feld zu räumen und ihre Zunge zu hüten. Sie war heilfroh, die Küche ohne eine Blessur verlassen zu können.

Gisbert ließ sich wieder auf dem Stuhl nieder. Er goss sein Glas mit Branntwein voll und trank es in einem Zug leer. Während sein Blick aus dem Fenster schweifte, füllten sich seine Augen mit Tränen, teils aus Wut, teils aus Verzweiflung, denn er fühlte sich wieder wie der einsamste Mensch der Welt. Er hatte gehofft, solch einen Zustand für immer hinter sich lassen zu können. Doch jetzt erkannte er, dass sein ganzes Leben eine Lüge war. Eine Lüge war sein Schweigen vor Elisabeth, eine Lüge war die Ehe mit dieser Frau und eine Lüge war, dass er geglaubt hatte, er könne die Vergangenheit auf sich beruhen lassen. Gisbert stand auf und ging zum Fenster. Er blickte auf die Hauptstraße. Zwei Wachen patrouillierten vor seinem Haus, genau, wie Gregorius es prophezeit hatte.

Sie hatten Elisabeth und die alte Emilia Trapp in den Narrenturm gesperrt, ein viereckiges Gebäude mit Spitzdach und zwei kleinen Sichtfenstern, von denen eins zugemauert war. Im nordwestlichen Abschnitt der Ringmauer gelegen, war der Turm Teil der Wehrmauer, die zur Wallanlage in der Schütt gehörte. Hier wurden in Hochstadt marodierendes Gesindel, Diebe und auch vermeintliche Hexen eingesperrt.

Elisabeth kauerte auf dem Stroh, den Rücken an die modrige Wand gelehnt und zitterte vor Kälte. In der gewölbten Zelle war es feucht und stank es nach Urin.

Elisabeth schluchzte in sich hinein. „Sie werden mich ächten und wie eine Aussätzige behandeln."

Die alte Emilia versuchte, von dem zu weit oben klaffenden Sichtloch etwas Tageslicht zu erhaschen, das matt und grau diesem finsteren Ort ein wenig Kontur gab. Immer wieder lief sie mit trippelnden Schritten eine Runde in dem engen Verlies, um der Kälte Herr zu werden. Sie blickte zu Elisabeth und überlegte kurz, bevor sie ein paar tröstende Worte sprach:

„Dein Vater wird etwas unternehmen, glaub mir, meine Liebe. Du bist immerhin die Tochter des Bürgermeisters …"

Plötzlich wurde ein Schlüssel im Eisenschloss gedreht, und die gotische Holztür wurde aufgesperrt. Jemand schleppte sich mühsam die alten Steinstufen hinauf. Gregorius betrat mit einer brennenden Kerze in der Hand den Raum, der durch das flackernde Licht noch gespenstiger wirkte. Über seinem linken Arm hingen zwei Ledermäntel.

Als Elisabeth Gregorius erkannte, sprang sie auf. „Gregorius! Um Gottes willen! Warum kommt Vater nicht?"

Gregorius drückte Elisabeth an sich. „Sie lassen ihn nicht."

Elisabeth blickte ihn erschrocken an. „Dann ist alles vorbei, alles zu spät?!" Verzweifelt fing sie wieder an zu weinen.

„Aber woher denn, Lies, es wird schon alles gut werden. Du wirst schon sehen. Emilia wird sich so lange um dich kümmern. Hier habt ihr wärmende Mäntel und etwas zu essen."

Gregorius reichte Emilia und Elisabeth die Mäntel und einen Stoffbeutel, der mit Brot und Käse gefüllt war.

Die alte Emilia schaute Gregorius dankbar an. Dann half sie Elisabeth in den Mantel und zog den anderen selbst an. Liebevoll nahm sie die schluchzende Elisabeth in die Arme.

„Gregorius, so wahr ich hier stehe, das Kind ist unschuldig! Guido Emmes hat ihr übel mitgespielt."

Gregorius nickte zustimmend und wandte sich an Elisabeth: „Ich werde noch heute zum Grafen reiten. Er hält große Stücke auf deinen Vater und ist kein Freund solcher Anklagen. Er wird einer Verurteilung, wie Guido Emmes sie anstrebt, niemals zustimmen."

Er wischte Elisabeth mit einem Tuch die Tränen aus dem Gesicht. „Hör nur auf zu weinen. Es wird schon werden."

Elisabeth umarmte ihn.

„Danke, Gregorius, danke!", schluchzte sie.

„Du brauchst dich nicht zu bedanken", sagte Gregorius und fügte leise hinzu, „es wird höchste Zeit, dass man diesen Teufel und seine Freunde in die Schranken weist."

Abreisefertig stand Gregorius bei Gisbert im Zimmer. Er trug einen schweren dunkelbraunen Ledermantel mit Felleinsätzen und sah zusammen mit der Pluderhose und den hohen Stulpenstiefeln kräftiger aus, als er in Wirklichkeit war. Auf seinem Kopf saß ein schwarzer Respondent mit bunten Federn und darunter eine Stoffkappe, die seine Ohren bedeckte, um sie vor der Kälte zu schützen.

„Ich werde versuchen, bis heute Abend zurück zu sein. Bis dahin musst du dich gedulden, Gisbert."

Gisbert lief nervös im Zimmer auf und ab, so dass die Dielen knarrten.

„Wie soll ich mich gedulden, wenn ich weiß, dass meine Tochter im Narrenturm sitzt? Die Tochter des Bürgermeisters ... in der Kälte, in einem feuchten, dunklen Verlies. Das Opfer einer Intrige dieses ..."

Gregorius unterbrach Gisberts Raserei. „Andreas Rohn hat den Rat zusammengerufen. Er will erreichen, dass du Elisabeth sehen darfst."

Gisbert sah ihn hoffnungsvoll an. Gregorius drückte seine Hand. „Ich breche auf. Mach dir keine Sorgen. Ich bin zuversichtlich."

Gisbert nickte und umklammerte Gregorius' Hand mit beiden Händen. „Ich danke dir, Gregorius und pass auf dich auf!

Gregorius lächelte und strich über seinen Degen, mit dem er gut umzugehen wusste. Dann stieg er die Treppe hinab.

Gisbert trat zum Fenster und sah hinaus. Gregorius überquerte die zugeschneite Hauptstraße und ging zum Weedt, wo er sein Pferd angebunden hatte. Er saß auf und ritt zum Obertor, gefolgt von den Blicken Gisberts und des Einäugigen, der etwas abseits an einer Steinmauer lehnte. Gisbert betete, dass Gregorius beim Grafen Friedrich Casimir Erfolg hatte. Er war seine einzige Hoffnung. Dann blieb sein Blick am Weedt hängen, wo ein paar Buben mit Stöcken das Eis im Becken brachen, damit sie die Pferde tränken konnten. Der Blonde war aufgetaucht, in voller Reisebekleidung. Der Einäugige übergab ihm eine Depesche, dann klopfte er dem Blonden auf die Schulter und ging alleine Richtung Dorfschänke. Die Jungen bekamen von dem Blonden einen kleinen Obolus für die Pferdepflege. Dann nahm er seinen Gaul. Doch bevor er losritt, sah er zu Gisbert hinauf. Ihre Blicke trafen sich. Der Ausdruck des Blonden war jedoch nicht voller Hass und Argwohn wie sonst. Es war ein Blick voller Wissen und Mitgefühl. Das Leben mit all seinen Tücken hatte dieses Geschöpf, das ihm einst so nahe stand, zu seinem Feind werden lassen, dachte Gisbert resigniert.

Seine Gedanken schweiften ab, er sah den Blonden plötzlich als kleinen Jungen vor sich. Ein ehrliches, gütiges und tapferes Kind.

Der blonde Junge

Niedenstein, 25. Mai 1631
Die Familie hatte sich in ihrem buckligen, kleinen Fachwerkhaus verschanzt. Großvater Johannes, den alle nur den alten Schweinbraden nannten, sah angespannt aus dem Fenster. Zwei berittene Soldaten der Katholischen Liga waren gerade auf dem Nachbarhof angekommen und stürmten in das Wohnhaus. Man hörte Schüsse und Schreie. Der Alte musste mit Entsetzen ansehen, wie sie die Bäuerin an den Haaren aus dem Haus zerrten und ihr die Kleider vom Leib rissen. Einer der beiden Landsknechte hatte ihr totes, blutüberströmtes Neugeborenes, das den Namen Catharina erhalten hatte, in der Hand und warf es, wie Abfall, einfach in den Morast. Dann machte er sich über die Frau her und vergewaltigte sie an Ort und Stelle, während der andere wieder ins Haus lief, herumstöberte und alle Bewohner tötete, die ihm in die Quere kamen. Sogar der Hund blieb nicht verschont. Die Bäuerin schrie, so laut sie konnte, doch irgendwann war bloß noch ein leises Wimmern zu hören. Plötzlich kam ihr ältester Sohn Matthias aus der Scheune gerannt. Mit einem Dreschflegel bewaffnet, rannte er zu dem Vergewaltiger und hieb ihm den Flegel mit so viel Wucht auf den Kopf, dass er ihn spaltete. Der Landsknecht bäumte sich auf und starb unter Zuckungen, während die Hirnmasse aus seinem Schädel quoll. Mittlerweile waren weitere Soldaten gekommen und fielen über den Jungen her, der sich wild zur Wehr setzte. Er wurde von drei Soldaten festgehalten und auf den Boden gepresst. Während einer den Jungen mit einer Pike quälte und stach, ging ein anderer in den Kuhstall, füllte einen Eimer mit Wasser und Gülle und urinierte vor seinen Kumpanen lachend in das Gebräu. Dann flößten sie dem Jungen langsam den Schwedentrunk ein.

Diese grausame Foltermethode war nicht von den Schweden eingeführt worden, vielmehr hatte man sie als Hohn und Spott bei den einfallenden Schweden angewandt. Dann aber hatte sich dieser Brauch im Verlauf des Krieges bei allen marodierenden Soldaten eingebürgert, ob sie nun auf der katholischen oder protestantischen Seite kämpften.

Nachdem sie Matthias gezwungen hatten, den Schwedentrunk herunterzuwürgen, nahm einer der Soldaten Anlauf und sprang so lange auf seinen Bauch, bis dem armen Jungen die Gedärme aufplatzten und er elendig starb.

Der Großvater hatte genug gesehen. Schon bald würden sie zu seinem Haus kommen. So schnell er konnte, suchten er und seine Familie alle Gegenstände im Haus zusammen, die sich als Waffe eigneten. Er gab seinem Sohn Melchior und dessen Frau Margaretha Anweisung, ihren kleinen Peter im Kellerloch zu verstecken. Es dauerte nicht lange, bis zwei der Marodeure versuchten, die Tür aufzubrechen. Als es ihnen gelang und der erste mit Katzbalger und Luntenpistole bewaffnet ins Haus stürmte, wurde er durch eine Mistgabel gestoppt, die sich durch seinen Hals bohrte und ihn zurückschob. Während er zusammenbrach und röchelnd erstickte, wurde der andere Soldat von den Besitzern des Hauses niedergerungen, und Melchior hieb mit derben Messerstichen auf ihn ein, bis er tot und blutüberströmt auf dem Boden lag.

Die Familie hatte sich mutig verteidigt, doch es waren einfach zu viele Landsknechte. Weitere rückten nach, legten ihre Musketen und Pistolen an und bereiteten dem Treiben ein Ende. Sie brauchten fünf Kugeln, bis der alte Schweinbraden endlich starb.

Peters Mutter und Vater hatten sie nach draußen gezerrt, während der kleine Junge zitternd in einer Ecke des feuchten Gewölbekellers kauerte. Er hörte die Schreie seiner älteren Schwester, bis sie erstarben. Er konnte hören, wie die Landsknechte die Räume durchsuchten, bald würden sie auch die Falltür zum Keller finden. Panisch blickte sich Peter um, eine innere Stimme befahl ihm, sein kleines Leben zu retten. Das offene Kellerfenster über ihm war nur ein kleines Loch, aber er würde sicher durchpassen. Er sprang auf und versuchte, an das Fenster zu gelangen, doch es lag einfach zu hoch. Peter lief zu einem Fass, das an der Wand stand. Er versuchte es zu bewegen, aber es war zu schwer, weil es mit Weinessig gefüllt war. Energisch rüttelte jemand an der Falltür und versuchte das Schloss zu knacken, indem er mit einem Gegenstand darauf einschlug. Peter nahm alle Kräfte zusammen, stemmte sich mit den Füßen gegen die Kellerwand und mit dem Rücken zum Fass. Schließlich kippte das Fass um und rollte zu dem Platz, den Peter sich wünschte. Er sprang hinauf. Die Falltür wurde hochgerissen. Peter zwängte sich durch das Loch und blieb stecken. Als er die Männer hörte, die die Kellertreppe herunterstürzten, schob er sich mit letzter Kraft aus dem Fenster und riss sich dabei den Rücken blutig. Aber was war diese Qual gegen seinen Schmerz darüber, dass das Leben seiner Familie und bald auch sein eigenes zu Ende sein sollte.

Peter rannte über den Hof zu einer Hecke. Von da aus gelangte er zum daneben liegenden Haus, wo er sich hinter einer Mauer versteckte. Die Soldaten hatten den Nachbarhof mittlerweile aufgegeben, da alles wüst, geplündert oder tot war. Während Peter zusehen musste, wie man den Hof seines Großvaters schändete und alles Leben auslöschte, geschah plötzlich etwas Wunderliches mit ihm, so dass es ihm fast gleichgültig wurde, was er sah. Er fühlte sich wie der Vogel, der ganz in der Nähe in einem Baum saß und trällerte, als würde ihn das alles nichts angehen. Obwohl die Marodeure mittlerweile beide Häuser angesteckt hatten und beißender Rauch die Luft erfüllte, flog Peter hoch durch die Lüfte und ließ sich friedlich auf dem Baum nieder. Gleich darauf fühlte er sich wie das putzige Eichhörnchen, das von Ast zu Ast sprang und neugierig zu diesen seltsamen Menschen hinabschaute, deren Freude es war, einander auszurotten. Wie gerne hätte Peter mit dem Tier getauscht. Dann versank der blonde Junge in eine Art Dämmerschlaf.

***

Feldherr Johann t'Serclaes Graf von Tilly und die Katholische Liga zogen über die Langen Hessen in das Dorf in der Nähe von Homberg. Nach der siegreichen Schlacht von Magdeburg befanden sie sich auf dem Rückzug. Der schwedische König Gustav Adolf und seine Armee waren ihnen auf den Fersen. Die protestantischen Schweden hatten sich unter der Führung ihres charismatischen Königs in den Krieg eingeschaltet, nachdem der katholische Kaiser Ferdinand II. das Restitutionsedikt erlassen hatte, das vorsah, dass alle protestantischen Güter wieder katholisch werden sollten. Mit dem Eintritt der Schweden trat der Krieg in eine neue Dimension und eine nicht endenwollende Verlängerung. Tilly hatte seinen Sieg in Magdeburg nur kurz genießen können. Das, was unter seiner Führung in dieser Stadt angerichtet worden war, hatte sogar die eigenen Leute verstört. An die zwanzigtausend Magdeburger, Männer, Frauen, Greise und Kinder, sie alle waren abgeschlachtet worden. Nach Magdeburg war die Gewalt der Söldner eskaliert, so als seien alle moralischen Schranken menschlichen Handelns und zivilen Umgangs niedergerissen worden. Von da an gebrauchten die Söldner den Begriff „magdeburgisieren", wenn sie eine Stadt oder ein Dorf schändeten. Auch im hessischen Niedenstein hatten sie schwer gewütet und den Ort quasi dem Erdboden gleichgemacht. Ganze vier Häuser standen noch. In diesen hatten sich die Generäle um Tilly einquartiert.

Gisbert kam am nächsten Tag als Inspekteur der Katholischen in das verwüstete Dorf. Tilly hatte Kunde erhalten, dass einige Landsknechte es gar zu wild trieben, und wollte dem Einhalt gebieten. Gisbert sollte versprengte Söldner und Landsknechte ausfindig machen und wenn nötig bestrafen. Doch er kam zu spät, längst waren alle zur Truppe oder zu ihren Frauen im Tross zurückgekehrt. Sie hatten jedoch ganze Arbeit geleistet, wie Gisbert angewidert feststellte. Aber wie alle in dieser Zeit war auch Gisbert durch die vielen Kämpfe, Plünderungen und Grausamkeiten abgestumpft. Er lebte gleichgültig in den Tag hinein, dachte nicht an die Zukunft und stellte keine Fragen mehr nach dem Warum. Er wollte nur noch überleben. Entweder man jagte oder wurde gejagt, tötete oder wurde getötet, nahm oder gab. Tag ein, Tag aus. Doch trotz allem spürte Gisbert immer noch einen Funken Mitleid für diese armen Seelen.

Die vielen Toten und Tierkadaver zwischen den Trümmern und ihr elender Gestank machten einen langen Aufenthalt in Niedenstein unmöglich. Nur drei Bewohner wurden lebend gefunden, darunter ein kleiner, blonder Junge von etwa sieben Jahren. Durch einen Schock hatte er seine Sprache verloren. Er führte Gisbert zu den ausgebrannten Resten seines Elternhauses. Dort konnten sie außer dem Hinweis auf einem Holzschild, dass der Junge wohl mit Nachnamen Schweinbraden hieß, nichts finden.

Die Tränen in den Augen des Kindes veranlassten Gisbert, sich des Kleinen anzunehmen. Dank seines Standes und des Soldes, den er erhielt, konnte Gisbert den Jungen in die Obhut einer guten Frau im Tross geben, bis man einen geeigneten Platz für ihn gefunden hatte. Der Junge wurde zu einer helfenden Hand, und wie sich herausstellte, war er handwerklich begabt und mit Klugheit gesegnet. In seiner Freizeit brachte Gisbert ihm bei, wie man eine Waffe und den Degen führte. Nach einer Weile fand der Junge seine Sprache wieder, doch er konnte sich nicht an sein altes Leben und nicht an seinen Vornamen erinnern. Gisbert ahnte, dass er Schreckliches erlebt haben musste. Er gab dem kleinen, blonden Jungen, der eigentlich Peter geheißen hatte, den Namen Jakob.

2. Teil

Gisbert

Eine kleine Befreiung

Hochstadt, 10. Januar 1650
Polternd öffnete sich die Tür im Narrenturm. Andreas Rohn trat in das düstere Verlies, gefolgt von Nikolaus Heckerth und dem Vertreter der Bürgerschaft, Caspar Strohl. Elisabeth und die alte Emilia standen vom Boden auf.

Andreas Rohn fasste Elisabeth an der Schulter. „Elisabeth, der Rat hat getagt. Er hat beschlossen, dass du bis zur Verhandlung zu deinem Vater in dein Elternhaus darfst."

Elisabeth schluchzte vor Freude.

Rohn lächelte, doch dann verdüsterte sich seine Miene. „Ihr dürft euer Haus und das Dorf nicht verlassen."

Er sah zur alten Trapp. „Emilia, du musst hier bleiben. Tut mir leid."

Die alte Frau nickte beklommen und schaute zu Boden.

Elisabeth trat zu ihr und drückte sie an sich. „Oh, liebe Emilia, was soll ich nur tun? Ich will dich nicht hier allein lassen."

Emilia Trapp sah sie an und lächelte. „Sei froh, dass du zu deinem Vater kannst. Mir wird schon nichts passieren. Außerdem habe ich ein Dach über dem Kopf und was zu essen. Mir ging's schon schlechter."

Elisabeth drückte sie noch einmal fest an sich, dann verließ sie die alte Trapp.

Klirrende Kälte brachte den pulvrigen Schnee zum Glitzern. Elisabeth wurde von den zwei Wachmännern über die Hauptstraße geführt. Dahinter liefen Andreas Rohn und Nikolaus Heckerth, gefolgt von Caspar Strohl und ein paar neugierigen Gaffern aus dem Dorf.

Drei Jungen kamen gelaufen, sie tanzten um Elisabeth herum und sangen in Hochstädter Mundart: „Roude Haar und Ärlehecke, wachse uf kam goude Flecke."

Als sie an Gisbert von Gettenbachs Hofreite anlangten, verscheuchte Andreas Rohn die Plagegeister mit seinem Stock. Dann hämmerte er an das Tor. Im Innern des Hofes hallten schnelle Schritte, und die kleine Tür wurde aufgerissen. Gisbert trat heraus, und Elisabeth stürzte sich in seine Arme.

„Meine kleine Lies. Endlich bist du wieder daheim. Was haben sie dir angetan?"

Elisabeth ließ ihren Tränen freien Lauf, doch diesmal waren es Freudentränen.

Andreas Rohn unterbrach die Innigkeit. „Guido Emmes hat mit allen Mitteln versucht zu verhindern, dass sie zu dir darf. Er wollte dein Haus mit zehn Mann unter Bewachung stellen lassen. Ich habe ihm versprechen müssen, dass du nicht türmst. Also ließ er es damit bewenden, die Wachen an den Stadttoren zu verstärken. Ich hoffe, ich kann mich auf dich verlassen."

Gisbert nickte. „Warum sollte ich flüchten? Gregorius wird bald zurück sein, und dann hat das alles ein Ende."

Andreas Rohn sah ihn einen Moment an und sagte mit belegter Stimme: „Ich habe getan, was ich konnte."

„Ich weiß, Andreas, vielen Dank." Gisbert ging mit Elisabeth eng umschlungen ins Haus und schloss die Tür.

Andreas Rohn nickte den beiden Wachen zu, die sich mit ihren Hellebarden auf den Weg zum Obertor machten. Dann trat er zu Nikolaus Heckert und Caspar Strohl, die auf ihn warteten. Rohn wandte sich an Heckerth: „Ich danke dir dafür, dass du mich unterstützt hast."

Nikolaus Heckerth nickte beklommen. „Es wird nicht zu meinem Wohl sein, fürchte ich."

Andreas Rohn klopfte ihm auf die Schulter. „Du hast recht gehandelt. Gregorius ist beim Grafen, und der wird einer Hexenanklage niemals zustimmen."

Nikolaus Heckerth sah ihn zögerlich an, dann nickte er abermals. „Ich bete zu Gott, dass es so sein wird, Andreas."

Guido Emmes stand in einem Zimmer des Spielhauses am Fenster und sah wütend hinunter zu Gisberts Hoftor. Heinrich Fredes stand missmutig neben Emmes und blickte ebenfalls nach draußen. Dort unten unterhielt sich Andreas Rohn mit Nikolaus Heckerth und Caspar Strohl.

Emmes blitzte Fredes kurz an, dann blickte er wieder aus dem Fenster. „Heckerth glaubt, dass Gisbert diesen Kampf gewinnt. Dieser Verräter hat die Seiten gewechselt. Das hätte er nicht tun sollen."

Entschlossen wandte er sich dem Einäugigen zu, der hinter ihnen im Zimmer wartete. „Du weißt, was du zu tun hast."

Der Einäugige lächelte und machte eine Verbeugung. „Sehr wohl, Herr." Dann ging er eiligen Schritts aus dem Raum.

Als Gisbert zusammen mit Elisabeth das Haus betrat und sie an der Küche vorbeikamen, stand Agnesia in der Türöffnung. Abfällig blickte sie zu Gisberts Tochter. Da brach es aus ihr heraus, und sie schrie Elisabeth an. „Du Hure! Du hast uns Schande ins Haus gebracht. Schämen solltest du dich, ich würde dich am liebsten fortjagen."

Elisabeth schrie wütend zurück. „Ich bin unschuldig und hab' nichts Unrechtes getan. Du hast mich nie geliebt, sonst würdest du das alles nicht glauben. Du bist böse, böse, böse!" Verzweifelt vergrub sie ihr Gesicht in ihren Händen.

Agnesia lief plötzlich mit hochrotem Gesicht in die Küche und kam mit einem Teppichklopfer zurück. „Mich der Lüge zu bezichtigen, so weit kommt es noch, du undankbares Ding."

Sie holte entschlossen aus und wollte Elisabeth mit dem Teppichklopfer schlagen, doch Gisbert packte ihr Handgelenk und hielt es fest. Er schob Elisabeth an Agnesia vorbei in die Küche. Dann wandte er sich an Agnesia, die ihn erschrocken ansah, denn in Gisberts Blick lag etwas Endgültiges. Seine Hand hielt die ihre noch immer fest im Griff. Er schob sie zur Haustür und ging mit ihr über den Hof direkt zum Eingangstor. Er öffnete die kleine Tür im Tor. „Ich will dich hier nicht mehr sehen. Geh zu deiner Schwester!"

Agnesia trat erschrocken und stumm vor das Haus. Gisbert schloss die kleine Tortür hinter ihr mit einem lauten Schlag.

Agnesia war fassungslos, ihr Kopf wurde rot vor Zorn. Erst jetzt wurde sie gewahr, was passiert war. Dann hämmerte sie wie eine Furie gegen das Tor und schrie: „Ich bin die Frau des Bürgermeisters. Das werdet ihr mir büßen, Gisbert von Gettenbach, du und dein Hexenbalg!"

Tränen des Zorns und der Demütigung rannen ihr über das Gesicht. Als ein paar Waschfrauen, die gerade aus der Trinkbrunnengasse kamen, in der Nähe stehen blieben und sie neugierig beobachteten, versiegten Agnesias Tränen sofort.

Wütend sah sie zu ihnen hinüber. „Was gafft ihr so? Kümmert euch um eure eigenen Angelegenheiten!"

Kichernd zogen die Waschfrauen weiter.

Die Dämmerung setzte bereits ein, und schwarze Wolken, die Schnee brachten, zogen auf.

***

Gregorius gönnte seinem Pferd eine Pause und ritt etwas langsamer durch den Hanauer Wald nach Hochstadt. Er hatte soeben bei der Hohen Tanne die Ruhbank passiert, auf der die Marktfrauen ihre Kiepen auf dem Weg zum Hanauer Wochenmarkt abstellen konnten. Sein Besuch beim Grafen war ein voller Erfolg gewesen. In seiner Tasche hatte er ein Schreiben, das von Friedrich Casimir persönlich unterzeichnet worden war. Es untersagte, Frauen anzuklagen, die ein unehelich gezeugtes Kind erwarteten, und es verbot die Einberufung von Hexenprozessen. Der Graf hatte sich mit diesem Schreiben gegen seine Frau Sybilla Christina von Anhalt-Dessau durchgesetzt.

Es war klar, dass Elisabeth in Hochstadt kein leichtes Leben mehr hätte und die Menschen sie in Zukunft schneiden würden. Aber Friedrich Casimirs Entscheidung konnte das Schlimmste verhindern. Guido Emmes hatte den Kampf verloren. Elisabeth würde bald alt genug sein, um mit Gisberts Hilfe an einem anderen Ort ein gutes Leben anfangen zu können.

Während Gregorius in Gedanken dahin ritt, bemerkte er nicht, dass ihn jemand aus dem Dickicht genau beobachtete. Der

Einäugige stand neben seinem Pferd und umfasste dessen Nüstern so, dass ein lautes Schnauben nicht möglich war. Er band es an einen Baum, zog sein langes Messer aus dem Halfter und schlich Gregorius zu Fuß nach. Bei diesem Tempo würde er ihn schnell einholen.

***

Elisabeth stand wie gelähmt an der Haustür zum Hof, als Gisbert zurückkam. „Vater, was hast du getan?"

„Was ich schon längst hätte tun sollen. Dieses Weib ein für alle Mal in ihre Schranken weisen", gab ihr Gisbert grimmig zur Antwort.

Gemeinsam stiegen sie wortlos mit schweren Schritten die Treppe hinauf und betraten sein Arbeitszimmer. Gisbert ging gesenkten Hauptes zu seinem Sekretär und füllte ein Glas mit Branntwein. Dann setzte er sich damit in eine dunkle Ecke des Zimmers auf seinen geliebten, etwas abgenutzten und mit rotem Samt bezogenen Sessel und starrte ins Nichts. Seine langen grauen Locken hingen traurig herab und passten zu seiner verzweifelten Verfassung. Er gab seiner Tochter mit einer Handbewegung zu verstehen, dass sie sich zu ihm setzen sollte. Elisabeth ließ sich zu Füßen ihres Vaters nieder. Erschöpft lehnte sie ihren Kopf an seine Knie und begann zu weinen.

Mechanisch streichelte er ihren Kopf. „Lies, bitte sieh mich an!"

Elisabeth schaute mit tränennassen Augen zu ihm auf.

„Es wird nichts mehr so sein, wie es war, aber du musst mir eines versprechen."

Elisabeth nickte stumm.

„Was auch passiert, du wirst nach vorne blicken und dein Schicksal meistern." Jetzt packte er sie an den Schultern, um das Gesagte noch einmal zu bekräftigen. „Versprich mir das!"

„Ich verspreche es dir, Vater", presste Elisabeth mit halb erstickter Stimme hevor.

Gisbert deutete auf den Kamin. „Es wird dunkel. Sei so gut und leg Holz nach, bevor es ausgeht."

Elisabeth stand auf, ging zu einem Stapel Holz in der Ecke des Zimmers und legte ein paar Scheite in die Glut. Es dauerte nicht lange, bis sich der Raum etwas erhellte und das Knacken des Holzes, das von den Flammen verzehrt wurde, für etwas Gemütlichkeit sorgte. In diesem Moment wirkte der erschöpfte Gisbert auf seinem thronartigen Sessel wie ein verbitterter, alter Mann, dem alle Freude abhandengekommen war.

Die Hölle auf Erden

Hochstadt, 10. Januar, abends
Der Besitzer des Hauses in der Bogengasse 9 zündete eine Kerze an, nahm einen Tonkrug und trat in den Innenhof. Er öffnete eine Holztür, die in den Boden eingelassen war, und stieg eine steinerne Wendeltreppe in die Tiefe hinab. In dem großen, feuchten Gewölbekeller standen mehrere dicke Eichenholzfässer. Er ging zu einem Fass, drehte den ins Holz getriebenen Hahn auf und füllte seinen Tonkrug mit Wein. Nach diesem anstrengenden Tag hatte sich Nikolaus Heckerth einen besonderen Tropfen verdient.

Plötzlich hörte er ein Geräusch. Es war ein ihm bekanntes Knarren. Langsam trat er hinter die Fässer und ging zu der kleinen Tür, die zu einem Fluchtgang führte. Ein kalter Luftzug blies ihm entgegen, und zu seinem Schreck musste er feststellen, dass sie aufgebrochen worden war. Schnell lief er zurück zur Treppe, die nach oben führte. Die Sache war ihm nicht geheuer. Doch schon packte man ihn von hinten an den Haaren. Als er schreien wollte, wurde sein Hals wie von einem Schraubstock zusammengedrückt, nur ein heiseres Röcheln fand den Weg aus ihm heraus. Mit Entsetzen sah er in das Gesicht der Bestie, deren grauenhaft spitze Zähne immer näher kamen, Speichel tropfte aus ihrem Maul.

Nachdem alles Leben aus Nikolaus Heckerth gewichen war, schnitt die Bestie mit einem Messer den Unterleib des Mannes auf und vergrub ihren Kopf förmlich in dessen Innereien. Gierig saugte sie den Geruch des Blutes ein. Sie liebte es, in dem noch warmen Fleisch zu baden. Doch noch konnte sie ihrem Hunger keinen freien Lauf lassen, noch war ihr Rachefeldzug nicht beendet. Sie erhob sich und stieg langsam die Treppe hinauf in den Hof. Der Mond beleuchtete unheimlich ihr blutüberströmtes Haupt. Die Bestie ging ins Haus. In einem der Räume fand sie die

Gattin des Hausherrn, die bereits schlief. Sie ging an das Bett und nahm ihr Messer. Es kostete sie nicht viel Mühe, sie in den ewigen Schlaf zu schicken. Gegenüber vom elterlichen Ehebett befand sich eine kleine Bettstelle, darin lag ein Kind von ungefähr vier Jahren. Die Bestie blickte gleichgültig auf den schlafenden Jungen, dessen friedliches Gesicht vom Mondlicht beleuchtet wurde, das zum Fenster herein schien. Das Kind riecht lieblicher als seine Eltern, dachte sie, als sie sich ihm näherte, um seinen Geruch genauer zu erkunden. Es roch wie der Junge der Bestie, als dieser noch klein gewesen war, und den sie nun auf dem Gewissen hatten. Dafür würde sie ihnen die Hölle auf Erden bereiten, und das war nur der Anfang. Dann nahm die Bestie das schlafende Kind aus dem Bett.

***

Die Wachen brachten die alte Emilia Trapp in den Gewölbekeller des Hauses von Guido Emmes, der jetzt als Folterkammer diente. An den Wänden loderten Fackeln. Man setzte sie mit nach hinten gebundenen Händen auf einen Holzschemel. Guido Emmes betrat zusammen mit dem Einäugigen den Keller.

Er blickte die alte Trapp angewidert an. „Gebt am besten gleich zu, dass Ihr eine Hexe seid und gemeinsame Sache mit Gisbert von Gettenbach und seiner Tochter macht. Dann kann man Euch das Schlimmste ersparen."

Die alte Frau sah zu Emmes auf und blitzte ihn an. „Der wahre Teufel seid doch Ihr, Guido Emmes. Ich bete für Eure Seele."

Emmes blickte ungerührt zum Einäugigen und nickte. Sein Handlanger verzog sein Gesicht zu einem fiesen Grinsen. Er holte aus und schlug der alten Trapp mit voller Wucht ins Gesicht. Sie schrie auf, doch der Einäugige schlug weiter zu. Er gab nicht eher Ruhe, bis ihre Augen zugeschwollen und ihre Nase gebrochen war. Nachdem der Einäugige fertig war, kehrte eine unheimliche Stille ein, nur ein leises Wimmern und das Knistern der brennenden Fackeln war zu hören.

Guido Emmes trat zu ihr. „Wollt Ihr vielleicht jetzt gestehen?"

Schluchzend und mit zitternden Gliedern blickte Emilia Trapp zu ihm. „Der Teufel soll Euch holen."

Emmes nickte abermals zu dem Einäugigen, der sich schon freute, wieder dienlich zu sein. Die Wache, die vor der geschlossenen Tür postiert war, zuckte erschrocken zusammen, als ein markerschütternder Schrei hinter der Tür die Stille zerriss.

***

Das Feuer im Kamin knisterte. Elisabeth hatte sich wieder zu Füßen ihres Vaters niedergelassen und sah ihn aufgewühlt an. „Du musst mir glauben, Vater. Ich bin unschuldig, ich weiß nicht, wie so etwas passieren konnte ..." Sie fing wieder an zu weinen. „Es muss der Teufel gewesen sein."

Gisbert legte ihr behutsam die Hand auf den Rücken. „Rede nicht so einen Unfug, Kind. Es war kein Teufel, jedenfalls kein übernatürlicher. Du musst dich doch an irgendetwas erinnern?"

Elisabeth schluckte schwer. Sie brachte es nicht über sich, von Emilias Verdacht zu erzählen, dass dieser Teufel womöglich Guido Emmes hieß. Sie hatte Angst, ihr Vater könnte vollends die Fassung verlieren. Es würde alles nur noch schlimmer machen. Außerdem konnte sie es nicht beweisen.

„Ich kann beim besten Willen nicht sagen, wie es passiert ist ..." Elisabeth musste wieder weinen.

Gisbert beruhigte sie. „Mein armes Kind. Es war weder der Teufel noch Gott. Dir wurde übel mitgespielt, und ich fürchte, das alles gilt nur mir, mir ganz allein."

Elisabeth schaute ihn erschrocken an.

Gisbert ließ sich einen Moment Zeit, um die richtigen Worte zu finden. „Es gibt einige Dinge, die du wissen musst und die ich dir nicht länger ersparen kann." Er stockte und sinnierte nachdenklich. „Der Mensch handelt im Leben manchmal in einer Weise, die er sich später nicht mehr erklären kann. Oft vergisst er die Gründe und vertrackten Umstände, die zu jener Zeit dafür maßgeblich waren, und übrig bleibt der schale Geschmack, etwas Verkehrtes getan zu haben. Manchmal trifft man dabei auf Menschen, die einen wie ein dunkler Schatten verfolgen, und diesen Schatten wird man nur schwer wieder los." Gisbert nahm seine Pfeife, zündete sie an und lehnte sich zurück. „Auch ich muss an solch einen Schatten geraten sein."

„Von wem redest du, Vater? Wer ist dieser Schatten?", wollte Elisabeth dringend wissen.

Gisbert seufzte. „Das weiß ich selbst nicht. Ich weiß nur, dass er meine Geschicke lenkt. Es geschehen Dinge, immer wieder, die ich mir anders nicht erklären kann. Es steht in seiner Macht zu entscheiden, ob ich lebe oder sterbe, ob ich glücklich oder unglücklich bin. Er wird erst Ruhe geben, wenn ich tot bin oder wenn ich ihn finde und töte ..."

Elisabeth stand auf und lief umher. „Warum ist dieser Schatten so böse zu dir, Vater? Hat es ... hat es mit meiner Mutter zu tun ... mit meiner richtigen Mutter?"

Gisbert sog nachdenklich an seiner Pfeife. „Komm, setz dich hier neben mich."

Elisabeth schob einen Stuhl neben den Sessel ihres Vaters ans Feuer. Sie setzte sich und wartete angespannt auf das, was er ihr zu erzählen hatte.

Gisberts Blick schweifte in die Ferne, so als würde er in eine andere Welt eintauchen. „Es ist schon lange her. Ich hatte es vom Landsknecht zum berittenen Kürassier geschafft, weil ich mich im Kampf bewährt hatte und ein Pferd besaß. Da ich den Nachweis eines Adeltitels erbringen konnte, wurde ich Offizier einer Musketiereinheit unter dem Feldherren Johann t'Serclaes Graf von Tilly. 1631 lagerten wir vor den Toren Magdeburgs."

Elisabeth unterbrach ihn erstaunt. „Aber ... Tilly, das war doch die Liga? Du warst bei den Katholischen?"

Gisbert schwieg und paffte an seiner Pfeife. Als sein Gesicht durch die Rauchschwaden wieder auftauchte, sprach er weiter: „Ganz recht, Lies, du hast richtig gehört. Aber vielleicht muss ich weit früher beginnen und dir erzählen, wie es dazu kam."

Wie alles begann

Leipzig, 1617
Gisbert von Gettenbach war gerade siebzehn Jahre alt geworden, als sein Vater es an der Zeit fand, ihn in das Tuchgeschäft einzuführen. Dem Großvater war einst vom thüringischen Landesfürsten die Patrizierwürde verliehen worden. Seitdem war es Familientradition geworden, das gutgehende Geschäft des Tuchhandels an die Söhne weiterzugeben. Endlich sollte Gisbert, wie sein älterer Bruder Balthasar, lernen, mit den wertvollen Stoffen erfolgreich Handel zu treiben, um nach geraumer Zeit mit Balthasar zusammen die geschäftlichen Belange zu führen. Dieses Ziel hatte der Vater, ein gottesfürchtiger Lutheraner, mit der eisernen Hand der Züchtigung bei seinen Kindern verfolgt.

Gisberts Mutter wiederum war eine herzensgute Frau und schützte ihren jüngsten Sohn vor dem strengen Vater. Doch sie starb an einer Lungenentzündung, als Gisbert zwölf Jahre alt war. Von da an übernahm sein Vater allein die Erziehung.

Gisbert tat sich schwer mit den Aufgaben, die ihm der Vater zudachte, was auch daran lag, dass er sich nicht den hohen Anforderungen seines Vaters fügen wollte. Sein starker Wille schuf erbitterte Fronten zwischen Vater und Sohn. Mit zunehmendem Alter Gisberts spitzte sich die Lage zu. Er wollte Abenteuer erleben, und außerdem fand er seit einiger Zeit Gefallen an den Frauen, die seinem angenehmen Äußeren nicht abgeneigt waren. Unglücklicherweise wurde Gisberts Aufbegehren von seinem Jugendfreund Dietrich noch befeuert, der den weiblichen Reizen ebenso zugetan war wie dem Glücksspiel.

Es war jugendlicher Leichtsinn und Dummheit, die Gisbert ohne eigenes Verschulden in eine heikle Lage brachten. Dietrich hatte eine Liaison mit der Ehefrau eines Geschäftsmannes begonnen, der mit Gisberts Vater in Verbindung stand. Als die Affäre publik wurde, war Gisberts Vater so erzürnt, dass er seinem Sohn jedes weitere Zusammensein mit Dietrich unter Androhung einer Strafe verbot. Gisberts Trinkgelage und Verschwendungssucht erfuhren ein jähes Ende, denn über seinen Kopf hinweg hatte sein Vater ihn bei einer Besserungs- und Lehranstalt der örtlichen Kirchengemeinde angemeldet. Sie sollte seinem missratenen Sohn, wie er ihn nannte, die Manieren beibringen, die eines Patriziers würdig waren. So kam es, dass Gisberts älterer Bruder Balthasar den elterlichen Tuchhandel allein übernahm, denn der war, im Gegensatz zu Gisbert, ein Beispiel an Vernunft.

Es dauerte keine zwei Monate, da war Gisbert Hals über Kopf aus der Lehranstalt geflüchtet. Die drakonischen Strafen und Züchtigungen der Puritaner konnte und wollte er nicht länger über sich ergehen lassen. Nicht weil Gisbert zu weich gewesen wäre, vielmehr war es seine Sturheit, die ihm gebot, diesen angeblich gottesfürchtigen Männern nicht klein beizugeben. Gisbert begab sich guter Dinge zu seinem Vater. Er wollte ihn um eine Unterredung bitten, in der er versprechen würde, sich in Zukunft zu bessern und die geschäftlichen Belange der Familie zu vertreten. Doch als er vor seinen Vater trat, bekam er, wie früher, nur dessen Unzufriedenheit mit ihm und die Empörung über seine Flucht zu spüren.

Alle Vorschläge, die Gisbert in dem Gespräch vortrug, zum Beispiel den Ankauf von Tuch mit farbigen Mustern, um das Tuchmachergeschäft zu modernisieren, beschied sein Vater abschlägig. Er nannte Gisbert einen ahnungslosen Tunichtgut. Was bisher dem Geschäft des Vaters dienlich war, sollte auch in Zukunft so bleiben. So kam es, dass der überwunden geglaubte Zorn in Gisbert langsam wieder emporstieg, bis er ihm den Hals zuschnürte und er erkennen musste, dass er mit seinem Vater niemals einer Meinung sein konnte. Es kam zum Eklat, bei dem Gisbert von seinem Vater so heftig geschlagen wurde, dass er in seiner Wut die Hand gegen seinen eigenen Vater erhob. Zum Glück war Balthasar zur Stelle und konnte das Schlimmste verhindern. Doch Gisbert wurde des Hauses verwiesen. Alle Versuche Balthasars, den Vater zum Umdenken zu bewegen, scheiterten.

Nach Monaten auf den Straßen und in den Spelunken Leipzigs

hatte Gisbert kein Geld mehr, und selbst alte Kameraden mochten ihm nichts mehr leihen. Nur sein alter Freund Dietrich, der selbst nichts übrig hatte, leistete ihm noch Gesellschaft. So kam es, dass Gisbert und Dietrich sich im Oktober des Jahres 1618 freiwillig als Söldner meldeten. Die Wut auf seinen Vater hatte Gisbert diesen Schritt leicht gemacht. Er würde ihm beweisen, dass er sein Leben alleine meistern konnte. Graf Ernst von Mansfeld war schon seit geraumer Zeit dabei, ein privates Heer aufzustellen. Er arbeitete für Kurfürst Friedrich von der Pfalz, der später unter dem Spottnamen „Winterkönig" bekannt werden sollte. Der reformierte Kurfürst war bestrebt, die protestantische Macht im Heiligen Römischen Reich zu stärken und die Katholischen zu bekämpfen. Deswegen zogen Mansfelds Werbeoffiziere durch die hauptsächlich protestantisch geprägten Landstriche.

Der Bote des Jüngsten Gerichts

November 1618
Es war Dietrich, der von einem dieser Offiziere angesprochen wurde, die mit Trommlern und Pfeifern durch die Straßen Leipzigs zogen, um Söldner anzuwerben. Der prächtigen Ausstattung des Offiziers und der Aussicht auf einen lukrativen Sold konnte der junge Mann nicht widerstehen. Er zeigte Gisbert ein Werbeflugblatt der Protestanten, das die katholische Geistlichkeit als geldgierig und gewissenlos karikierte.

Dietrich und das Flugblatt kamen Gisbert gerade recht. Er wollte weg aus Leipzig. Nach dem Streit mit seinem Vater hatte ihm auch seine heimliche Jugendliebe Gertraud den Laufpass gegeben, weil er mittellos geworden war. Außerdem wollten die Freunde dem nahenden Winter und dem Hunger entfliehen. Mit jugendlicher Unbekümmertheit und blühender Phantasie malten sie sich aus, wie sie Abenteuer bestehen, fremde Städte und Länder sehen und dabei zu Ruhm, Geld und Ansehen kommen würden.

Es war ein grauer, regnerischer Tag gewesen, als sie ahnungslos das Handgeld der Armee entgegennahmen und unter dem Spieß durchgingen. Nun waren sie Söldner und damit Eigentum der Armee geworden. Gisbert und Dietrich wurden der Infanterie zugeteilt. Da sie noch keine Ahnung vom Kriegshandwerk hatten, mussten sie es von der Pike auf lernen. Was das bedeuten sollte, würden sie noch früh genug erfahren. Vorerst mussten sie zusammen mit Hunderten angeworbener Söldner den langen Fußmarsch in die Kurpfalz, nach Heidelberg antreten, wo sie ihre Ausbildung erhalten sollten. Tagelang waren sie über staubige Wege und durch sumpfiges Unterholz marschiert. Ihre alles andere als komfortable Ausrüstung, die sie dabei tragen mussten, wog mehr als sechzig Pfund. Schon bald hatte Gisbert blutige Blasen an den Fersen und konnte kaum noch laufen. Deswegen war er heilfroh, als sie kurz vor Heidelberg endlich anhielten und sich auf ihr Nachtlager vorbereiteten.

Es war die Nacht zum 5. November 1618, als Gisbert und Dietrich Zeuge eines unglaublichen Vorfalls wurden. Sie wollten sich gerade auf ihr dürftiges Lager aus getrocknetem Gras, über das sie ihre Mäntel gebreitet hatten, niederlegen, als am Himmel ein gleißender Feuerball erschien. Mit unheimlichem Zischen und einem feuerroten Schweif schrieb dieser Glutball sein blutiges Zeichen in den Sternenhimmel. Viele der Männer waren über diese Erscheinung beunruhigt, denn am nächsten Morgen und auch am Tag darauf war der unheimliche Schweif des Kometen weiterhin als rotes Mal am Himmel sichtbar. Auch Gisbert und Dietrich befürchteten, dass dieser „Bote des Jüngsten Gerichts", wie ihn die Soldaten nannten, dessen blutige Spur gen Osten wies, ein böses Vorzeichen war.

Die Schlacht am Weißen Berg

Prag, 16. November 1620
Nach der siegreichen Schlacht bei Pilsen hatte Graf Ernst von Mansfeld seine Söldnerarmee geteilt. Mit dem Hauptkontingent zog er nach Norden, ein kleinerer Truppenteil, dem Gisbert und Dietrich zugeteilt waren, wurde nach Prag abkommandiert. Er sollte den protestantischen Ständen zu Hilfe eilen und die Stadt vor dem Ansturm der Katholischen Liga unter Maximilian von Bayern schützen. Nun würden Gisbert und Dietrich das erste Mal an einem echten Kampfgeschehen teilnehmen. Gisbert empfand eine Mischung aus Euphorie und Angst, denn die Wirklichkeit sah oft ganz anders aus als das, was er und sein Kamerad sich in ihren naiven Träumen ausgemalt hatten.

***

Nach ihrer Musterung in Leipzig waren sie noch voller Vorfreude auf das, was sie erwartete, gewesen. Auch als sie ins Heidelberger Lager kamen, den Pikenieren zugewiesen wurden und dort Essen sowie Kleidung bekamen, waren sie noch immer überzeugt davon, alles richtig gemacht zu haben. Gisbert war stolz auf seine Ausrüstung, den Brustharnisch und Eisenhelm, den alle Morion nannten. Außer der Pike bekamen sie noch Katzbalger und Dolch als Verteidigungswaffen. Gisbert hatte sich den legendären Katzbalger viel schwerer vorgestellt. Das Schwert lag leicht in der Hand, so dass auch nach mehrstündigem Kampf die Handgelenke nicht zu schnell schwach wurden. Sein Griff war mit einem Korb zum Schutz der Hand ausgestattet. Da das Schwert nur etwa eine Elle maß, war es hervorragend für den Nahkampf geeignet. Die vorn abgerundete Spitze und die breite, flache Klinge täuschten fast darüber hinweg, wie scharf und todbringend dieses Kriegsgerät war. In der Scheide war noch ein Nebenfach eingerichtet, in das man den Dolch stecken konnte. Mit diesen zwei Waffen in der Hand war der Soldat eine mörderische Kampfmaschine im Gefecht, und das Hauen und Stechen wurde bald zur gefürchteten „Katzbalgerei".

Während ihrer Ausbildung zu Pikenieren mussten Gisbert und Dietrich feststellen, dass diese alles andere als abenteuerlich war, sondern eher eine rechte Plackerei. Im Vorwärtsmarsch hatten sie die Piken, schwere, bis zu fünfeinhalb Meter lange Spieße, waagrecht auf Augenhöhe zu tragen. Bei einem Angriff wurde die Pike schnell von der Schulter genommen und schräg nach oben gegen den rechten Fuß gestemmt, um die hinter ihnen marschierenden Musketiere und berittenen Kürassiere zu schützen und die feindliche Reiterei abzuwehren. Aus der Tercio, der Formation nebeneinander laufender Pikeniere, wurde ein zusammenrückender Igel. Diese Abfolge wurde immer und immer wieder durchexerziert, bis sie ihnen in Fleisch und Blut übergegangen war. Schon bald sollte sich zeigen, dass dies für das Überleben eines Pikeniers von absoluter Wichtigkeit war.

Auf ihrem Marsch von Heidelberg nach Pilsen waren Gisbert und Dietrich endgültig mit der Realität konfrontiert worden. Sämtliche Dörfer am Wegesrand waren von den Truppen geplündert worden, die Menschen hatten ihr letztes ärmliches Hab und Gut hergeben müssen, um die Soldaten zu verpflegen. Im Lager von Pilsen, wo sie auf die restliche Armee von Graf Mansfeld gestoßen waren, gerieten sie unter das Kommando eines gefürchteten Offiziers. Er behandelte die Soldaten schlecht und hatte besonders für die Pikeniere nur Hohn und Spott übrig. Er nannte sie „Schiebochsen", und Gisbert wurde schmerzlich bewusst, dass sie als Pikeniere das letzte Glied in der Befehlskette der Truppe waren und als Kanonenfutter dienten. Neben dem harten Drill und den Schikanen setzten ihnen Dreck, Gestank und Krankheiten zu. Die Warterei und der ausbleibende Sold taten ein Übriges und zeigte ihnen die Schattenseiten des Söldnertums.

Hinzu kam, dass die Stimmung in der Truppe nicht zum Besten stand. Wilde Gerüchte schwirrten durch das Lager. Johannes

Brand, ein Söldner aus dem Hanauischen, der schon längere Zeit bei Mansfeld gedient hatte und den beiden Leipziger Jungspunden Tipps gegeben hatte, wie sie den Launen ihres Ausbilders entgehen konnten, klärte sie auf: „Der Mansfelder ist abgehauen. Hunderttausend Gulden soll er bekommen haben, wenn er sich nicht an der Schlacht beteiligt. Unser kleiner Haufen, das ist doch nur zum Schein. Den Mansfeld interessiert nur, wo er das meiste Geld verdient. Und wer sind die Dummen? Wir! Ich kann euch nur raten, macht's wie ich: Ich haue ab! Was sich vor Prag abspielen wird, ist reiner Selbstmord."

Doch Gisbert und Dietrich waren unerfahrene Neulinge und wollten nicht auf die Worte des Söldners hören, der ihnen jede Illusion zu rauben drohte. Außerdem wartete auf Deserteure die Todesstrafe. Sie hofften immer noch auf das versprochene Abenteuer und einen ruhmreichen Kampf. Doch dies sollte sich schon bald ändern.

***

Der Nebel hatte sich endlich aufgelöst, und die Sonne machte die unangenehme Novemberkälte erträglicher. Die protestantischen Truppen hatten sich auf dem Weißen Berg vor der Stadt Prag für die Abwehrschlacht postiert. Die Infanterie machte sich bereit, um gegen das völlig überlegene Heer der Katholischen Liga zu marschieren. Wie die Kuppel einer riesigen Kirche schien der Himmel das Gebet der Soldaten in Empfang zu nehmen. Unheimlich hallten ihre Stimmen durch die Reihen, und es war gewiss, dass Hunderte von ihnen jetzt dem Tod begegnen würden. Gisbert schaute nervös mit einem ungewissen Lächeln zu Dietrich, der neben ihm stand. Dietrich kaute auf seiner Unterlippe und lächelte ebenfalls angespannt. Dann erklomm die Liga den Weißen Berg. Es waren Tausende. Gefolgt von der Reiterei, schoben sich etliche Spanische Vierecke, bestehend aus Pikenieren und Musketieren, in ihre Richtung.

Nun war es soweit. Die Lunten brannten. Auf das in die weite Landschaft hallende Kommando eines Offiziers legten die vordersten Musketiere in Gisberts Ordonnanz ihre Musketen auf den Gabelstock und schossen. Dann setzte sich die Truppe in Bewegung, dem Feind entgegen. Gisbert und Dietrich waren der Mitte der Tercio zugeteilt worden. Diese Truppeneinheit war fünfzig Mann breit und dreißig Mann tief. Sie bestand aus Musketieren mit ihren Musketen, die von den Pikenieren geschützt wurden und die an vorderster Front vorauslaufen mussten. Gisbert konnte nur bis zu den Pikenieren direkt vor sich sehen, sie schienen sich im Pulverrauch aufzulösen. Nach jedem ohrenbetäubenden Schuss, den die Musktetiere zwischen den Pikenieren auf die feindliche Armee abfeuerten, liefen sie wieder zurück in ihre Reihen und luden das Luntengewehr umständlich nach. Sie machten Platz für die nächsten Musketiere, die an ihre Stelle traten und erneut ihre Musketen auf den Gabelstock legten und schossen.

Dann war plötzlich Kanonendonner zu hören. Die Artillerie der feindlichen Armee schoss in ihre Richtung. Eine zischende Kanonenkugel trieb eine zerstörerische Spur in ihre Reihen. Piken zersplitterten und flogen zusammen mit menschlichen Körperteilen an Gisbert und Dietrich vorbei. Das, was sie ewig exerziert hatten, was hieß, die Piken gegen den anlaufenden Feind zu stellen, erwies sich in diesem Kanonenfeuer als völlig nutzlos. Plötzlich war Gisberts Kehle trocken, und sein Blut schoss in den Kopf, so dass ihm sein Herz bis zum Hals schlug. Das Lächeln war ihnen vergangen, doch das eiserne Trommeln des Taktgebers ließ sie weiter und stetig dem Verderben entgegen gehen. Erneut bahnte sich eine Kanonenkugel ihren blutigen Weg durch die Tercio, und Gisbert dankte Gott dafür, dass er nicht getroffen worden war. Er wollte Dietrich ein paar aufmunternde Worte zurufen, doch als er sich zur Seite drehte, war sein Freund nicht an seinem Platz. Wo Dietrich soeben noch gelaufen war, klaffte nun eine offene Schneise. Gisbert blickte entsetzt nach hinten, doch er konnte im Pulverrauch nichts erkennen. Sogleich wurde er von den hinteren Männern und den Trommlern weiter vorangetrieben. Dann kam es zum direkten Feindkontakt. Plötzlich war alles wie in einem Traum. Gisbert hörte nur noch seinen schnellen, nervösen Atem und unwirkliche Fetzen von Donner. Er sah, wie die Pikeniere in vorderster Front umfielen wie die Fliegen und wie die Reihe direkt vor ihm schließlich die Piken anlegte. Gleich war er an der Reihe. Geschrei und Kanonendonner rissen plötzlich ab. Gisbert hatte das Gefühl, nicht mehr in seinem Körper zu sein. Alle Angst vor Schmerz und Tod war wie weggeblasen. Er legte seine Pike an und ging zusammen mit den anderen Schritt für Schritt den scharfen Piken des Gegners entgegen. Gisbert wachte erst auf, als die feindlichen Piken sich in die ihren verkeilten und ein Kamerad neben ihm durch den Hals aufgespießt wurde. Mit einem Schlag hörte Gisbert das Todesgeschrei, Schüsse und schlagende Waffen. In seiner Panik wäre er gerne auf und davon gelaufen, doch das war unmöglich. Er war in einem Haufen von kämpfenden Männern und ihren langen Piken gefangen. Mit Entsetzen sah er, wie feindliche Soldaten gebückt unter den Piken hervorstürmten und mit Dolch und Katzbalger alles abschlachteten, was ihnen entgegenkam. Nachdem sich Gisberts Pike in einem feindlichen Soldaten verhakt hatte, zog er seine eigenen Klingen.

Dann tötete er den ersten Menschen. Gisbert hätte nie gedacht, dass es so lange dauern würde. In einem Pulk sich abschlachtender Männer hatte sich der Katholische auf ihn gestürzt und versuchte, mit seinem Dolch in Gisberts Gesicht zu stechen. Die Klinge streifte über Gisberts Wange. Besinnungslos vor Wut stach Gisbert dem Mann wieder und wieder in den Magen, doch der wollte und wollte nicht ablassen und sterben. Endlich schaffte es Gisbert, sich und den Angreifer so zu drehen, dass er auf ihm saß. In Sekundenschnelle stieß Gisbert seinen Dolch, so tief er konnte, in die Brust seines Gegners. Ein Blutschwall schoss aus dessen Mund. Entsetzt blickte Gisbert in die anklagenden Augen des sterbenden katholischen Soldaten. Sein Blick brannte sich ihm tief ein.

Doch viel Zeit hatte Gisbert nicht, darüber nachzudenken. Schon im nächsten Moment hatte sich der Degen eines feindlichen Soldaten durch seine rechte Schulter gebohrt. In einer Art Rausch aus wildem Zorn und unbändigem Überlebenswillen ging das Hauen und Stechen weiter, bis der nächste Mensch tot war. Dann wurde es schwarz um Gisbert.

Die Auferstehung

Prag, 16. November 1620, abends
Gisbert erhob sich langsam aus einem Haufen lebloser, zerfetzter Leiber. Entsetzt sah er an sich herab. Blutüberströmt wusste er nicht, ob es sein eigenes Blut oder das der anderen war. Noch immer hielt er seinen Dolch fest umklammert. Um ihn herum lagen nur Leichen, Berge von Leichen. Weit entfernt hörte er die Söldner durch die Rauchschwaden noch immer kämpfen, nur um ihn herum war alles eigenartig still. Dann sah er ein Stück freies Feld vor sich und rannte los. Er rannte und rannte, bis er an das Ufer der Moldau kam. Was war die bittere Kälte des Flusses gegen das Grauen der letzten Stunden? Er sprang in das eiskalte Wasser und schwamm. Immer wieder trieben tote Soldaten an ihm vorbei. Schließlich versteckte er sich an einer dicht bewachsenen Uferböschung, die sich in sicherer Entfernung vom Schlachtfeld befand. Gisbert lugte vorsichtig zum Kampfgeschehen und sah mit an, wie die Katholischen den Rest seines Regiments auslöschten.

Er hatte die Blutung an der rechten Schulter mit Blättern und Gräsern, die er auf die Wunde presste, nur mühsam zum Stillstand gebracht. Es schmerzte höllisch, und der blutige Striemen in seinem Gesicht brannte wie Feuer. Die Novemberkälte hatte sich in seine nassen Kleider gefressen und würde ihn sicher bald erfrieren lassen. Doch der Drang des Menschen zu leben zwang Gisbert dazu, selbst in dieser Situation nicht aufzugeben. Er beschloss, seinen sicheren Platz zu verlassen. In der Dämmerung schleppte sich Gisbert zitternd vor Kälte über das mit toten Körpern übersäte, vom Pulver dampfende Schlachtfeld. Plötzlich tauchten aus den Schwaden Soldaten der Liga auf. Gisbert biss die Zähne zusammen und legte sich, so schnell es seine Schulter erlaubte, zwischen die Leichen und stellte sich tot. Er musste seine Schmerzensschreie unterdrücken, denn die Söldner waren gekommen, um den verwundeten, noch lebenden Männern der

Protestantischen Union ihre Degen in die Bäuche zu rammen und ihr armseliges Leben zu beenden.

Als es dunkel war, zog sich Gisbert die trockenen Kleider eines toten katholischen Musketiers an. Dies machte ihn unverdächtig. Die katholischen Söldner nahmen keine Notiz von ihm, da die meisten viel zu sehr mit dem Plündern der Leichen beschäftigt waren. Andere waren bereits in ihre Quartiere zurückgekehrt, um sich vom Kampf zu erholen oder der Siegesfeier beizuwohnen.

Gisbert machte sich auf die Suche nach Dietrich. Er fand die Stelle, an der er Dietrich aus den Augen verloren hatte. In einem Meer aus Kadavern und Fleisch entdeckte er schließlich den abgerissenen linken Arm seines Freundes, den er an seinem Ring erkannte. Die Anspannung, das Grauen, das er erlebt hatte, und der Verlust des geliebten Freundes ließen Gisbert niederknien und bitterlich weinen. Wie konnten sie nur so naiv gewesen sein? In ihrem jugendlichen Eifer hatten sie ihre Seele an den Teufel verkauft.

Plötzlich hörte er ein Stöhnen aus nächster Nähe. Gisbert folgte dem Klagelaut und blieb schließlich vor einem Berg im Kampf getöteter Soldaten stehen. Er zog mehrere Leichen von einem Pferdekadaver weg. Ein Schwerverletzter war darunter eingeklemmt. Die blutige und zugleich edle Kleidung des Mannes ließ sofort erkennen, dass es sich um einen General der Katholischen Liga handelte. Er war kaum bei Bewusstsein und stammelte unzusammenhängende Worte. Gisbert befreite den Mann mühsam von der schweren Last des toten Pferdes und versuchte, ihn aus seinem Dämmerschlaf zu wecken, indem er ihm sachte auf die Wange schlug. Der Mann, der einen gezwirbelten Schnurrbart und einen Spitzbart trug, öffnete flackernd die Augen. Sie leuchteten hell aus seinem Gesicht, das vom geronnenen Blut dunkel gefärbt war. Gisbert flößte ihm Wasser aus seiner Feldflasche ein. Der Mann versuchte Gisbert etwas zu sagen. Er redete so leise, dass Gisbert sein Ohr ganz nah an seinen Mund beugen musste.

„Wie heißt du, Soldat?", hauchte der Verletzte schwach.

„Gisbert von Gettenbach, mein Herr", kam es automatisch aus

Gisberts Mund. Im nächsten Moment dachte er, dass es wohl nicht klug gewesen war, seinen richtigen Namen zu nennen. Doch er war sicher, dass der Mann aufgrund seiner vielen Verletzungen ohnehin dem Tode geweiht war.

Der Blick des Verwundeten schweifte zu seiner Manteltasche. Mit großer Anstrengung begann er weiterzureden: „Ich habe Geld. Nimm dir, soviel du brauchst, und bring mich zu einem Arzt."

Gisbert schaute im ledernen Mantel des Mannes nach und fand eine beachtliche Summe an Münzen. Er nahm sich nur einen kleinen Teil von dem Geld. Der Mann hatte in der Zwischenzeit wieder das Bewusstsein verloren. Da Gisbert seinen rechten Arm kaum gebrauchen konnte, packte er den Verletzten mit seiner Linken und zog ihn zu dem Leiterwagen, der daneben lag und umgekippt war. Er richtete den Wagen langsam auf. Umständlich und mit viel Kraftaufwand schaffte es Gisbert, den schweren Körper auf das Vehikel zu hieven. Dann band er sich das Geschirr um, das er dem toten Zugpferd abgenommen hatte, und zog unter großen Schmerzen den Leiterwagen fort.

Cogito, ergo sum

Prag, 21. November 1620
Gisbert hatte es tatsächlich ohne weitere Probleme geschafft, in die Stadt Prag zu gelangen. Dank der Uniform und des hohen Ranges des Verletzten, den er beförderte, ließ man ihn passieren. Gisbert fragte eine der Wachen nach einem Arzt. Schließlich sprach er bei Andreas Stegemann, einem angesehenen böhmischen Landarzt, vor und konnte den Schwerverletzten bei ihm unterbringen. Er bezahlte die Behandlung mit den restlichen Gulden und erfuhr, dass er keinem Geringeren als Gottfried Heinrich Graf zu Pappenheim das Leben gerettet hatte. Wenngleich fraglich war, ob der General seine Verletzungen überleben würde, denn der Arzt zählte nicht weniger als siebenundzwanzig schwere Hieb- und Stichwunden. Dass Pappenheim überhaupt noch lebte, glich einem Wunder.

Ohne eine Nachricht zu hinterlassen, verabschiedete sich Gisbert von dem Arzt und machte sich erschöpft in die Prager Innenstadt auf. Dank der Münzen, die er Pappenheim abgenommen hatte, würde er eine Zeit lang überleben können. Er wollte einen geeigneten Platz zum Auskurieren seiner Wunden finden, bis sich eine Möglichkeit ergab, diesen Ort zu verlassen und seine falsche Identität wieder abzulegen.

Der Zufall wollte es allerdings, dass alles ganz anders kam. Gisbert hatte sich in den chaotischen Gassen Prags, die von Kriegern der Liga bevölkert und von Plünderung und Kampf gezeichnet waren, nach einer Unterkunft umgesehen. In einem Gasthaus, das randvoll mit katholischen Söldnern belegt war, bekam er ein Bett. Endlich konnte Gisbert sich ausruhen. Viele, viele Stunden schlief er in einer Art Fieberwahn, doch nach dem dritten Tag ging es ihm besser, und am vierten Tag suchte er bereits die Schänke auf, um zu speisen und seine traurigen Gedanken mit böhmischem Bier zu vertreiben. Seine frische Narbe im Gesicht gab ihm etwas

Bedrohliches, und man ließ ihn in Ruhe. Er hatte sich in eine ruhige Ecke der Spelunke zurückgezogen und schaute zu, wie die Landsknechte Karten spielten und sich dabei betranken. Die Stimmung war ausgelassen, alle waren froh, mit dem Leben davon gekommen zu sein.

Gisbert musste an Dietrich denken. Wie schön wäre es gewesen, wenn sie beide diesem Treiben hätten beiwohnen können. Doch nun lagen die menschlichen Überreste seines Freundes, mit dem er so viele Abenteuer bestanden hatte, verstreut auf dem Schlachtfeld am Weißen Berg. Gisbert kam dieser Krieg plötzlich absolut sinnlos vor. Waren sie nicht alle gleich und glaubten sie nicht alle, ob katholisch oder protestantisch, an den gleichen Gott? Wie konnte der Schöpfer solch einen Frevel unter den Menschen zulassen? Nur weil ein paar Fürsten und Geistliche ihre Pfründe verteidigen wollten?

Plötzlich trat ein Offizier an Gisberts Tisch und riss ihn aus seinen Gedanken. Er fragte höflich auf Französisch, ob er sich zu ihm setzen dürfe. Gisbert, dem das Französische nicht fremd war, willigte ein. Ihm war sofort klar, dass er es hier mit einem sehr gebildeten Menschen zu tun hatte. Der Mann hieß René Descartes und war, wenn er nicht als Söldner in katholischen Diensten stand, Philosoph, Mathematiker und Naturwissenschaftler. So stellte er sich jedenfalls mit einem Lächeln vor. Ebenso wie Gisbert suchte er einen Platz, an dem er seine Ruhe hatte. Ruhe vor dem lauten Freudentaumel seiner Kameraden, die nicht verstanden, dass es keinen Grund zum Feiern gab, sondern dass sie dazu beigetragen hatten, die Grundlagen menschlichen Zusammenlebens zu zerstören, und alles in eine blutige Zukunft zu führen, wie Descartes erklärte. Gisbert war ihm aufgefallen, weil er außer ihm selbst der Einzige war, der anscheinend die Absurdität des Krieges erkannte. Denn er wirkte auf ihn einsam, verletzt und traurig.

Gisbert hatte seinerseits das Gefühl, einen Seelenverwandten zu treffen, der genauso über dieses gottlose Treiben dachte wie er. Descartes betrachtete das Geschehen jedoch in einer für Gisbert völlig neuen Weise. Er wollte herausfinden, ob die Existenz solcher Dinge wie ein Krieg ein Beweis für ein übergeordnetes lenkendes Wesen, nämlich Gott, sein konnte oder nicht. Die beiden sprachen über ihre düsteren Vorahnungen. Standen sie am Beginn eines langen Krieges, kündigte sich eine völlig neue Weltordnung an? War dies alles Gottes Werk?

Gisbert, der bisher an Gott gezweifelt hatte, fühlte sich plötzlich an die seltsame Himmelserscheinung erinnert, die er zwei Jahre zuvor mit Dietrich gesehen hatte. Schon damals glaubten sie, dass dieser Feuerball nichts Gutes verhieß und den Untergang der Welt ankündigte. Gisbert kam rückblickend zu dem Schluss, dass dieser Bote des Jüngsten Gerichts eine göttliche Prophezeiung gewesen sein musste. Die allgegenwärtige Bedrohung der letzten Jahre durch Hunger, Krieg, Pest und Tod, ja sogar das Wetter, das immer verrückter spielte und den Sommer zum Winter und umgekehrt werden ließ und die Ernten verdarb, dies alles konnte den Eindruck erwecken, dass die vier apokalyptischen Reiter aus dem Johannes-Evangelium ihre Posaunen bliesen, erklärte Gisbert.

Descartes sah dies jedoch völlig anders. Bei dem von Gisbert beobachteten Glutball habe es sich keineswegs um eine übernatürliche Erscheinung gehandelt, sondern um einen Kometen, der in Abständen von mehreren Jahren oder Jahrhunderten immer wieder sichtbar würde, weil er dann nahe an der Erde vorbeiflog. Mit Hilfe mathematischer Methoden könne man den Zeitpunkt, an dem der Komet wieder erscheinen würde, sogar genau berechnen. Descartes war sogar der Meinung, dass dieser Himmelskörper womöglich schon bei Christi Geburt zu sehen gewesen war, als Stern von Bethlehem.

Descartes nahm seinen Humpen Bier, trank ihn aus und blickte dem erstaunten Gisbert freimütig ins Gesicht. „Nicht Gott, sondern die Menschen selbst sind für ihr Schicksal verantwortlich. Nur sie haben es in der Hand, dieses Morden zu beenden. Das ist meine Erkenntnis vom Krieg, und deswegen habe ich beschlossen, demnächst meinen Soldatenmantel an den Nagel zu hängen." Stattdessen wolle er, erklärte Descartes, die Lehren Johannes Keplers und Tycho Brahes in Prag studieren. Er war sich durchaus im Klaren, dass er für eine Seite gekämpft hatte, die gerade diesen weisen Gelehrten feindlich gegenüberstand. Aber sein Verstand habe mittlerweile über die Einfalt der Kirche gesiegt, wie er Gisbert mitteilte.

Während Descartes neues Bier für beide bestellte, dankte Gisbert insgeheim seinem französischen Hauslehrer, der ihm mit viel Mühe diese schöne Sprache gelehrt hatte, so dass er fast alle Worte von Descartes hochinteressanten philosophischen Ausführungen verstand. Descartes forderte Gisbert auf, seine eigene Meinung über die Welt preiszugeben. Gisbert wusste, dass ihn dieser Mensch verstehen würde. Er hatte zum ersten Mal das Gefühl, seinen Gedanken freien Lauf lassen zu können und seien sie auch noch so ketzerisch. Er blickte Descartes einen Moment prüfend in die Augen, bevor er sprach. „Ich frage mich, ob Gott nur in unserer Einbildung existiert, ob es ihn überhaupt gibt."

Descartes Augen flackerten plötzlich, als hätten sie Feuer gefangen. Er lächelte kurz und zwirbelte an seinem Schnurrbart. „Sehr interessant, was Ihr da sagt. Ich selbst meditiere oft über dieses Thema. Ich denke, dass wir, wenn wir uns auf den Weg der gesicherten Erkenntnis begeben und auch darüber hinaus denken wollen, immer wieder auf dieses Thema zurückkommen werden."

Der Wirt brachte zwei Humpen Bier. Descartes wartete, bis er fort war, dann sprach er weiter, während Gisbert die Ohren spitzte.

„Ich persönlich glaube, man darf Gedanken und Ansichten nicht unüberprüft lassen, sonst wird ein böser Dämon auf unseren Verstand so einwirken, dass man falsche Schlüsse zieht und sich täuscht."

„Dann zweifelt Ihr ebenfalls?", wandte Gisbert eifrig ein.

„Mitnichten, mein Herr", widersprach René Descartes zu seiner Überraschung.

Gisberts Gesicht wurde fahl, als er daran dachte, dass man ihn wegen Gotteslästerung sofort aufknüpfen konnte.

Doch Descartes fuhr unbeirrt fort. „Ich glaube sehr wohl an eine höhere Existenz, und ich will sie auch beweisen. Nur will ich es rationaler angehen, als es bisher geschah", und wissend fügte er hinzu: „Keine Angst, mein Freund, von mir haben Sie nichts zu befürchten."

Gisbert sah ihn dankbar und zugleich nachdenklich an. „Dann wollt Ihr also die Zweifler, zu denen Ihr anscheinend nicht gehört, besänftigen und seid auf der Suche nach einem wissenschaftlich geführten Gottesbeweis?"

Descartes sah Gisbert erstaunt an. Dieser Söldner war anscheinend gebildet und schien wirklich zu verstehen, was ihn umtrieb. Er beugte sich näher zu Gisbert, während er leise sprach: „Ich sage nur, dass man seine Gedanken überprüfen muss. Ich habe an diesem Krieg nicht teilgenommen, weil ich ein strenger Verfechter des Glaubens bin, sondern weil ich verstehen will, was der Sinn dahinter ist. Was macht uns zu Lebenden und was zu Sterbenden, wodurch unterscheidet sich der eine Zustand vom anderen? Meine Antwort: Cogito, ergo sum."

Descartes schwieg nach diesem Satz und musterte Gisbert, um zu sehen, ob dieser ihn verstanden hatte.

Gisbert, der seinen eigenen Gedanken über das Gesagte nachhing, brauchte einen Moment, um Descartes zu folgen. Langsam wiederholte er dessen lateinische Worte. „Cogito, ergo sum. Ich denke, also bin ich … Solange ich denke, lebe ich und weile nicht unter den Toten, ein fester Beweis?"

Euphorisch klatschte Descartes in die Hände und nickte aufmunternd. „Ich habe gleich gewusst, dass Ihr mich verstehen würdet."

Gisbert folgerte: „Dann glaubt Ihr, dass es einen Gott gibt, weil er uns die Fähigkeit zum Denken gab?"

Descartes kratzte sich nachdenklich am Kopf. „Lasst es mich so formulieren. Wenn ich als Mensch zweifle, so kann ich selbst dann, wenn ich mich täusche, nicht daran zweifeln, dass ich zweifle und dass ich es bin, der zweifelt, daher bin ich als Denkender in jedem Fall existent. Der erste unbezweifelbare Satz heißt also: Ich bin, ich existiere."

„Das war ganz außerordentlich, was Sie da gesagt haben, ganz außerordentlich." Gisbert dachte einen Moment nach und suchte in dem Gesagten nach einem verbindlichen Beweis für Gott. Dann musste er eine entscheidende Frage stellen. „Trotz dieser Einsichten frage ich mich, wie es den Menschen möglich ist, so grausam zu ihresgleichen zu sein, wenn sie doch Gottes Werk sind und Gottes Güte und Weisheit unermesslich ist?"

Descartes trank von seinem Bier und seufzte. „Es fehlt Ihnen an Erfahrung, mein Freund, trotz Leid und Not an das Gute zu glauben. Ich denke, die Zeit ist noch nicht reif für solche Gedanken. Und bedenken Sie, es ist ebenso möglich, dass gerade dieser Krieg, und sei er auch noch so grausam, eine Veränderung herbeiführen könnte, die der Gesellschaft hilft, eine bessere zu werden. Vielleicht müssen die Menschen erst durch die Hölle gehen, um das Paradies zu finden?", beendete Descartes seine Ausführungen nachdenklich.

Es war spät geworden und Gisbert war von dem philosophischen Gespräch ermüdet. Descartes drückte Gisbert zum Abschied die Hand und bedankte sich dafür, in ihm einen dankbaren Zuhörer gefunden zu haben, was an diesem Ort keine Selbstverständlichkeit war.

Als Gisbert zu seiner Kammer gehen wollte, lief ihm plötzlich ein Söldner nach. Er rief ihn mit einem Namen an, den Gisbert nicht kannte. Wie sich herausstellte, war es ein Kamerad des im Kampf gefallenen Mannes der Katholischen Liga, dem er die Uniform entwendet hatte. Gisbert behauptete von nichts zu wissen und sprach von einer Verwechslung. Doch er hatte übersehen, dass der Musketier seine verzierten Initialen in den Gürtel gestanzt hatte, den er nun trug. Schnell war er von einem Dutzend Söldner umzingelt und wurde am Kragen gepackt. Sie forderten ihn auf, die Wahrheit zu sagen und drohten, ihn den Vorgesetzten zur Folter zu übergeben. Gisbert blieb nichts anderes übrig als zu gestehen, dass er nicht der war, der er vorgab zu sein. Der katholische Söldner, der Gisbert entlarvt hatte, zog seinen Dolch und wollte den vermeintlichen Protestanten auf der Stelle die Kehle durchschneiden. René Descartes, der unter den Söldnern ein Ansehen als schlauer Sonderling genoss, sprang herbei und verhinderte mit gutem Zureden das Blutvergießen. Ihm war es zu verdanken, dass Gisbert nicht auf der Stelle sterben musste, sondern nur in den Kerker der Prager Burg geworfen wurde.

Die Todgeweihten

Prag 21. Juni 1621
Der „Winterkönig" Friedrich V. von der Pfalz war ins Exil nach Holland geflüchtet. Ferdinand II., Kaiser des Heiligen Römischen Reiches, triumphierte. Dank seiner Gegenreformation und seines absolutistischen Herrscherstils, den der gestrenge Katholik an den Tag legte, schleppte sich der elende Krieg über Jahre weiter.

Ferdinand II. wollte nach seinem Sieg an der Moldau ein Exempel statuieren und hatte achtundzwanzig Todesurteile für „Ungläubige" unterschrieben, unter denen auch Gisbert war. Nach einem Jahr im Kerker dachte Gisbert, dass es besser gewesen wäre, der Söldner hätte ihm gleich im Gasthaus die Kehle durchgeschnitten. Er war totenbleich, nur noch Haut und Knochen, zerfressen von Flöhen und Krätze, und hatte bereits ein paar Zähne verloren. Hätte er sich aus den Eisenfesseln an der Wand befreien können, er hätte sich selbst den Garaus gemacht.

Nun sollte Gisbert zusammen mit den anderen Häftlingen vor dem Altstädter Rathaus seinen Kopf verlieren. Unter den Verurteilten waren namhafte Prager Persönlichkeiten, wie Graf von Schlick oder der Rektor der Universität Prag. Dass fast ausnahmslos hochgestellte Persönlichkeiten und Adlige sterben sollten, ließ den Schluss zu, dass man sich nach der Vollstreckung der Todesurteile auch ihre beachtlichen Besitztümer und Machtbefugnisse anzueignen gedachte.

Die Menschen auf dem Richtplatz jubelten und schrien so laut, dass man sein eigenes Wort nicht verstand, als die traurige Prozession der in Ketten gelegten Todeskandidaten vorüberzog, Trommler befeuerten mit immer schnelleren Schlägen die aufgeheizte Stimmung. Vor dem Rathaus befand sich eine große Holztribüne.

Hunderte von Besuchern saßen auf den Bänken oder standen um die Richtstätte herum und warteten auf das Spektakel. Gisbert hatte das Gefühl, Teil eines großen rauschhaften Festes zu sein, das allerdings mit seinem Tod enden würde. Andererseits versprach es Erlösung von den elenden Qualen.

Von den achtundzwanzig Todgeweihten hatte man vier begnadigt, weil sie Geistliche waren. Zusammen mit den restlichen dreiundzwanzig Menschen wartete Gisbert vor der Richtbühne auf den Scharfrichter.

Als der Henker die Bühne betrat, begann die Menge zu toben und zu wogen. Gisbert stand in der letzten Reihe und hatte das zweifelhafte Vergnügen, mit ansehen zu müssen, wie der Scharfrichter sein blutiges Werk vollzog. Der Erste, der geköpft werden sollte, war Graf von Schlick, der stolz und ohne sich die Angst anmerken zu lassen, auf das Blutgerüst stieg. Als er einen letzten Gruß an seine Familie richten wollte, ging dies im Gebrüll der Menge unter. Gleich beim ersten Hieb ergoss sich ein Blutstrahl wie eine Fontäne in die Menge, die dadurch in ihrer Euphorie noch angeheizt wurde. Der Kopf von Schlick rollte quer über die Planken und fiel grausig polternd die Holztreppe hinunter. Gisbert blickte in die weit aufgerissenen Augen des Mannes, dessen Augäpfel sich noch hektisch bewegten, bis sie schließlich erstarben. Womöglich hatte er noch alles vor Augen gehabt, bevor ihn der Tod endgültig vor die Pforten des Himmels oder der Hölle treten ließ, dachte Gisbert entsetzt.

Der Henker führte ein an der Spitze abgerundetes breites Zweihandschwert. Bei dem siebten Mann brauchte es mehrere Hiebe, um den Kopf abzutrennen. Obwohl er sein Handwerk beherrschte, musste er nach dem achten Opfer das Schwert austauschen, weil es stumpf geworden war. Gisbert hoffte, dass ihm eine scharfe Klinge zuteilwerden würde und ihm so weitere Qualen erspart blieben. Noch immer waren zehn Männer vor ihm an der Reihe.

Gottfried Graf zu Pappenheim schloss das Fenster in einem Amtsraum des Rathauses, um das Jubeln der tosenden Menge nicht mehr hören zu müssen. Die Schadenfreude und Blutrünstigkeit des Pöbels widerten ihn an. Er hatte genug gesehen, als der Kopf Graf von Schlicks rollte. Entschieden hatte er sich gegen diese Maßnahmen ausgesprochen, doch das Wort Kaiser Ferdinands galt und wurde unverzüglich ausgeführt. Pappenheim setzte sich an den Schreibtisch und studierte die Liste der Verurteilten. Wenigstens hatte er die anderen Ratsmitglieder überzeugen können, die Geistlichen zu begnadigen. Doch ihm stach immer wieder dieser eine Name ins Auge, Gisbert von Gettenbach. Er überlegte, wo er ihn schon einmal gehört hatte. Der Mann war weder aus Prag noch eine hochgestellte Persönlichkeit. Sein Tod hatte überhaupt keinen Nutzen. Er betrachtete immer wieder den Namen, es wollte ihm jedoch nicht einfallen, woher er ihn kannte.

Noch zwei Männer hatte Gisbert im Reigen des Tötens vor sich. Einer der Männer rutschte auf der blutverschmierten Bühne aus und fiel der Länge nach ins Blut. Der Pöbel lachte freudig angesichts dieses Schauspiels. Als man den armen Mann aufhob, um ihn dem Henker zu übergeben, blickte er blutgetränkt und erschöpft in die Menge, wie ein klägliches Mahnmal gegen dieses bestialische Geschehen.

Als nächster würde Gisbert an der Reihe sein. Plötzlich spürte er einen fast unbeherrschbaren Harndrang, und die linke Hand fing an zu zittern. Obwohl er sich zwang, ruhig zu bleiben, konnte er das Zittern nicht verhindern. Leise fing er an zu beten. Hier würde nun alles enden, hoffentlich ging es schnell.

Gott schien sein Gebet erhört zu haben, denn nach dem Mann vor ihm wurde noch einmal das Schwert gegen ein scharfes ausgetauscht.

Als die Helfer des Scharfrichters sich endlich den Weg zu Gisbert bahnten, um ihn zu holen, kamen ihnen plötzlich wie aus dem Nichts zwei Soldaten zuvor und packten Gisbert an den Armen. Statt seiner wurde sein Hintermann auf die blutige Bühne geschleppt. Gisbert jedoch wurde von den Soldaten abgeführt, begleitet von den ungläubigen Blicken der Todgeweihten und den verwunderten Rufen der Menge.

Man hatte ihm die Eisenfesseln und Ketten abgenommen. Gisbert stand im Amtsraum vor Graf von Pappenheim, der hinter einem klobigen Schreibtisch saß. Er musterte Gisbert einen Moment. „Ihr wart es, der mich gerettet hat, auf dem Schlachtfeld. Ich habe Euren Namen auf der Liste wiedererkannt. Ihr seid doch Gisbert von Gettenbach?"

Gisbert nickte ungläubig.

Pappenheim stand auf und trat zu ihm. „Ohne Euch wäre ich jetzt nicht hier. Aber ich will keine langen Worte machen. Wenn Ihr bereit seid, die Seiten zu wechseln und fortan mir zu dienen, werde ich Euch unter meinen Schutz stellen. Ich verlange von Euch nicht, zum katholischen Glauben zu konvertieren, aber ich verlange absoluten Gehorsam. Und ich wünsche, dass Ihr in Zukunft Euer Glaubensbekenntnis für Euch behaltet."

Graf von Pappenheim sah Gisbert in die Augen. Das Glück hatte seine Arme ausgestreckt. Gisbert überlegte nicht lange. Was blieb ihm anderes übrig als zuzugreifen. Er senkte den Kopf, schloss kurz die Augen und hoffte, dass es kein Traum sein möge, in dem er sich gerade befand. Vielleicht hatte Descartes doch recht gehabt und Gott war da und war gut und weise. Als er seine Augen aufschlug, blickte er noch immer in die gütigen Augen Pappenheims. Gisbert reichte ihm, so kräftig es ging, seine ausgemergelte und schmutzige Hand.

So kam es, dass Gisbert von Gettenbach von nun an in den Diensten der Katholischen Liga stand. Über die nächsten zehn Jahre bewährte er sich in zahlreichen Schlachten und brachte es unter der Obhut Graf Pappenheims zu beachtlichem Erfolg. Gisbert bewies während dieser Zeit nicht nur Treue und Kampfesmut, sondern auch taktisches Geschick in der Schlacht, so dass er von Pappenheim schließlich zum Rittmeister ernannt wurde. Fortan befehligte Gisbert eine Einheit, die Pappenheim unterstand und an Kämpfen unter Wallenstein beteiligt war. Gisbert schien sich glücklicherweise für die stärkere Seite entschieden zu haben, denn seit geraumer Zeit konnte die Protestantische Union keine Siege mehr verbuchen und verlor Tausende ihrer Männer. In den letzten Jahren hatte der Krieg sich vom Süden in den protestantischen Norden hinein gefressen. Mit Hilfe von Wallenstein sorgte die Liga dafür, dass Norddeutschland wieder katholisch wurde. Sie hatte die Union zum Rückzug gezwungen, so dass diese kurz davor stand, den Krieg endgültig zu verlieren.

Doch das Ende sollte noch lange auf sich warten lassen, denn der schwedische König Gustav Adolf sah sein Land von den aus dem Süden anrückenden katholischen Truppen bedroht. Der Herrscher, der dem protestantischen Lager angehörte, hatte sich entschlossen, gegen die katholische Macht einzuschreiten und war mit seinem Heer in Pommern angelandet.

Die Erscheinung

3. Mai 1631

Gisbert war nun schon einunddreißig und hatte in den letzten Jahren an Statur gewonnen. Seine Kameraden nannten ihn den „Gefrorenen". Diesen Spitznamen bekamen diejenigen, denen der Tod anscheinend nichts anhaben konnte. Gisbert hatte erfolgreich Skorbut, mehrere Kampfverletzungen und eine Geschlechtskrankheit überstanden. Er war sogar in den Genuss eines kleinen Familienglücks gekommen und hatte eine liebe Frau gefunden, die ihm zwei Kinder gebar. Doch alle drei waren, als im Tross die Pest ausgebrochen war, an dieser schlimmen Krankheit gestorben. In seiner Trauer hatte er beschlossen, vorerst ohne Familie zu bleiben, um nicht erneut in seelische Nöte zu geraten. Aber alles in allem schien ihn das Schicksal mit einer gehörigen Portion Glück ausgestattet zu haben. Er lebte noch und genoss großes Ansehen. Seine Haare und sein Bart waren von grauen Strähnen durchzogen, und mit seiner Narbe im Gesicht sah er verwegen, aber zugleich respektabel aus. Die bunten Federn auf seinem Schlapphut zeugten von einem gehobenen Stand.

Als Rittmeister einer Kürassiereinheit war er in ein kleines Dorf gekommen, um sich ein Bild von der dortigen Lage zu machen. Die Schweden hatten am Vortag die Bewohner auf einem Acker zusammengetrieben und sie dann massakriert. Gisbert blickte auf ein Meer von Leichen. Sie lagen übereinander, teilweise noch zusammengekauert wie im Moment ihres Todes. Frauen, Kinder, Familienväter, Greise – die Schweden hatten niemanden verschont.

Gisbert hielt sein Pferd an und rieb sich müde die Augen. Wie sinnlos alles war. Diese Leute mussten sterben, weil sie zur falschen Zeit am falschen Ort gewesen waren; gottesfürchtige, arbeitsame Menschen, die zufällig auf dem nun wieder katholischen Gebiet gelebt hatten. Die Söldner stellten keine Fragen nach ihrer Konfession. Sie töteten sofort und stillten mit dem erbeuteten Gut ihren Hunger und ihren Hass. Da waren sie alle gleich, ob katholisch oder protestantisch.

Gisbert musste sich eingestehen, dass er in den letzten Jahren abgestumpft war. Trotz des vielen Elends vor seinen Augen hielt auch er erst Ausschau nach brauchbarer Beute, bevor er sich der Toten oder Verletzten annahm. Das Schlimmste war, dass man für das Leid der Menschen kaum noch Gefühle aufbrachte.

Wie so oft musste er an das Gespräch mit René Descartes denken, der mittlerweile ein berühmter Mann geworden war. Dank ihm vergaß Gisbert nicht, dass eine bessere Welt möglich war, eine humane Welt, die mehr Gerechtigkeit und weniger Not versprach. Dieser Krieg hatte sie alle zu gefühllosen Kreaturen gemacht, die nur noch ihrem Instinkt folgten. Gisbert empfand keine Reue mehr, die Seiten gewechselt zu haben. Denn keine Partei war besser, und spätestens seit der Krieg von einem Glaubenskrieg offensichtlich in einen Kampf um Macht und Pfründe gemündet war, hatte die schmutzige Fratze der Habgier ihre teuflische Seite gezeigt. Die Bevölkerung war nur ein Spielball in dem vertrackten Machtgeplänkel der Herrschenden, aus dem es anscheinend keinen Ausweg gab. Angewidert wandte sich Gisbert ab. Er wollte schnell umkehren, nur fort von diesem grauenhaften Ort.

Da sah er plötzlich die Erscheinung. Sie war so deutlich, dass Gisbert auf der Stelle davon gefangen war und das Grauen um ihn herum für einen Moment vergaß. Mitten auf dem Haufen menschlicher Kadaver lag, wie auf einem Bett aus Fleisch, ein Jüngling von geradezu überwältigender Schönheit. Seine Haut war elfenbeinfarben und rein. Mit einem friedlichen Lächeln lag er auf dem Rücken und hatte die Hände über der Brust gefaltet, als ob er während eines Gebets verstorben wäre. Im Gegensatz zu dem blutigen Schmutz um ihn herum strahlte er eine Unversehrtheit aus, als hätte man ihn gebadet und gesalbt auf die Leichen gelegt. Seine Augen waren geöffnet und blickten gen Himmel.

Gisbert saß erstaunt auf seinem Pferd und schaute auf den Leichnam. Er konnte seinen Blick nicht von diesen Augen lösen. So etwas hatte er in seiner ganzen Zeit als Soldat noch nicht gesehen. Die Augen des jungen Mannes hatten einen Ausdruck von Erhabenheit, ja fast schon von freudiger Erwartung. War der Tod letztendlich doch eine Erlösung, womöglich eine Belohnung für die Grauen, die der Mensch ertragen musste und die er doch selbst entfesselt hatte? Dieser schöne Mensch hätte sein Leben noch vor sich gehabt. Wahrscheinlich hätte er schon bald geheiratet und eine Familie gegründet. Gisbert flehte Gott um Gnade an. Was dachte der Schöpfer wohl über all diese zu einem Leichenberg aufgetürmten jungen Männer, die eigentlich leben und Kinder und Kindeskinder haben sollten, wie es wohl sein Wille war.

Plötzlich veränderte sich das Gesicht des Jünglings auf furchterregende Weise und wurde zu einer Fratze. Gisbert schloss entsetzt die Augen. Schon bald würde sich die Haut des Jungen grün färben, sein Körper würde aufgedunsen sein, zu stinken beginnen und von Würmern und Getier zerfressen werden, bis nichts mehr von ihm übrig war. Wenn es wirklich einen Gott gab, dann hatte nun der Teufel das Sagen, herbeigerufen von den Herrschenden und der Kirche.

Gisbert wurde aus seinen Gedanken gerissen, als ein Reiter das Feld entlanggaloppiert kam und sein Pferd in einer Staubwolke neben dem toten Jungen zum Stehen brachte. Der Reiter nahm keine Notiz von der sonderbaren Gestalt zu seinen Füßen, für ihn war dieser tote Jüngling nur einer von vielen. Der Bote übergab Gisbert eine Depesche. Er solle seine Einheit sammeln, sie würden noch heute nach Magdeburg aufbrechen, hieß es darin. Dort sollten sie zur Unterstützung der Armee von Johann t'Serclaes Graf von Tilly eilen, bevor König Gustav Adolf und die Protestantische Union eintrafen.

Magdeburger Hochzeit

Magdeburg, 20. Mai 1631
Gisbert war mit den Einheiten des Grafen von Pappenheim zu den anderen Truppen gestoßen. Tilly und seine Armee lagerten schon seit Wochen vor Magdeburg. Wegen ihrer Lage an der Elbe war sie eine der wohlhabendsten Hansestädte; hier konnten die Soldaten auf reiche Beute hoffen. Sie hatten Laufgräben ausgehoben und bereiteten sich darauf vor, die Stadt zu stürmen. Vergeblich hatte Tilly versucht, den Rat von Magdeburg dazu zu bewegen einer Kapitulation zuzustimmen, um Schlimmeres zu verhindern. Tillys Soldaten hatten bereits zu lange ausgeharrt, sie verlangten nach Geld, Essen und Abwechslung nach der langen Warterei. Die Verteilung der Essensrationen war seit fast einer Woche zum Erliegen gekommen, so dass eine längere Belagerung der Stadt unmöglich wurde.

Die Einheiten Pappenheims wurden dem kroatischen Heer von Graf Isolani unterstellt, der dem Habsburger Lager der Liga angehörte. Gisbert hatte ein ungutes Gefühl, neben diesen Kriegern kämpfen zu müssen. Zwar waren die Kroaten tapfere Männer, stolz und bunt in ihren Husarenkleidern, und mit ihren Krummsäbeln besaßen sie eine gefährliche Waffe, aber sie galten als grausame Söldner, die kein Erbarmen kannten und wild und ungestüm alles niedermetzelten, was sich ihnen entgegen stellte. Tilly hatte ihnen, wie allen anderen Söldnern, zur Belohnung freie Hand versprochen, falls sie die gut befestigte Stadt einnehmen würden. Gisbert wusste, was das bedeutete: plündern, vergewaltigen, morden und brandschatzen.

Gisbert blickte auf die noch unversehrte Stadt. Er hatte Balthasar einst in der schönsten aller Hansestädte besucht und war von ihrer Größe und ihrem Reichtum fasziniert gewesen. Damals war sein gottesfürchtiger und ehrbarer Bruder gerade in die Stadt gezogen, noch unverheiratet und ohne besonderen Reichtum. Der

Vater hatte seinen Sohn nach Magdeburg geschickt, zum einen, um das Geschäft von der Pike auf in dieser großen Handelsstadt zu erlernen, und zum anderen, um eine florierende Dependance des väterlichen Geschäfts einzurichten.

Balthasar hatte vom Stapelrecht profitiert: Alle Waren, die durch Magdeburg befördert wurden, mussten zuerst dort angeboten werden, bevor sie in andere Städte geliefert werden durften. Er hatte stets die schönsten Tücher für sich beansprucht und weiterverkaufen können und war so zu Reichtum und Ansehen gekommen. Als Gisbert später einen Brief erhielt, in dem er von Balthasars Hochzeit und seinem beruflichem Erfolg erfuhr, brachte er es nicht über sich, ihm mitzuteilen, dass er selbst keinen ehrbaren Beruf vorweisen konnte und noch dazu für die Katholischen ritt. Also ließ er den Brief unbeantwortet.

Magdeburg galt seit jeher als uneinnehmbar, und Gisbert hoffte insgeheim, dass dies so bleiben würde und dass sein Bruder sich und seine Familie in Sicherheit gebracht hatte.

***

Gisbert saß auf seinem schwarzen Oberländer und war einer der Ersten, der mit einem Bataillon über die Hohe Pforte zum Fischertor stürmte. Ein mulmiges Gefühl durchflutete ihn, als er an seinen Bruder dachte. Er musste verhindern, dass Balthasar und seine Familie getötet wurden. Bis zuletzt hatten die Bürger Magdeburgs versucht, ihre Stadt zu verteidigen. Doch sie hielten der Überzahl der katholischen Söldner nicht Stand. Auf den Überraschungsangriff Tillys reagierten sie zu spät und waren dem Untergang geweiht.

Es dauerte nicht lange, bis Gisberts Befürchtungen wahr wurden. Die einfallenden Söldner, allen voran die Kroaten und Pappenheims Männer, wüteten aufs Allerschlimmste. Sie verschonten weder Frauen noch Kinder. Voller Schrecken musste Gisbert mit ansehen, wie die Gewalt eskalierte. Auch seine eigenen Männer gaben sich einem wahren Blutrausch hin. Gisbert hatte keine Handhabe, dies zu verhindern. Sie hörten nicht mehr auf sein Kommando und seine wütenden Schreie. Ohnmächtig registrierte er das Grauen, das Feuer und den Rauch um sich herum. Menschen und Tiere rannten wirr kreuz und quer durch die Straßen, gefolgt von der Soldateska, die darauf aus war, sie zu töten. Wie benommen ritt Gisbert langsam durch die Straßen. In einem endlos erscheinenden Schleier zogen die Bilder an ihm vorüber. Er sah schreiende Frauen, die ihre Kinder retten wollten, bis sie ihnen von den Soldaten aus den Armen gerissen wurden. Die Söldner trieben lachend den Säbel durch den Leib der Kinder und ließen sie aufgespießt daran zappeln, bis sie tot waren. Die Grausamkeiten wurden so schlimm, dass sie Gisbert unwirklich vorkamen. Es war, als würde er in einer unüberwindbar trägen Masse schwimmen und zu keinem Ziel gelangen. Hatte er noch kurz zuvor gedacht, dass die Hölle des Krieges, die er bereits erlebt hatte, keine Steigerung mehr erfahren konnte, wurde er hier eines Besseren belehrt. Der Krieg macht Menschen zu Teufeln.

Doch Satan hatte das Buch der Marter und Gräuel noch nicht geschlossen. Ein Schuss fiel aus nächster Nähe. Gisberts Pferd brach unter ihm zusammen und blieb tot auf dem Pflaster liegen. Angewidert und verzweifelt wandte Gisbert sich von seiner marodierenden Einheit ab und betrat eine der Seitengassen. Er fühlte sich wie ein verwundetes Tier und würde jeden Soldaten, der sich ihm in den Weg stellte, ob katholisch oder evangelisch, töten. Gisbert hatte genug von diesem Abschaum, der sich das Recht herausnahm, alles zu vernichten, was atmete, und wegen des Freibriefs von Tilly nicht einmal dafür zur Rechenschaft gezogen werden konnte. Wie sollte er seinem Bruder unter die Augen treten, wie konnte er ihn vor seinen eigenen Männern schützen? Er verfluchte ein weiteres Mal den Moment, als er den Soldatendienst angetreten hatte. Weit hatte er es gebracht, seitdem er damals als Siebzehnjähriger von zu Hause fortgegangen war. Männer aus der Katholischen Liga wie Pappenheim und Wallenstein hatten ihm zu Ruhm und Ehre verholfen. Doch nun, als Offizier unter Tilly, konnte er nicht länger zu der Sache stehen. Er fühlte sich wie ein Verräter, der gegen die Menschen in der Protestantischen Union kämpfen sollte, die sein eigen Fleisch und Blut waren. Er war nichts weiter als ein Söldner, der für ein auskömmliches Leben die Seiten gewechselt hatte.

Gisbert musste das Haus seines Bruders finden, bevor die Soldaten es taten. Er wollte ihn aus Magdeburg herausschaffen. Die Familie wohnte in der Nähe des Rathauses. Zwar kannte er die Straße, in der Balthasar wohnte, doch in dem Chaos und der Feuersbrunst war es schwierig, die Gassen wiederzuerkennen. Plötzlich stellten sich Gisbert ein paar Männer entgegen. Es waren Bürger der Stadt, die nicht aufgeben wollten. Einer davon schoss mit einer Muskete, verfehlte ihn jedoch. Gisbert gelang es, einen von ihnen mit einem kräftigen Fausthieb ins Gesicht niederzustrecken. Den beiden anderen konnte er entwischen. Als er an einer Frau und ihrem Kind vorbeistürzen wollte, ließ sie sich auf die Knie sinken und flehte Gisbert an, ihr Leben und das ihres Kindes zu verschonen. Er half der Frau auf und machte ihr klar, dass sie in die andere Richtung laufen musste, zum Dom, dort würden sie vielleicht sicher sein. Die Frau nickte verzweifelt, nahm ihr kleines Mädchen auf den Arm und rannte in die Blässgasse. Aber hinter Gisbert stürmten bereits die Kroaten in dieselbe Gasse. Laut hallte ihr Kampfruf „Jesus Maria!“. Gisbert hoffte für die Frau und ihr Kind, dass sie es rechtzeitig zum Dom schafften. Doch dann konnte er ihre Schreie hören und wusste, dass sie keine Chance gehabt hatten.

Hektisch blickte sich Gisbert um und registrierte den Himmel, der rot glühte. Die Stadt hinter ihm glich einem Feuermeer. Nach einigem Suchen fand er schließlich das stattliche Fachwerkhaus, in dem sein Bruder Balthasar wohnte. Über dem Eingang prangte das Wappen der von Gettenbachs. Ohne Umschweife hämmerte Gisbert gegen die Haustür und rief nach seinem Bruder. Plötzlich bemerkte er einen Schatten hinter sich. Im letzten Moment drehte er sich zur Seite, so dass die Pike an seinem Leib vorbei in die Holztür krachte. Der Mann an der Pike war anscheinend ein reicher Bürger Magdeburgs, der sein Leben, seinen Besitz und seine Familie verteidigen wollte. Er zog seinen Degen und ging auf Gisbert los. Der hatte alle Mühe, den Angriff abzuwehren, denn sein kurzer Katzbalger stieß im Gegensatz zum längeren Degen des Mannes ins Leere. Obwohl der Mann ein guter Kämpfer war, hatte er gegen Gisberts langjährige Kampferfahrung keine Chance. Gisbert wollte vermeiden, seinen Gegner zu töten und bedeutete ihm, dass er auf seiner Seite stand. Doch der Mann war wie von Sinnen und wollte offensichtlich erst Ruhe geben, wenn Gisbert tot am Boden lag. So blieb Gisbert nichts anderes übrig, als auf Leben und Tod zu kämpfen. Als der Mann eine falsche Bewegung machte, stach ihm Gisbert seine Waffe tief in die Brust bis zum Herzen. Der Angreifer sackte zusammen. Gisbert kniete sich kurz nieder, um zu sehen, ob er noch etwas für ihn tun konnte, doch der Mann war sofort tot.

Plötzlich wurde er rücklings von einem kleinen Jungen angesprungen, der mit seinen bloßen Fäusten auf ihn einhieb. Gisbert warf den Jungen von sich. Er hatte die gleichen schwarzen Haare wie zuvor der Angreifer und seinen stechenden Blick. Das Kind, das nicht älter als zehn Jahre sein mochte und wohl aus dem Haus gegenüber gekommen war, rappelte sich auf. Seine Augen blitzten Gisbert hasserfüllt an, doch dann wandte es sich von ihm ab und ging zu dem toten Mann, der augenscheinlich sein Vater war. Der Junge versuchte ihn aufzuheben, flehte ihn an, wieder aufzustehen, doch sein Vater war tot. Als ihm dies klar wurde, ließ er von ihm ab, nahm stattdessen seinen Degen, drehte sich um und ging damit auf Gisbert los. Durch ein Ablenkungsmanöver gelang es Gisbert, das Handgelenk des Jungen zu packen und ihn zu überwältigen. Er setzte ihm seinen Dolch an den Hals, bis der Junge aufhörte zu schreien. Der Körper des Knaben bebte und sein Kinn zitterte vor Zorn und Schmerz. Als plötzlich Kroaten in die Gasse stürmten, schrie Gisbert den Jungen an: „Mach, dass du fortkommst, bevor sie dich aufschlitzen!"

Der Junge sah ihn ein letztes Mal mit brennenden Augen an, dann rannte er davon. Gisbert schaute ihm einen Moment lang nach, diesen Blick würde er so schnell nicht vergessen. Währenddessen waren die kroatischen Söldner in das Haus, in dem der Jungen wohnte, eingedrungen und begannen von neuem mit ihrem blutigen Werk. Gisbert rief und befahl ihnen aufzuhören, aber sie beachteten ihn nicht. Sein militärischer Rang reichte nicht aus, um sie aufzuhalten. Als er die Schreie aus dem Gebäude hörte, schloss er die Augen. Er konnte nichts für die Mutter und Schwestern des Jungen tun.

Gisbert ging zum Haus seines Bruders, hämmerte erneut so fest er konnte an die Tür und rief dabei immer wieder seinen Namen. Nach einer Weile hörte Gisbert ein Poltern und Möbelrücken. Die Tür wurde einen Spalt geöffnet, und Gisbert sah in die ängstlichen Augen seines Bruders. Balthasar starrte ihn fassungslos an und rief dann vor Überraschung laut Gisberts Namen. Er zog die Tür weiter auf, Gisbert trat ein, und Balthasar verriegelte sofort wieder den Eingang.

Er musterte ungläubig seinen Bruder. „Träume ich oder wache ich? Gisbert!" Balthasar umarmte ihn innig. „Dann sind die Schweden endlich da. Ihr werdet Magdeburg von diesen katholischen Barbaren befreien."

Gisbert sah beklommen an seiner Uniform herab und schüttelte den Kopf. Er rang einen Moment nach Worten, doch da die Zeit gegen sie spielte, riss er sich zusammen. „Nein. Keine Schweden. Ich bin gekommen, um dich und deine Familie hier herauszuholen."

Sein Bruder sah ihn ungläubig an. „Keine Schweden? Aber wie bist du an der Liga vorbeigekommen ...?" Jetzt betrachtete Balthasar seinen Bruder genauer und erkannte die Schärpe der Katholischen. Wie vom Schlag getroffen, trat er einen Schritt zurück und blickte seinen Bruder feindselig an. „Sag, dass es nicht wahr ist, Gisbert!"

Gisbert seufzte, dann nickte er schließlich traurig.

Balthasar ergriff einen Degen, der neben ihm an der Tür lehnte, und trat entschlossen auf Gisbert zu. Bebend vor Wut setzte er die Waffe auf seine Brust, bereit zuzustechen. „Raus hier, bevor ich dich ..."

Gisbert ergriff die scharfe Klinge und setzte die Spitze an seinen Hals. „Ja, stich nur zu, Balthasar. Es ist vielleicht das Beste für mich, ich bin schon seit langem tot."

Einen Moment standen sie still da und blickten sich an. Gisberts Augen füllten sich mit Tränen. Balthasar ließ resigniert den Degen sinken. „Wie konnte dies nur geschehen, Gisbert? Warum?“

Gisbert packte seinen Bruder an den Schultern. „Balthasar, du weißt nicht, wie es ist da draußen, wenn man sich allein durchschlagen muss. Der Krieg macht alle gleich und tötet alles ab. Es gibt keine Guten und keine Bösen. Es gibt nur den Tod und seinen widerlichen Geruch. Ich wollte nie, dass es so kommt.”

Sein Bruder starrte ihn an. Tränen rannen auch über sein Gesicht. Schließlich holte er aus und gab Gisbert eine schallende Ohrfeige. Dann umarmten sie sich erneut. Plötzlich ertönten draußen Todesschreie.

Gisbert löste sich aus der Umarmung seines Bruders. „Wir müssen hier weg. Wo ist deine Familie?”

Balthasar wischte sich die Tränen weg. „Sie sind in Sicherheit. Gott sei es gedankt, dass ich sie schon vor einigen Monaten mit Thilo, meinem Diener, nach Leipzig schicken konnte. Mein Geld und ein großer Teil meines Besitzes befinden sich schon dort. Ich bin geblieben, weil ich das Haus bewachen und verkaufen wollte. Seit Wochen bin ich nun in der Stadt gefangen.”

Plötzlich hämmerte es an die Tür. Die plündernden Söldner wollten sich mit Gewalt Zutritt verschaffen. Gisbert zog Katzbalger und Dolch, dann stellte er sich vor die Tür und wollte warten, bis sie nachgab.

Doch Balthasar packte ihn am Arm. „Es gibt einen Ausweg.” Er öffnete eine in den Boden eingelassene Luke. „Schnell. In den Keller!”

Balthasar ergriff die brennende Kerze, die den dunklen Flur beleuchtet hatte. Dann stiegen sie in die Kelleröffnung, schlossen die Falltür hinter sich und hasteten eine steile, ausgetretene Steintreppe hinunter. Balthasar nahm zwei Öllampen von einem Sims, entzündete sie und reichte Gisbert eine. Anschließend ging er zu einem Weinregal und warf es um. Das Klirren der zerschlagenen Flaschen klang unheimlich in diesem modrigen Gewölbe. Nun war der Weg frei zu einer kleinen, schweren Eichentür. Balthasar holte einen großen rostigen Schlüssel aus einem Loch in der Mauer. Quietschend drehte er sich im Schloss, und Balthasar schob die knarrende Tür auf. Ein Luftzug wirbelte ihnen Spinnweben entgegen, die wie tanzende Silberfäden aussahen.

„Es ist ein Geheimgang. Er führt durch die Katakomben von Magdeburg."

Bevor Balthasar die Tür hinter ihnen schloss, warf er eine der beiden Öllampen in den Keller, wo die alten Stoffe und Akten aus Balthasars Tuchhandel sofort in Flammen aufgingen. Das Feuer würde die Verfolger aufhalten. Dann liefen sie immer tiefer in die Gänge, vorbei an Nischen und Ecken, in denen Knochen und Totenköpfe von Pesttoten gestapelt waren. Gisbert dachte kurz daran, dass hier sicher bald noch mehr Gebeine lagern würden. Nach einer Weile kamen sie zu einem Gewölbe mit mehreren Abzweigungen.

Balthasar starrte in die Dunkelheit. „Ich bin noch nie so weit vorgedrungen in diesem Labyrinth."

Eine Ratte lief vor ihnen in den Gang linker Hand. Gisbert blickte skeptisch in die verschiedenen Richtungen. „Na, dann hoffen wir mal, dass die Ratten den richtigen Weg kennen." Dann bog er entschlossen nach links.

Der Geheimgang führte Gisbert und Balthasar zu einem Wasserlauf, der aus der Stadt hinaus in die Elbe floss. Sie mussten ein Stück schwimmen, um in die Freiheit zu gelangen. Das Schlimmste war nicht das stinkende, kalte Wasser des Kanals, sondern die vielen Toten, an denen sie vorbeischwammen. Es waren Hunderte Leichen, die im Wasser trieben, darunter Frauen und Kinder. Es war, als müssten sie das Totenreich der Hölle durchqueren, um an das Licht am Ende des Tunnels zu gelangen.

3. Teil

Schatten der Vergangenheit

Was bleibt, ist die Hoffnung

Hochstadt, in der Nacht vom 10. auf den 11. Januar 1650
Elisabeth sah zu ihrem Vater, der neben ihr im Sessel saß, und ergriff seine Hand. „Mein armer Vater. Die Geschichte deines Lebens ist mehr als traurig. Wie sehr du gelitten hast und immer noch leidest."

Gisbert drückte ihre Hand. Die Flammen im Kamin warfen ein zittriges Licht an die Wände. Wäre die Geschichte ihres Vaters nicht so grausam gewesen, hätte Elisabeth sich in dem Zimmer mit dem mollig wärmenden Feuer fast wohl gefühlt.

Gisbert stand auf, ging zum Fenster und sah hinunter auf die Straße. Es hatte wieder angefangen zu schneien.

Er blickte besorgt zu Elisabeth. „Es ist schon bald Mitternacht und noch kein Lebenszeichen von Gregorius."

Elisabeth stand ebenfalls auf und trat zu ihm. „Bei diesem Wetter ist er bestimmt über Nacht in Hanau geblieben. Er wird morgen kommen, und dann wird alles gut."

Gisbert sah sie an und lächelte kurz, dann nahm er sie in den Arm und drückte sie an sich.

Elisabeth ergriff seine Hand und führte ihn wieder zu seinem Sessel. „Bitte setz dich und erzähl weiter."

Gisbert seufzte. „Es ist schon spät. Wir sollten lieber zu Bett gehen."

Elisabeth schüttelte lächelnd den Kopf. „Ich kann doch jetzt nicht schlafen."

Gisbert blickte sie liebevoll an und nickte. „Du hast Recht. Ich auch nicht."

Also goss sich Gisbert noch einen Branntwein ein und setzte sich in seinen Sessel, während Elisabeth wieder auf dem Stuhl neben ihm Platz nahm und gespannt der Fortsetzung seiner Geschichte zuhörte.

Die Zeit nach Magdeburg

1632

Gisbert hatte Balthasar überreden können, ihn zunächst in das Lager von Tilly zu begleiten. Balthasar musste in den sauren Apfel beißen. Es war ihre einzige Überlebenschance. Gisbert versprach, dass sie sich absetzen würden, sobald sich eine Gelegenheit dazu ergab. Zusammen mit Balthasar wollte er nach Leipzig gehen.

Tillys guter Ruf war nach dem Massaker in Magdeburg selbst in den eigenen Reihen beschädigt. Außerdem war ihnen das schwedische Heer auf den Fersen. Gisbert glaubte, dass die Liga bald am Ende sein würde. Die Ungerechtigkeiten, die die Katholischen an der Bevölkerung verübt hatten, ließen ihm keine Ruhe mehr. Nach der Zerstörung von Magdeburg und Niedenstein hatte Gisbert endgültig genug. Er wollte nicht mehr für diesen Krieg töten und schon gar nicht mehr für die Liga.

Nachdem er den blonden Jungen bei der Frau aus dem Tross unter einem Vorwand abgeholt hatte, desertierte er bei Nacht und Nebel und marschierte zu Fuß mit seinem Bruder und Jakob Richtung Leipzig. Gisbert und Jakob quartierten sich in einem Gasthaus ein, während Balthasar den Vater aufsuchte. Gisbert wartete dort in der Hoffnung, dass sein Vater ihn bald empfangen würde. Doch dieser hatte von Gisberts Dienst in der Liga erfahren und von seinem fragwürdigen Ruhm bei den Katholischen. Balthasar scheiterte nicht nur bei dem Versuch, den Vater bezüglich Gisbert milde zu stimmen, sondern dieser enterbte sogleich seinen jüngsten Sohn. Gisbert konnte es seinem Vater nicht einmal verübeln. Der alte Mann gehörte einer Generation an, für die es nur die eine oder andere Seite gab. In der Tat hatte Gisbert mitgeholfen, die zu töten, die dem Glauben seiner eigenen Familie angehörten. Wie hätte er seinem Vater erklären sollen, dass es längst nicht mehr auf die Konfessionen ankam? Dass Protestanten bei den Katholischen und katholische Söldner in evangelischen Heeren dienten? Man ging dorthin, wo der Sold und die Überlebenschancen am größten waren. Die wiederholte Abweisung seines Vaters verletzte Gisbert trotzdem.

Allerdings geschah etwas, das seinen Kummer etwas abmilderte. Die Tochter des Wirts, bei dem Gisbert und Jakob wohnten, war eine hübsche und selbstbewusste junge Frau. Sie kümmerte sich rührend um Jakob, nachdem sie von seiner Geschichte erfahren hatte. Es dauerte nicht lange, bis Gisbert klar wurde, dass er Anna liebte. Er war überwältigt davon, dass er nach alldem, was er erlebt und gesehen hatte, wieder tiefe Gefühle aufbringen konnte. Und es kam ihm wie ein Wunder vor, dass Anna diese erwiderte.

Mit Balthasars finanzieller Unterstützung bekam Gisbert die Mittel für eine Mitgift zusammen, und Annas Vater stimmte der Heirat zu. Als Hochzeitsgeschenk erhielt Anna von ihrem Vater ein Haus in Mainz. Ihre verstorbene Mutter, die aus einer alteingesessenen Apothekerfamilie stammte, war dort geboren. Jetzt, da die Schweden in Mainz regierten, konnte sie das Geburtshaus ihrer Mutter in Besitz nehmen. So beschlossen Gisbert und Anna, in diese Stadt zu ziehen und Jakob mitzunehmen.

Neubeginn in Mainz

Mainz, 1632–1634

Anna, Gisbert und Jakob kamen mit einem Tross von protestantischen Söldnern nach Mainz. Die Lage hatte sich etwas beruhigt. Die Liga war von den Schweden wieder weit nach Süden zurückgedrängt worden. Tilly und Gustav Adolf waren gefallen, und Albrecht von Wallenstein war von kaisertreuen Offizieren aus den eigenen Reihen ermordet worden. Die großen Heerführer waren nun tot, und es bestand Hoffnung, dass dieser lange Krieg bald ein Ende haben könnte. Allerdings hatte die Protestantische Union den Heilbronner Bund gegründet, um weiter gegen die Katholische Liga vorzugehen.

Gisbert war froh, nicht mehr Teil dieses verfahrenen Kriegsgeschehens zu sein. Schließlich verfügten sie nun über Besitz, und er war nicht mehr auf den Sold einer Kriegspartei angewiesen. Schon allein, dass Gisbert sich in der Union wieder durch besonderen Einsatz hätte neu auszeichnen müssen, um den gleichen Status wie in der Liga zu erreichen, machte ihm den Abschied vom Soldatenleben leicht.

Sie waren gerade über die Langen Hessen nach Frankfurt gelangt und hatten ein paar Tage Aufenthalt in der Freien Reichsstadt. Von Frankfurt aus reisten sie über die alte Elisabethenstraße nach Mainz. Auf dieser Reise teilte Anna Gisbert mit, dass sie schwanger war.

Das Fachwerkhaus, das Anna von ihrer Mutter geerbt hatte, war von beachtlicher Größe. Es befand sich direkt am Marktplatz von Mainz. Zwar war das Gebäude durch den Krieg in Mitleidenschaft gezogen worden, aber Gisbert wollte daraus wieder ein schönes Heim für die Familie machen.

Jakob hatte seinen festen Platz bei Anna und Gisbert. Beide gaben sich große Mühe, ihm die Eltern zu ersetzen. Die erlebten Grausamkeiten hatten den Jungen für immer seiner Zuversicht und seines Vertrauens zu anderen Menschen beraubt, aber gegenüber Anna konnte er sich etwas öffnen. Sie bedeutete dem scheuen Kind bald so viel wie die eigene Mutter. Da Gisbert wenig Zeit hatte, weil er, wie sein Bruder, ein Geschäft als Tuchhändler aufbauen wollte, wurde Anna zu Jakobs Bezugsperson. Als Jakob von ihrer Schwangerschaft erfuhr, bekam er Angst, ins Hintertreffen zu geraten. Doch Gisbert und Anna schafften es, seine Bedenken zu zerstreuen, und als ihre Tochter am 3. Oktober 1634 geboren wurde, freute sich Jakob fast genauso wie sie. Weil Gisbert auf der Elisabethenstraße von Annas Schwangerschaft erfahren hatte, tauften sie das kleine Mädchen Anna Elisabeth.

Die Monate nach Elisabeths Geburt waren für die junge Familie eine gute und vielversprechende Zeit. Gisbert gelang es, mit seinem Tuchhandel Fuß zu fassen. Er hatte Kontakte in Frankfurt geknüpft und war dabei, mit Balthasar ein lukratives Handelsdreieck für ihre Textilwaren zwischen Leipzig, Frankfurt und Mainz aufzubauen. Aber er musste auch Rückschläge einstecken. Die Handelsstraßen waren weiterhin kaum passierbar, und aufgrund von Plünderungen mussten zahlreiche Verluste hingenommen werden.

Die Liebe hatte Gisbert und Anna bald zu einer innigen und starken Gemeinschaft werden lassen. Anna hatte von ihrer Mutter viel über die heilende Wirkung von Kräutern gelernt. Dieses Wissen und ihre Fähigkeit, Krankheiten zu kurieren, brachten ihr solchen Erfolg, dass sie bald in ganz Mainz für ihre Salben und Tinkturen bekannt war. Selbst Adelige, die genug hatten von ihren Leibärzten und deren fortwährenden Aderlässen, suchten ihren Rat. Da lag es nahe, die alte Apotheke von Annas Familie, die noch im Parterre des Hauses existierte, wieder herzurichten. Jakob war mittlerweile elf Jahre alt und half mit seinem handwerklichen Talent beim Renovieren der Apotheke. Und weil er ein guter Rechner war, konnte er Gisbert auch bei seinen Handelsgeschäften unterstützen.

Die Säuberung

Mainz, 1636

Im Dezember 1631 hatten die Mainzer den Schweden ihre Stadt als „ehrenvolle Übergabe" angedient und ihnen ungehinderten Einlass gewährt. Sie boten einen gewissen Schutz gegen Überfälle anderer Kriegsparteien. Die Bürger hatten damit verhindert, dass ihre Stadt gebrandschatzt wurde und ihr ein ähnliches Schicksal wie Magdeburg widerfuhr. Der schwedische König Gustav Adolf hatte den Mainzern Religionsfreiheit zugesichert, dadurch war Mainz weitgehend katholisch geblieben.

Doch die Besatzung verlief nicht ohne Konflikte. Zügig hatte der Herrscher viele Mainzer Kulturschätze nach Schweden bringen lassen, und darüber hinaus waren die Stadtfinanzen bald ruiniert. Nach Gustav Adolfs Tod war die Stadt weiteren Plünderungen durch seine Nachfolger ausgesetzt. Die Bevölkerung musste immerfort für die Versorgung der Truppen aufkommen und nagte bald selbst am Hungertuch. Deshalb wurde die schwedische Besatzung als Plage empfunden.

Anna und Gisbert waren sich uneins: Auf der einen Seite hatte Anna es den Schweden zu verdanken, dass sie ihren Besitz wieder bekommen hatte und ihre Religion frei ausüben konnte, auf der anderen Seite waren die Willkür der Besatzer und ihr Umgang mit den Bürgern empörend. Die Soldaten raubten und vergewaltigten, was dazu führte, dass bald schlimme Krankheiten wüteten. Dazu kam eine verheerende Pestepidemie im Mai 1635. Dank Annas Wissen über Krankheiten konnten die kleine Elisabeth, Gisbert und Jakob diese schlimme Zeit jedoch gut überstehen. Anna konnte auch viele andere Menschen davon überzeugen, dass Sauberkeit und das Meiden von Menschenansammlungen halfen, die Pest einzudämmen.

***

Der Frost hatte an diesem Januarmorgen Eisblumen an die Fensterscheiben der alten Apotheke gemalt. Der Verkaufsraum erstrahlte schon in neuem Glanz. Die kleine Elisabeth war ein gesundes und aufgewecktes Kind. Sie machte bereits erste Gehversuche, und man musste sie immer im Auge behalten, nichts war vor ihr sicher. Wie sollte das erst werden, wenn sie richtig laufen konnte, dachte Gisbert etwas besorgt.

Er hatte gerade mit Jakob das schadhafte Apothekenregal ausgebessert. Die schwere eichene Theke mit ihren Verzierungen war bereits geputzt, und die kupferne Waage, auf der man die Arznei abwog, funktionierte wieder. Anna war dabei, die Arzneibehälter aus Ton mit lateinischen Namen zu beschriften. Plötzlich waren Schreie von draußen zu hören. Gisbert blickte aus dem Fenster und sah, dass die Leute aufgeregt durch die Gasse liefen. Sie eilten nach draußen. Die Mainzer jubelten und freuten sich. Die Schweden hatten die Stadt verlassen. Nun würden endlich wieder Recht und Ordnung einkehren, riefen sie.

Gisbert legte seinen Arm schützend um Anna und die Kinder. Er wusste, dass Unwägbarkeiten auf sie zukamen. Was der Abzug der Schweden für die Zukunft genau verhieß, sollten sie jedoch bald erfahren.

Kaum hatte der letzte schwedische Soldat Mainz verlassen, begann der von Kurfürst und Erzbischof Anselm Casimir Wambolt von Umstadt mit der Verwaltung der Stadt beauftragte Heinrich von Schultheiß mit seiner Hatz gegen protestantische Bürger. Wer nicht konvertieren wollte, geriet in die Mühlen der Justiz und wurde von Schultheiß und seinen Amtmännern verfolgt.

Anna hatte auf ihrem protestantischen Glauben beharrt, so wie es ihrer Natur entsprach. Sie fühlte sich geschützt durch ihr Ansehen als angehende Apothekerin und den guten Ruf, den sie sich erworben hatte. Doch ausgerechnet an ihr statuierte Heinrich von Schultheiß ein Exempel.

Gisbert erzählte Elisabeth schließlich auch den Rest seiner Geschichte. Sie erfuhr von der Verurteilung ihrer Mutter und dass die mutige Anna weder konvertierte noch zugab, eine Hexe zu sein. Elisabeth hörte von der Schmach ihres Vaters, ihre Mutter nicht retten zu können, und dass er deshalb all die Jahre geschwiegen hatte. Er wollte mit seiner Vergangenheit abschließen, und Elisabeth sollte unbelastet aufwachsen. Gisbert erklärte, dass der Schatten, von dem er bereits berichtet hatte, ihn seit dieser Zeit zu verfolgen schien. Seitdem war er geradezu gezielt darauf aus, ihn und seine Familie zu zerstören.

Der Teufel hält Einzug

Hochstadt, 11. Januar 1650

Gisbert beendete seine Geschichte. Die Erinnerungen griffen nach seinem Herz und schienen es erdrücken zu wollen. Stumme Tränen liefen an seiner Narbe entlang in den Bart.

Ein Schluchzen neben ihm zeigte, dass auch Elisabeth ihren Gefühlen freien Lauf ließ. Sie nahm seine Hand und drückte sie an ihre Wange. „Mach dir bitte keine Vorwürfe mehr! Du konntest Mutter nicht helfen. Wenn es in deiner Macht gestanden hätte, hättest du es getan. Das weiß ich."

Gisbert sah sie erleichtert an, in seinen Augen lag Dankbarkeit.

Elisabeth wischte sich die Tränen ab und schnäuzte sich in ein Tuch. Sie blickte zu ihrem Vater und versuchte ein zaghaftes Lächeln. „Was ist eigentlich aus diesem blonden Jungen geworden?"

„Jakob?", fragte Gisbert düster.

Elisabeth nickte.

Ihr Vater blickte zum Fenster in die Dunkelheit. „Er hasst mich, weil ich Anna nicht helfen konnte. Er denkt, dass ich sie im Stich gelassen habe."

Elisabeth fuhr auf. „Glaubst du, er könnte der Schatten sein, der dich verfolgt?"

„Nein. Dieser Schatten, dieses Unglück, das mich begleitet, das gab es schon vor ihm. Aber es ist wahrscheinlich Jakobs Wut auf mich, die ihn in das feindliche Lager getrieben hat."

„Hast du ihn denn je wiedergesehen?", hakte Elisabeth nach.

„Du hast ihn erst vor Kurzem getroffen."

Elisabeth machte große Augen und dachte scharf nach, dann hatte sie eine Eingebung. „Der Mann in unserem Hof, der einen Apfel probierte. Er war blond … das war …"

„Jakob", führte Gisbert Elisabeths Satz zu Ende. „Ganz recht."

„Wir müssen mit ihm reden, Vater, ihm sagen, dass es nicht stimmt, was er über dich denkt", forderte Elisabeth energisch.

Gisbert seufzte. „Es hat keinen Zweck. Mittlerweile ist er ein Tunichtgut und verdorben vom Krieg. Er besorgt die Drecksarbeit für Guido Emmes und diesen Menschenschinder Franz Burkhart."

Gisbert trank einen Schluck aus seinem Glas mit Branntwein und sah angespannt zu Elisabeth. „Dieser Burkhart, den Emmes nach Hochstadt geholt hat, ist ein übler Hexenjäger. Er weiß von den Ereignissen in Mainz, und er hat mich im Visier. Der Ankläger deiner Mutter, Heinrich von Schultheiß, hat damals das Gerücht verbreiten lassen, dass ich mit Anna in einem Hexenbund stehe. Nun sind Jahre vergangen und bisher hielt Graf Friedrich Casimir seine schützende Hand über mich. Doch nun ist Franz Burkhart im Spiel. Er eifert Heinrich von Schultheiß nach, der sein großer Mentor war. Er wird nichts unversucht lassen zu beweisen, dass ich des Teufels bin."

Elisabeth ergriff den Arm ihres Vaters. „Wir müssen hier weg."

Gisbert lächelte lakonisch. „Wie sollen wir das anstellen? Die Wachen an den Toren wurden verstärkt. Außerdem will ich nicht weglaufen. Ich habe Andreas Rohn versprochen hierzubleiben. Dieses abergläubische Pack wird hier keine Chance haben, glaub mir. Gregorius ist unsere Waffe."

Elisabeth wirkte von Gisberts Aussage nicht wirklich beruhigt. „Wir müssen auf der Hut sein, Vater."

Gisbert zwirbelte nachdenklich an seinem Kinnbart. „Du hast Recht. Wir müssen aufpassen. Sobald Gregorius zurück ist, wird sich hier einiges ändern. Die Saat, die Guido Emmes legen will, werde ich zu verhindern wissen. Ihm geht es nur um Macht. Doch sein Rückhalt im Dorf schwindet, spätestens seit der Sache mit Burkhart im Rathaus. Ich werde nicht so leicht aufgeben"

Elisabeth blickte aufgewühlt zu ihrem Vater. Sollte sie es ihm jetzt sagen? Sollte sie ihm sagen, was Guido Emmes ihr angetan hatte? Emmes rächte sich schon jetzt für die schmachvolle Niederlage im Rathaus, er würde niemals ruhen, da war sich Elisabeth sicher. Er war gefährlich und skrupellos, und was er mit ihr gemacht hatte, war nur der Anfang. Sie konnte es ihrem Vater nicht sagen und ihn seiner Illusion, dass sich alles zum Besseren wenden würde, berauben, jedenfalls nicht im Moment. Müdigkeit legte sich wie ein Schleier über sie. Elisabeth unterdrückte ein Gähnen.

Ihr Vater lächelte sie an. „Wir müssen jetzt schlafen. Deine jungen Ohren haben genug gehört. Geh jetzt zu Bett!"

Elisabeth umarmte ihren Vater noch einmal innig. Bevor sie ging, fiel ihr noch etwas ein. Sie löste das Medaillon mit dem Bild ihrer Mutter von ihrem Hals und gab es Gisbert.

Er betrachtete es erstaunt und öffnete es. „Wo hast du es gefunden?"

Elisabeth zögerte einen Moment. „Ich versteckte es damals in einem Astloch in der alten Kastanie und hatte Angst zu erzählen, dass ich es war, die es genommen hatte. Mir ist es erst jetzt wieder eingefallen."

Gisbert nickte versonnen, ohne den Blick von dem Bild seiner Frau zu nehmen. „Ja, das ist deine Mutter. Wie schön sie war." Gisbert blickte liebevoll zu seiner Tochter. „Danke, Lies."

Elisabeth lächelte sanftmütig und ließ ihren Vater allein.

Er lehnte sich erschöpft in seinem Sessel zurück. Auf keinen Fall durfte er zulassen, dass seiner Tochter das gleiche Schicksal widerfuhr wie ihrer Mutter. Aber was blieb ihm anderes übrig als auszuharren, bis Gregorius zurück war? Graf Friedrich Casimir stand seit ihrer abenteuerlichen Reise vom Elsass nach Hanau fest hinter ihm. Erst kürzlich hatte er ihn in seinem Amt als Bürgermeister bestätigt, versuchte er sich zu beruhigen. Der Schlaf übermannte ihn schließlich, und er schloss die Augen.

***

Eisig, aber friedlich lag Hochstadt unter einer weißen Schneedecke und wurde vom Vollmond in ein bläulich schimmerndes Nachtlicht getaucht. Caspar Eibelshäuser, der Torwächter, war ein kleiner, untersetzter Mann mit einem ungewöhnlich großen Kopf. Sein Gesicht wurde von einer dicken roten Knollnase gekrönt, die davon zeugte, dass er dem Alkohol nicht abgeneigt war. Er mochte keine Vollmondnächte, noch dazu, wenn sie so klirrend kalt waren wie heute. In solchen Nächten taten die Geister, was sie wollten, und der Werwolf streunte um die kalten Mauern der Stadt, um seinen Hunger nach Blut zu stillen. Das zumindest hatten die Alten früher immer wieder erzählt. Er hustete und spuckte aus. Nachdem er sich die eiskalten Hände gerieben und in sie hinein gehaucht hatte, nahm er seine Laterne und zündete die Kerze darin an. Mürrisch grüßend schlurfte er an einem der anderen Wachmänner vorbei und stieg neben dem Schäferhäuschen die ausgetretene steinerne Treppe des Obertors hinauf. Er öffnete die Holztür und betrat den Turm. Schnaufend wie ein altes Schlachtross gelangte er nach oben und lugte durch das offene Aussichtsfenster nach Westen zur Hauptstraße. Sie lag friedlich im stillen Schnee. Alles schlief. Niemand musste zu dieser gottverlorenen Zeit arbeiten. Irgendwo in der Ferne weinte ein Kind. Nur er und vielleicht noch die eine oder andere Mutter, die den Säugling stillen musste, waren wach, dachte er verdrießlich.

Der kalte Wind heulte ihm um die Ohren, und er trat von der Öffnung zurück, um einen Blick aus dem gegenüberliegenden Guckloch zu werfen, von dem aus man nach Osten sehen konnte. Noch bevor er das Fenster erreichte, bemerkte er das seltsame Flackern eines Lichts, das zu ihm hinauf schien und unruhig auf der Wand tanzte. Neugierig streckte er seinen Kopf hinaus, der gerade so durch die Luke passte. Er brauchte einen Moment, um zu begreifen, was er da sah. Als er es erkannte, schlug er mit dem Schädel gegen die Kante über ihm und zog seinen Kopf so schnell aus der Luke zurück, dass er sich verkeilte. Fluchend wiederholte er den Vorgang langsamer und konnte sich befreien. Er blickte noch einmal aus dem Fenster, ohne diesmal seinen Kopf durchzustecken, denn was er sah, war so entsetzlich, dass er es kaum glauben wollte. Panisch eilte er die Treppe hinunter und wäre fast gestürzt.

***

Gisbert hatte die schlafende Elisabeth auf dem Arm. Er hatte das kleine Kind in dicke Leinen gehüllt, um es vor der Kälte zu schützen. Im dichten Wald lief er durch den vom Vollmond beleuchteten Schnee. Immer wieder tauchten tiefschwarze Schatten der Bäume den Weg ins Dunkle. Die meisten Menschen mieden nachts den Wald. Umso verstörender war es, als Gisbert in ungefähr fünfzig Metern Entfernung, dort, wo der Weg sich gabelte, jemanden stehen sah. Oder hatte er sich getäuscht, und es war nur ein abgestorbener Baum, der in dem fahlen Licht einem Menschen glich? Er konnte die Person nicht genau erkennen. Im Mondlicht sah es aus, als würde sie auf ihn warten. Was sollte er tun? Umkehren und weglaufen? Das wäre viel zu auffällig, außerdem hätte er dadurch Schwäche und Angst gezeigt. Die unheimliche Gestalt beunruhigte ihn, und je näher er kam, desto mehr wurde ihm bewusst, dass auf der Lichtung tatsächlich jemand stand. Gisbert presste Elisabeth an sich und ging langsam weiter. Mit der rechten Hand fasste er vorsichtshalber an den Griff seines Dolchs. Als er an dem Mann mit dem schwarzen Umhang vorüberschritt, spürte Gisbert, wie sein Herz heftig schlug. Seine Sinne waren auf Äußerste geschärft, bereit zu handeln. Er nickte dem Mann zu und wünschte einen guten Abend. Der Mann, dessen schwarze lange Haare im kalten Wind flatterten, bewegte den Kopf zu ihm hin, sagte aber nichts.

Gisbert konnte das Gesicht des Mannes nicht erkennen. Er stapfte weiter und tat so, als sei die Situation das Normalste auf der Welt. Der Mann jedoch blieb an seinem Platz stehen, als wäre er an diesem unbehaglichen Ort festgewachsen und schien ihm nachzublicken. Immer wieder drehte sich Gisbert zur Lichtung um, auf der der Mann stand, doch plötzlich war er verschwunden. Gisbert war sicher, dass er bald durch das finstere Unterholz auf ihn zustürzen und angreifen würde. Er zog seinen Dolch. Dann hörte er Hufgetrappel und schaute zurück. Er zählte vier Pferde, die wie wild von hinten auf ihn zu galoppierten. Er rannte los, so schnell er konnte. Fest drückte er Elisabeth an seinen Leib. Immer wieder blickte Gisbert zu den Verfolgern, Schweiß stand auf seiner Stirn. Die schwarzen Reiter kamen schnell näher. Die Pferde schnaubten, und der Atem, der aus ihren Nüstern stob, sah aus wie der Rauch des Höllenfeuers. Gisbert wurde von den

Reitern zwischen die Pferde gehoben, und sie eilten mit ihm durch die eisige Nacht davon. Es war, als würden sie fliegen. Ihre schwarzen Kapuzen blähten sich im kalten Sturm auf, bevor der Wind sie endgültig wegblies und ihre Totenschädel preisgab. Gisbert starrte entsetzt in die leeren Augenhöhlen der vier apokalyptischen Reiter. Da wurde die kleine Lies wach, und als sie Gisberts angstverzerrtes Gesicht sah, fing sie durchdringend an zu schreien.

Gisbert erwachte mit einem Ruck aus seinem Albtraum. Er rieb sich die Augen und stellte fest, dass er das Schreien seiner Tochter aus dem Traum noch immer hörte. Dann registrierte er Elisabeth, die ins Zimmer gekommen war und reglos am Fenster stand. Sie sah entsetzt zu ihrem Vater. Gisbert stand langsam auf. Das Schreien eines Kindes drang immer lauter von der Hauptstraße zu ihnen ins Zimmer.

***

Caspar Eibelshäuser rannte vom Obertor zum Spielhaus, an dem die Alarmglocke hing. Was sich vor den Toren Hochstadts abspielte, wollte er allen kundtun.

Plötzlich sah er ein kleines Kind, das der Vollmond in ein unheimliches Licht tauchte. Es stand halbnackt und mutterseelenallein auf der Hauptstraße im eisigen Schnee und schrie. Caspar erstarrte und wich zurück. Der Leibhaftige war zurückgekehrt und hatte seinen Boten geschickt. Er machte einen Bogen um diese grausige Erscheinung und ging rückwärts zum Spielhaus, nicht ohne den Blick von dem Kind abzuwenden. Dann verbarg er sich im schwarzen Schatten des Spielhauses.

Ungläubig sah er zu, wie Gisbert und Elisabeth dem kleinen Jungen eine Felldecke umlegten und beruhigend auf ihn einsprachen. Der Bürgermeister und seine Tochter schienen keine Angst vor dem Abgesandten des Teufels zu haben. Fast sah es so aus, als würden sie um das Kind herumtanzen. Caspar griff schnell nach dem Seil, das an einem Holzbalken am Spielhaus hing, und zog daran.

Als die Glocke ertönte, blickten Gisbert und Elisabeth erschrocken zum Spielhaus. Dann sahen sie den Torwächter, der kräftig am Glockenseil riss.

Gisbert ging zu dem verängstigten Mann: „Was ist passiert?"

Caspar wich vor ihm zurück und bekreuzigte sich.

In Gisbert stieg Wut hoch. „Bist du verrückt geworden?"

Ohne ein Wort zu sagen, lief Caspar Eibelshäuser voller Schrecken zum Obertor zurück, wo es vor den Stadtmauern noch viel grausiger zuging.

Gisbert sah ihm besorgt nach und eilte zurück zu Elisabeth, die immer noch versuchte, das Kind zu beruhigen. Vereinzelt wurden in den Häusern Kerzen angezündet. Das Geläut der kleinen Spielhausglocke hatte die Einwohner aus ihrem kostbaren Schlaf gerissen.

Gisbert hob den kleinen Jungen auf und gab ihn Elisabeth in die Arme. „Bring ihn hinein und wärme ihn. Ich werde nachsehen, was geschehen ist."

Elisabeth zögerte. „Vater, bitte sei vorsichtig!"

Gisbert nickte ernst und lief in die dunklen Gassen. Elisabeth sah ihm einen Moment nach, doch dann ließ ihr das weinende Bündel in ihrem Arm keine Wahl und sie ging ins Haus zurück.

Caspar Eibelshäuser wurde von Guido Emmes kurz vor dem Torbogen abgefangen. Mit seiner schlanken, schwarz gekleideten Gestalt stand er plötzlich vor ihm und packte ihn fest am Arm.

„Was ist los? So red' schon!", befahl Emmes barsch.

Caspar Eibelshäuser zuckte zusammen und zeigte stammelnd hinter das Obertor in die Ferne. „Da ... da draußen, Herr. Die Boten des Teufels. Sie wollen Einlass."

Guido Emmes sah zum Obertor und ließ von dem Torwächter ab. Mittlerweile waren auch andere Leute auf der Straße, unter ihnen Heinrich Fredes und Pfarrer Cress, der eilig seinen Pfarrrock über das Schlafgewand geworfen hatte. Sie alle liefen zum oberen Stadttor. Eine der Wachen öffnete die kleine Einlasstür im großen Bogentor. Guido Emmes trat mit ein paar Wachmännern, die ihre Degen gezogen hatten, durch die Tür, ängstlich gefolgt vom Pfarrer und Fredes. Einige Bewohner blieben in sicherer Entfernung unterhalb des Torbogens zurück und versuchten neugierig, etwas von dem grauenvollen Spektakel mitzubekommen, das sich vor den Toren Hochstadts abspielte.

Gisbert bahnte sich einen Weg durch die gaffende Menge. Langsam ging er auf das seltsame Gebilde zu, vor dem Emmes und die anderen standen. Je näher Gisbert kam, umso mehr hatte er das Gefühl, dass sich Gewichte an seine Beine klammerten und ihn in die Tiefe hinabziehen wollten. Als er erkannte, was es war, dachte er, dass die Fratzen des Teufels kaum schlimmer aussehen konnten. Die vor Schreck verzerrten Gesichter von Fredes und dem Pfarrer, auf denen glühender Flammenschein zuckte, verstärkten diesen Eindruck noch. Pfarrer Cress stöhnte entsetzt auf und murmelte ein Stoßgebet.

Die Köpfe von drei Männern waren auf Stöcke gespießt. Man hatte darunter Stroh angezündet, so dass ihre grotesk entstellten Antlitze von unten dämonisch beleuchtet wurden. Ein vierter, schon halb verwester Schädel war im Schnee vor dem Höllengebilde drapiert worden. Die aufgespießten Köpfe waren die von Gregorius Müller, Nikolaus Heckerth und Ludwig, dem Jungen der Witwe Brosch. Obwohl der vierte Kopf schon stark verwest war, erkannte Gisbert den Kurier wieder, den er nach Leipzig zu Balthasar geschickt hatte. Jedem der Opfer hatte man die Augen herausgeschnitten. Mit ihren blutigen Augenhöhlen starrten sie ins Nichts, als ob sie den Fluch, der dieses Dorf heimsuchen würde, klagend ankündigen wollten.

Gisbert war am Boden zerstört. Gregorius war tot. All seine Hoffung war zunichte. Er wäre am liebsten auf die Knie gegangen und hätte seinen Schmerz laut herausgebrüllt. Doch diese Genugtuung wollte er Guido Emmes nicht geben.

Emmes wandte sich Gisbert zu und blitzte ihn an. „Sagtet Ihr nicht, es gäbe hier kein Teufelswerk?"

Gisbert sagte nichts und blickte angewidert zu Boden. Trauer paarte sich mit Wut, aber er musste sich jetzt zusammenreißen. Er wusste, dass Emmes nun alle Trümpfe in der Hand hielt und eine Karte nach der anderen ausspielen würde.

Die Neugier hatte bei einigen Dorfbewohnern über die Angst gesiegt. Sie kamen, um die Sache genauer zu betrachten. Ein Raunen ging durch die Menge, und ein paar Frauen schrien laut auf, als sie das Teufelswerk sahen. Gisberts Schwägerin Maria war so töricht gewesen, ihre Enkelin Mechthild mitzubringen.

Mechthild tat nichts lieber, als von Teufeln und anderen Dämonen zu phantasieren. Dass das Mädchen von Zeit zu Zeit mit Schaum vor dem Mund zusammenbrach, erachteten die Bewohner als Beweis ihrer übernatürlichen Fähigkeiten. Doch Gisbert kannte sich mit diesem Zustand aus. Anna hatte in Mainz einen Kranken behandelt, der die gleichen Symptome zeigte. Das Mädchen litt an Fallsucht, aber Gisberts Versuche, den Aberglauben der Leute zu unterbinden, waren vergeblich geblieben.

Als Mechthild die grauenvolle Inszenierung dieser Nacht erblickte, brach sie unter wilden Zuckungen zusammen. Der Teufel hatte Einzug gehalten.

***

Der Mann, den sie Bestie nannten, saß an seinem Platz im Hexenwald und nagte genüsslich das gebratene Fleisch eines menschlichen Oberarmknochens. Es war nicht mehr viel übrig von dem Mann, den ihm der Einäugige gebracht hatte. Zum Schluss würde er sein Herz essen. Er spürte schon, wie seine Kraft in ihn überging. Er hatte die drei Köpfe auf Stöcke gespießt und den Kopf des Kuriers als Geschenk dazu gelegt. Dann hatte er das Feuer angezündet, so dass es aussah, als hätte der Leibhaftige sein Kommen angekündigt. Schon bald würden alle Menschen in Hochstadt wissen, dass sich die Hölle unter ihnen auftat. Doch den größten Stolz empfand er bei dem Gedanken, wie er mit dem kleinen Jungen verfahren war. Statt ihn zu töten, hatte er ihn als schreiendes Mahnmal für das Grauen, das noch kommen würde, durch den Ort getrieben. Der Meister hatte sein Versprechen gehalten und ihm alle Freiheiten gelassen. Der Mörder seines Sohnes würde bald seine Strafe erhalten, und er konnte frohlocken.

Der Ritt nach Arnsberg

11. Januar 1650
Der Blonde hatte mehrere Pausen eingelegt, um sein Pferd zu schonen. Jetzt lag Gießen hinter ihm, und er hoffte, am Nachmittag in Marburg zu sein. Dort wollte er übernachten und das geschundene Tier gegen ein ausgeruhtes tauschen. Von Marburg aus würde er es hoffentlich in zwei Tagen ins kölnische Sauerland schaffen, wo er sich nach Arnsberg zu begeben hatte.

Langsam kroch ihm die Kälte bis in die Knochen. Auf dem Kopf hatte er wie immer seinen schwarzen, durchlöcherten Schlapphut, unter dem seine langen flachsblonden Haare hervorhingen. Über seiner Söldnerkleidung trug er einen dicken Fellmantel, der sein Waffenarsenal verbarg: die Radschlosspistole, den Katzbalger und einen Dolch. Sie würden ihn vor Strauchdieben schützen, aber er musste trotzdem auf der Hut sein. Merodebrüder machten die Gegend unsicher. Als ehemalige Söldner waren sie kampferprobt und konnten sich allerlei Täuschungen einfallen lassen. Der Blonde hielt die Zügel fest in der Hand und hatte sein Umfeld wachsam im Auge. Dies war ihm in Fleisch und Blut übergegangen, seit er im Krieg gedient hatte.

Trotzdem schweiften seine Gedanken ab, zu dem Auftrag, der ihn auf diesen Weg führte. Einen Auftrag, den er zunächst nur mit Widerwillen angenommen hatte, denn das Komplott gegen Gisbert und seine Familie nahm immer teuflischere Züge an. Dennoch führte er den Auftrag von Guido Emmes aus. Er sollte dem einflussreichen Hexenjäger Heinrich von Schultheiß eine eilige Depesche überbringen, die Emmes aufgesetzt hatte und von Franz Burkhart unterzeichnet worden war. Der Blonde wusste, was das bedeutete.

Was ihn aber am meisten beschäftige, war die Frage, warum Guido Emmes so erpicht darauf war, Gisbert von Gettenbach zu schaden. War er bloß ein Profiteur der lukrativen Geschäfte von

Hexenjägern wie Franz Burkhart, der dafür bekannt war, sich den Besitz seiner Angeklagten nach deren Verurteilung anzueignen? Warum wurde ausgerechnet der Katholik Heinrich von Schultheiß in der Sache konsultiert? Der Blonde hatte vom Einäugigen erfahren, dass Schultheiß eine Geschichte mit Gisbert verband, die lange zurücklag und in Mainz ihren Anfang genommen hatte. Vielleicht würde er ja diesmal etwas mehr über die Vorkommnisse von damals erfahren, die seinen Hass auf Gisbert ausgelöst hatten und ihm das Liebste genommen hatten: Anna, die wie eine Mutter für ihn gewesen war.

Teufelsbündner

Hochstadt, 11. Januar 1650

Guido Emmes beugte sich über das Bett und näherte sich Mechthild langsam mit einer Mischung aus Neugier und Abscheu. Er sah ihr in die Augen. Mechthild starrte durch ihn hindurch, so als blickte sie in eine andere Welt. Guido Emmes wedelte mit seiner Hand vor ihrem Gesicht hin und her, doch Mechthild reagierte nicht. Dann wandte er sich an Maria, die hinter ihm stand und jede seiner Bewegungen verfolgt hatte.

„Wie lange wird dieser Zustand noch andauern?"

Maria verzog abschätzend ihr Gesicht. „Das kann man nie wissen. Manchmal reagiert sie, wenn ich ihr meinen Kräutertee unter die Nase halte."

„Worauf wartest du dann noch? Mach schon. Gib ihr diesen Tee!"

Maria nickte beflissen und ging in die Küche, während Emmes mit verschränkten Armen interessiert dieses verkrüppelte Geschöpf betrachtete, das vor ihm lag und das ihm bestimmt für sein Vorhaben nützlich sein konnte. Die Alte hatte ihm erzählt, dass ihr Enkelkind Elisabeth bei Zaubereien beobachtet hatte.

Maria goss heißes Wasser aus einem Kupfertopf in eine große Tasse mit Kräutern. Dann holte sie einen kleinen Lederbeutel aus ihrer Kitteltasche und gab daraus eine Prise in den Tee. Leise murmelte sie dabei eine Art Zauberspruch und achtete darauf, dass Guido Emmes sie nicht durch die Türöffnung des Nebenzimmers beobachtete. Es war besser, wenn er von diesen Dingen nichts mitbekam. Maria hoffte jedoch insgeheim, dass sich ihre Lage nun verbessern würde. Unter dem Schutz von Guido Emmes, der doch wie sie daran glaubte, dass böse Mächte überall ihr Unwesen trieben, könnte sie vielleicht bald wieder ihre Geschäfte ganz offen betreiben und sogar noch ausweiten.

Maria hob Mechthilds Kopf etwas an und schwenkte den

heißen Tee vor ihrer Nase hin und her. Es dauerte einen Moment, dann stöhnte Mechthild auf, doch ihr Blick blieb starr. Unzusammenhängende Wortfetzen drangen aus ihrem Mund.

Emmes trat näher an sie heran, um sie zu verstehen. „Was hast du gesehen? Sprich!"

Mechthild bewegte ihren Kopf heftig von einer Seite zur anderen, so als würde sie sich in einem schlimmen Albtraum befinden. „Sie gehört zu ihm … dem T … dem Teufel", brachte Mechthild mühsam hervor.

Guido Emmes wurde ungeduldig. „Wen meinst du? So rede endlich klare Worte!"

Mechthild hustete, dann stammelte sie weiter. „Elisabeth …, sie hat mit ihm getanzt … mit … mit dem Teufel, ich hab's gesehen."

Guido Emmes packte sie an den Schultern. „War sie allein? Wer war noch dabei? "

Mechthild blickte in die Ferne. „Sie … sie haben getanzt … zusammen mit dem Teufel. Sie und ihr Vater."

Emmes schüttelte sie heftiger, so als wollte er sie wachrütteln. „Du musst mir alles genau erzählen. Wie sah der Teufel aus? Wann war das?"

Jetzt ging Maria dazwischen. „Ihr müsst behutsam sein, Herr. Sonst bekommt sie womöglich einen weiteren Anfall."

Emmes ließ von ihr ab, sprach aber weiter auf sie ein. „Die schreckliche Erscheinung heute Nacht, vor den Toren Hochstadts. Haben Elisabeth und ihr Vater etwas damit zu tun?"

Mechthild riss ihre Augen auf. Entsetzen stand in ihrem Gesicht geschrieben, und Tränen rannen ihre Wangen herab. „Satan wollte ein Opfer. Sie haben es ihm gebracht. Sie waren es … sie … sie!", schrie Mechthild heraus und fiel anschließend in eine Ohnmacht.

Guido Emmes hatte genug gehört.

Maria, die noch immer hinter ihm stand, bekreuzigte sich.

Er sah sie triumphierend an. „Du hast es auch gehört. Sie hat den Beweis erbracht, und sie ist nicht die Einzige."

Maria nickte beifällig, aber auch ein wenig ängstlich.

Emmes gab ihr zwei Silberstücke in die Hand. „Für deine Verschwiegenheit. Zu niemandem ein Wort, bis ich die Sache weiter geklärt habe und dich als Zeugin rufe."

Maria blickte ihn dankbar an. „Mein Herr, kein Wort soll über meine Lippen kommen, bis Ihr es verlangt." Dann verbeugte sie sich.

Emmes war zufrieden und wollte gehen. Er war froh, von dieser aufdringlichen Person fortzukommen.

Aber Maria wollte noch etwas loswerden. „Herr, da ist noch etwas. Meine Schwester Agnesia. Auch sie hat ein Anliegen in dieser Sache. Sie hat schlimme Dinge gesehen und ..."

„Schickt sie zu mir", unterbrach Emmes sie. Dann ging er, ohne ein weiteres Wort zu verlieren.

Nachdem er fort war, ergriff Maria Mechthilds Hand und tätschelte sie. Mechthild öffnete ihre Augen und versuchte ein zaghaftes Lächeln.

Maria rieb sich frohlockend die Hände. „Du wirst genau das vor dem hohen Gericht bezeugen, hast du verstanden? Unsere Not wird bald ein Ende haben."

Mechthild schaute ihre Großmutter unsicher an, dann ließ sie sich erschöpft wieder in ihre Kissen sinken.

***

Agnesia trat zaghaft an die Tür. Sie hatte sich jedes Wort überlegt und hoffte, dass sie alles genau so wiedergeben konnte. Schließlich war Gisbert ja selbst daran schuld. Leise klopfte sie an. Eine Stimme rief „Herein!", und Agnesia betrat den Raum.

Guido Emmes kam ihr entgegen. Er war wie immer schwarz gekleidet und wirkte unnahbar. Interessiert musterte er die Frau.

Agnesia druckste herum. „Herr, mein ... mein Gewissen treibt mich her", begann sie scheinheilig. „Ich kann alles bezeugen."

„Bezeugen?", fragte Emmes wohlgesonnen. Er nahm Agnesia am Arm und führte sie zum Stuhl vor seinem Schreibtisch. „Setzt dich. Sprich und erzähl mir alles!"

Unsicher sah Agnesia sich um und setzte sich dann zaghaft auf die Stuhlkante.

Guido Emmes ging um seinen Schreibtisch herum und ließ sich ebenfalls nieder.

„Er betreibt Teufelswerk in seinem Keller, beschäftigt sich dort mit diesem Zeug, der Alchimie. Auch meine Schwester und ihre Mechthild können's bezeugen. Zusammen mit Elisabeth und der alten Trapp hat er in diesem Keller den Teufel angebetet!"

Wachsam setzte sich Guido Emmes auf. „Mit ‚er' meinst du deinen Mann, Gisbert von Gettenbach?"

Agnesia nickte und fing an zu weinen. „Er hat mich einfach vor die Tür gesetzt, damit er ungehindert …"

Emmes unterbrach sie spitz. „Welch eine Schmach, von der Frau des Bürgermeisters zur bettelarmen Vettel. Du bist wütend und benötigst ein paar Silberstücke, nicht wahr?"

Agnesia klappte vor Erstaunen die Kinnlade herunter. Guido Emmes schien ihre Scheinheiligkeit durchschaut zu haben.

Dennoch wollte sie nicht klein beigeben. „Wie könnt Ihr nur so etwas von mir denken? Ich will Euch helfen …"

Emmes stand auf und lächelte listig. „Ist schon gut. Ich weiß wohl, wie es gemeint ist. Du musst bloß alles vor Gericht noch einmal wiederholen. Wenn du das tust, soll es dein Nachteil nicht sein, auch was den Besitz deines Angetrauten betrifft."

Agnesia hob den Kopf. Sie war froh, dass sie so leichtes Spiel hatte, auch wenn ihr bei der Sache etwas unwohl war. Aber hätte Gisbert sie nicht so schamlos behandelt, müsste sie nicht zu diesem Mittel greifen, damit ihr Gerechtigkeit widerfuhr. Nie wieder wollte sie in Armut leben, das hatte sie sich vor langer Zeit geschworen. Wenn sie erst die Besitzerin des Hofes war, konnte sie über alles allein entscheiden. Keine Frau im Dorf würde mehr über sie lachen.

Guido Emmes nickte mit dem Kopf und bedeutete ihr, dass die Unterhaltung beendet war. „Geh jetzt, und sei da, wenn ich dich rufe."

Agnesia stand auf, machte einen Knicks und ging zur Tür hinaus. Guido Emmes schaute ihr nach und konnte sich ein triumphierendes Lächeln nicht verkneifen.

Gisbert sah angespannt aus seinem Fenster in den Hof. Ein dünner Hauch Pulverschnee hatte sich in der Nacht über den harschigen Schnee gelegt und wurde vom Wind umhergeweht. Letzte Nacht hatte er kein Auge zugetan. Am liebsten wäre er mit Elisabeth geflüchtet, aber Emmes hatte nun Wachen direkt vor seinem Hof postiert, auch an der Rückseite und vor dem Kellereingang standen jetzt seine Männer.

In diesem Moment kam Guido Emmes zusammen mit Franz Burkhart, dem Einäugigen und vier Wachen in den Hof gestapft. Zu seiner Überraschung war auch Agnesia dabei. Sie blieben vor der Kellertür stehen, und Gisbert sah, wie Agnesia gestikulierte und zu seinem Experimentierraum im Keller wies.

Bebend vor Zorn, eilte Gisbert die Stufen hinunter in den Hof. Er lief auf Agnesia zu und baute sich vor ihr auf. „Was soll das?"

Agnesia erschrak, machte den Mund auf, trat dann aber zu Boden blickend einen Schritt zurück.

Emmes und Burkhart stellten sich schützend vor sie. „Diesmal kommst du uns nicht davon, Gisbert von Gettenbach!", sagte Burkhart voller Schadenfreude.

Noch bevor Gisbert etwas erwidern konnte, ergriff Emmes das Wort und zeigte auf die Kellertür. „Du hast wohl gedacht, du kannst da unten ungestört deine alchimistischen Experimente durchführen und den Teufel anbeten."

Gisbert sah ihn etwas begriffsstutzig an. Es brauchte einen Moment, bis er verstand. Dann sah er hasserfüllt zu Agnesia, die seinem Blick nicht standhalten konnte. Gisbert schob Guido Emmes weg und wollte Agnesia packen. „Du Miststück, hätt' ich dich nur erschlagen!"

„Ergreift ihn!", rief Guido Emmes barsch.

Agnesia versteckte sich ängstlich hinter Burkhart. „Der Leibhaftige steckt in ihm! Wie ich gesagt habe!", schrie sie aufgebracht.

Drei Wachen reichten nicht, Gisbert festzuhalten. Erst als der vierte Wachmann die Spitze seiner Hellebarde schmerzhaft an Gisberts Hals stieß, konnte er überwältigt werden.

Elisabeth kam aus dem Haus gerannt. „Lasst ihn los! So lasst ihn um Gottes willen los!"

Doch Elisabeth wurde ebenfalls von den Wachen ergriffen und festgehalten.

Emmes befahl den Männern: „Haltet die beiden fest, bis wir zurück sind!“

Die Tür zu Gisberts Keller wurde vom Einäugigen aufgebrochen. Agnesia wies Emmes, Burkhart und dem Einäugigen den Weg nach unten. Sie entzündeten die Öllampen und sahen sich in Gisberts kleiner Kelterei um, die das Labor des Teufels sein sollte. Jedes Detail wurde inspiziert und protokolliert.

Agnesia zeigte energisch in eine Ecke. „Dort steht es, das Elixier des Teufels. Er hat es mit der alten Trapp und Elisabeth zusammengebraut. Damit sollten die Leute im Dorf verhext werden.“

Emmes nahm eine der Flaschen, die auf einem Regal standen, und öffnete sie. Er roch daran und verzog sein Gesicht, dann reichte er sie Franz Burkhart.

Nachdem auch dieser daran gerochen hatte, betrachtete er angewidert die Flasche und bestätigte Guido Emmes‘ Verdacht: „Ein wahrhaftes Teufelszeug.”

Sie hatten genug gesehen und stiegen wieder nach oben. Guido Emmes ließ den Keller als Beweismittel für das Gericht versiegeln. Eine Flasche hatte er jedoch mitgenommen.

Agnesia hielt sich im Hintergrund. Die beiden Teufelsaustreiber traten vor Gisbert und Elisabeth, die von den Wachen noch immer festgehalten wurden. Emmes hob die Flasche mit dem Apfelwein hoch. „Hier ist der Beweis Eurer Machenschaften! Gisbert von Gettenbach. Hiermit nehme ich Euch, Eure Tochter und Emilia Trapp rechtmäßig in Gewahrsam. Ihr seid der Hexerei angeklagt.“

Elisabeth schrie entsetzt auf.

Gisbert blickte die Hexenjäger aufgebracht an. „Nicht wir, Ihr seid das Teufelspack, Ihr Schlächter!“

„Führt diese Teufelsbündner ab!“, befahl Burkhart ungerührt mit einem siegesgewissen Lächeln.

Eine Rechnung wird beglichen

Arnsberg, 14. Januar 1650

Der Blonde war schneller vorangekommen, als er gedacht hatte, es hatte keine unerwünschten Vorkommnisse gegeben. Das Gesindel schien sich bei dieser Kälte lieber im warmen Versteck aufzuhalten. Er hatte sein Pferd an einer Zollstation ausgetauscht und erreichte gegen Mittag die Stadtmauern von Arnsberg. Nachdem er Einlass erhalten hatte, suchte er frierend und hungrig das nächstbeste Lokal der Stadt auf. Die Männer im Gasthaus Zum Hirten blickten immer wieder misstrauisch zu dem fremden Söldner, der in einer Ecke saß und sich gierig über einen Braten hermachte. Der Wirt brachte dem Blonden noch ein Bier.

„Wo finde ich Heinrich von Schultheiß?", fragte der Söldner mit vollem Mund.

Der Wirt machte plötzlich eine Miene, als hätte sein Gast eine gefährliche Krankheit. „Was wollt Ihr von ihm?"

Jakob sah ihn abschätzig an. „Ich überbringe nur eine Depesche."

Der Wirt lächelte spöttisch. „So, nur eine Depesche … Er wohnt direkt am Marktplatz. Das Haus heißt Himmelspförtnerhaus."

Der Blonde hakte nach. „Er ist hier wohl nicht allzu beliebt, euer Hexenkommissar."

Der Wirt blickte ihn eindringlich an und ging, ohne ein Wort zu erwidern, zurück zu seinem Tresen.

Einer aus der Stammtischrunde in der Nähe, der schon reichlich Bier genossen hatte, spuckte aus. „Dieser Menschenschinder! Lässt alle brennen, die ihm im Weg sind."

Ein Kamerad zischte. „Sei still, sonst ergeht es dir noch wie Henneke von Essen, unserem früheren Bürgermeister."

Der Blonde stand auf, trat zum Wirt an die Theke und legte ihm ein paar Geldstücke hin. Dann setzte er seinen schwarzen Filzhut au, grüßte zum Abschied wortlos und verließ das Lokal.

Der Wirt biss auf eines der Geldstücke und spuckte mit verächtlichem Blick in Richtung des Blonden aus.

Jakob stand vor dem Himmelspförtnerhaus auf dem Marktplatz von Arnsberg und betätigte den eisernen Türklopfer, der dumpf an die große schwere Holztür schlug. Ein Riegel wurde zurückgeschoben und ein schwer bewaffneter Wachmann öffnete die Tür.

Er sah den Blonden feindselig an. „Was gibt es?"

Jakob holte die Depesche hervor und zeigte sie dem Wächter. „Ich komme mit einer Nachricht von Franz Burkhart. Ich soll sie persönlich übergeben."

Der Mann brummte unwirsch: „Wartet einen Moment!", und schloss die Tür. Nach einer Weile kam er zurück und ließ ihn ein. Doch bevor Jakob zu Heinrich von Schulheiß vorgelassen wurde, befahl ihm der Wachmann, all seine Waffen abzulegen.

In einem großen Kamin knisterte ein angenehm wärmendes Feuer. Heinrich von Schultheiß saß an einem wuchtigen Schreibtisch aus Eichenholz und empfing den Söldner unverhofft gastfreundlich. Etwas von seinem alten Freund Franz Burkhart zu hören, verschaffte ihm Abwechslung in seinem einsamen Amtssitz. Er las die Depesche und befahl seinem Diener, Schreibzeug und Siegel zu bringen. Derweil bat er den Blonden, an einem Tisch Platz zu nehmen und ließ ihm Wein in ein edles Glas füllen.

Während Jakob vorsichtig von dem guten Tropfen kostete, brachte Schultheiß mit schneller Hand seine Anschuldigungen gegen Gisbert von Gettenbach zu Papier und forderte Friedrich Casimir auf, unverzüglich gegen jegliche Art von Teufelszeug und Hexenwerk in Hochstadt vorzugehen. Nachdem er das Schreiben mit seinem Siegel verschlossen hatte, stand er auf und übergab es Jakob, der das Dokument in seiner Ledertasche verstaute.

Schultheiß setzte sich zu ihm an den Tisch und goss sich mit einem selbstgefälligen Gesichtsausdruck Wein in ein zweites Glas. „Wahrlich, junger Mann, ich sage Euch, dieser Gisbert von Gettenbach hat mich schon einmal zum Narren gehalten. Die Protestanten tun sich zuweilen schwer mit dem Hexengeschmeiß."

Jakob blickte Heinrich von Schultheiß interessiert an. „Ihr kennt ihn?"

Schultheiß setzte sein Glas mit einem Klirren ab. „Und ob. Ich habe seine Frau auf dem Scheiterhaufen brennen lassen. Die beiden haben die Leute verhext, damals in Mainz. Niemand hörte auf mich. Gettenbach und seine Frau haben mit ihrem Teufelswerk die Pest nach Mainz gebracht."

Jakobs Hände begannen plötzlich zu zittern, der letzte Schluck Wein kam ihm hoch. Alles um ihn herum verschwamm, und er hatte das Gefühl, einer Ohnmacht nahe zu sein. Doch dann riss er sich zusammen.

Heinrich von Schultheiß sah ihn besorgt an. „Was habt Ihr, junger Mann? Ihr seht auf einmal blass aus."

Der blonde Söldner fuhr sich kurz mit der Hand übers Gesicht. „Es ist wohl die lange Reise und die Müdigkeit."

Schultheiß stand auf, nahm eine kleine Glocke und läutete, bis der Diener kam. „Richtet ein Nachtlager für diesen tapferen Soldaten hier."

Jakob stand auf. „Macht Euch nicht zu viele Umstände."

Doch Schultheiß unterbrach ihn. „Keine Widerrede, Ihr seid bis morgen mein Gast."

Der Diener verbeugte sich und ging. Es gelang Jakob nur mit Mühe, Ruhe zu bewahren.

Er setzte sich wieder hin und nahm einen großen Schluck Wein. „Woher kennt Ihr Guido Emmes?"

Schultheiß, der sich wieder zu ihm gesetzt hatte, trank ebenfalls von seinem Wein. „Ich kenne ihn seit meiner Zeit in Mainz. Er war Lehrling in meiner Amtsstube und half mir vom ersten Tag an bei der Bewältigung der zahlreichen Aufgaben, die im Zuge der Beseitigung der Hexen anfielen. Er war damals noch sehr jung, aber überaus eifrig und intelligent. Ein Jammer, dass er zu den Calvinistischen konvertiert ist. Trotzdem ein fähiger Mann, sage ich Euch."

Jakob nickte beflissen. „Ja, ich bin froh, ihn als meinen Herrn bezeichnen zu dürfen." Er täuschte ein Gähnen vor. „Entschuldigt bitte meine Unpässlichkeit."

Schultheiß stand auf. „Verzeiht mir meine Nachlässigkeit, Ihr müsst todmüde sein, und ich langweile Euch mit meinen Geschichten."

Jakob winkte ab. „Aber mitnichten, mein Herr."

Schultheiß läutete ungeduldig. Gleich darauf kam der Diener zur Tür hereingehuscht. „Alles ist bereit, Herr."

„Man wird Euch jetzt auf Euer Zimmer bringen", sagte Schultheiß zufrieden.

Der Blonde bedankte sich und verließ zusammen mit dem Diener das Amtszimmer.

Jakob lag auf seinem Bett und starrte wie gebannt an die Decke. Sein Körper bebte innerlich vor Schmerz, Wut und Hass. Obwohl er sehr müde war, konnte er keinen Schlaf finden. Sein Blick wanderte zu den teuren Möbeln im Zimmer, die sich dieser Dieb Schultheiß wahrscheinlich von dem gestohlenen Vermögen vermeintlicher Hexen und Ketzer zusammengeklaubt hatte. Wie war es nur möglich gewesen, dass er so lange nichts von der Verbindung zwischen Hexenkommissar Heinrich von Schultheiß und Guido Emmes geahnt hatte? Hatte Emmes ihn jahrelang getäuscht? Hätte er Annas Tod verhindern können, oder hatte er ihn sogar verschuldet? Jakob war dankbar, dass Schultheiß so gesprächig gewesen war.

Um Mitternacht wurde es still im Himmelspförtnerhaus. Das letzte Licht wurde gelöscht.

Mit einem Ruck riss Heinrich von Schultheiß die Augen auf. Es war dunkel, doch der Mond ließ genug Licht in sein Schlafzimmer ein, so dass er das Gesicht des Blonden erkennen konnte. Er wollte schreien, aber stattdessen brachte er nur ein seltsam hohles Röcheln hervor.

Jakob blickte ihm in die Augen und flüsterte ihm ins Ohr. „Ja, Heinrich von Schultheiß, versuche nur zu schreien. Aber was du hörst, ist dein letztes Hecheln, denn ich habe dir soeben die Kehle durchgeschnitten."

Die vor Panik geweiteten Augen des Hexenjägers erstarrten

allmählich. Heinrich von Schultheiß war nun selbst den Weg ins Verderben gegangen.

Die Folter

Hochstadt, in der Nacht vom 14. auf den 15. Januar 1650
Sie hatten Emilia Trapp ein glühendes Eisen auf den Rücken gebrannt und jeden einzelnen ihrer Finger gebrochen, doch sie hatten nichts aus ihr herausgebracht. Nun war der Flaschenzug an der Reihe. Helfer banden ihr die Hände mit dem Seil auf den Rücken, das an dem Flaschenzug befestigt war. Der Scharfrichter zog sie in die Höhe, und man konnte hören, wie die Arme der alten Frau an der Schulter ausgekugelt wurden. Sie schrie so herzzerreißend laut, dass es bis auf die Hauptstraße zu hören war.

Trotz ihres Alters war Emilia Trapp zäh, und sie hatte sich fest vorgenommen, Guido Emmes und Franz Burkhart nicht den Gefallen zu tun, etwas zu gestehen, was nicht zu gestehen war. Jetzt, da man sie das dritte Mal hochzog und der Schmerz sie fast ihrer Sinne beraubte, betete sie zu Gott, dass er sie schnell zu sich holen möge. Hiebe und Schmerzen waren ihr nicht fremd, doch das, was sie jetzt erleiden musste, ging über ihre Kraft.

Man ließ sie herab. Leise jammernd und zitternd lag sie auf dem Boden. Nun trat der Scharfrichter, den Burkhart aus Büdingen mitgebracht hatte, mit einem glühenden Eisen auf sie zu, bereit, ihr die Augen auszubrennen. Er befahl ihr ein letztes Mal, endlich zu gestehen. Die glühende Spitze näherte sich ihrem linken Auge.

Da kamen die Worte wie von selbst aus ihrem Mund. „Ja, wir haben den Teufel angebetet, mit ihm getanzt, gegessen und abscheuliche Dinge getan. Gisbert von Gettenbach und … seine Tochter Elisabeth waren dabei.”

Franz Burkhart sah zufrieden zu Guido Emmes. „Der Teufel war ihrer mächtig, aber jetzt haben wir sie.“

Emmes nickte. „Das war nicht anders zu erwarten.“

Burkhart gab dem Scharfrichter ein Zeichen. Der nickte und stieß zu. Mit einem Zischen fuhr die Spitze in das linke Auge der alten Trapp. Ein hoher langgezogener Schrei erfüllte das Gewölbe und erstarb kurz darauf.

***

Es war früh am Morgen, als Emmes und Burkhart mit ein paar Wachen zu Gisbert in den Narrenturm kamen. Fackeln wurden in die Eisenhalterungen neben der Tür gesteckt und spendeten in der feuchten Kälte des Kerkers etwas wärmendes Licht. Gisbert war stehend mit eisernen Handfesseln an der Wand festgekettet. Er befand sich in einem Zustand gefühlloser Trance und zitterte vor Kälte. Emmes trat auf ihn zu und betrachtete ihn forschend.

Gisbert brachte mit Mühe hervor: „Wo ist meine Tochter? Bitte tut ihr nichts …"

Emmes unterbrach ihn mit geheuchelter Fürsorglichkeit. „Das hängt ganz von Euch ab. Wenn Ihr gesteht, kann ich ihr vielleicht die Folter ersparen."

Guido Emmes hielt die Flasche mit dem Apfelwein hoch, so dass Gisbert sie sehen konnte. „Mit diesem Elixier wolltet Ihr die Dorfbewohner vergiften und verhexen. Gesteht endlich, Gisbert von Gettenbach!"

Gisbert schüttelte ermattet den Kopf und protestierte leise: „Nein … nein, das ist nicht wahr! Es ist bloß Wein. Apfelwein."

Emmes sah höhnisch zu Burkhart. „So, bloß Apfelwein, wie Ihr ihn nennt. Dann trinkt ihn, diesen Apfelwein!"

Er winkte eine Wache herbei. Der Mann öffnete die Flasche und flößte Gisbert die Flüssigkeit so lange ein, bis sie ihm aus dem Mund quoll. Auf ein Zeichen setzte der Wächter die Flasche ab.

Gisbert hustete, und es kostete ihn sichtlich Anstrengung, sich mitzuteilen. „Warum ist er so bitter? Ihr habt einen schlechten genommen." Nachdem sich Gisberts Husten gelegt hatte, sagte er beschwörend zu Emmes und Burkhart: „Seht Ihr? Es geht mir gut. Ich habe bloß mit Äpfeln experimentiert. Es ist kein Gift, kein Zauber."

Die beiden Hexenjäger sahen sich kurz verschwörerisch an.

Emmes lächelte höhnisch. „Nun, wir werden ja sehen. Allein die Tatsache, dass Ihr Böses treibt in diesem Labor des Teufels, reicht aus, um Euch den Prozess zu machen. In zwei Stunden ist die Verhandlung. Dann werden die Zeugen sprechen."

Ohne weitere Worte drehte sich Guido Emmes um und verließ zusammen mit seinem Gefolge den Narrenturm. Gisbert starrte ihnen aufgewühlt nach. Nun hatte Emmes ihn dort, wo er ihn schon immer haben wollte, aus dem Weg, dachte Gisbert voller Verzweiflung.

***

Elisabeth war im Spielhaus in einer kleinen Kammer eingesperrt worden. Emmes selbst hatte veranlasst, dass sie dort ohne Ketten festgehalten wurde. Ruhelos lief sie in dem kargen Raum, in dem nur eine Holzbank und ein Tisch standen, umher. Sie sah aus dem kleinen Fenster, das zur Hauptstraße hinausging. Etliche Dorfbewohner hatten sich bereits neugierig am Spielhaus versammelt und konnten es anscheinend kaum erwarten, dass die Verhandlung begann.

Einer von ihnen hatte Elisabeth am Fenster entdeckt und rief: „Da ist die Hexe! Verbrennt sie, verbrennt sie! Sie und die anderen Teufel! Treibt das Böse aus dem Dorf! Heute noch!"

Eine ganze Reihe von Hochstädtern stimmte in seine Rufe ein. Einige taten es wohl aus Überzeugung, viele sicher aus Angst, denn wenn man anders handelte als die übrigen Dorfbewohner und die Hexen nicht verdammte, geriet man schnell ins Visier der Hexenjäger.

Elisabeth wandte sich angewidert ab und vergrub das Gesicht in ihren Händen. Sie verfluchte diese Menschen dort unten. Vergessen war alles, was ihr Vater für das Dorf getan hatte. Wie die Geier warteten sie nur darauf, dass endlich ein Sündenbock gefunden und bestraft wurde. Diese Hexenjagden waren ein Ventil für ihr erbärmliches Leben. Sie wollten ihren Hass und Neid auf einen, der es geschafft hatte, loswerden, und da kam ihr Vater gerade recht, so jedenfalls empfand es Elisabeth. Die Lust auf das Spektakel der Hexenaustreibung zeigte ihr, was viele Dorfbewohner im Grunde immer gewesen waren: einfältige und abergläubische Untertanen, die nicht durchschauten, wer wirklich die Fäden zog, und die nur auf ihren Vorteil bedacht waren.

Nicht alle machten mit und misstrauten diesem Wahn. Aber gegen Emmes vorzugehen, dazu fehlte ihnen der Mut. Lieber versteckten sie sich in ihren Häusern. Nicht einer von ihnen hatte sich für ihren Vater eingesetzt, dachte Elisabeth verbittert.

Der Einäugige ließ Maria zu Emmes ins Zimmer vor. Der Amtmann hatte die Hände gefaltet und saß gelassen an seinem Arbeitstisch. Er betrachtete die alte Frau mit überheblicher Miene.

Maria trat verlegen lächelnd vor seinen Schreibtisch und machte einen Knicks. „Herr, Mechthild und ich, wir sollen nun vor dem Gericht aussagen."

Guido Emmes blickte sie fragend an. „Und was ist dein Anliegen?"

„Nun ja, Herr, versteht mich nicht falsch, wir werden natürlich unserer Pflicht nachkommen, aber ... Ihr hattet uns eine Belohnung versprochen, das vergesst Ihr doch nicht? Wäre es möglich schon jetzt ..."

In Emmes' Augen blitzte es gefährlich auf, er unterbrach Maria in einem Ton, der keinen Widerspruch duldete. „Natürlich sollst du deine Belohnung erhalten, Weib. Nach der Verhandlung. Komm hinterher zu mir!"

Maria verbeugte sich unterwürfig. „Habt Dank, Herr. Tausend Dank und entschuldigt, bitte."

„Geht jetzt", befahl Emmes trocken. Diese dumme Gans widerte ihn an.

Die Verhandlung

Hochstadt, 15. Januar 1650
Graf Friedrich Casimir war nicht umhin gekommen, einer Untersuchung zuzustimmen, da die Vorfälle in Hochstadt seine Gemahlin Gräfin Sybilla ängstigten und er dem Ruf, er sei in Religionsdingen zu nachgiebig, endlich entgegentreten musste. Der Einäugige war tags zuvor von Guido Emmes zu ihm nach Hanau gesandt worden, um die Nachricht über die Geschehnisse in Hochstadt zu überbringen. Casimir forderte Emmes nun auf, schnellstmöglich zu einem Ergebnis zu kommen.

Sie hatten Gisbert und Elisabeth in den großen Saal im oberen Stockwerk des Spielhauses gebracht. Sämtliche Amtspersonen Hochstadts hatten sich eingefunden. Doch während bei der Ratssitzung vor nicht allzu langer Zeit Gisbert als glücklicher Sieger hervorgegangen war, stand er jetzt als Verlierer da. Emmes und Burkhart hatten wie selbstverständlich am Kopfende des langen Tischs Platz genommen und leiteten die Sitzung. Gisbert und Elisabeth waren an Händen und Füßen mit Ketten gefesselt und hatten jeder zwei Wachen zur Seite. Sie saßen sich gegenüber an den Seiten des Tisches, so dass sie sich anschauen konnten. Der Saal war brechend voll. Viele Schaulustige mussten stehen. Wachen sorgten dafür, dass sie ihren Platz nicht verließen.

Als ersten Zeugen rief man Caspar Eibelshäuser auf. Er trat an das andere Ende des Tisches und blickte zum Tribunal. Bei seinen Ausführungen über die Vorkommnisse in der besagten Nacht ereiferte er sich so sehr, dass er kaum Luft holen konnte und ihm der Speichel aus dem Mund lief. Er genoss es, im Mittelpunkt zu stehen, und rief mit schriller Stimme: „Mit eigenen Augen hab ich's gesehen und wünschte, ich hätt's nicht. Das Balg auf der Straße war dem Teufel anheimgefallen! Der Bürgermeister und seine Tochter sind um drum herumgetanzt. Zaubersprüche haben sie dabei gesungen und es ganz verhext. Dann kam er zu mir, der Bürgermeister, und wollt' auch mich verhexen. Feuer loderte aus seinen Augen, und nach Schwefel hat er gestunken. Da bin ich weggerannt!"

Für einen Moment kehrte Stille ein. Alle Blicke richteten sich ängstlich und neugierig zugleich auf Gisbert und Elisabeth. Auch draußen vor dem Saal wurde es ruhig. Den niederen Pöbel hatte man ausgesperrt, und nun drückten etliche von ihnen ihre Ohren an die Amtstür, um etwas vom Verlauf der Verhandlung mitzubekommen.

Gisbert wusste, dass er das Opfer eines Komplotts war. Offensichtlich hatte Emmes den Befehl gegeben, Greogorius aufzulauern und zu töten. Gisbert hatte nichts mehr in der Hand, um einen Gegenbeweis erbringen zu können. Vielmehr war er nun in der Position eines angeklagten Hexers, der zusammen mit seiner Tochter bezichtigt wurde, Teufelsspiele getrieben zu haben. Caspar Eibelshäuser, Mechthild und Maria würden ihn und seine Tochter schwer belasten. Auch hätte er wissen müssen, dass Agnesia sich nach ihrem Rauswurf rächen würde. In seinem Jähzorn hatte er wohl einen schweren Fehler begangen.

Burkhart und Emmes dehnten die Verhandlung aus. Es machte ihnen sichtlich Freude, Gisbert zu erniedrigen und vor allen ihren Triumph auszukosten. Ein Hauptbeweis war angekündigt worden, um die letzten Zweifler im Rat zu überzeugen. Gisbert schwante nichts Gutes. Seit Beginn der Verhandlung fühlte er sich unwohl. Der säuerliche Geschmack in seinem Mund nahm ständig zu. Sein Hals war innerlich angeschwollen, und das Schlucken fiel ihm schwer. Er bekam Schweißausbrüche und hatte das Gefühl, in einem Albtraum gefangen zu sein. Gisbert riss sich zusammen, aber so sehr er auch dagegen ankämpfte, eine fremde Macht schien von ihm Besitz zu ergreifen. Auf keinen Fall durfte er sich vor seinen Peinigern gehen lassen, sonst war alles zu spät, dachte er angestrengt und versuchte, seiner Sinne Herr zu werden.

Agnesia trat nach vorne. Sie konnte Gisbert und Elisabeth nicht in die Augen blicken und leierte trotzig ihre Anschuldigungen herunter. „Elisabeth, sie ist nicht meine Tochter, wie ihr alle schon wisst. Jahrelang haben die beiden mich unterdrückt. Ich solle froh sein, bei ihnen untergekommen zu sein, hieß es." Agnesia zeigte auf Gisbert. „Ich musste schweigen, wenn er in seinen Hexenkeller gegangen ist und mit seiner Tochter dieses Teufelszeug gebraut hat. Als er damit nicht aufgehört hat, bin ich fortgelaufen."

Gisbert wandte sich irgendwann von Agnesia und ihrem Geschwätz ab. Er heftete seinen Blick auf einen Punkt auf dem Holzboden, der sich in seltsamer Weise zu verändern schien. Aus Dielenstreifen wurden Schlangenlinien. Er schüttelte kurz den Kopf, und alles war wieder wie vorher. Dieser Ort interessierte ihn immer weniger. Auch als Maria und Mechthild im Zeugenstand aussagten, dass Elisabeth und Gisbert mit Ziegen und Dämonen auf dem Hartigberg des Nachts bei einem Feuer Unzucht getrieben hätten, hörte er weg.

Elisabeth betrachtete ihren Vater, der in einer anderen Welt dahinzudämmern schien und schluchzte in sich hinein. Sie betete, dass alles bald vorbei wäre. Das Gaffen und die Zwischenrufe der Leute, deren Hass ihnen jetzt direkt entgegenschlug, nahm sie entsetzlich mit.

Die alte Emilia Trapp wurde an den Haaren in den Amtsraum gezogen. Ein Raunen ging durch den Saal. Ihr grauer Kittel war voller Blut, und ihre Glieder waren ganz verdreht. Halb wahnsinnig vor Schmerzen wimmerte sie nur noch und blieb am Boden hocken. Elisabeth schrie kurz auf, und Gisbert sah ungläubig zu der alten Frau. Die Wachen hoben Emilia Trapp auf und stützten sie, da ihre wackligen Füße sie nicht mehr trugen. Ihren Kopf konnte sie nicht mehr aufrecht halten, also nahm ihn eine der Wachen an den Haaren und bog ihn nach hinten. Sie blutete stark aus dem Mund, das linke Auge fehlte, und um die Augenhöhle herum befand sich eine große Brandnarbe.

Franz Burkhart stand auf und streifte an ihr vorüber wie ein hungriger Wolf. Dabei blickte er selbstherrlich in die eingeschüchterte und zugleich erwartungsvoll gaffende Menge. Er hielt einen Stock in der Hand und wirbelte damit in der Luft herum, nur um im nächsten Moment in das gepeinigte Bündel zu stechen. „Diese Hexe hier hat bösen Zauber betrieben und gemeinsame Sache gemacht, mit diesen da!" Dabei zeigte er mit dem Stab auf Elisabeth und ihren Vater.

Elisabeth rannen die Tränen herab. Die Grausamkeit dieser Menschen kannte keine Grenzen. Sie und ihr Vater, sie waren verloren. Elisabeth betete zu Gott.

„Als man ihr Auge ausbrannte, sprang der Teufel aus ihr heraus", fuhr Burkhart fort. „Alle dabei Anwesenden und auch ich selbst konnten es mit eigenen Augen sehen."

Ein Murmeln ging durch die Menge, manche bekreuzigten sich.

Burkhart ging hinüber zu Gisbert, dessen Blick wie gebrochen schien. „Gebt endlich zu, gemeinsame Sache mit diesem Weib dort gemacht zu haben!"

Gisbert blickte zu Boden, er sagte nichts, nur ein Zittern durchfuhr seinen Körper.

Burkhart lachte hämisch auf. „Ihr braucht nichts zu sagen. Die alte Hexe hat gestanden, hat uns alles gesagt, über eure Machenschaften und Zaubereien, die Ihr für den Teufel ausgeheckt habt."

Jetzt blickte Gisbert ihn direkt und mit einem Aufblitzen von Hass an. Er versuchte, die Schatten vor seinen Augen zu verscheuchen und schaffte es, einen klaren Gedanken zu fassen. Stammelnd stieß er es hervor. „Unter … unter der Folter hat sie gestanden …"

Plötzlich brüllte Burkhart ihn an. „Das würde Euch so passen, Gisbert von Gettenbach. Die Schuld von Euch zu weisen, das tatet Ihr schon einmal und konntet ungehindert Euer Hexenwerk fortsetzen. Aber diesmal gibt es Zeugen, Zeugen, die Euch endgültig vernichten werden!"

Burkhart ging zu Emilia Trapp zurück und hielt ihr seinen Stock unters Kinn, so dass er ihren Kopf etwas anhob. Dann blickte er in die entsetzten Gesichter der Anwesenden. „Schaut sie euch nur gut an. Man sieht förmlich, dass sie des Teufels ist."

Er wandte sich an die alte Frau. „Gib hier vor allen zu, was du uns gestanden hast!“

Als die alte Frau sich nicht regte und auch keine Antwort gab, schrie Burkhart sie an. „Rede, du Hexe!”

Er gab dem Scharfrichter einen Wink. Dieser trat hinzu und hatte die Ketten in der Hand, mit denen Emilia Trapp während ihrer Folter festgebunden gewesen war. Er ließ sie bedrohlich klirren. Die alte Trapp reagierte fast mechanisch, zuckte zitternd zusammen. Wirre Wortfetzen kamen aus ihrem Mund, und sie machte mit dem lädierten Kopf eine kleine schlenkernde Bewegung, die Burkhart als Nicken interpretierte.

„Ihr habt es gesehen. Sie hat es zugegeben. Schafft sie weg!”

Er ließ von ihr ab, und ihr Kopf sank wieder auf die Brust. Die halbtote Frau wurde aus dem Zimmer geschleift und hinterließ eine blutige Spur.

Mit aufgerissenen Augen sah Gisbert plötzlich, wie sich der Raum vor ihm verformte. Alle Beteiligten schienen jetzt weit weg zu sein, ihre Stimmen hallten wie in einer riesigen Höhle. Panik ergriff ihn. Seit seinem Kampf am Weißen Berg in Prag hatte er solche Angst nicht mehr gespürt. Ein großes Zittern durchfuhr nochmals seinen Körper, dann kippte er nach rechts vom Stuhl. Die Zuschauer schrien auf. Gisbert wurde sogleich von den Wachen aufgehoben und wieder zurück auf den Stuhl gesetzt. Er sah die Menschen im Saal nun an, als wüsste er nicht, wo sie alle plötzlich herkamen. Das ganze Geschehen schien ihn zu überraschen. Dann sah er sich selbst von oben. Er schwebte an der Decke und lachte laut darüber, wie er da unten vor dieser Menge saß und bitterlich weinte.

Elisabeth und die Zuschauer im Amtsraum blickten erstaunt zu Gisbert, der sich krampfhaft mit beiden Händen am Stuhl festhielt. Aber das Schlimmste war, dass er mit aufgerissenen Augen weinte und gleichzeitig lachte, in einer Art, wie man sie bei ihm nie für möglich gehalten hätte. Sein Gesichtsausdruck wirkte wie der eines Wahnsinnigen, der von allen Teufeln dieser Welt besessen war. Ungläubig starrte Elisabeth zu ihrem Vater, der nun auch dem letzten Zweifler den Eindruck vermittelte, als sei der Leibhaftige in ihn gefahren. Die Leute begafften Gisbert, der sie nun seinerseits anstarrte. Einige standen verstört auf und versuchten, aus seinem Blickfeld zu gelangen, ohne jedoch die Augen von ihm zu nehmen.

Burkhart hielt eine Flasche hoch und wies auf Gisbert.

„Dieses Zeug, es ist wahrlich des Teufels. Er hat es gebraut, um euch alle zu vergiften. Nun hat er selbst davon trinken müssen und das ist das Resultat. Seht! Der Satan ist in ihm! Jetzt zeigt Gisbert von Gettenbach sein wahres Gesicht!"

Bei diesen Worten flüchteten einige Zuschauer panisch aus dem Amtsraum.

Guido Emmes beendete die Verhandlung. „Die erdrückenden Beweise werden noch heute dem Grafen von Hanau vorgelegt. Er wird nicht umhinkommen, unverzüglich die Teufelsaustreibung und Hexenverbrennung anzuordnen. Führt diesen Gehilfen des Satans ab."

Die Wachen packten Gisbert und zerrten ihn, vorbei an den ängstlich zurückweichenden Menschen, aus dem Raum. Ein paar Leute spuckten nach ihm und forderten, diesen hochmütigen Teufel so schnell wie möglich auszumerzen.

Stumm und traurig saß Andreas Rohn in einer Ecke. Eingeschüchtert von Burkharts Verhörmethoden und dem Hass des Pöbels schwieg er seinen Protest in sich hinein. Er war alt und schwach und wollte nicht wie Nikolaus Heckerth enden. Leise betete er, dass Gisbert nicht in den Folterkeller musste. Schließlich waren er und Elisabeth ja schon überführt und brauchten kein Geständnis mehr abzulegen, so hoffte er wenigstens.

Der Einäugige und ein paar Wachen schleppten Elisabeth in den Folterkeller unter Guido Emmes' Wohnhaus. An den Wänden brannten Fackeln, und in einer Feuerschale leuchtete rote Glut. Elisabeth wurde an eine Holzpritsche gekettet, auf der sie ein wenig ruhen konnte. Das Feuer hatte den Keller zum Glück etwas erwärmt.

Der Einäugige betrachtete sie mit einem dreckigen Grinsen.

„Ihr habt Glück. Mein Herr hält immer noch seine schützende Hand über Euch."

Eine Wache stellte Wasser und Brot an ihre Schlafstelle.

Der Einäugige höhnte: „Genießt die letzten Stunden an diesem schönen Ort." Dann verbeugte er sich und trat lachend aus dem Verlies. Mit einem lauten Schlag wurde die Tür verriegelt. Elisabeth blickte sich ängstlich um. Mit Entsetzen nahm sie die Folterwerkzeuge wahr, darunter eine Art Flaschenzug an der Decke, von dem ein Seil herunterhing. Sie rechnete damit, dass jeden Moment die Tür aufging und der Scharfrichter hereinkam, um auch sie zu foltern. Doch die Anspannung der letzten entsetzlichen Stunden hatte sie auch ermüdet. Schmerz und Trauer waren einer großen Leere gewichen, einer Leere, die sich auftat, wenn alles verloren war. Sie legte sich auf die Pritsche, die Augen fielen ihr zu und sie schlief ein.

***

Hochstadt, 16. Januar 1650

Gisbert erwachte am frühen Morgen im Narrenturm und war wieder angekettet. Der böse Fluch schien von ihm gewichen zu sein. Er konnte nun den Schmerz spüren, den die Fesseln an seinen Handgelenken anrichteten. Sein Kopf dröhnte, und hinter seiner Stirn pochte es heftig. Er hatte Durst, unsäglichen Durst.

Da wurde die Tür geöffnet und Guido Emmes betrat die Zelle. Mit einer Kerze in der Hand, die den Raum und sein Gesicht diabolisch beleuchteten, kam er zu Gisbert. Er sah ihn an, als würde er ein fremdartiges Wesen studieren, dabei legte sich ein hämisches Lächeln auf seine Lippen.

Gisbert blickte ihn hasserfüllt an. „Was habt Ihr in den Wein getan?"

Emmes verzog das Gesicht zu einem schadenfrohen Grinsen. „Ihr müsst doch zugeben, dass das Schauspiel gelungen ist, nicht wahr?"

Nach diesen Worten hatte Gisbert Gewissheit. Er hätte diesem Teufel am liebsten ins Gesicht gespuckt. „Warum tut Ihr das?

Habt Ihr immer noch nicht genug? Reicht es Euch nicht, mich zu zerstören? Muss es auch noch meine Tochter sein?"

Emmes hielt die Kerze etwas höher, damit Gisbert sein Gesicht genau sehen konnte. „Zerstören. Ja, das trifft es in der Tat. Zerstören, so wie Ihr einst mich zerstört habt, Gisbert von Gettenbach."

Prüfend musterte Gisbert Guido Emmes, so als würde er ihn in einem neuen Licht betrachten. „Wer seid Ihr wirklich?"

Emmes lächelte boshaft. „Nun, mein lieber Gisbert, ich glaube, ich muss euch eine kleine Geschichte erzählen. Nur damit Ihr wisst, warum Euer Leiden einst begonnen hat und noch nicht zu Ende ist. Also hört gut zu!"

Eine kleine Geschichte aus Magdeburg

Magdeburg, Mai 1631
Magdeburg glich in jenen Tagen der Hölle. Der schwarzhaarige Junge hatte Gisberts Rat, sich in Sicherheit zu bringen, nicht befolgt. Aus einem Versteck heraus beobachtete er die Begrüßung Gisberts durch seinen Bruder Balthasar, der Gisbert laut beim Namen rief. Dann rannte er in sein Elternhaus zurück. Er wollte seine Familie beschützen. Da der Junge gesehen hatte, wie die Kroaten an Gisbert vorbei in sein Heim gestürmt waren, und Gisbert die Uniform eines katholischen Offiziers trug, glaubte er, Gisbert hätte die Schlächter ins Haus geschickt. Belustigt sperrten die mordenden und plündernden Soldaten den um sich schlagenden Jungen in einen Holzverschlag im Hof des Hauses, wohl wissend, dass er durch die Ritzen und Löcher im Holz alles sehen konnte. Hilflos hatte er mit anschauen müssen, wie die Kroaten seine Mutter und beide Schwestern im Hof schändeten und ihre Körper ins Haus zogen. Mit einer Stange gelang es ihm nach mehreren Versuchen, die Tür des Verschlags aufzubrechen. Er wollte ins Haus laufen, zu Hilfe eilen, doch einer der betrunkenen Soldaten stellte sich ihm in den Weg und holte mit seinem Säbel aus. Er verfehlte den Jungen nur knapp und ging auf ihn los. Voller Angst erkannte der Junge, dass ihm nur die Flucht blieb, um sein nacktes Leben zu retten.

Er rannte durch brennende Gassen, übersät mit Leichen von Menschen, die er einst gekannt hatte. Erschöpft und bebend vor Wut und Verzweiflung erreichte er den Magdeburger Dom. Vorerst war dort in Sicherheit.

Tags darauf hatte t'Serclaes Graf von Tilly Magdeburg endgültig erobert. Aber er hatte, auf Flehen des Pfarrers, Gnade vor Recht walten lassen und die Bewohner, die im Dom Zuflucht gesucht hatten, verschont. Sie kamen mit dem Leben davon. Doch welches Leben sollte das sein? Die Stadt war völlig zerstört und geplündert, die meisten Bewohner hatten ihre Angehörigen und Häuser verloren. Es gab so gut wie keine Frauen oder Mädchen, die nicht geschändet worden waren.

Der Junge lief an Schuttbergen und ausgebrannten Häusern vorbei in die Gasse, wo einst sein Elternhaus stand. Nur noch rauchende Trümmer waren zu sehen. In der Nähe lagen verbrannte Leiber. Er wusste, dass dies einmal seine Mutter und seine Schwestern gewesen waren. Sein Vater lag noch immer dort, wo er gestorben war, durch die Hand des katholischen Offiziers.

Was sollte er jetzt tun? Er blickte über die schwelenden Reste seines Heims, und obwohl das Feuer in der Stadt nicht mehr brannte, loderte es in ihm weiter. Er hatte sich das Gesicht und den Namen des Mannes, der seinen Vater getötet hatte, gut eingeprägt. Der Vater hätte seine Mutter und Schwestern vor den Kroaten schützen können, die dieser Mann zu ihnen ins Haus geschickt hatte. Da war er sich ganz sicher. Um seines Vaters willen würde er am Leben bleiben. So stolz und rechtschaffen wollte er werden, genau, wie es sein Vater gewesen war, der Auge um Auge, Zahn um Zahn, jedem auch die kleinste Ungerechtigkeit stets heimgezahlt hatte. Er wollte nicht eher sterben, bis er diesen Mörder gefunden hatte. Bis er Rache üben konnte an diesem Offizier, der mit den Teufeln in die Stadt gekommen war, die nun nicht mehr existierte.

Keine Schuld wird je vergessen

Hochstadt, 16. Januar 1650
Gisbert sah Guido Emmes erschüttert an. „Ich erinnere mich. Euer Vater hat mich vor dem Haus meines Bruders angegriffen. Es war ein Missverständnis, ich wollte doch nur zu meinem Bruder. Ich wollte Euren Vater nicht töten. Ich hatte keine Wahl, sonst hätte er mich getötet. Alles andere seht Ihr falsch, ich war kein …"

Emmes schrie: „Schweigt! Eure Reue kommt zu spät und das Gewimmer und Eure Entschuldigungen will ich nicht hören!"

Gisbert fehlten die Worte. Er hatte den Jungen aus Magdeburg völlig vergessen. Es war bloß eines von vielen schrecklichen Ereignissen gewesen, die er in diesem Krieg erlebt hatte.

Guido Emmes schritt zur Tür und drehte sich noch einmal zu Gisbert um.

„All das, was ich tue, wofür ich stehe, habe ich wegen Euch getan. Es ist alles, was ich habe, und nichts auf der Welt kann verhindern, dass ich meine Genugtuung bis zur letzten Sekunde auskoste."

Emmes verließ den Raum, und Gisbert blieb erschöpft und verzweifelt allein.

***

Vom Narrenturm aus ging Emmes langsam durch die Straßen Hochstadts zu seinem Haus. Er war in Gedanken, und die Menschen, die an ihm vorübergingen und grüßten, nahm er kaum wahr. Nachdem er die letzten Worte an Gisbert gerichtet hatte, war ihm für einen kurzen Moment so gewesen, als habe sich sein Hass verflüchtigt, und er hatte Mitleid für Gisbert von Gettenbach verspürt. Aber dann dachte er wieder an seine Eltern und Schwestern, seine zerstörte Kindheit und was daraus folgte. All das, so glaubte Guido Emmes auch heute noch, war Gisberts Schuld. Dies zu rächen, war sein Ziel gewesen, sein ganzes Leben lang. Sein Hass loderte von neuem auf. Er war auf dem richtigen Weg. Bald würde der Mord an seiner Familie gerächt sein. Die Taten der Bestie aus dem Hexenwald hatten den Weg dafür bereitet. Er hatte allen Grund zu frohlocken.

Doch er tat es nicht.

Er stieg die steinernen Stufen zu seiner Haustür hinauf, dabei sah er grübelnd zum Eingang, der in den Keller führte, in dem Elisabeth gefangen war. Er musste sich eingestehen, dass er für Gisberts Tochter mehr empfand, als ihm lieb war. Ihre Schönheit und ihr Liebreiz ließen ihn nicht kalt. In seinen Träumen sehnte er sich nach ihrem jungen Körper. Der Gedanke daran, dass er sie genommen hatte und sie nun seine Frucht im Leib trug, löste in ihm ein Meer von Gefühlen aus, zu denen er sich bisher nicht fähig glaubte. Plötzlich verspürte er den tiefen Drang, Elisabeth zu sehen.

Als die Kerkertür aufging, erhob sich Elisabeth von ihrem Lager. Einen Moment war es zu dunkel, um zu erkennen, wer da auf sie zukam. Dann stand er plötzlich vor ihr und sah sie schweigend an. Elisabeth konnte es kaum glauben, der Teufel persönlich suchte sie auf. All ihre Muskeln und Nerven schienen sich anzuspannen, und dennoch durchfuhr sie ein merkwürdiges Gefühl von Vertrautheit. Sie blickte ihm wortlos in die Augen und suchte darin nach dem Warum für all das, was er ihr und ihrem Vater angetan hatte.

Guido Emmes trat noch näher an Elisabeth heran. Zum ersten Mal, so erschien es ihr, stand er da, so wie er war, ohne Maskerade und ohne die Rolle des unnahbaren Tyrannen zu spielen.

„Elisabeth …“, sagte er mit einer seltsam warmen Stimme. Der kurze Moment schien sie beide zu vereinen, mehr als der gesunde Menschenverstand es gebot.

Wie waren diese Gefühle möglich, dachte Elisabeth, nach all dem, was er ihr angetan hatte. Guido Emmes hatte ihr Vertrauen mit Füßen getreten und sie missbraucht. Er hatte sie und ihren Vater aufs Schlimmste gepeinigt. Da fuhr ihr der Schmerz, den er ihr zugefügt hatte, ins Herz und zerstörte alle Brücken der Nähe. Für den Bruchteil einer Sekunde noch zögerte Elisabeth und sah in seine dunklen Augen, doch dann spuckte sie ihm mitten ins Gesicht. Guido Emmes schloss die Augen und Elisabeth erkannte, dass er zutiefst getroffen war. Doch statt erzürnt zu sein, schien es, als habe Emmes mit Elisabeths Reaktion gerechnet. Es war, als wollte er sich für sein Handeln selbst bestrafen und ihr zeigen, dass auch er litt. Er drehte sich um und verließ wortlos den Kerker.

Er stand in seinem Arbeitszimmer vor dem Kamin und steckte seine rechte Hand hinein, immer weiter, bis sie direkt über den tanzenden Flammen schwebte. Das Feuer griff nach seiner Hand und packte sie, so als wollte der Leibhaftige ihm die Hand schütteln. Der Schmerz pochte und wütete in ihm. Was waren seine Gefühle für Elisabeth im Vergleich zu diesen Schmerzen? Liebe, Zuneigung? Alles Lüge und nützlich, wenn man einen Menschen schwach und gefügig machen will. Nie wieder hatte er nach dem Verlust in Magdeburg schwach sein wollen.

Sie hatte ihn bloßgestellt und zurückgewiesen. Doch er würde dadurch noch stärker werden. Es gab kein Zurück. Er musste den eingeschlagenen Weg bis zum Ende gehen. Selbst das Leben dieses Mädchens, das seine Sinne reizte, war letztlich nichts gegen das, was sein Leben bisher gelenkt hatte. Der Hass auf Gisbert von Gettenbach hatte ihn starkgemacht und in hohe Positionen und Ämter aufsteigen lassen. Er verfügte über Macht. Macht, die ihm erlaubte, über das Schicksal anderer zu bestimmen. Er hatte dabei viel über die Menschen gelernt, über ihre Falschheit, ihre Gier und ihren unbedingten Willen, ihre Ansprüche durchzusetzen, auch wenn es, wie in diesem teuflischen Krieg, Tausende Menschen das Leben kostete. Er wusste nur zu gut, dass fast jeder intelligente Mensch danach griff, wenn sich die Gelegenheit bot. Die, die es nicht taten, waren dumm, schwach und der Willkür anderer ausgesetzt. Nein, er, Guido Emmes, hatte nicht viel übrig für solchen menschlichen Unrat. Macht über andere und Macht über sich selbst, das zählte! Und wenn er deswegen irgendwann vom Leibhaftigen geholt werden sollte, dann wollte er bis dahin seinen teuflischen Plan umsetzen. Er würde sich sein Kind holen und noch viel mehr, auch wenn er dafür Opfer bringen musste. Schon möglich, dass er das Mädchen liebte. Und wenn es weh tun sollte, wie jetzt die Hand im Feuer. Er würde nicht nachgeben.

Endlich zog er seine Hand aus den Flammen und lehnte sich erschöpft an den Kamin. Der Schmerz seiner verbannten Hand hatte seinen Augen eine Träne entlockt. Er streifte sie mit dem Finger der anderen Hand ab und betrachtete sie wie ein Geschenk. Eine Träne war ein seltenes Gut im Leben des Guido Emmes.

Die Rückkehr

18. Januar 1650
Jakob trieb sein Pferd im Galopp Richtung Hochstadt und zog eine wirbelnde Schneewolke hinter sich her. Zwei Tage zuvor, noch in der Nacht, hatte er das Haus des Hexenjägers in Arnsberg verlassen. Es war ihm nichts anderes übrig geblieben, als die Wache und den Diener ebenfalls zu beseitigen. Denn Zeugen durfte es nicht geben, und er konnte nur hoffen, dass es eine Zeitlang dauern würde, bis die Nachricht vom Mord an Heinrich von Schultheiß zu Guido Emmes vordrang und er Fragen stellen würde.

Bei einer Rast in einem Gasthaus hatte er von den Ereignissen in Hochstadt gehört. Danach war er ohne Pause wie der Teufel geritten. Nun wollte er alles tun, um Elisabeth und Gisbert zu befreien. Noch wusste er nicht, wie er das anstellen sollte, sicher würde es kein Kinderspiel werden. Aber er hatte einen Vorteil: Emmes und seine Schergen rechneten nicht mit ihm als Gegner, und das konnte ihm bei seinem geplanten Überraschungsangriff nützlich sein. Er musste vorsichtig, aber schnell handeln und wenn nötig, Guido Emmes und den Hexenjäger Burkhart ausschalten. Am meisten musste er vor dem Einäugigen auf der Hut sein. Bei der erstbesten Gelegenheit würde er ihn erledigen.

Die Belohnung

Hochstadt, 18. Januar 1650
Agnesia war mit einer gepackten Tasche zurückgekehrt auf den Hof, den sie nun als ihr Eigentum betrachtete. Sie hatte ein schlechtes Gewissen, dass sie Gisbert auf solch schändliche Weise losgeworden war, aber in manchen Situationen musste jeder selbst sehen, wo er blieb. Es wunderte sie, dass sie so wenig für Gisbert empfand. Er hatte ihr ein komfortables Leben beschert. Mit Liebe hatte das wahrscheinlich nichts zu tun gehabt. Gisbert war ihr seit langem wenig wohl gesonnen gewesen, und sie hasste seine Art, es jedem Recht machen zu wollen. Überdies musste sie hinter seiner verwöhnten Tochter immer zurückstehen. Ungesund war das Verhältnis zwischen den beiden. Kinder gehörten früh auf eigene Beine gestellt. Wie sollten sie sonst in dieser Welt voll Grauen, und oft genug ohne Eltern, überleben? Natürlich hatte sie versucht, Gisberts Wunsch nach Harmonie gerecht zu werden und ihm eine gute Ehefrau zu sein. Doch von nun an würde sie das nicht mehr nötig haben. Nun war sie die Besitzerin dieses schönen Hofes. Dies dachte Agnesia bis zu dem Moment, als zwei Wachen in den Hof marschiert kamen, sie packten und abführten.

Es klopfte an der Tür. Emmes nahm unwillkürlich eine straffere Haltung an. Er stand von seinem Arbeitstisch auf. Seine verbundene Hand hielt er mit der anderen verdeckt vor sich.

Der Einäugige trat ein. „Das alte Weib und diese Missgeburt sind jetzt da."

Guido Emmes nickte kurz. „Halte dich bereit, aber komm erst, wenn ich dich rufe."

Der Einäugige verbeugte sich mit einem zufriedenen Lächeln und ging wieder nach draußen.

Maria und Mechthild betraten demütig das Arbeitszimmer. In gespielt feierlicher Pose trat Emmes auf Maria zu.

Noch bevor die alte Frau etwas sagen konnte, fiel Emmes ihr ins Wort: „Ich weiß schon. Du bist gekommen, deine Belohnung abzuholen. Für dein Zeugnis will ich dich reich belohnen und dir geben, was dir zusteht. ... Wache!"

Maria und Mechthild blickten sich erschrocken um. Der Einäugige kam mit zwei Wachmännern herein. Die beiden Frauen waren so überrascht, dass ihre Münder offen standen. Sie wurden an den Armen gepackt. Emmes ging auf Maria zu und sah sie verächtlich an.

„Hast du wirklich geglaubt, dass ich das eine Hexengeschmeiß vernichte und das andere davonkommen lasse? Es gibt Zeugen, die bestätigt haben, dass dein Haus voll ist von Hexensalben und Zaubertinkturen. Und dann diese teuflischen Anfälle deines Mündels da." Er zeigte auf Mechthild, die ihn ungläubig anstarrte und zu weinen anfing.

Marias Stimme wurde ganz schrill vor Angst. „Aber Herr ... wir haben doch nur ..."

„Schweig!", schleuderte ihr Emmes ins Gesicht. „Ich habe den Bürgern von Hochstadt versprochen, alle Hexenbrut zu vernichten. Führt sie ab!"

Die Alte schrie vor Entsetzen auf, da wandte sich Mechthild schluchzend an Guido Emmes. „Aber ich liebe Euch doch, wir haben doch alles nur für Euch getan ..."

Angewidert schüttelte Emmes den Kopf. Maria und Mechthild wurden von den Wachen ohne ein weiteres Wort nach draußen gezerrt. Der Einäugige blieb zurück.

„Du weißt, was du zu tun hast", sagte Emmes tonlos.

Der Einäugige verbeugte sich und konnte sich ein schmutziges Grinsen nicht verkneifen.

4. Teil

Jakob

Der Plan

18. Januar 1650
Jakob ritt durch das untere Stadttor in Hochstadt ein. Vor der Dorfschänke kam ihm der Einäugige freudestrahlend entgegen. „Deine Reise war für die Katz. Wir hatten großen Erfolg. Morgen werden diese Teufel verurteilt und dann geht's nach Büdingen zum Scheiterhaufen." Der Einäugige grinste bis über beide Ohren, so dass seine schwarzen faulen Zähne in all ihrer Scheußlichkeit sichtbar wurden.

Jakob versuchte sein Entsetzen darüber zu verbergen, indem er den Schnee so heftig von seinen Kleidern klopfte, dass es staubte. „Ich habe schon davon gehört. Freut mich, dass es so schnell ging. Allerdings ... umsonst bin ich den Weg nicht geritten."

Mit dem noch intakten Auge studierte der Einäugige neugierig den Blonden.

Jakob holte ein paar Silbermünzen aus einem Beutel und spielte damit in der Hand. „Heinrich von Schultheiß war sehr erfreut darüber, dass man seinem Beispiel folgt und das Hexenunkraut ausmerzen will. Er hat mich für meine Dienste, ihm diese Nachricht zu überbringen, reich belohnt."

Nur schwer konnte der Einäugige seinen Neid verbergen und versuchte es mit einem geheuchelten Lächeln zu kaschieren. Er klopfte dem Blonden freundschaftlich auf die Schulter. „Soll der Teufel meine Trosshure reiten! Ich hoffe, du gibst jetzt einen aus?"

Jakob streckte ihm ein Silberstück entgegen. Der Einäugige starrte die wertvolle Münze an.

Jakob grinste. „Genau das hatte ich vor. Geh schon und bestell ein Fass Bier und einen Braten, nur für uns."

Der Einäugige war so erstaunt, dass er nach Worten rang.

Jakob lächelte vertrauensvoll. „Ich komme gleich nach. Vorher muss ich zu unserem Herrn und ihm noch eine Nachricht von Schultheiß überbringen. Nimm schon!"

Der Einäugige griff erfreut nach dem Silbertaler „Sapperlot, mein Guter. Alle Achtung!" Leise vor sich hin pfeifend begab er sich in die Dorfschänke.

Jakob sah dem Einäugigen einen Moment angespannt nach. Er musste sich beeilen und konnte nur hoffen, dass er ihn mit dem Silberstück für eine Weile abgelenkt hatte.

Die Wachen hatten ihn eingelassen. Die hölzernen Stufen knarrten, als Jakob zum Arbeitszimmer von Guido Emmes hinaufstieg. Er rückte seinen Dolch am Gürtel in eine günstige Position, um ihn flink ziehen zu können. Alles musste schnell und lautlos geschehen.

Auf sein Klopfen wurde er aufgefordert einzutreten. Emmes saß am Arbeitstisch, stand auf und kam ihm entgegen. Jakob bemerkte den Verband an seiner rechten Hand. Jetzt, da er vor ihm stand, überkam Jakob das mulmige Gefühl, dass es nicht leicht sein würde, ihn zu töten. Sein listiger Blick verriet, dass er alles, was man tat oder sagte, aufs Genaueste verfolgte. Stets hielt er genug Abstand, um sich im Notfall verteidigen zu können. Er war ein vorsichtiger Mann, der niemandem traute.

Guido Emmes musterte ihn durchdringend. Jakob bemühte sich, seine Nervosität zu verbergen. Er hatte den Eindruck, dass dieser Mensch etwas von seinem Vorhaben spürte.

„Nun, du bist zurück, wie ich sehe."

Jakob zog das Schreiben von Schultheiß aus seinem Mantel und übergab es dem Amtmann. „Das Schreiben ist ja nun nicht mehr von Nöten, wie ich gehört habe."

Guido Emmes entrollte das Schriftstück etwas umständlich mit der verletzen Hand, warf einen kurzen Blick darauf und sah wieder zu Jakob.

„Nein, das stimmt nicht, das Schreiben kann noch sehr wichtig werden. Friedrich Casimir von Hanau will Hexenaustreibungen in Hochstadt immer noch nicht zustimmen, er will keine Scheiterhaufen vor den Toren Hanaus. Heinrich von Schultheiß hat großen Einfluss und wird mit diesem Schreiben unserem Anliegen den gebührenden Nachdruck verleihen. Ich will, dass die Teufel in Hochstadt brennen, und ich werde den Grafen noch dazu bringen!"

Jakob bemerkte den selbstgefälligen Ausdruck des Amtmannes und schluckte seinen aufwallenden Zorn hinunter. „Herr, verzeiht meine Frage. Wie lange kennt Ihr Heinrich von Schultheiß?"

Guido Emmes musterte ihn einen Moment, dann lächelte er. „Wir kennen uns lange, und er hat mir beigebracht, wie man das Hexenpack von den Unschuldigen trennt und ausrottet. Ich war ihm ein gelehriger Schüler."

Jakob zögerte kurz, doch er musste es wissen und platzte heraus: „Damals in Mainz, als Ihr mich aufgenommen habt … wart Ihr da schon in Diensten des Heinrich von Schultheiß?"

Emmes dachte kurz nach, dann zog er seine linke Augenbraue hoch. „Du willst wissen, ob ich an der Verurteilung der Anna von Gettenbach beteiligt war?" Emmes sah Jakob nun einen Moment prüfend an. „Nein. Ich habe ihn erst kennen gelernt, nachdem diese Hexe brannte." Nach diesen Worten fixierte er Jakob und schien in seinen Augen nach einer verräterischen Regung zu suchen.

Jakob war plötzlich klar, dass Emmes testen wollte, wie er zu ihm stand. Auf alles gefasst, griff er an seinen Dolch.

Doch Guido Emmes trat näher und legte ihm seine linke Hand auf die Schulter. „Ich muss dich in etwas Wichtiges einweihen. Setz dich!"

Für den Bruchteil einer Sekunde dachte Jakob, dass er jetzt zustechen müsste. Doch er zögerte. Eine innere Stimme flüsterte ihm zu, dass er damit warten sollte, es sei noch nicht der rechte Moment. Schließlich setzte er sich, er wollte hören, was Emmes ihm zu sagen hatte, bevor er seine Tat ausführte.

Der Amtmann stellte mit der gesunden Hand zwei Gläser auf den Tisch, goss ihnen Rotwein ein und setzte sich zu ihm. Er trank einen Schluck, nachdenklich betrachtete er Jakob.

„Ich befinde mich in einer misslichen Lage. Wie du sicher schon gehört hast, wird Gisberts Tochter Elisabeth morgen verurteilt."

Jakob nickte vorsichtig. Was führte dieser Mann im Schilde, fragte er sich angespannt.

Emmes fuhr fort, seine Worte schienen genau überlegt. „Nun, zu einer Verbrennung wird es nicht kommen. Jedenfalls nicht im Moment."

Jakob sah ihn erstaunt an.

„Du hast richtig gehört. Ich will, dass du sie versteckst."

Verwirrt wollte Jakob wissen: „Aber … warum …?"

Emmes unterbrach ihn ungeduldig. „Weil sie mein Kind in sich trägt, deshalb. In ein paar Monaten kommt es auf die Welt. Erst dann soll sie brennen." Guido Emmes zog eine Schublade unter dem Tisch auf und nahm einen braunen Lederbeutel mit Silberstücken heraus. Er schob ihn mit der linken Hand zu Jakob über den Tisch.

Jakob nahm den Beutel und beäugte ihn ungläubig.

Emmes sagte: „Fünfzig Silbertaler. Das sollte reichen, um sie sicher unterzubringen und es ihr an nichts fehlen zu lassen. Der Rest ist für dich und deine Verschwiegenheit."

Jakob musste schlucken, damit hatte er nicht gerechnet. „Warum gebt Ihr mir den Auftrag und nicht dem Einäugigen?"

Emmes erwiderte mit freundlicher Miene: „Er ist doch eher ein Mann fürs Grobe, nicht wahr?"

Jakob war sprachlos vor Staunen.

„Du wirst sie entführen und die Sache ohne Aufhebens erledigen. Du trägst die Verantwortung, dass ihr nichts zustößt. Sie bleibt an einem geheimen Ort, solange, wie ich es für richtig halte, ist das klar?"

Jakob steckte den Geldbeutel ein und stand auf. „Ich werde Euch nicht enttäuschen."

Guido Emmes trat zu ihm und blickte ihm scharf in die Augen. „Das will ich hoffen."

Dann entspannte sich sein Gesicht und wurde milder. „Ich weiß, ich kann mich auf dich verlassen, Jakob." Er zog einen Zettel aus seiner Jackentasche und hielt ihn Jakob hin.

„Folge diesem Plan, dann wirst du sie sicher durch die unterirdischen Gänge aus Hochstadt führen."

Als Jakob den Plan entgegennahm, fiel ihm Gisbert ein. „Was ist mit ihrem Vater?"

Guido Emmes grinste süffisant. „Das lass meine Sorge sein."
Jakob nickte widerstrebend und ging zur Tür hinaus.

An einer unbeobachteten Ecke entlud sich Jakobs Anspannung. Voller Wut schlug er mit der Faust gegen eine Holztür, so dass seine Hand blutete. Ihm war übel, und er verachtete sich dafür, dass er diesem Mann gedient hatte und es so weit hatte kommen lassen. Die Anstrengung der Unterredung mit Emmes hatte ihm die letzte Kraft aus seinen müden Gliedern gezogen. Aber er war auch dankbar. Dankbar dafür, dass ihm nun die Augen geöffnet worden waren und er nun erkannte, dass er Gisbert Unrecht getan hatte. Guido Emmes war ein Lügner. Seit seinem Aufenthalt in Arnsberg wusste er ja, dass Emmes bereits in Mainz für Schultheiß gearbeitet hatte, also schon damals, als Anna verbrannt worden war. Emmes hatte ihn die ganzen Jahre über nur benutzt, damit er seinen Zwecken dienlich war.

Der Stachel saß tief in Jakobs Fleisch. Denn Emmes hatte ihn aufgezogen, ohne Liebe zwar, aber sie waren doch ein Stück ihres Weges gemeinsam gegangen, und lange Zeit hatte Jakob niemand anderen als Gefährten gehabt als diesen kalten Mann. Jakob musste erkennen, dass er einem Menschenfänger auf den Leim gegangen war. Dieser hinterlistige Teufel hatte dazu beigetragen, Anna auf den Scheiterhaufen zu bringen, und er hatte Elisabeth geschändet! Der Hass, den er nun für Guido Emmes und sein scheinheiliges Verhalten empfand, würde ihm helfen, die Welt von diesem Ungeheuer zu befreien. Am liebsten hätte er ihn sofort getötet. Aber Jakob beschloss, auf seine Chance zu warten. Im Moment wurde Guido Emmes einfach zu gut bewacht. Jakob konnte nicht riskieren, dass die Tat misslang, denn Elisabeth zu retten war sein oberstes Ziel. Stattdessen würde er nun Emmes benutzen und es ihm mit gleicher Münze heimzahlen. Emmes selbst hatte ihm den Weg bereitet, Elisabeth zu retten. Vorerst würde er sein Spiel mitspielen. Doch der Tag der Rache würde kommen.

***

Die Wachen stießen Agnesia in den dunklen Gewölbekeller, der sich unter den Wohnräumen des Hauses Nummer sechs befand. Das stattliche Fachwerkhaus in der Hauptstraße gehörte Heinrich Fredes. Der Weinkeller war kurzfristig zum Kerker für die vermeintlichen Hexen umfunktioniert worden.

Nachdem die Wachmänner die Kellertür verriegelt hatten, hörte Agnesia das Wimmern und Klagen von Maria und Mechthild, so als hätten die beiden schon auf sie gewartet. Sie konnte ihre Schwester und deren Enkelin kaum erkennen. Immer noch geschockt, stand Agnesia in dem finsteren Verlies, das nach Schimmel und Moder roch. Sie alle drei hatten sich mit dem Teufel eingelassen, und nun mussten sie ihre Seele geben. „Die Gier ist ein Schwein“, dachte Agnesia verbittert. Alles Jammern und Klagen würde nichts nützen. Guido Emmes würde keine Gnade kennen. Wie dumm war sie gewesen zu glauben, er würde sich Gisberts Besitz so einfach durch die Lappen gehen lassen. Guido Emmes war der Teufel in Menschengestalt. Und Gott, der war irgendwo. Er hatte sie, Maria und Mechthild, längst verlassen.

Jakob öffnete die Tür zur Dorfschänke. Rauch und der Gestank nach Bier und Schweiß schlugen ihm entgegen. Wie gern wäre er jetzt allein gewesen, denn die Reise, die Neuigkeiten aus Hochstadt und sein Gespräch mit Guido Emmes hatten ihn zu sehr mitgenommen. Aber er durfte sich jetzt vor dem Einäugigen nichts von seinen Plänen anmerken lassen und musste so tun, als sei alles wie immer. Der Söldner mit der Augenklappe winkte ihm in der düsteren Kaschemme zu. Auf dem Tisch stand ein großer Schweinebraten. Der Einäugige trank bereits seinen vierten Humpen Bier, wie Jakob unschwer an den leeren Krügen, die vor ihm standen, erkennen konnte.

„Wo warst du so lange? Der Braten ist fast kalt. Komm endlich her und trink mit mir!“

Der Einäugige schob ihm einen Krug Bier hinüber. Er nahm ihn, und sie stießen polternd an. Jakob stürzte das kühle Kellerbier fast in einem Zug hinunter, so als wollte er alles Schwere fortspülen, das auf ihm lastete.

Der Einäugige registrierte seinen vermeintlichen Durst mit Freuden. „Ja, so ist's gut. Sauf dir nur wieder Kraft an." Dabei kicherte er höhnisch. „Wie schade, dass du nicht da warst. Das Schauspiel hättest du erleben sollen. Unser Herr ist geschickt wie kein Zweiter."

Jakob setzte den Krug ab und wischte sich den Schaum vom Mund. „Geschickt? Wie meinst du das?"

Der Einäugige blickte sich kurz verstohlen um und beugte sich an Jakobs Ohr. In verschwörerischem Tonfall raunte er: „Was ich dir jetzt erzähle, darfst du niemandem verraten, versprochen?"

Der Einäugige nuschelte bereits. Jakob wurde klar, dass dieser Kerl nicht mehr ganz Herr seiner Sinne und deshalb so mitteilsam war.

„Auf die Idee muss man erstmal kommen. Ich meine, wie er den Bürgermeister weggewischt hat. Alle Achtung!" Der betrunkene Söldner stieß einen lauten Rülpser aus.

Der Bierhauch nahm Jakob fast den Atem, und er verzog angewidert sein Gesicht.

Der Einäugige kramte aus seinen Taschen eine kleine, stachelige Frucht hervor, die er vor Jakob auf den Tisch legte.

Jakob nahm sie und betrachtete sie verwundert. „Was ist das?"

Der Einäugige grinste ihn erwartungsvoll an.

Jakob roch an der Frucht. „Kann man das essen?"

Sein Gegenüber stieß einen kurzen Pfiff aus.„Iss die Samen davon, und du gehst durch die Hölle."

Jakob legte die seltsame Frucht auf den Tisch zurück. „Nun red schon. Verrat mir endlich, was es ist."

Der Einäugige grinste triumphierend. „Stechapfel. Musste ich für unseren Herrn besorgen. Er hat es dem Apfelwein beigemischt, den er dem Bürgermeister im Kerker kredenzt hat. Dabei hat er Zeitpunkt und Dosis so berechnet, dass es erst im Gerichtssaal wirkte."

Der Einäugige gab ein dreckiges Lachen von sich. „Das war ein Spaß. Der Pöbel schrie rasend vor Angst. Die dachten, der leibhaftige Teufel sei in ihren Bürgermeister gefahren und wollten ihm gleich den Garaus machen."

Jakobs vorgetäuschtes Lachen gefror für einen Augenblick und wurde von dem widerlichen Gelächter des Einäugigen übertönt. Voller Hass blickte Jakob in die Visage dieses Bastards. Der Lärm um sie herum verlor sich plötzlich in einem lauten Dröhnen in Jakobs Kopf. Er sah nur noch die vor Lachen verzerrte Fratze dieses Teufels. Seine rechte Hand umklammerte seinen Dolch so fest, dass die Knöchel weiß hervortraten. In Gedanken rammte er ihn so oft in den Leib dieses Monsters, bis es ausgelöscht war. Dann riss sich Jakob zusammen und setzte ein kaltes Lächeln auf. Der Einäugige durfte nicht merken, was er mit ihm vorhatte. Schließlich sollte es eine Überraschung sein, wenn er die Menschheit von diesem gefährlichen Kretin erlöste.

Es war Nacht, als Jakob vor die Wachen am Narrenturm trat. Sie kannten den Blonden als Befugten von Guido Emmes und ließen ihn ohne Zögern zu dem Gefangenen. Gisbert hing erschlafft in den Ketten und war weggedöst.

Mit einer Kerze in der Hand trat Jakob zu ihm und berührte seine Schulter. Gisberts Augenlider flatterten kurz, bevor sie sich öffneten. Er erblickte den Blonden. Mit schwerer Zunge brachte er mühsam einige Worte hervor. „So wolltest du mich doch sehen. Bist du nun zufrieden?“

Jakob beugte sich zu dem Gefangenen und flüsterte: „Gisbert, ich kenne nun die Wahrheit. Emmes hat mich jahrelang getäuscht. Ich werde dich und Elisabeth befreien.“

Gisbert sah ihn zögernd an. „Warum sollte ich dir glauben?“

Jakob verstand Gisberts Misstrauen. „Weißt du, wo ich war?”

Gisbert zog fragend die Augenbrauen hoch.

„In Arnsberg. Bei Heinrich von Schultheiß.“

Als Gisbert den Namen hörte, blitzte Hass in seinen Augen auf. „Dieser verdammte Hexenjäger.“

Jakob flüsterte empört: „Er hat Anna brennen lassen, er hat es mir selbst gesagt.“

Der Gefangene nickte verbittert. „Ja, ich wusste es …“

„Ich habe ihn getötet. Ich habe Anna gerächt“, sagte Jakob fast ein wenig stolz.

Gisbert brauchte einen Moment, um seine Gedanken zu ordnen. „Jakob, ich danke dir ..., das hat dieser Menschenschinder verdient. Aber bringt uns das nicht noch mehr in Gefahr?"

„Emmes plant Teuflisches. Ich werde ihm zuvorkommen." Jakob nahm einen kleinen Tonkrug mit Wasser, der in einer Ecke stand, und flößte Gisbert etwas davon ein.

Nachdem er getrunken hatte, schüttelte Gisbert den Kopf.„Er wird es nicht zulassen."

Jakob stellte den Krug zurück. „Emmes hat mich beauftragt, Elisabeth zu entführen und so lange für sie zu sorgen, bis sie sein Kind gebärt."

Fassungslos vor Wut rang Gisbert nach Worten. „Dieser Teufel ... hat meine Tochter ..." Er zerrte an den Ketten, als wollte er sich befreien und seiner Tochter zu Hilfe eilen. Resigniert gab er auf und stöhnte vor Schmerz.

Jakob blickte ihn mitfühlend an. „Dieser Auftrag verschafft uns einen Vorsprung. Ich lasse ihn in dem Glauben, dass ich seinen Befehl pflichtgemäß ausführe. Aber wenn die Zeit kommt, werde ich ihn töten. Das versprech' ich dir, Gisbert."

Auf einmal spürte Jakob etwas von der alten Verbundenheit zwischen ihnen.

Doch dann verdüsterte sich Gisberts Miene. „Zuerst musst du Elisabeth befreien. Mir zur Flucht zu verhelfen, ist zu gefährlich. Wenn dir etwas zustößt, ist sie verloren. Versprich mir, dass du sie beschützt."

Jakob versprach es. Er wusste, dass Gisbert Recht hatte. Im Moment war es zu gefährlich, ihn zu befreien. Der Narrenturm war gut bewacht.

Gisbert bat Jakob, das Medaillon mit dem Bildnis von Anna und ein Buch aus seinem Arbeitszimmer zu holen und es Elisabeth mitzugeben. Das Buch hatte er all die Jahre in einem Geheimfach in seinem Schrank versteckt. In ihm befanden sich alle Aufzeichnungen von Elisabeths Mutter Anna über Heilpflanzen und Arzneien.

Nachdem Jakob gegangen war, fühlte sich Gisbert trotz seiner misslichen Lage wie gereinigt. Er war dankbar, dass Jakob endlich die Wahrheit erkannt und Gisbert sein Vertrauen wieder gewonnen hatte. Aber am meisten erleichterte ihn, dass er seine Tochter unter seinem Schutz wusste. Gisbert hoffte inständig, dass Jakob seinen Plan wirklich durchführen konnte.

Jakob lief in der Dunkelheit die steile Hauptstraße hoch, die am Haus von Guido Emmes vorbeiführte. Keine Menschenseele war unterwegs. Er dachte über seine nächsten Schritte nach. Es würde nicht einfach werden, Elisabeth aus den Fängen von Guido Emmes zu befreien. Jakob wollte sie sehen und in seinen Plan einweihen. Für Elisabeth wäre das in ihrer aussichtslos erscheinenden Lage sicher ein Lichtblick gewesen.

Kaum hatte er diesen Gedanken zu Ende gedacht, wurde er von einer der Wachen angefahren, die vor Emmes' Haus postiert war. Der Mann hatte verborgen im Dunkeln gelauert.

„Halt! Was habt Ihr hier zu suchen?" Als die Wache mit der Hellebarde im Anschlag auf Jakob zuging, erkannte sie ihn. „Ihr wisst doch, dass Ihr um diese Zeit nicht mehr auf der Straße sein dürft, oder habt Ihr eine Erlaubnis"

Jakob seufzte. „Nein. Entschuldigt. Ich war noch etwas Trinken und bin auf dem Weg nach Hause."

Der Wachmann gab sich großzügig. „Nun gut, dann packt Euch jetzt, sonst muss ich Meldung machen."

Jakob winkte ab. „Wird nicht nötig sein. Bin schon weg."

Schnell verschwand er um die Ecke in die obere Bogengasse, wo das alte kleine Fachwerkhaus stand, in dem er und der Einäugige zur Miete untergekommen waren. Als er am Zimmer des Einäugigen vorbeischlich, konnte er dessen Schnarchen hören. Jakob betrat leise seine kümmerliche Kammer, in der nur ein schäbiges Holzbett und ein alter Stuhl standen. Er legte sich erschöpft auf die Bettstelle, die lediglich mit Stroh ausgepolstert war. Er dachte an Elisabeth und konnte nur hoffen, dass Emmes bald den Entführungsauftrag erteilte.

Ein kleines Wunder

Hochstadt, einen Tag später

Am nächsten Tag kam der Sekretär des Hanauer Grafen, begleitet von drei Wachen, durch das Obertor von Hochstadt geritten. Andreas Rohn war an ihrer Seite. Er war in den frühen Morgenstunden aufgebrochen, um Friedrich Casimir Bericht über die geplante Hexenaustreibung zu erstatten. Rohn hatte seine Angst vor Emmes und seinen Schergen überwunden. Er hatte es nicht länger mit ansehen können, wie man den Bürgermeister und seine Tochter behandelte. Er betrat zusammen mit dem Sekretär und den Wachen, gefolgt von den neugierigen Blicken der Einwohner, das Haus von Guido Emmes.

Der Amtmann empfing die Delegation aus Hanau in seinem Arbeitszimmer. Der Sekretär überreichte ihm ein persönliches Schreiben von Graf Friedrich Casimir. Emmes las es, seine Mimik verriet, dass er nur mühsam seinen Zorn unterdrücken konnte. Doch er hatte sich im Griff und fixierte Rohn kurz mit einem Anflug von Spott. „Alle Achtung, ich wusste gar nicht, dass Ihr so eifrig seid."

Herausfordernd, dennoch höflich, machte Andreas Rohn eine Verbeugung. „Als Mitglied des Rates von Hochstadt sah ich es als meine Pflicht an, den Grafen von Hanau zu unterrichten. Immerhin untersteht Ihr seiner Regierung."

Der Sekretär trat einen Schritt vor und sprach zu Guido Emmes: „Im Namen von Graf Friedrich Casimir haben wir den Auftrag, alle Gefangenen, von denen in dem Schreiben die Rede ist, zu untersuchen und ihr Wohlergehen festzustellen. Ferner seid Ihr aufgefordert, ihnen die peinliche Befragung zu ersparen. Führt uns zuerst zum Bürgermeister."

Fieberhaft überlegte Emmes, was zu tun sei. Er gab sich noch lange nicht geschlagen. Doch zunächst würde er vortäuschen müssen, dass alles in seinem Sinne war. Er stand auf. „Ihr wollt also die Gefangenen sehen? Nun gut. Gehen wir zu Gisbert von Gettenbach."

Der Delegation schlossen sich Heinrich Fredes, Pfarrer Cress und Franz Burkhart an, den Emmes eiligst informiert hatte. Die Männer wurden vom Einäugigen und Jakob in den Narrenturm begleitet.

Gisbert war entkräftet und blickte wortlos dem Besuch entgegen. Der Sekretär gab den Befehl, den Gefangenen von den Ketten loszumachen. Außerdem sollte er warme Kleidung, Trinken und Essen in seiner Zelle erhalten, so wie es der Graf wünschte. Der Sekretär prüfte Gisberts Zustand, und nachdem er festgestellt hatte, dass Gisbert zwar schwach, aber wohlauf war, verließ er mit der Delegation den Raum.

Gisbert stand in dem feuchten Gemäuer, streckte sich und rieb sich die wunden Handgelenke. Er freute sich über den Einsatz von Rohn. Dass er und vor allem Elisabeth jetzt unter dem Schutz des Grafen von Hanau standen, war ein Gottesgeschenk. Und dass man Guido Emmes und Franz Burkhart einen Strich durch die Rechnung gemacht hatte, erfüllte ihn mit bitterer Genugtuung.

Die kleine Gruppe um den Sekretär aus Hanau begab sich wieder zum Sitz des Amtmannes und stieg in den Keller hinab, der Elisabeths Kerker war. Die Erschöpfung hatte Gisberts Tochter, deren Arme an der Pritsche, auf der sie lag, festgebunden waren, in einen langen, tiefen Schlaf fallen lassen.

Als sie erwachte, standen die Männer vor ihr. Sie erschrak, als sie Guido Emmes und Franz Burkhart erkannte. Aber da waren auch Andreas Rohn, Heinrich Fredes und Pfarrer Cress, der neugierig über die Schultern einiger Männer lugte, die Elisabeth nicht kannte. Drei von ihnen, scheinbar Wachen, waren akkurat uniformiert. Der Vierte schien von hohem Rang zu sein. Er trug ein teures Wams mit einem ausladenden Kragen, dunkle lange Locken fielen unter seinem schwarzen Hut herab.

Der Würdenträger trat wortlos zu Elisabeth an die Pritsche. Seine Augen schienen ihren Körper abzutasten. Elisabeth wich ängstlich ein Stück zurück. Sie befürchtete, dass die Folterschergen gekommen waren, um ihr furchtbares Werk zu beginnen.

Aber der Mann lächelte kurz. „Habt keine Angst. Wir kommen aus Hanau. Graf Friedrich Casimir schickt mich. Ich soll Eure Unversehrtheit feststellen."

Elisabeth sah erstaunt zu dem Beamten und dann zu den anderen.

„Wie ich sehe, hat man Euch äußerlich keinen Schaden zugefügt. Sagt mir ... hat man Euch ...?"

Elisabeth schüttelte den Kopf. Nein, man hatte sie nicht gefoltert, wenigstens das nicht.

Der Sekretär aus Hanau war beruhigt. „Gut, das soll vorerst auch so bleiben." Dann wandte er sich an die Herren vom Hochstädter Rat. „Macht sie los, und sorgt für ausreichend Speis' und Trank."

Heinrich Fredes und Pfarrer Cress murmelten beflissen ihre Zustimmung. Fredes winkte einen Hochstädter Wächter herbei, der an der Tür stand, und bedeutete ihm, Elisabeths Fesseln zu lösen.

Der Sekretär fixierte Emmes und Burkhart. „Ihr seid mir für die Unversehrtheit der Gefangenen verantwortlich. So lange, wie es der Graf wünscht."

Guido Emmes brauchte einen Moment, um die Antwort zwischen zusammengebissenen Zähnen hervorzupressen: „Wie Ihr wünscht."

„Ich hoffe, Ihr wisst, was Ihr tut", sagte Burkhart zu den Delegierten aus Hanau.

Unbeeindruckt von dieser Einlassung stieg der Sekretär mit den Wachen und den anderen Männern wieder nach oben. Nur Andreas Rohn blieb zurück. Er trat zu Elisabeth. „Seid beruhigt, vorerst seid Ihr und Euer Vater in Sicherheit."

Elisabeth nahm ergriffen seine Hand. „Ihr habt uns das Leben gerettet. Wie kann ich Euch danken ..."

Rohn beschwichtigte sie. „Dankt mir nicht. Ihr seid zwar für den Augenblick in Sicherheit, aber die Anklage ist nicht aufgehoben. Wollen wir hoffen, dass sich das Blatt nicht wieder wendet. Betet, so wie ich für Euch beten werde."

Elisabeth versuchte ein Lächeln, dann schloss sie fest die Augen und betete stumm. Dankbar nahm sie jeden Rat an. Es war ein Strohhalm, an den sie sich klammern konnte.

Andreas Rohn befahl der Gefängniswache, die sich noch im Raum befand: „Bringt ihr frische Kleidung und Essen."

Die Wache brummte zustimmend und verschloss die Tür, nachdem Rohn gegangen war.

Guido Emmes und Franz Burkhart blieb nichts anderes übrig, als den Befehlen aus Hanau Folge zu leisten. Bevor die Delegation den Rückweg antrat, überreichte Emmes dem Sekretär noch das Schreiben Heinrichs von Schultheiß, das für Graf Casimir bestimmt war. Die Bittschrift des bekannten Hexenjägers musste Friedrich Casimir zum Umdenken bewegen.

Franz Burkhart machte sich reisefertig, während Emmes befahl, die anderen Gefangenen so schnell wie möglich aus den Kellern holen zu lassen. In seinem Schreiben hatte der Graf nur Gisbert und Elisabeth erwähnt, zu den anderen hatte er nichts verlauten lassen. Bevor der Graf von Hanau auch noch deren Aburteilung in Frage stellte, mussten sie schnell handeln. Schließlich hatte Guido Emmes ihm versprochen, dass er diese Hexen nach Büdingen bringen durfte. Dort wartete der Pöbel schon auf das große Spektakel der Hexenverbrennung, und Burkhart wollte seine Mitbürger nur ungern enttäuschen. Damit würde man das Volk von anderen Problemen ablenken können, und das konnte für allerlei Pläne nützlich sein.

Die Wachen holten Agnesia, Maria und Mechthild aus dem nassen Gewölbe und scheuchten sie auf einen vergitterten Holzwagen, den Franz Burkhart extra aus Büdingen mitgeführt hatte. Dann warfen sie den in Sackleinen eingewickelten Leichnam der alten Emilia Trapp dazu, die kurz nach der Verhandlung an ihren Verletzungen gestorben war. Trotzdem musste auch ihr Körper noch vom Feuer gereinigt werden.

Die Hochstädter waren zusammengelaufen, um der Abreise der vermeintlichen Hexen beizuwohnen. Viele wurden unruhig, als sie bemerkten, dass Gisbert und Elisabeth nicht dabei waren. Guido Emmes stieg auf eine der Treppenstufen, die zur Tür des oberen Torbogens führten, so dass ihn jeder sehen konnte. Er hob seine Hand, bis es einigermaßen ruhig war. „Vorerst müssen der Bürgermeister und seine Tochter in Hochstadt verbleiben."

Das Volk protestierte und rief, man solle die Teufel endlich verbrennen.

Es dauerte eine Weile, bis Emmes wieder für Ruhe gesorgt hatte. „Hört! Noch dürfen wir sie nicht ausliefern. Aber ich werde mich dafür einsetzen, dass sie ihre Strafe erhalten, und so lange bleiben sie hier in Haft. Also lasst jetzt den Wagen durch und geht nach Hause. Wir sind froh, dass wenigstens ein Teil der Teufelsbrut gerichtet wird."

Emmes beendete seine Rede und der von Pferden gezogene hölzerne Gitterwagen mit den Frauen setzte sich in Bewegung.

Als er durch das Obertor hinauspolterte, liefen ihm einige Einheimische nach und ließen ihrem Ärger freien Lauf. Sie warfen mit faulem Gemüse nach den Verurteilten und riefen ihnen wilde Verwünschungen hinterher.

Nachdem sich das Obertor hinter ihnen geschlossen hatte, starrte Agnesia stumm auf das sich langsam entfernende Hochstadt, das sie nie wieder sehen würde, während neben ihr Maria und Mechthild jammerten. So hatte sie sich ihr Ende nicht vorgestellt.

Franz Burkhart ritt mit vier Wachen dem Tross mit den Hexen voran. Er verfluchte diesen Lutheraner Friedrich Casimir von Hanau dafür, dass er in letzter Sekunde die gerechte Bestrafung des Bürgermeisters und seiner Tochter vereitelt hatte. Burkhart konnte nur hoffen, dass es Guido Emmes doch noch gelingen würde, die Geschicke dieser Sünder in die gewünschten Bahnen zu lenken. Es war ihm nur ein kleiner Trost, dass er mit diesen drei abgetakelten Weibern und der Toten nach Büdingen kam, um sie dort dem Feuer zu übergeben.

Während der Wagen mit den verurteilten Frauen langsam am Horizont verschwand, kostete es die Wachen einige Mühe, die aufgebrachten Einwohner auseinanderzutreiben. Sie wollten einfach nicht akzeptieren, dass das Böse in Form des Bürgermeisters und seiner Tochter weiterhin in Hochstadt weilen sollte. Doch als es dunkel wurde, kehrte langsam wieder Ruhe ein. Zum einen, weil eine sehr kalte Nacht hereinbrach, zum anderen, weil sich niemand nachts auf die Straße wagte und sich den bösen Mächten aussetzen wollte.

Guido Emmes saß in seiner Amtsstube in einem Lehnsessel. Tief versunken starrte er in das Feuer im Kamin. Das Holz knackte und die Flammen züngelten, so wie sein Zorn, den er nur mühsam zurückgehalten hatte. So kurz vor dem Ziel aufgehalten worden zu sein, konnte er schlecht hinnehmen. Doch noch war nichts verloren. Er hatte genug Trümpfe im Ärmel. Dass dafür noch ein paar Menschen mehr sterben mussten, hatte der Graf von Hanau persönlich zu verantworten. Er würde sich seinen neuen Plan genau überlegen. Diesmal musste er zum Erfolg führen, sonst war alles umsonst gewesen, und er würde seinen Rachefeldzug gegen Gisbert von Gettenbach nie beenden können. Vorerst sollte Ruhe einkehren, damit sich die Wogen glätteten und niemand Verdacht schöpfte. Aber schon bald konnte das Böse wieder zuschlagen. Unbarmherzig, tödlich und schrecklich. Dafür würde er sorgen.

Am nächsten Morgen ließ Emmes Jakob zu sich holen. Nachdem er die Tür hinter ihm geschlossen hatte, trat er zu Jakob und beugte sich an sein Ohr, so dass niemand etwas hören konnte. „Das, was ich dir befohlen hatte, ist fürs Erste hinfällig und nicht mehr vonnöten, hast du verstanden?”

Jakob bejahte, unsicher, was das zu bedeuten hatte.

Emmes überlegte einen Moment. „Das gilt vorerst. Du wirst nicht mehr zu ihr gehen und meinen Befehl erst ausführen, wenn ich es sage. Geh jetzt.“

Als Jakob aus dem Haus ging, verdüsterten sich seine Gedanken. Jetzt würde er Elisabeth nicht mehr sehen können, um mit ihr zu reden und ihr zu helfen. Doch die Tatsache, dass sie vorerst unter dem Schutz von Graf Casimir stand, beruhigte ihn schließlich etwas.

Ein Aufschub

Hochstadt, 19. Mai 1650
In den nächsten Wochen und Monaten kamen regelmäßig Abgesandte aus Hanau, um das Wohlergehen der beiden Gefangenen zu überprüfen. Gisbert hatte Schreibzeug erhalten und begann, sein Leben aufzuschreiben. Er bekam jeden Tag ein warmes Essen und trug dicke Kleidung gegen die feuchte Kälte im Kerker des Narrenturms. Doch noch immer waren er und Elisabeth Gefangene. Wie zuvor fristete seine Tochter nur unweit von ihm in einem Kellerloch im Haus von Guido Emmes ihr Dasein. Er vermisste sie sehr und hätte viel darum gegeben, sie wenigstens einmal sehen zu dürfen. Aber diese Bitte wurde ihm verwehrt. Andreas Rohn hatte ihm bei einem seiner Besuche erzählt, dass der Graf von Hanau zwar verhindert hatte, dass ein Urteil gesprochen wurde, aber zu weiteren Zugeständnissen sei er nicht bereit gewesen. Er fürchte einen Aufruhr der Hochstädter, wenn die beiden freigelassen würden. Erschwerend kam hinzu, dass Sybilla Christina den Druck auf ihren Ehemann erhöht hatte. Sie hätte Casimir auf das Schreiben von Heinrich von Schultheiß verwiesen und ihren Ehemann als gottlosen Frevler beschimpft, der unfähig sei, das Böse auszumerzen. Schließlich hätte sie ihm sogar mit seiner Amtsenthebung gedroht, hieß es.

Es blieb Gisbert nichts anderes übrig, als auf die Standhaftigkeit des Grafen zu hoffen. Sobald sich eine Möglichkeit ergab, würde er seine Tochter befreien. Jakob würde ihm helfen. Gisbert betete jeden Tag, dass es bald so weit wäre.

***

Elisabeth war bereits im achten Monat schwanger und ihr Bauch war nicht mehr zu übersehen. Die Zeit in diesem Kellerloch zog sich wie eine zähe Masse. Zwar fehlte es ihr an nichts, aber sie vermisste das Tageslicht und Bewegung. Für das Kind war dieser Zustand sicher nicht von Vorteil. Sie ging, so oft sie konnte, in dem modrigen Keller hin und her. Wie immer würde gleich das kleine Guckloch aufgehen, das sie in die Tür geschlagen hatten. Von Zeit zu Zeit sah jemand hindurch und beobachtete sie eine Weile. Elisabeth konnte die Person jedoch nicht erkennen.

Wie schön dieses Mädchen doch war. Je länger er sie ansah, desto mehr erregte sie ihn. Dass sie ihn abgewiesen hatte, machte sein Verlangen nur noch größer. Die Stärke seines Begehrens erstaunte Guido Emmes. Diese Gefühle waren im Stande, den härtesten Willen zu brechen und den größten Verstand außer Kraft zu setzen. In einem anderen Leben hätte sie seine Zuneigung vielleicht sogar erwidert. Aber er war einen anderen Weg gegangen. Einen Weg, von dem es kein Zurück mehr gab und wofür sie ihn ewig hassen würde. So wie er Gisbert von Gettenbach hasste.

Guido Emmes betrachtete seine vernarbte Hand. Diese Verletzung, die er sich selbst zugefügt hatte, erinnerte ihn an seine Kindheit im Jesuitenkloster, in das er nach dem Tod seiner Eltern gebracht worden war. Er dachte an den Ort, an dem man versucht hatte, den schmächtigen Jungen zu brechen und den calvinistischen Glauben aus ihm herauszuprügeln. Jahrelange Pein hatten sie ihm zugefügt, ihn gedemütigt und gequält, bis er schließlich doch Katholik geworden war. Ihm kam es damals wie ein Verrat an seiner Familie vor. Er kannte keine Liebe mehr, alles, was ihm geblieben war, war der Hass. Umso mehr verwunderte es ihn, wenn er Elisabeth betrachtete. In diesen Momenten durchströmte ein warmer Schauer sein von Hass zerfressenes Herz. Er genoss dieses Gefühl, weil er wusste, es konnte ihn nicht ins Wanken bringen. Dass Elisabeth sein Kind austrug, machte ihn eigenartig froh. Sie würde ihm aufgrund ihrer Abstammung gute Eigenschaften vererben. Aber ihm war klar, dass der Zustand, in dem Elisabeth zur Zeit ihr Leben fristete, nicht länger tragbar und alles andere als zuträglich für sein Kind war.

Er beschloss, dass es an der Zeit war zu handeln und erteilte Jakob den Auftrag, Elisabeth zu befreien. Noch in dieser Nacht sollte es geschehen. Danach ließ Emmes den Einäugigen kommen. Auch der erhielt einen Befehl: Die Bestie hatte lange genug geschlummert.

Guido Emmes hatte sich alles gut überlegt. Die Einheimischen hatten sich wieder beruhigt und wiegten sich in Sicherheit. Der April war ungewöhnlich kalt gewesen, doch nun stand der Frühling vor der Tür. Die Menschen schöpften Hoffnung auf ein neues, vielleicht besseres Jahr. Der Zeitpunkt könnte nicht günstiger sein, dachte Emmes. Nach der nächsten Nacht würde alles anders sein.

Die Flucht

Hochstadt, in der Nacht vom 19. auf den 20. Mai 1650
Jakob saß auf seinem Bett und betrachtete Annas Bild, das sich in Gisberts Medaillon befand. Seine Augen füllten sich mit Tränen. Einen Moment verharrte er so, dann wischte er sich über das Gesicht, stand eilig auf und legte das Schmuckstück zu Annas Arzneibuch in die Tasche. Er hatte beides in der Nacht ohne Probleme aus Gisberts Arbeitszimmer holen können. Niemand hatte ihn gesehen.

Der Riegel wurde zurückgeschoben und Jakob betrat den Kerker.

Elisabeth erhob sich von ihrer Pritsche und sah ihn voller Abscheu an. „Was wollt Ihr noch? Ihr Abschaum!“

Doch der milde Blick des Blonden verunsicherte sie. Bevor sie sich versah, kniete der Blonde nieder und fasste ihre Hand. „Ich bin gekommen, um Euch zu befreien.“

Elisabeth sah ihn ungläubig an.

„Ich war bei Eurem Vater, es geht ihm gut und er ist unterrichtet.”

Am liebsten wäre Elisabeth dem Blonden um den Hals gefallen. Doch dazu war keine Zeit.

Jakob zog ein paar Hosen und ein dunkles Hemd aus seiner Tasche. „Hier, zieht das an. In dieser Söldnerkleidung wird Euch niemand erkennen.” Jakob drehte sich weg.

Elisabeth schlüpfte in die alten, löchrigen Sachen. Zum Glück war die Hose so weit, dass sie über den Leib der Schwangeren passte. Behutsam legte sie ihr Kleid auf die Holzliege. Sie betrachtete es traurig. Es war schon ein wenig eng geworden, aber sie liebte dieses blaue Gewand mit seinen roten Stickereien und den gelben Samteinlagen. Vor einem Jahr hatte ihr Vater es von einem niederländischen Händler in Hanau erstanden und ihr geschenkt. Nun würde es in diesem Kerker als Erinnerung an eine längst vergangene Zeit zurückbleiben, eine Zeit, in der sie noch an eine sorgenfreie, frohe Zukunft geglaubt hatte.

Als Jakob sie am Ellbogen fasste, wurde sie aus ihren Gedanken gerissen.

„Wir sollten jetzt gehen."

Elisabeth zog ihren Arm weg. „Was ist mit Vater? Wir befreien ihn doch auch?"

Es kostete Jakob viel Mühe, Elisabeth davon zu überzeugen, dass er Gisbert im Moment unmöglich befreien konnte, ohne sie und das Kind zu gefährden. Sie konnten jederzeit entdeckt werden. Er tröstete Elisabeth: Sobald sich eine Möglichkeit ergab, würde er Gisbert aus dem Kerker herausholen. Was Guido Emmes mit Elisabeth nach der Geburt ihres Kindes vorhatte, offenbarte er ihr nicht. Sie sollte sich in Sicherheit wähnen, damit die Flucht gelang.

Der Lageplan, den er von Emmes erhalten hatte, half ihnen, den Eingang zu den Hochstädter Kalkhöhlen zu finden. Er befand sich unter der Steintreppe, die nach oben führte. Ein weit verzweigtes Labyrinth von Kalktunneln tat sich vor ihnen auf. Es war entstanden, als man die Steine für den Bau der Ringmauer herausgeschlagen hatte, die Hochstadt umgab. Über Jahrhunderte waren die Gewölbe zu Fluchtgängen ausgebaut worden und sollten nun Jakob und Elisabeth in die Freiheit führen. Mit der einen Hand eine Fackel haltend und mit der anderen einen langen Dolch, inspizierte Jakob jeden Abzweig. Immer weiter zwängten sie sich durch die engen Tunnel Richtung Felsenkeller. Jakob wusste, dass die Bestie, die noch immer in Emmes Diensten stand, diese Höhlen kannte. Er konnte nur hoffen, dass sein feiner Herr sie zurückgepfiffen hatte. Wenn nicht, würde er dieses Scheusal gebührend empfangen. Plötzlich schoss eine Ratte laut quiekend vor ihnen in die Dunkelheit. Elisabeth schrie vor Schreck auf, doch sie hatte sich gleich wieder unter Kontrolle. Unbehelligt fanden sie schließlich den Ausgang an der Börrwiese.

Hochstadt lag hinter ihnen. In der Dunkelheit schlichen sie zur Hohen Straße. Auf ihr mussten sie eine Weile laufen, bis sie den

„Lausbaum", eine alte Linde, erreichten. Es war ein Rastplatz an der Hohen Straße, an dem Händler und Reisende Pause machten oder die Fuhrwerke wechselten. Die Einheimischen gaben der Linde diesen Namen, weil dort Wegelagerer gehaust hatten und der Baum und die Wiese angeblich vor Läusen, Wanzen und Flöhen nur so wimmelte.

In dieser Nacht waren glücklicherweise keine Reisenden unterwegs. Nur ein Mann in Bauernkleidung, der auf einem Pferd saß und noch einen zweiten Gaul bei sich hatte, wartete in der Dunkelheit. Er war in alles eingeweiht und sprach kein Wort. Jakob half Elisabeth auf das zweite Pferd und überreichte ihr eine Tasche, in die er etwas Proviant, das Medaillon und das Buch ihrer Mutter gepackt hatte. Dann nickte er wortlos dem Bauern zu. Der Fremde nahm Elisabeths Pferd an den Zügeln und trieb die Tiere an.

Elisabeth wandte sich ängstlich Jakob zu. „Warum kommt Ihr nicht mit?"

„Ich muss zurück, damit niemand Verdacht schöpft. Es ist für alles gesorgt, vertraut mir. Sobald es geht, werde ich Euch besuchen", rief ihr Jakob nach.

Wohl war Elisabeth nicht zumute. Was würde sie erwarten? Es blieb ihr jedoch nichts anderes übrig, als ihr Schicksal in Jakobs Hände zu legen. Sie hoffte, dass er ihren Vater rechtzeitig befreien konnte.

Jakob blickte Elisabeth und dem Mann nach, bis die Dunkelheit sie verschluckte.

Was der Teufel arrangiert

Hochstadt, 20. Mai 1650

Der Tag erwachte, und der Mai hauchte eine angenehme Wärme über das Land. Doch im Narrenturm war davon nicht viel zu spüren.

Als Gisbert in seiner Zelle die Augen aufschlug, fröstelte er, denn trotz der wärmenden Kleidung kroch einem die feuchte Kälte des Kerkers bis in die Knochen. Es dauerte einen Moment, bis er im fahlen Licht etwas erkennen konnte. Dann erblickte er das Gesicht eines Mannes, der ihn anstarrte, blass, mit eingefallenen Wangen und offenem Mund. Gisbert rieb sich die Augen. Es musste ein Traum sein. Doch der Mann war immer noch da. Erst jetzt erinnerte sich Gisbert, dass sich seine Schlafstatt auf dem Boden befand und schlagartig wurde ihm klar, dass er keineswegs träumte. Was er erkannte, riss ihn vor Schreck von seinem Strohlager. Vor ihm auf dem Steinboden stand der abgeschlagene Kopf eines Mannes.

Guido Emmes löschte die Nachtkerze. Es würde ein ereignisreicher Tag werden, dachte er genüsslich. Heute würden die Wachen aus Hanau kommen, um wie gewöhnlich nach dem Gefangenen zu sehen. Doch diesmal würde es für alle Beteiligten eine Überraschung geben. Es dauerte nicht lange, da hörte er auch schon die Schreie, die von der Hauptstraße zu ihm drangen.

Bäcker Bruger hatte den schrecklich zugerichteten Leichnam auf seinem Rückweg vom Backhaus entdeckt. Es war der Wächter, der in der Nacht Dienst am Untertor gehabt hatte.Dem Toten fehlte der Kopf. Sein blutiger Körper lag mit ausgebreiteten Armen, auf dem Pflaster der Hauptstraße. Um Hilfe schreiend, war der Bäcker durch den Ort gerannt, bis alle Bewohner und die Wachen zusammengelaufen waren, um die abstoßende Sensation zu begaffen. Kurz darauf ritt die Hanauer Delegation ein und wurde Zeuge dieser grausigen Darbietung.

Gisbert starrte noch immer auf den abgetrennten Kopf in seiner Zelle. Der Teufel hätte es nicht besser arrangieren können, dachte er verbittert. Das hieß nichts Gutes. Jemand musste in der Nacht, als Gisbert geschlafen hatte, zu ihm hinein gekommen sein. Noch bevor er weiterdenken konnte, drehte sich der Schlüssel in der Tür und sie wurde mit einem lauten Knarren aufgeschoben. Emmes, Fredes, Rohn und der Pfarrer betraten zusammen mit den Hanauer Wachen den Raum. Der Schock, den diese bekamen, als sie den abgeschlagen Kopf des Wächters sahen, verfehlte seine Wirkung nicht. Gisbert wurde mit Zustimmung der Männer aus Hanau sofort wieder in Ketten gelegt. Guido Emmes konnte sie davon überzeugen, dass der Teufel und sein Gehilfe Gisbert von Gettenbach noch immer in Hochstadt am Werk waren und ausgemerzt gehörten.

Der Schreck saß den Hanauer Abgesandten noch immer in den Gliedern, trotzdem mussten sie, wie jedes Mal bei ihrer Visite, noch zur Tochter des Bürgermeisters. Also begab sich die Delegation zu Emmes‘ Amtssitz. Jakob hatte gerade von den schrecklichen Vorkommnissen erfahren und stieß vor dem Haus auf die Gruppe. Zwei Hochstädter Wachleute öffneten die Tür zum Keller, den man nur von der Straße aus erreichen konnte. Als sie die Stufen hinabstiegen, warf der Einäugige Jakob einen verschwörerischen Blick zu. Jakob wusste, dass es gleich eine Überraschung gab. Er selbst hatte ja dafür gesorgt, dass der Keller leer sein würde. Als sie die Tür zu Elisabeths Kerker öffneten, war das Entsetzen vollkommen, selbst Jakob schauderte. Statt Elisabeth lag die Bestie auf der Holzliege und trug Elisabeths Kleid. Das Ungeheuer schien zu schlafen oder bewusstlos zu sein. Pfarrer Cress schrie auf und verließ den Keller so schnell er konnte, gefolgt von Heinrich Fredes und Andreas Rohn. Eine der Hanauer Wachen trat vorsichtig zur Bestie und betrachtete sie genau. Als der Mann die Reißzähne sah, schlug er schnell die Hand vor den Mund.

Plötzlich regte sich die Bestie und ächzte im Schlaf, so als würde sie jeden Moment erwachen. Schnell schritt der Wachmann aus der Kammer und verriegelte die Tür von außen. Dann folgte er den anderen und Guido Emmes nach oben ins Helle.

Jakob blieb mit dem Einäugigen, der sich sein schäbiges Grinsen nicht verkneifen konnte, im Kellergewölbe zurück. Voller Zorn packte Jakob ihn am Kragen. „Ihr Teufel. Was hat das zu bedeuten?"

Doch ehe er sich versah, hatte Jakob die Spitze einer Plaute am Hals.

„Nimm sofort deine dreckigen Hände weg", zischte der Einäugige bedrohlich.

Jakob ließ ihn los.

„Dir bin ich keine Rechenschaft schuldig, nur unserem Herrn", knurrte der Einäugige angriffslustig, als er die Treppe nach oben stieg.

Jakob verfluchte sich insgeheim. Warum nur hatte er sich so gehen lassen? Hoffentlich schöpfte der Einäugige keinen Verdacht.

Die Hanauer Abgesandten hatten es sehr eilig, Hochstadt zu verlassen. Guido Emmes gab ihnen zuvor den eindringlichen Rat, der Petition von Heinrich von Schultheiß doch noch zuzustimmen.

Vor dem Haus von Guido Emmes trat Jakob auf den Einäugigen zu und erklärte, der Schreck über die Bestie habe ihn so aus der Fassung gebracht. Der Einäugige schien seine Entschuldigung anzunehmen und schlug Jakob vor, ihm dafür am Abend ein Bier zu spendieren.

Emmes hatte bemerkt, dass Jakob seit dem Geschehen im Kerker in Gedanken versunken war. Er ging zu Jakob und sprach leise mit ihm. „Es tut mir leid, dass ich dich nicht vorher einweihen konnte."

Jakob fühlte sich ertappt. „Es … es ist nur wegen …"

„Elisabeth?", unterbrach ihn Emmes, so als könnte er Jakobs Gedanken lesen. Seine Stimme bekam einen bedrohlichen Unterton. „Du hast deine Anweisung und musst nicht alles wissen. Und was die Bestie betrifft … das Böse findet immer einen Weg."

Die letzten Worte sprach Guido Emmes langsam und mit Bedacht aus, so als würde er dabei an etwas anderes denken. Dann blickte er prüfend zu Jakob. „Du reitest morgen in aller Frühe zu Elisabeth und schaust nach dem Rechten. Pass auf, dass dich niemand sieht."

Jakob blickte Emmes misstrauisch nach. Dieser Satan schien alles im Voraus zu wissen. Er musste auf der Hut sein.

Es dauerte nicht lange und die Geschichte von der Bestie in Elisabeths Kleidern machte in Hochstadt die Runde. Emmes hatte Pfarrer Cress freie Hand gelassen. Der hatte in einer hysterischen Predigt in seiner Kirche dafür gesorgt, dass sich schnell herumsprach, Elisabeth habe ihr wahres Gesicht gezeigt und ihr Vater, Gisbert von Gettenbach, sei der Teufel höchstpersönlich. Unruhe machte sich breit. Die Hochstädter schrien, dass sie die Teufelsbündner selbst wegschaffen und bestrafen würden, wenn es sonst niemand tat. Angst und Hysterie, geschürt von Emmes und Pfarrer Cress, heizten die Stimmung weiter an. Der Amtmann war sicher, dass Graf Friedrich Casimir unter diesen Umständen einer Hexenaustreibung in Hochstadt endlich zustimmen musste.

Zeichen der Zeit

Hochstadt, 21. Mai 1650

Es war neblig und ungewöhnlich kühl, als Jakob noch vor Sonnenaufgang Hochstadt auf seinem Pferd verließ. Er war besorgt und wollte Gisbert nicht im Stich lassen. Ihm war klar, dass ein weiterer Tropfen das Fass zum Überlaufen bringen würde. Wenn er Gisbert retten wollte, durfte er keine Zeit mehr verlieren.

Um keinen Verdacht zu wecken, musste er Emmes' Befehl zunächst Folge leisten. Außerdem wollte er wirklich bei Elisabeth nach dem Rechten sehen und sie auf die Flucht vorbereiten, auch wenn sein Besuch dort nur sehr kurz sein sollte. Er tröstete sich mit dem Gedanken, dass, solange Graf Friedrich Casimir seine schützende Hand über Gisbert hielt, ihm nichts passieren konnte. Zum Glück war da auch noch Andreas Rohn. Er hatte die Wachen verstärken lassen, als sich die Dorfbewohner anschickten, mit Mistgabeln und Piken bewaffnet zum Narrenturm zu ziehen, um den vermeintlichen Hexenmeister Gisbert seiner Bestrafung zuzuführen. Im Moment war wieder ein wenig Ruhe eingekehrt.

Jakob schlug diesmal den direkten Weg ein, ohne den Umweg über den „Lausbaum" zu nehmen. In Wachenbuchen zweigte er in einen Feldweg ab und galoppierte auf seinem Pferd zum Buchener Wald Richtung Süden, bis er an einem alten Steinbruch vorbeikam. Der Nebel hatte sich verflüchtigt und erste Sonnenstrahlen strichen durch die Bäume und beleuchteten das Unterholz. Das geduckte, alte Steinhaus mit dem Strohdach war leicht zu übersehen und ein ideales Versteck. Es schien mit seiner Umgebung verwachsen und über die Jahre Teil des Waldes geworden zu sein. Bäume und von ihnen herabhängende Schlingpflanzen hatten es fast vollständig zugewuchert. Jakob erblickte Elisabeth, die gerade Wasser von einer nahen Quelle geholt hatte, dessen Farbe fast so rot wie Blut war. Denn in dieser Gegend war das Wasser sehr eisenhaltig. Er stieg vom Pferd und zog es hinter sich her. Als sie Jakob sah, eilte sie zu ihm. Noch bevor er einen Ton sagen konnte, ergriff sie aufgeregt das Wort. „Wie geht es Vater? Ist er in Sicherheit?"

Jakob rang sich ein Lächeln ab, er wollte sie nicht unnötig beunruhigen. „Es geht ihm gut." Dann verlor er sich einen Lidschlag lang in ihren schönen blauen Augen.

Elisabeth sah ihn an. „Da ist doch etwas. Sprecht!"

Jakob besann sich. „Es … es läuft alles nach Plan. Ich bin froh, dass Ihr wohlauf seid." Er fasste sie am Arm. „Wir sollten ins Haus gehen. Hier verirrt sich zwar selten jemand her, aber es ist besser, wenn uns niemand sieht."

Dann sah er die Alte, die, mit einem schwarzen Tuch um den Kopf, zahnlos grinsend, aus dem Fenster lugte. Jakob grüßte kurz hinüber. „Ich hoffe, sie ist gut zu Euch. Ist alles zu Eurer Zufriedenheit?"

Elisabeth blickte sich kurz zu der Alten um und trat näher zu Jakob, um leise zu berichten. „Sie tut, was ich sage und ist mir zu Diensten. Aber etwas seltsam ist sie schon. Nicht sehr helle, glaube ich. Auch ist sie sehr unordentlich und schmutzig. Dennoch scheint sie liebenswürdig und verschwiegen zu sein."

Jakob sah noch einmal prüfend zu der alten Frau. „Das will ich hoffen, schließlich habe ich sie gut bezahlt."

Dann gingen sie in die Hütte. Jakob schlug beißender Qualm entgegen. Das Häuschen bestand nur aus einem einzigen Raum, die Wohnstube war gleichzeitig Schlafkammer und Küche. Der steinerne Ofen mit der offenen Feuerstelle hatte den Raum zu einer schwarz geräucherten, dunklen Höhle werden lassen. Das ganze Gebäude hatte nur ein kleines Fenster, und der Abzug über der Kochstelle ließ nicht allzu viel Rauch hinaus. Am anderen Ende des Raumes befand sich eine zweite Tür, die offen stand und durch die man in einen Stall blicken konnte. Neben einer Kuh lebte dort noch ein Schwein, wie Jakob an dem Grunzen hören konnte. Die Tiere und die Feuerstelle sorgten dafür, dass es in dem Haus einigermaßen warm war.

***

Die Herren vom Hochstädter Rat hatten sich zusammen mit Guido Emmes am Tanzplacken eingefunden, wo die Dorfbewohner bereits unruhig schwatzend warteten, um die neueste Bekanntmachung zu hören. Emmes stieg auf ein kleines Holzpodest, das man bereitgestellt hatte. Neben ihm stand Pfarrer Cress, dem der morgendliche Schrecken noch immer ins Gesicht geschrieben stand.

Emmes blickte unheilschwanger in die Menge. „Es ist meine Pflicht als Büchertaler Amtmann, euch über die letzten Vorkommnisse in Kenntnis zu setzen. Entsetzliches ist geschehen. Der Antichrist treibt weiterhin sein teuflisches Spiel, seine Vasallen sitzen in den Kerkern Hochstadts, hinter deren Türen sich Grauenvolles ereignet hat. Das Böse, das wir gehofft hatten, aus den Mauern dieser Stadt zu verbannen, verpestet noch immer unsere Luft. Der Graf von Hanau, Friedrich Casimir, hat uns verboten, die Frevler zu bestrafen. Er glaubt, das sei nicht rechtens." Emmes machte eine bedeutungsvolle Pause. „Wir wissen es besser. Durch sein Verbot sind wir alle in Gefahr. Doch mir sind leider die Hände gebunden."

Die folgende Unruhe und die aufgebrachten Rufe der Hochstädter übertönten Guido Emmes' weitere Worte. Das Fass war übergelaufen. Aufgestachelt lief die Menge auseinander. Ein nicht zu bändigender Mob hatte sich entschlossen, das Schicksal von Gisbert von Gettenbach und der Bestie, die sie für Elisabeth hielten, selbst in die Hand zu nehmen.

***

Er erwachte aus seiner Ohnmacht, und der Schmerz durchfuhr ihn so heftig, dass er kurz aufschrie. Der Mann mit der Augenklappe hatte ihn überwältigt und niedergeschlagen. Das war das Letzte, an das er sich noch erinnern konnte. Wie gekreuzigt lag er auf dem Rücken, seine Arme und Beine waren an einem Holzgestell festgebunden, auf das sie ihn gelegt hatten. Er konnte seine Hände kaum bewegen, der Einäugige hatte ihm anscheinend beide Arme gebrochen. In wilder Wut zerrte er an den Stricken und suchte sich zu befreien, doch es war zwecklos. Sein Herr war ihm zuvor gekommen. Er hatte viel zu lange gezögert. Jetzt war er außer Gefecht gesetzt, völlig hilflos und in diese seltsamen Frauenkleider gehüllt.

Unvermittelt ertönten laute Stimmen und Rufe. Jemand öffnete die Kerkertür und ein Dutzend Männer stürmte in den Raum. Es waren die Einwohner Hochstadts, sie waren aufgebracht, und zugleich stand Angst in ihren Augen. Bewaffnet mit Mistgabeln, Piken und Knüppeln kamen sie vorsichtig auf ihn zu. Die Bestie schrie, fauchte und fletschte die spitzen Zähne, doch es half nichts. Er spürte das Eisen der Piken, das in sein Fleisch eindrang und hörte, wie seine Knochen unter den Knüppelschlägen brachen. Immer wieder stachen sie auf ihn ein und wollten nicht aufhören. Dann endlich empfing ihn die ewige Nacht.

Voller Entsetzen musste Andreas Rohn erkennen, dass Emmes die Geschehnisse in die gewünschte Richtung gelenkt hatte, ohne für seine Hetzrede belangt werden zu können. Denn er hatte das Volk ja nicht direkt aufgefordert, Selbstjustiz zu üben. So schnell er konnte, lief Rohn zum Narrenturm und unterrichtete die Wachen. Nach einer Weile hörten sie Rufe und Schritte. Das ganze Dorf schien sich zusammengerottet und bewaffnet zu haben, um mit Gisbert abzurechnen. Andreas Rohn betete zu Gott. Mit solch einer wilden Meute hatte er nicht gerechnet.

Festgekettet kauerte Gisbert im Kerker, als der Tumult von draußen zu ihm in den Narrenturm drang. Sie riefen nach Gisbert und wollten eingelassen werden, um ihn zu richten. Andreas Rohns aufgeregte Stimme versuchte, die aufgebrachte Menge zu beschwichtigen. Wie oft war Gisbert den Klauen des Todes entronnen? War jetzt alles zu Ende? Seit einiger Zeit hatte er das Gefühl, als liefe seine Uhr endgültig ab, so als zeigte eine höhere Macht ihm das Buch seines Lebens, auf dessen Seiten nun nichts mehr geschrieben stand. Er dachte an Elisabeth, sein Ein und Alles. Er hoffte inständig, dass es Jakob gelingen würde, sie zu retten. Gisbert versank in einen tranceähnlichen Zustand. Der Lärm des Pöbels, der gerade dabei war, die Tür aufzubrechen, verschmolz mit seinen Erinnerungen an den Krieg, die vor seinem inneren Auge abliefen. Jetzt, da sein Leben zu Ende ging, musste er wieder daran denken. An die Erscheinung, die sein Leben gelenkt hatte. An die Nacht, in der er den Kometen mit seinem blutigen Schweif gesehen hatte. Diesen Boten des Jüngsten Gerichts, der ihn einst in das Grauen des Großen Krieges geworfen und sein Leben wie das seiner Tochter verflucht hatte.

***

Die Alte hatte einen Haferbrei gekocht. Zusammen mit etwas Milch und Brot konnte man das zähe Mahl zu sich nehmen.

Jakob saß mit Elisabeth am Tisch. Ihm war die Situation unangenehm. „Es tut mir leid, dass ich Euch keine bessere Bleibe bieten konnte. Aber es musste etwas sein, was abgelegen genug ist."

Elisabeth trank einen Schluck Milch. „Entbehrungen sind mir nicht fremd. Außerdem gibt es Schlimmeres, ich werde hier schon etwas Ordnung und Sauberkeit hineinbringen." Sie schaute sich um. „Naja, so gut es eben geht."

Jakob folgte ihrem Blick, dann versank er wieder in ihren Augen.

„Was habt Ihr?", fragte Elisabeth verwundert.

„Ach nichts, es ist nur ... Anna, Eure Mutter, Ihr seht ihr sehr ähnlich und Ihr seid genauso hübsch."

Elisabeth errötete. „Danke für das Kompliment. Leider habe ich sie nie kennengelernt. Wie war sie, meine Mutter?"

Jakob überlegte kurz. „Sie glich einem Engel und war für mich wie eine Mutter. Eine kluge Frau und gute Heilerin. Das Buch, das mir Gisbert für Euch mitgegeben hat, es ist ihr Vermächtnis."

Elisabeth nahm es aus der Tasche und strich sanft mit ihrer Hand darüber. „Ich werde es studieren. Ich werde das zu Ende führen, was man ihr verwehrt hat."

Plötzlich wurde Jakobs Blick ernst. „Ich muss Euch etwas sagen."

Jakob sah zur Alten, die die beiden mit wachen Augen beobachtete. Als die Frau Jakobs Blick bemerkte, verstand sie. Kichernd nahm sie eine Ledertasche vom Haken. „Dann werde ich mal was zum Kauen besorgen und ihr könnt in Ruhe weiter turteln", nuschelte sie und verließ das Haus.

Jakob brauchte einen Moment, um die passenden Worte zu finden. „Guido Emmes … er weiß, dass Ihr hier seid."

Elisabeth erschrak. „Er weiß es? Aber …"

„Er hat mir den Auftrag gegeben, Euch zu entführen … und zu bewachen … und dafür zu sorgen, dass Euch nichts passiert, bis … ", stammelte Jakob.

Elisabeth wurde immer blasser.

„… bis Ihr das Kind …", wollte Jakob den Satz beenden.

Doch Elisabeth sprang auf und fiel ihm ins Wort. „Wie könnt Ihr es wagen …"

Jakob stand ebenfalls auf. „Hört mich an, es ist anders, als Ihr denkt. Er gab mir zwar den Auftrag, aber er ahnt nicht, dass ich nur Euch zu Diensten bin."

Tränen der Verzweiflung rannen über Elisabeths Gesicht.

Jakob warf sich vor ihr auf die Knie. „Bitte, Ihr müsst mir glauben! Ich werde niemals zulassen, dass er Euer Kind bekommt. Ich werde ihn töten. Das habe ich Eurem Vater geschworen."

Elisabeth wischte sich die Tränen mit den Händen ab. Dann sah sie ihn eindringlich an. „Schwört es auch mir."

Jakob nahm ihre Hand und küsste sie. „Ich schwöre es bei meinem Leben!"

Elisabeth beruhigte sich allmählich wieder, doch der Schreck saß immer noch in ihren Gliedern.

Jakob legte seine Hand auf die ihre. „Ihr werdet Euer Kind hier bekommen. Die Alte war einmal eine gute Hebamme, bevor man sie aus dem Ort gejagt hat. Sobald das Kind da ist und Eure Gesundheit es zulässt, werden wir von hier weggehen."

Elisabeth ergriff seine Hand und drückte sie fest. „Ihr werdet meinen Vater doch bald befreien, nicht wahr?"

„Ich werde alles dafür unternehmen, nur darf ich Euch nicht in Gefahr bringen, das musste ich Gisbert versprechen. Gebe es Gott, dass alles gut geht und ich diesen Teufel Guido Emmes beseitigen kann."

Die Rache der Verblendeten

Hochstadt, 21. Mai 1650
Am Nachmittag machte sich Jakob auf den Rückweg. Er hatte ein ungutes Gefühl, so lange von Hochstadt fort gewesen zu sein und trieb sein Pferd an. Als er sich dem Obertor näherte, hörte er zu seiner Verwunderung lautes Lachen und Gejohle, als wäre ein Fest im Gange. Die Wache schien nicht mehr ganz nüchtern zu sein, als sie ihn einließ. Ein chaotisches Bild ruchlosen Treibens erwartete ihn auf der Hauptstraße. Die Einheimischen hatten sich betrunken, sie grölten und kreischten. Einige hatten sich auf der Straße übergeben, andere trieben Unzucht in dunklen Straßenecken.

Jakob war vom Pferd abgestiegen und zog es hinter sich her, misstrauisch blickte er sich um. Plötzlich hatte er nur noch Verachtung für diese Menschen übrig, die Unbescholtene als Teufelsbündner brandmarkten und sich selbst benahmen, als würden sie vom Leibhaftigen geritten. Warum feierten die Leute so ausgelassen, fragte sich Jakob besorgt, irgendetwas musste passiert sein. Niemand auf der Straße schien für Ruhe und Ordnung zu sorgen. Als ein betrunkener Bauer an ihm vorbei wankte, ergriff ihn Jakob am Kragen und zog ihn zu sich heran. Drohend sah er ihm in die rotunterlaufenen Augen.

„Was gibt's hier zu feiern? Rede, aber schnell!"

Der Bauer hatte Schwierigkeiten, seinem Blick standzuhalten, der Alkohol hatte seine Sinne betäubt. Jakob schüttelte den Mann heftig.

Schließlich besann sich der Bauer. „Wir … wir haben den Teu … den Teufel ausgetrieben …" Dann riss er sich von Jakob los und torkelte lallend weiter. „Hochstadt ist gerettet … vom Bösen befreit!" Er lachte hysterisch und bog schwankend in die enge Straße nördlich der Rittergasse ein.

Jakob sah ihm verstört nach. Ihm kam eine schreckliche Ahnung. Er setzte sich auf sein Pferd und ritt so schnell er konnte die Hauptstraße hinunter zum Narrenturm, vorbei an betrunkenen Bürgern, die laut aufschreiend das Weite suchten, um nicht unter die Hufe seines Pferdes zu geraten.

Am Narrenturm bot sich Jakob ein schreckliches Bild. Vor der offenen Tür zum Kerker lagen die Leichen zweier Wachen und die von Andreas Rohn. Man hatte ihnen die Köpfe eingeschlagen. Jakob sprang vom Pferd und eilte die Stufen des Turms hinauf. Die Ketten im Kerkerraum lagen am Boden, von Gisbert fehlte jede Spur. Rasend vor Angst und Zorn rannte Jakob aus dem Narrenturm, saß auf sein Pferd auf und galoppierte davon. Auf der Treppe zur Dorfschänke saßen zwei betrunkene junge Männer. Sie prosteten sich mit ihren Bierkrügen zu und lachten. Hektisch hielt Jakob sein Pferd an und stieg ab. Er zog seinen Degen und drückte die Spitze mit Nachdruck an den Hals des einen. Vor Schreck schien der junge Mann plötzlich wieder nüchtern zu sein.

Jakob hatte Mühe, seine Wut zu bändigen. „Was habt ihr mit dem Bürgermeister gemacht? Wo ist er?"

Als der junge Bursche völlig verschreckt einen Moment nach Worten rang, antwortete der andere, der neben ihm saß, für ihn. „Er ist am Töngeswald ... zusammen mit der Bestie und tanzt mit dem Teufel."

Als er sich anschickte zu lachen, schnellte Jakobs Degen zu ihm und streifte seinen Hals, so dass etwas Blut daran herunterlief.

Panisch flehte ihn der junge Mann an. „Was habt Ihr? Bitte verschont mich ..."

Am liebsten hätte Jakob zugestochen, aber er besann sich und ließ von den beiden ab. Schnell ritt er zum Obertor davon. Als er Emmes' Haus passierte, sah er diesen am Fenster stehen. Für einen kurzen Moment trafen sich ihre Blicke. Emmes stand dort ohne jede Regung. Es wirkte, als sei er mit seinen Gedanken weit weg. Der sonst so strenge Calvinist, dem zügellose Gelage stets ein Dorn im Auge gewesen waren, tat plötzlich so, als ginge ihn diese ganze Situation nichts an, dachte Jakob voller Hass und Abscheu. Doch er hielt nicht an und hetzte weiter. Nachdem er Hochstadt verlassen hatte, galoppierte Jakob am Kalkhaus mit seiner Kalkbrennerei vorbei und gelangte auf einem kleinen Feldweg geradewegs zum Töngeswald. Auf einer Lichtung stand eine alte, dicke Eiche. Hier hatte man schon in früheren Zeiten Menschen hingerichtet.

Jakob konnte es schon von Weitem riechen. Der Wind trieb den Gestank von verbranntem Fleisch zu ihm. Es hatte ihnen nicht gereicht, die zwei Menschen aufzuknüpfen. Sie hatten sie zusätzlich angezündet und die verkohlten Überreste an der Eiche einfach hängen lassen. Bestürzt blickte Jakob auf die beiden Körper, deren Glieder grotesk ausgestreckt waren, so als würden ihre Besitzer jetzt noch um Gnade flehen. Das Feuer hatte die Muskeln und Sehnen ihres Fleisches zusammengezogen. Jakob kannte diese grausamen Verkrampfungen aus Kriegstagen.

Nach einer Weile trat er näher an den Baum und musterte die aufgehängten Leiber. Eine der verbrannten Leichen hatte abgefeilte spitze Zähne, es war die Bestie. Jakob brauchte einen Moment, bis er den anderen Leichnam identifizieren konnte. Schließlich erkannte er ihn an dem Siegelring, den Gisbert immer am Finger trug.

Er schloss seine Augen und begann bitterlich zu weinen. Gerade hatte er wieder zu Gisbert gefunden, und nun hatte er ihn endgültig verloren. Er war zu spät gekommen. Es gab keine Rettung mehr. Unendliche Trauer erfasste ihn, die sich jedoch allmählich mit Zorn verband und dem Hass auf alle, die für diese Tat verantwortlich waren.

Jakob schnitt Gisberts Leichnam ab, legte seinen Mantel darüber und betete für ihn. Er würde ihn im Wald begraben. Wie sollte er jetzt bloß vor Elisabeth treten, dachte Jakob erschüttert.

***

Elisabeth saß vor dem Haus auf einer einfachen, aus Baumstämmen gezimmerten Bank und blickte in die letzten abendlichen Sonnenstrahlen. Auf ihrem Schoß befand sich ein angeschlagener Teller mit rohem Sauerkraut, den sie von der Alten erhalten hatte und von dem sie hin und wieder naschte. Die Monate im Kerker hatten Elisabeth blass und schwach werden lassen, und nun tat sie alles, um so viel Licht und gesunde Nahrung wie möglich aufzunehmen. Sie hatte begonnen, das Buch ihrer Mutter zu lesen. Neben der Heilkraft verschiedener Kräuter und den Behandlungsmethoden bei Fieber und Entzündungen hatte Elisabeth auch von der gesunden Wirkung des Sauerkrauts erfahren. Mit seiner Hilfe war es den Menschen auch in den Wintermonaten möglich, Krankheiten und Mangel vorzubeugen.

Eigentlich hätte Elisabeth froh sein müssen. Das Schicksal schien sich doch noch zum Guten für sie und ihren Vater zu wenden. Doch sie war von einer inneren Unruhe erfüllt. Was, wenn es Jakob nicht gelang, ihren Vater zu befreien, wenn er dabei überrascht wurde? Noch waren sie nicht in Sicherheit.

Es knackte im Gehölz, und Elisabeth fuhr erschrocken hoch. Schnell stand sie auf, um ins Haus zu gehen. Doch dann sah sie die Alte, die aus dem Dickicht kam und etwas bei sich trug. In einer Falle hatte sie ein Kaninchen gefangen.

Elisabeth saß an der Feuerstelle im Haus und war gerade dabei, dem Tier das Fell abzuziehen, als sie die Hufe eines galoppierenden Pferdes hörte, das sich der Hütte näherte. Angespannt schaute sie aus dem kleinen Fenster. Es war Jakob. An seinem Gesicht konnte Elisabeth sofort erkennen, dass etwas Schlimmes geschehen sein musste. Beunruhigt und mit blutigen Händen, stand sie da, als Jakob zur Tür hereinstürzte und sie mit einer Mischung aus Verzweiflung und Trauer anblickte. Tränen standen in seinen Augen.

Elisabeth sah ihn entsetzt an und schüttelte den Kopf. „Sag, dass es nicht wahr ist …"

Jakob konnte ihrem Blick nicht standhalten und sah zutiefst bekümmert zu Boden.

Elisabeth fiel auf die Knie, sie ließ ihrem Schmerz schreiend und wimmernd freien Lauf.

Die Alte, die hinter ihr stand, schlug erschrocken die Hände vor den Mund.

***

Emmes betrachtete interessiert die neuartige Pistole, die ihm der Einäugige kürzlich übergeben hatte. Er hatte sie der Bestie entrissen, als sie auf ihn schießen wollte. Am goldenen Knauf der Waffe waren Gisberts Initialen eingraviert worden. Aber von nun an war Gisbert von Gettenbach Geschichte, und die edle Waffe würde zum Besitz von Guido Emmes gehören, dachte er triumphierend.

Dann hörte er Reiter auf der Hauptstraße und eilte zum Fenster. Der Einäugige traf mit ein paar Soldaten des Grafen von Hanau in Hochstadt ein. Emmes hatte sie angefordert, als abzusehen war, dass die Einheimischen bei ihrer wütenden Hexenjagd nicht mehr aufzuhalten gewesen waren.

Emmes schloss die Pistole in einem Schrank ein, setzte sich an seinen Arbeitstisch und bearbeitete scheinbar geschäftig Papiere. Der Einäugige öffnete die Tür und ließ den Offizier, der die Soldaten aus Hanau anführte, in Emmes' Zimmer eintreten. Dieser ging auf Emmes zu und übergab ihm ein Schreiben des Grafen von Hanau.

Der Graf war empört über den Aufstand der Hochstädter. Er äußerte seinen Unmut in scharfen Worten und forderte den Amtmann auf, hart durchzugreifen und die Schuldigen drastisch zu bestrafen. Die Soldaten sollten vorerst in Hochstadt für Ordnung sorgen. Außerdem befahl der Graf, dass Emmes auch die Aufgaben des Bürgermeisters zu übernehmen habe. Guido Emmes lächelte in sich hinein.

Der Einäugige wusste, dass Emmes viel zu lange gewartet hatte, bis er Hilfe holen ließ. Seinem Herrn war es einzig und allein darum gegangen, dass man ihn nicht wegen unterbliebener Hilfeleistung zur Rechenschaft ziehen konnte. Ein weiterer Schachzug. Mir ist es gleich, dachte der Einäugige. Er wurde gut entlohnt, und das war das Wichtigste. Außerdem hatte er für seinen Herrn eine Neuigkeit, die ihn sicher überraschen würde.

Nachdem sich der Offizier entfernt hatte, betrat der Einäugige das Schreibzimmer. Guido Emmes schien guter Dinge zu sein und lehnte sich auf seinem Stuhl zurück. Listig sah der Einäugige den Amtmann mit seinem noch verbliebenen Auge an.

„Herr, ich bringe noch weitere Neuigkeiten."

„Rede!"

„Heinrich von Schultheiß, er wurde umgebracht, samt seiner Bewacher."

Emmes sah ihn erstaunt an. „Wann?"

Der Einäugige ließ sich die Antwort genüsslich einen Moment auf der Zunge zergehen, bevor er antwortete. „Kurz nachdem der Blonde dort war."

Guido Emmes erstarrte und überlegte einen Moment. „Von wem hast du diese Nachricht?"

„Ein Schreiber des Grafen Casimir hat es mir erzählt."

Emmes' Blick verdüsterte sich kurz, dann fasste er einen Entschluss. „Reite sofort nach Arnsberg und geh der Sache nach. Finde heraus, wer ihn umgebracht hat!"

Der Einäugige neigte beflissen sein Haupt. „Ich werde Euch nicht enttäuschen."

Ungehalten quittierte Emmes den Abschied des Einäugigen. „Beeil Er sich!"

Nachdem der Einäugige gegangen war, lief Guido Emmes in seinem Zimmer auf und ab. Hatte er sich in dem Blonden getäuscht? Wollte der ihn womöglich zum Narren halten, nach allem, was er für ihn getan hatte? Vorerst würde er auf die Nachricht des Einäugigen warten. Nervös rief er nach der Wache vor seiner Tür. Es verging etwas Zeit, bis der Wachmann hereingeschlurft kam. Als er Emmes Laune bemerkte, nahm er sofort Haltung an. Der Amtmann ging um ihn herum, als würde er nach einem Opfer suchen. Beunruhigt folgten die Augen des Wächters den Bewegungen seines Herrn.

„Hat Er geschlafen?", fragte Emmes spitz.

Der Wachmann verneinte unsicher. „Verzeiht, Herr. Meine Ohren. Ich höre schlecht. Die Kanonen in der Schlacht von Lützen, müsst Ihr wissen …"

Emmes musterte ihn einen Augenblick wortlos und sagte dann bestimmt: „Trommelt die Wachen zusammen. Das ganze Dorf soll sich unverzüglich am Spielhaus einfinden, und zwar alle!"

Der Wachmann antwortete beflissen: „Jawohl, Herr!" Dann ging er schnellen Schrittes zur Tür hinaus.

Wie befohlen, wurden die Bewohner Hochstadts am Spielhaus zusammengetrieben. Guido Emmes ließ sogleich den Platz absperren, damit nicht der eine oder andere auf die Idee kam, sich davonzumachen. Die Wachen hielten ihre Hellebarden im Anschlag. Ängstlich guckten die Hochstädter sie an. Besorgt fragten sie sich, was auf sie zukam und ahnten bereits, dass sie nun zur Verantwortung gezogen würden. Der neue Inhaber des bürgermeisterlichen Amtes war in Begleitung des Pfarrers und Heinrich Fredes' zum Platz vor dem Rathaus gekommen.

Auf einem Podest stehend, verkündete Emmes die Anklage: „Als neuer Bürgermeister von Hochstadt wurde mir von höchster Stelle aufgetragen für Ruhe zu sorgen und die Schuldigen für das eigenmächtige Handeln im Falle Gisbert von Gettenbach zu bestrafen ... entweder melden sie sich freiwillig, oder ich wähle vier aus."

Ein Raunen ging durch die Menge, dann trat Totenstille ein, die nur ab und an von einem krähenden Hahn durchbrochen wurde. Starr vor Schreck studierten die Menschen jede Regung des Amtmannes. Niemand rührte sich. Nach einer Weile stieg Emmes vom Podest und streifte mit zwei Wachen langsam, die Männer und Frauen musternd, durch die Reihen. Er wählte scheinbar willkürlich zwei jüngere Bauernburschen und zwei ältere Männer aus. Der ein oder andere von ihnen mochte ihm irgendwann einmal wegen eines Fehlverhaltens aufgefallen oder ihm gegenüber aufmüpfig aufgetreten sein. Heute wurde ihnen dies zum Verhängnis. Als man sie packte, schrien die Frauen und Mütter der Ausgewählten auf.

Nachdem die Männer durch die nur schwach protestierende, ängstlich verharrende Menge abgeführt worden waren, stieg Guido Emmes wieder auf das Podest und sah entschlossen in die Menge. „Ihr könnt froh sein, dass es nur vier sind. Das wird euch eine Lehre sein, euch über die Obrigkeit hinwegzusetzen. Geht jetzt, und benehmt euch, wie man es von euch verlangt. Sonst wird es nicht bei den Vieren bleiben. Morgen früh werden sie an der alten Eiche gehängt. Alle von euch werden dort erscheinen. Alle! Habt ihr verstanden?!" Dabei blickte er grimmig in die beklommen nickende Menge.

Die Versammelten wurden von den Wachen auseinandergetrieben. Eingeschüchtert gingen sie nach Hause, unter ihnen die weinenden Frauen, die ihre Söhne und Ehemänner soeben verloren hatten.

Sie hatten Elisabeth auf einen Stuhl gesetzt und hofften, dass der Schock keine Frühgeburt auslösen würde. Die Alte hatte einen beruhigenden Kräutertee aufgebrüht, den Elisabeth aber nicht trinken wollte. Sie hatte aufgehört zu weinen, mit bebenden Lippen starrte sie ins Nichts. Jakob stand hilflos daneben. Er hätte sie so gern getröstet, aber es war ihm unmöglich, in ihrer momentanen Verfassung zu ihr durchzudringen. Er fühlte sich schuldig, weil er zu spät gekommen war und Gisbert nicht hatte retten können.

Elisabeths Blick lag schon eine ganze Weile auf dem scharfen Messer, mit dem sie das Kaninchen zerlegt hatte. Dann sprach sie zornig zu Jakob: „Ihr habt versprochen, ihn zu befreien … das war eine Lüge!“

Jakob zog einen Stuhl heran und setzte sich neben sie. Verzweifelt schüttelte er den Kopf. „Nein! Bitte, das dürft Ihr nicht glauben. Die Dorfbewohner, sie haben sich über den Willen Graf Casimirs hinweggesetzt … ich wusste nicht …“

Elisabeth sprang wütend auf. „Schweigt! Warum sollte ich Euch noch trauen? Unter einer Decke steckt Ihr … alle!“

Aufgebracht packte sie das Messer, das auf dem Tisch lag, und richtete es gegen ihren Bauch. Drohend wich sie ein Stück zurück und schrie fuchsteufelswild:. „Er will mich hier behalten, bis ich sein Balg gebäre … Das hat er sich so ausgedacht … Wie könnte ich mit diesem Ding, das von diesem Teufel stammt, leben …" Elisabeth hob das Messer.

Bevor die Klinge ihren Bauch erreichte, hatte Jakob ihre Hand gepackt und hielt sie zurück. Sie sträubte sich und bot all ihre

Kraft auf, um die Hand mit dem Messer aus Jakobs Griff zu winden, doch gegen ihn hatte sie keine Chance.

Er versuchte verzweifelt, sie zu besänftigen. „Lasst ab! Tut es nicht! Das Kind kann nichts dafür. Emmes soll seine Strafe erhalten, aber was nützt es, wenn Ihr und das Kind tot seid?"

Elisabeth suchte Trost in seinen Augen. Tränen liefen ihr die Wangen hinunter und linderten ihren Schmerz ein wenig. Ihre Anspannung löste sich und das Messer fiel zu Boden.

Jakob ließ ihre Hand los, wandte jedoch den Blick nicht von ihr. „Ich habe Eurem Vater geschworen, Euch zu beschützen, und ich werde alles dafür tun, dass Ihr wohlbehalten von hier wegkommt." Dann packte er sie an den Schultern, um das Gesagte noch einmal zu bekräftigen. „Ihr könnt Emmes mehr schaden, wenn Ihr ihm Euch und das Kind für immer entzieht und woanders weiterlebt. Ihr werdet ein Stachel in seinem Fleisch sein und ein lebender Beweis für die Sünden, die dieser Mensch begangen hat."

Elisabeth konnte nicht mehr, sie ließ sich in die Arme Jakobs fallen und weinte bitterlich. Er hielt sie fest und hätte sie am liebsten nie mehr losgelassen.

Nach einiger Zeit, als Elisabeth wieder ansprechbar war, wollte sie von Jakob genau wissen, was die Hochstädter ihrem Vater angetan hatten. Es blieb Jakob nichts anderes übrig, als ihr die grausamen Einzelheiten zu schildern. Doch statt sich in hilfloser Trauer ihrem Schicksal zu ergeben, hatte Jakobs Schilderung Elisabeth aufgerüttelt. Sie war erfüllt von Wut und Hass.

Jakob wollte keine Zeit mehr verlieren und drängte sie, noch in der gleichen Nacht zu fliehen. Leipzig sollte ihr Ziel sein. Es war ein weiter Weg, aber dort lebte Elisabeths Onkel Balthasar. Es schien der einzige Ort zu sein, an dem sie im Moment sicher wären. Doch Jakob musste noch einmal zurück nach Hochstadt. Schließlich sollte Emmes keinen Verdacht schöpfen. Alles sollte so aussehen, als würde er seinen Befehl befolgen, erklärte er Elisabeth. Außerdem konnte sie in ihrem Zustand unmöglich einen längeren Marsch auf sich nehmen. Deshalb würde er noch zwei Pferde besorgen, auf denen sie reisen konnten. Aber bevor Jakob nach Hochstadt aufbrach, hatte Elisabeth noch einen Wunsch, den er ihr unmöglich abschlagen konnte, auch wenn er nicht ungefährlich war. Sie wollte Abschied nehmen von ihrem Vater.

Die Abenddämmerung hatte eingesetzt. Nebel zog auf und legte sich zusammen mit einem feinen Nieselregen wie ein feuchter Schleier über den Wald. Elisabeth saß hinter Jakob auf dem Pferd. Sie ritten an dem Baum vorbei, an dem immer noch die verkohlten Überreste der Bestie hingen. Elisabeth schaute angewidert weg. Ein paar Meter weiter am Waldrand erblickte sie den frischen Erdhügel, unter dem ihr Vater verscharrt lag. Mit Jakobs Hilfe ließ sie sich vom Pferd herab und trat an Gisberts einsames Grab. Jakob blieb auf dem Pferd zurück. Er wollte Elisabeth bei ihrer Trauer und den Gedanken an ihren Vater nicht stören. Hin und wieder blickte er sich prüfend zur Eiche um. Der Regen hatte aufgehört, aber der Nebel wurde dichter. Nur schemenhaft konnte man in der Entfernung den Wehrturm von Hochstadt erkennen. Bei diesem Wetter suchte niemand die Gegend um den Richtplatz auf. Außer ein paar Krähen, die um den hängenden Kadaver der Bestie flogen und von Zeit zu Zeit daran herumpickten, war alles ruhig.

Elisabeth starrte auf den Erdhügel. Sie konnte noch immer nicht fassen, dass ihr Vater nun dort begraben war. Es schien ihr, als sei er immer noch in ihrer Nähe, so als würde er weiterhin seine schützende Hand über sie halten. Bisher hatte sie niemals das Gefühl gehabt, einsam zu sein. Sie hatte sich von ihrem Vater geliebt und behütet gefühlt, und jetzt sollte sie akzeptieren, dass er in der kalten, nassen Erde lag. In ihren Gedanken sah sie ihn plötzlich vor sich, in seiner ganzen Gestalt, wie er lachte und lustige Geschichten erzählte mit seiner angenehm tiefen Stimme. Das alles würde sie nie wieder erleben. Sie war nun ganz allein auf sich gestellt, dachte Elisabeth traurig. Die Erinnerung an ihren Vater trieb ihr die Tränen in die Augen. Doch dann atmete sie tief durch und wischte sich mit ihrem Ärmel ärgerlich über das Gesicht. Nein, sie wollte nicht in hilfloser Trauer zerfließen. Eines

Tages würde sie ihren Vater rächen, denn sie war sein Fleisch und Blut und ebenso tatkräftig wie er. Elisabeth löste die Kette mit dem Medaillon ihrer Mutter und bettete sie auf das Grab. Dann legte sie ihre Hand darüber und schloss für einen Moment die Augen, um diesem Schwur Nachdruck zu verleihen. Sie wollte auf dieser Erde weilen, solange, bis sie denjenigen bestraft hatte, der für das alles verantwortlich war: Guido Emmes.

Als sie von der Grabstelle ihres Vaters zu Jakob zurückkehrte, spürte sie, dass sich eine Wandlung in ihrem Inneren vollzogen hatte. Sie war erwachsen geworden und bereit, die schwere Last der zurückliegenden Ereignisse auf ihren Schultern zu tragen. Jakob bemerkte diese neue Kraft an Elisabeth. Trotz der harten Züge, die sich in ihr liebliches Gesicht gegraben hatten, empfand er sie nun noch schöner als zuvor. Ohne ein Wort zu sagen, zog Jakob Elisabeth hinter sich auf das Pferd, und sie ritten durch die nebelige Dämmerung zurück in den Wald.

***

Als Jakob in Hochstadt eintraf, war es schon beinahe dunkel. In der ehemaligen Gettenbachschen Hofreite herrschte reges Treiben. Emmes hatte Gisberts Arbeitszimmer okkupiert und nahm sich wie selbstverständlich das Recht heraus, hier zu residieren. Bilder und Gegenstände, die diesem Raum jahrelang eine anheimelnde Atmosphäre gegeben hatten, ließ er entfernen; zum einen, weil sie ihn an Gisbert erinnerten und zum anderen, weil das Arbeitszimmer eines Calvinisten keines solchen Tands bedurfte.

Seine Männer waren gerade dabei, die Möbel des alten Bürgermeisters in den Hof zu schaffen, wo sie dem Feuer übergeben werden sollten, als Jakob eintraf. Ihm fiel auf, dass wertvolle Sachen aussortiert und auf einen Wagen geladen wurden, um sie fortzuschaffen. Er musste sich zusammenreißen, um seinen Zorn nicht zu zeigen, der jedes Mal aufwallte, wenn er daran dachte, wie diese Hexenjäger nach der Hinrichtung ihrer Opfer sich freudig deren Besitz einverleibten. Nun hatte Guido Emmes sein Ziel erreicht, dachte Jakob voller Verachtung.

Als er vor Emmes' neues Arbeitszimmer trat, hörte er plötzlich die wundervolle Melodie einer gezupften Laute. Zwei schwer bewaffnete Wachmänner öffneten ihm die Tür. Jakob trat ein und fand Guido Emmes in seinem Lehnsessel sitzend vor. Die Virtuosität, mit der Emmes das Instrument spielte, ließ Jakob nicht unbeeindruckt. All die Jahre hatte er nichts von dieser Leidenschaft geahnt. Wie wenig wusste er doch von Guido Emmes, aber wie viel wusste dieser über ihn selbst, dachte er verbittert. Sein Lautenspiel stand vollkommen im Gegensatz zum Habitus dieses angeblich so strengen Calvinisten. Die Musik war ergreifend, fast hätte Jakob Sympathie für diesen Menschen empfinden können. Doch da er wusste, zu welchen Grausamkeiten Emmes fähig war, bekam diese künstlerische Darbietung etwas bodenlos Teuflisches.

Eben noch ganz in sein Spiel versunken, sah Guido Emmes Jakob unvermittelt mit kaltem, unbewegtem Gesichtsausdruck an. „Nun? Sie hat doch hoffentlich nichts vom Tod ihres Vaters erfahren?"

Jakob verscheuchte seine Gedanken, ganz sachlich antwortete er: „Nein, sie ahnt nichts und ist wohlauf. Niemand hat den Weg zu ihr in den Wald gefunden, keiner weiß von ihr. Die alte Frau versorgt sie gut. Bald wird sie das Kind bekommen, sagt die Alte."

Emmes nickte zufrieden. Dann legte er die Laute auf den Tisch, stand auf und trat dicht vor Jakob. „Als du die Petition in Arnsberg abgeholt hast, habe ich dich gar nicht gefragt, wie es eigentlich meinem guten alten Freund Heinrich von Schultheiß geht." Dabei betrachtete er Jakob mit stechenden Augen, so als wollte er jede Regung in seinem Gesicht genau studieren.

Die Frage überraschte Jakob, und er stutzte einen Moment. „Es … geht ihm gut. Nur die Einsamkeit macht ihm zu schaffen, er hat wohl nicht viele Freunde dort."

Emmes nickte und umkreiste ihn. „So, so." Unvermutet klopfte er Jakob auf die Schulter. „Schon bald wirst du ihn holen. Ich werde ihn einladen. Und es wird ein Fest zu seinen Ehren geben."

Emmes war nicht entgangen, dass Jakob nach diesen Worten mit den Augen blinzelte, bevor er nickte und zaghaft lächelte. Emmes beließ seine Hand auf Jakobs Schulter und sah ihm einen

Moment forschend ins Gesicht. Jakobs Mund wurde trocken, und er spürte den Schweiß in seinem Nacken. Er wusste, dass er diesem Blick standhalten musste. Jakob fasste unauffällig mit seiner Hand an den Degen, sollte er jetzt zustechen? Deswegen war er noch einmal zurückgekommen. Doch er zögerte noch immer, zu lange. Er wollte Emmes töten, und jetzt konnte er es nicht. Zu groß war seine Angst, dass etwas schief gehen und ihre Flucht scheitern könnte. Den Wachen, die Emmes vor dem Haus hatte postieren lassen, würde er nicht entkommen können.

Da nahm Emmes endlich die Hand von seiner Schulter. „Du kannst jetzt gehen und dich ausruhen." Den letzen Satz hatte er so gelassen und besonnen ausgesprochen, dass er auf Jakob eher bedrohlich als beruhigend wirkte.

Ein seltenes, fast liebenswürdiges Lächeln huschte über Guido Emmes' Gesicht.

Nachdem Jakob gegangen war, erstarb es. Er rief einen der Wachmänner vor seiner Tür zu sich. Der kräftige, junge Bursche nahm sofort Haltung an und griff eilfertig an seinen Degen.

Emmes begutachtete ihn kurz. „Er ist Fredes' Sohn, nicht wahr?"

Der junge Wachmann bestätigte stolz: „Ja, Herr. Karl ist mein Name."

Emmes blickte ihm in die Augen. „Rede Er nur, wenn ich Ihn frage!"

Der Junge nahm erneut Haltung an.

„Drei Männer sollen das Haus bewachen, in dem der Blonde wohnt. Tag und Nacht. Ich will über jeden seiner Schritte Bescheid wissen."

„Jawohl, Herr", antwortete Karl pflichtschuldigst und eilte davon.

Jakob saß nervös in seiner Kammer auf dem Bett. Die Art, wie sich Emmes ihm gegenüber verhalten hatte, gefiel ihm gar nicht. Der Raum des Einäugigen nebenan war leer und sein Reisegepäck fehlte. Jakob verfluchte sich und wünschte, sie hätten die Flucht besser gleich ohne Umschweife ergriffen. Stattdessen war er noch mal an diesen Ort zurückgekehrt. Plötzlich war sich Jakob sicher: Emmes wusste von dem Mord an Schultheiß. Noch hatte er keine Beweise dafür, dass er der Mörder war, sonst hätte er ihn niemals gehen lassen. Aber es war klar, dass er die Sache bereits untersuchen ließ und es nur noch eine Frage der Zeit war, bis er die Wahrheit herausfinden und ihn holen lassen würde.

Jakob hatte vorgehabt, Emmes zu töten. Aber diesen Plan musste er vorerst verwerfen. Zuallererst musste er Elisabeth retten und konnte froh sein, wenn er unbehelligt aus Hochstadt herauskam.

Nach Mitternacht erhob sich Jakob vom Bett, nahm sein Gepäck und ergriff die Waffen, den Dolch, den Rapier und das Luntenschlossgewehr. Gerade wollte er aus dem Haus schleichen, als er die drei Wachen bemerkte. Sie waren um das Haus herum postiert, zwei an der Eingangstür und eine am Hofeingang. Hier gab also keine Fluchtmöglichkeit. Jakob fluchte leise. Emmes war ihm tatsächlich auf der Spur. Zum Glück hatte er noch dessen Skizze von den Geheimgängen unter Hochstadt. Vielleicht gelangte man vom Keller des Hauses in das unterirdische Labyrinth, überlegte Jakob. Viele Häuser Hochstadts waren an das System der Geheimgänge angeschlossen. Er sah aus einem kleinen Fenster auf der Nordseite des Zimmers, es gab den Blick auf den finsteren Hinterhof frei, der schwach vom Mond beleuchtet wurde. Er grenzte direkt an die Ringmauer, die an dieser Stelle unüberwindbar hoch war. Der Keller war wie bei allen Häusern in Hochstadt jedoch nur von außen zu erreichen. Deshalb blieb ihm nichts anderes übrig, als durch das kleine Fenster vom Obergeschoss in den Hof hinunter zu klettern. Sein Gewehr war dabei zu hinderlich, er musste es zurücklassen, doch seinen Dolch und den Rapier konnte er verstauen. Er hangelte sich an dem Efeu herab, der das ganze Haus überwucherte. Nachdem er sicher unten angekommen war, blickte er sich um. Er konnte kaum die eigene Hand vor seinen Augen sehen und tastete sich an der Hauswand entlang, bis er schließlich ein Luftloch fand, das in den Keller führte. Er betete, dass es groß genug für ihn war. Mit Mühe zwängte er sich hindurch und landete in einem feuchten, dunklen Gewölbe, das nach Schimmel und altem Obst roch. Der Keller lag in absoluter Finsternis. Als er die Wände entlangstrich, um einen Einlass zu den Gängen zu finden, stieß er in einer Mauernische an eine Kerze. Mit Hilfe seines Feuersteins und der Lunte zündete er sie an. Er suchte weiter, musste sich aber nach einer Weile eingestehen, dass er sich getäuscht hatte. In diesem Keller gab es anscheinend keinen Zugang zu den Geheimgängen von Hochstadt.

Verzweifelt ließ er sich niedersinken und lehnte sich an die feuchte Mauer. In Gedanken suchte er fieberhaft nach einem Ausweg. Er durfte nicht aufgeben! Er stand wieder auf und begutachtete die steile Treppe, die nach oben zur Kellertür und auf die Straße führte. Dort oben standen die Wachen. Dann kam ihm eine Idee. Er untersuchte den Hohlraum unter der Treppe. Doch statt einer Tür, die er dort vorzufinden gehofft hatte, stand dort nur ein großes Holzfass, randvoll mit alten Äpfeln, die den Winter überdauert hatten. Plötzlich sah er das Licht seiner Kerze tanzen. Eine nasse Kälte schien ihn anzuhauchen. Er steckte die Kerze in die Äpfel, packte mit ganzer Kraft das Fass und schob es so, leise es ging zur Seite. Dahinter erschien ein schwarzes Loch, groß genug, um einen Mann durchzulassen. Er hatte den Eingang gefunden.

5. Teil

Elisabeth

Auf der Flucht

22. Mai 1650
Der Einäugige peitschte sein Pferd durch die Nacht. Am Horizont wurde es langsam hell. Er musste sich beeilen. Die Neuigkeiten, die er zu überbringen hatte, ließen keinen Aufschub zu. Emmes würde erfreut sein zu hören, dass er tatsächlich einen Zeugen gefunden hatte, einen Nachbarn, der beobachtet hatte, wie Jakob in der Mordnacht heimlich aus dem Haus des Hexenjägers in Arnsberg geschlichen war.

***

Trotz der frühen Stunde lief Elisabeth unruhig vor der Hütte hin und her. Jakob hätte längst da sein sollen, es musste etwas passiert sein. Er hatte ihr eingeschärft, ohne ihn zu flüchten, falls er bis zum Morgengrauen nicht zurück war. Wie sollte sie das nur schaffen in ihrem Zustand, ganz allein und ohne seine Hilfe? Sie hatte sich niedergekniet und gebetet, dass er käme, doch als die Vögel ihr Morgenlied angestimmt hatten, war ihr klar geworden, dass sie handeln musste.

Die Alte kam und brachte ihr einen Beutel, der mit etwas Proviant gefüllt war. „Mein armes Kind, du musst jetzt ohne ihn fort."

Elisabeth lächelte traurig und nahm dankbar ihre Hand. „Vielen Dank, Mütterchen. Für alles."

Die Alte drückte sie kurz an sich. „Viel Glück und Gottes Segen für dich und dein Kind."

Mit einem Anflug von Verzweiflung nahm Elisabeth den Sack mit ihren Habseligkeiten und begab sich langsam in den Wald. Sie blickte sich immer wieder um in der Hoffnung, Jakob würde doch noch erscheinen. Aber sie sah nur die Alte, die ihr nachwinkte und irgendwann verschwunden war. Nun war Elisabeth ganz allein im dunklen Dickicht des Waldes unterwegs. Nur der

Gedanke, dass das Kind nicht in die Hände von Guido Emmes fallen durfte, ließ sie immer weiter gehen. Sie wusste, dass sie als schwerfällige, hochschwangere Frau nicht viele Chancen hatte, allein zu Fuß nach Leipzig zu gelangen.

***

Der Einäugige erreichte die Tore Hochstadts und wurde so schnell er konnte bei Emmes vorstellig. Nachdem er berichtet hatte, was er in Arnsberg in Erfahrung brachte, warf sich Emmes seinen Mantel über und sie eilten zur Unterkunft des Blonden. Die Wachen sicherten noch immer das Gebäude und berichteten, dass der Blonde das Haus nicht verlassen hätte. Doch als sie sein Zimmer leer vorfanden, war klar, dass er einen Fluchtweg gefunden haben musste. Im Keller entdeckten sie den Eingang zu den Geheimgängen. Emmes war außer sich vor Wut und drohte den Wachen mit einem bösen Nachspiel. Eilig ritt er mit dem Einäugigen zu dem Ort, an dem er Jakob zu finden hoffte.

Die Alte kam ihnen entgegen, als sie ihre Pferde vor der Hütte anhielten. Emmes stieg ab und ging zu ihr. Sein Blick verriet, dass er nicht viel Geduld haben würde. „Wo sind sie, alte Vettel?"

Die Alte blickte ihn stoisch an. „Sie sind weg."

Guido Emmes baute sich bedrohlich vor ihr auf. „Sag mir, wohin sie wollen. Sofort!"

Als die Alte nichts sagte, drehte sich Emmes wütend zum Einäugigen um und bedeutete ihm mit einem kurzen Wink, was zu tun war.

Der Einäugige setze ein gehässiges Gesicht auf, stieg vom Pferd und ging auf die Alte zu. Er packte sie am Arm und zerrte sie zur Hütte. Bevor sie eintraten, drehte er sich noch einmal zu seinem Herrn um, der seine Ungeduld nicht verbergen konnte, und versicherte ihm: „Sie wird gleich reden."

Dann verschloss er hinter sich und der alten Frau die Tür.

***

Nachdem Elisabeth ein paar Stunden durch das Unterholz gestiegen war, ließ sie sich erschöpft an einer alten Buche nieder. Ihre Glieder schmerzten. Deutlich konnte sie die Bewegungen des Kindes spüren. Die werdende Mutter trank etwas Wasser aus einer Schweinsblase und aß von dem Käse, den ihr die Alte mitgegeben hatte.

Auf einmal knackte es im Unterholz. Gleich darauf noch einmal und dann wieder und wieder, wobei das Geräusch immer näher kam. Voller Anspannung holte Elisabeth das Messer aus der Tasche, das sie vorsichtshalber eingepackt hatte, und hielt es fest in der Hand. Jemand lief auf sie zu und hatte es eilig. Waren es bereits Emmes' Männer? Dann wurde das Gebüsch vor ihr auseinandergerissen und eine Gestalt schälte sich heraus. Jakob stützte seine Hände auf die Knie und japste nach Luft.

***

Emmes saß auf seinem Pferd und wartete vor der Hütte nervös auf den Einäugigen.

Nach einer Weile tauchte der Söldner auf und gesellte sich zu ihm. Dabei wischte er sich mit einem schmutzigen Tuch den Schweiß von der Stirn. „Sie wollen über die Hohe Straße nach Osten. Mehr hat sie nicht gewusst, sonst hätt' sie's gesagt."

Barsch riss Emmes sein Pferd herum und sprach ungehalten: „Nimm ein paar Männer und finde die beiden. Sie und das Kind brauche ich unversehrt. Den Blonden bring mir tot oder lebendig."

„Wenn's sein muss, serviere ich seinen Kopf auf einem silbernen Tablett, Herr", erwiderte der Einäugige erfreut.

Emmes blickte ihn drohend an. „Wie du ihn herschaffst, ist mir gleich. Aber bring mir das Mädchen und das Kind, sonst brauchst du dich hier nicht mehr blicken zu lassen, hast du verstanden?"

Der Einäugige machte eine Verbeugung und wedelte dabei frech mit dem Federhut.

Emmes stieß seinem Gaul die Sporen schmerzhaft in die Flanken und preschte Richtung Hochstadt davon.

Nachdem sein Herr weggeritten war, ging der Einäugige zurück zur Hütte und legte Feuer. Er blieb davor stehen und wartete, bis die Flammen sich von innen nach außen gefressen hatten und durch die Fenster des Häuschens schlugen. Der Schein des Feuers tauchte sein Gesicht in ein rotes Licht. Ob die Alte nach seiner Folter noch gelebt hatte, war ihm gleich, spätestens jetzt war sie tot und Vergangenheit. Den Flammen zuzuschauen, bereitete ihm stets Genuss, doch noch mehr Freude empfand er bei dem Gedanken, dem Blonden schon bald den Kopf abzuschlagen.

***

Elisabeth und Jakob liefen durch den Wald. Er hatte ihr Gepäck geschultert, so dass sie nur die Bürde ihres dicken Bauches zu tragen hatte. Mit seinem Degen hieb er, so gut er konnte, den Weg frei, doch sie kamen immer langsamer voran.

Jakob blieb stehen. „Zu dumm, dass ich keine Pferde besorgen konnte. Lasst uns ausruhen. Ihr müsst Euch schonen."

Elisabeth seufzte. „Sie werden uns bereits suchen."

„Deswegen nehmen wir auch nicht den Weg über die Hohe Straße. Dort werden sie sicher zuerst nachsehen. Und die Kinzigtalstraße werden sie auch überwachen. Wir machen lieber einen Bogen um Hanau, durch die Bulau, bis wir die Birkenhainer Straße erreichen. Das ist zwar ein Umweg, aber im Spessart werden sie uns bestimmt nicht vermuten. Dann können wir bald ein Lager aufschlagen und uns ausruhen."

Elisabeth war erleichtert. „Ich bin froh, dass Ihr da seid, alleine wäre ich verloren."

Jakob lächelte sie an. Er war ebenso froh, beinahe wäre seine Flucht schief gegangen.

Nach einer kleinen Pause liefen sie weiter Richtung Osten.

***

Wachmann Karl Fredes kam Guido Emmes eilig entgegengeritten. Er berichtete, dass jemand Gisbert von Gettenbachs Leiche vom Galgenbaum abgeschnitten und fortgeschafft habe. Emmes veranlasste, dass man auch den Mann, den sie Bestie genannt hatten, vom Galgen holte und im Wald verscharrte. Es sollte so aussehen, als habe man die beiden Kadaver auf Emmes' Befehl hin vom Baum entfernt, um Platz für die neuen Delinquenten zu schaffen. Emmes ahnte, dass Jakob hinter dem Verschwinden von Gisberts Leichnam steckte, aber er wollte keine weitere Unruhe stiften. Alles sollte den Anschein haben, als hätte Guido Emmes endlich das Böse aus dem Ort verbannt.

Ganz Hochstadt hatte sich an der alten Eiche am Töngeswald eingefunden. Eine Abordnung aus Hanau war gekommen, um der Vollstreckung des Urteils beizuwohnen. Die vier unschuldigen Männer standen nebeneinander auf einem Holzkarren. Man hatte ihnen bereits die Schlingen um den Hals gelegt, die von einem dicken Ast der Eiche herunterhingen. Mit bleichen Gesichtern starrten sie ängstlich zu ihren wimmernden Angehörigen, die in der Menge standen und das entsetzliche Schauspiel mit ansehen mussten. Niemand sprach ein Wort, nur das Weinen und Schnäuzen der Frauen, die auf den Tod ihrer Männer und Söhne warteten, unterbrach die Stille.

Guido Emmes trieb sein Pferd nach vorne und kam neben dem Holzwagen mit den Todgeweihten zum Stehen. Grimmig sah er abwechselnd zu den Verurteilten und den Einheimischen.

„Dieser Tag soll euch eine Lehre sein und euch immer daran erinnern, was geschieht, wenn ihr euch der Obrigkeit widersetzt." Dann deutete er auf den aus Hanau angereisten Scharfrichter, der einen vor den Holzkarren gespannten Bullen festhielt, und rief ihm zu: „Vollstreckt das Urteil!"

Der Mann zog den Bullen an seinem Nasenring mit sich und der Holzwagen holperte los. Nacheinander baumelten die Männer in der Luft. Es sah aus, als ob sie einen schrecklichen Tanz vollführten. Drei von ihnen hatten Glück, bei ihnen stellte sich der Tod schon bald ein. Nach einem kurzen Zucken waren sie erstickt oder ihre Hälse gebrochen. Der Jüngste unter ihnen, ein Bursche von höchstens sechzehn Jahren, wollte es dem Tod anscheinend nicht so leicht machen. Röchelnd zappelte er hin und her. Dabei trat er in wilder Panik aus, bis der Scharfrichter sich gnädig zeigte und sich an seine Beine hing. Das Genick des Jugendlichen brach mit einem hohlen Knacken.

Die vier Toten sollten, wie üblich, als weithin sichtbares abschreckendes Mahnmal am Galgen hängen bleiben, bis sie abfaulten, verfügte Guido Emmes.

Nach der Hinrichtung begaben sich die Einheimischen schweigend zurück ins Dorf. Diesmal war es kein leichter Weg, bedrückt trotteten sie heimwärts. Heute hatten sie die Quittung dafür erhalten, dass sie in dummem Eifer und Aberglauben ihren einstigen Bürgermeister verdammt und umgebracht hatten. Für das kurze Vergnügen eines Spektakels hatten sie ihre Seele dem Leibhaftigen verkauft. Nun hatte Guido Emmes das Sagen, der Teufel in Person, und er würde ein strenges Regiment führen.

Emmes thronte auf seinem Pferd und blickte dem Pöbel hinterher. Wie dumm diese Menschen doch waren. Sie hatten es nicht anders verdient. Endlich hatte er sein Ziel erreicht. Er war nun der mächtigste Mann im Ort, hatte Gisberts Platz eingenommen und sich endlich an ihm gerächt. Wie lange hatte er darauf hingearbeitet und es herbeigewünscht. Doch jetzt, da seine Wünsche erfüllt waren, empfand er eine eigenartige Leere. Er hatte sich seinen Triumph anders vorgestellt, hatte größtmögliche Genugtuung erwartet. Stattdessen wurde ihm klar, dass das Ziel, das er sein Leben lang verfolgt hatte, plötzlich nicht mehr vorhanden war. Er dachte an Elisabeth und daran, dass sie der einzige Mensch war, der bei ihm ein Gefühl von Wärme und Verlangen auslöste. Ein Gefühl, dem er weiterhin nicht erliegen durfte. Er hoffte dennoch, dass Elisabeth noch eine Zeit lang am Leben blieb, zumindest so lange, bis sie sein Kind gebar. Sie wollte es ihm wegnehmen, doch er würde sie finden. Sein eigen Fleisch und Blut in den Armen zu halten und zu besitzen, war nach all dem nun sein größter Wunsch, und er hoffte, dass es ein Junge sein würde.

Der Einäugige führte die sechs schwer bewaffneten Männer an. Zwei Reiter wies er an, den Töngeswald zu durchkämmen. Drei andere sollten die Kinzigtalstraße und die angrenzenden Wälder Richtung Süden, Westen und Norden absuchen, falls die Alte doch gelogen haben sollte. Er selbst ritt mit dem jungen Karl Fredes auf der Hohen Straße nach Osten.

***

Elisabeth und Jakob hatten den Töngeswald in östlicher Richtung durchquert und waren kurz nach der „Krummen Kinz" nach Süden abgebogen. Die Kinzig hatten sie auf der Lamboybrücke überquert und waren hinter dem Kloster Wolfgang auf die Birkenhainer Straße gestoßen. Die unwegsame Gegend und Elisabeths Zustand hatten viel Zeit beansprucht. Plötzlich hörten sie ganz in der Nähe Pferde wiehern und das Knacken von Ästen. Jakob packte Elisabeth und legte sich mit ihr in eine Mulde. Hastig kratzte er Laub und Zweige zusammen und verteilte alles über sie. Kurz darauf hielten zwei Wachmänner auf ihren schnaufenden Pferden direkt neben ihnen. Elisabeth und Jakob trauten sich kaum zu atmen. Die Wachmänner verharrten, als schienen sie etwas zu wittern. Jakobs Hand lag auf seinem Messer, bereit, jederzeit zuzustoßen. Doch dann ritten die Wachen weiter.

Die beiden blieben noch eine Weile in dem Versteck, dann krochen sie vorsichtig heraus. Jakob beschloss, in der Nähe ein Nachtlager aufzuschlagen. Über einer Kuhle baute er aus Ästen und Reisig einen Unterschlupf, dessen Dach er mit Blättern tarnte.

In der Nacht lagen sie nahe beieinander und wärmten sich gegenseitig. Elisabeth war so erschöpft, dass sie gleich einschlief. Jakob blieb noch lange wach. Er fürchtete, dass in eins, zwei Tagen ihre Essensvorräte aufgebraucht sein würden.

***

23. Mai 1650
In der Morgendämmerung standen sie auf und machten sich wieder auf den Weg. Sie gingen noch tiefer in den Wald hinein, damit sie Emmes und seinen Männern nicht in die Arme liefen. Alle paar Meter blieb Jakob stehen und lauschte, ob die Verfolger zu hören waren. Am Abend gelang es ihm, einem Greifvogel, der einen Feldhasen geschlagen hatte, die Beute streitig zu machen. In einem Erdloch entfachte er ein kleines Feuer, das er abgedeckt hatte, um es zu verbergen. Dann begann er, den Hasen langsam auf der Glut zu räuchern.

An diesem Tag hatten sie ihre Wanderung unterbrechen müssen, weil Elisabeth sich nicht wohl fühlte. Sie war tapfer gewesen und hatte ihre Schmerzen eine Zeit lang vor Jakob verborgen, doch irgendwann ging es nicht mehr und sie musste sich hinsetzen.

Die Rast hatte ihr Entspannung gebracht, und wie so oft in den Ruhepausen studierte Elisabeth das bebilderte Arzneibuch ihrer Mutter. In der Nähe der Birkenhainer Straße hatte sie auf dem Waldboden einige Kräuter wie Beifuß und Johanniskraut entdeckt, deren heilende Wirkung sie schon kannte. Ihre Mutter hatte in dem Buch jedoch eine Rezeptur für Entzündungen des Leibes notiert, bei der man diese Pflanzen mit weiteren Kräutern zu einem Sud mischte, um die Wirkung zu steigern. Elisabeth nahm sich vor, wann immer sie konnte, nach diesen neuen Heilkräutern zu suchen, die ihr bisher unbekannt waren.

Nun saßen sie zusammengekauert in einer versteckten Felsnische, und Jakob zündete die Kerze an, die er in dem Keller seines Unterschlupfs gefunden hatte. Das Licht und der Geruch des fertig geräucherten Hasen erfreuten Elisabeth. Das Ziehen in ihrem Bauch war verschwunden, und sie hatte Hunger für zwei. Der Feldhase hatte die Größe eines kleinen Hundes und gab genug Fleisch. Während Jakob gierig an seiner Hasenkeule nagte, betrachtete Elisabeth ihn amüsiert. Ganz mit der Mahlzeit beschäftigt, bemerkte Jakob erst jetzt Elisabeths Blick und hielt inne.

„Ihr schmatzt“, lächelte Elisabeth.

Jakob sah sie erstaunt an. „Dafür habt Ihr den Hasen fast alleine verschlungen."

Beide lachten leise. Trotz ihrer abgespannten Lage löste sich die Stimmung. Jakob wischte sich den Mund an den Ärmeln ab, was Elisabeth mit einem Kopfschütteln kommentierte. „Wo habt Ihr bloß solch ein Benehmen gelernt?"

Jakob zuckte mit den Schultern und sah sie verwundert an. „Bei der Armee."

Plötzlich rülpste Elisabeth leise. Wieder mussten sie kichern. Elisabeth seufzte, sie benahmen sich wirklich wie Kinder. Aber es war das erste Mal seit langem, dass sie wieder lachen konnte.

Jakob warf die Keule weg. „Was habt Ihr vor in Leipzig?"

Elisabeth überlegte einen Moment. „Mein Onkel Balthasar, er ist ein wohlhabender Mann. Wenn er erfährt, was geschehen ist, wird er mir helfen."

Jakob legte seine Hand auf ihren Arm. „Ich werde bei Euch bleiben und auf Euch aufpassen."

Elisabeth sah ihn dankbar an. „Ich bin sehr froh, dass Ihr nach … nachdem ..., mein ... Vater ... nun ..."

Elisabeth rang nach Worten. Tränen überkamen sie, und sie musste plötzlich bitterlich weinen. Jakob nahm ihre Hand, schließlich drückte er Elisabeth sanft an sich. Sie ließ es geschehen. Die Nähe Jakobs tat ihr gut, und sie fühlte sich geborgen. Doch die Gedanken an ihren Vater kehrten wie ein schlimmer Schmerz immer wieder zurück. Am liebsten hätte sie sich für immer in Jakobs Umarmung geflüchtet, weit fort von der Kälte dieser unbarmherzigen Welt.

Als Elisabeth sich allmählich beruhigt und ihre Tränen abgewischt hatte, spürte sie das Bedürfnis, sich Jakob anzuvertrauen. „Guido Emmes, ich hasse ihn so sehr, nach all dem, was er mir und meinem Vater angetan hat … aber eine Zeitlang dachte ich …, ich dachte, ich würde etwas für ihn empfinden, sehr viel für ihn empfinden … Es war, als hätte er mich verhext … Das alles ist nun für immer vorbei", presste Elisabeth bitter hervor und blickte Jakob dabei wie zur Bestätigung fest in die Augen. „Verzeiht meine Dummheit."

Jakob blickte sie eindringlich an. „Es gibt nichts zu verzeihen. Ich kenne die Macht von Guido Emmes. Er hat Euch missbraucht und um den Finger gewickelt, aber Ihr werdet stark genug sein, diesem Teufel zu widerstehen. Denkt nicht mehr an ihn!"

Elisabeth nickte nachdenklich. In Wahrheit quälte sie sich immer wieder mit einem Gedanken. Als Guido Emmes noch einmal zu ihr in den Kerker gekommen war und mit sanfter Stimme ihren Namen gesagt hatte, so als wollte er ihr seine Liebe gestehen, hätte sie da noch etwas erreichen können? Hätte sie um Verschonung ihres Vater bitten sollen? Doch nun war es zu spät, was geschehen war, war geschehen, und es gab kein Zurück mehr. Sie dachte an ihren armen Vater und an die anderen Menschen, die Emmes noch auf dem Gewissen hatte.

„Eines Tages werde ich mich an ihm rächen", flüsterte Elisabeth entschlossen.

Jakob streichelte ihre Hand. Beide fühlten sich plötzlich wie magisch voneinander angezogen, und ihre Gesichter kamen sich immer näher. Ein Gefühl von Wärme und Zuneigung durchfuhr Elisabeths Körper, und sie hoffte, dass sie das Verlangen, dass sie einst für Guido Emmes empfunden hatte, irgendwann für Jakob empfinden würde.

Jakob sah ihr tief in die Augen. „Elisabeth, ich liebe dich und will immer bei dir sein. Das sollst du wissen … ich …"

Elisabeth legte ihren Zeigefinger auf seinen Mund und brachte ihn so zum Schweigen. „Bitte rede nicht weiter. Sag es erst wieder, wenn wir wirklich in Sicherheit sind." Dann lächelte sie ihn sanft an und legte ihren Kopf an seine Schulter.

Der Einäugige war mit Karl Fredes auf der Hohen Straße bis nach Büdingen geritten. Doch niemand der Befragten hatte Jakob und Elisabeth gesehen. Bei jedem Händler hatten sie sich erkundigt, jeden Viehwagen durchsucht, vergebens. Schließlich beschloss der Einäugige umzukehren. Kurz vor Hochstadt trafen sie auf die beiden Wachen, die der Einäugige in den Wald geschickt hatte, aber auch sie kamen mit leeren Händen. Als die Kundschafter aus Norden, Westen und Süden zurückkamen und auch keinen Erfolg vorzuweisen hatten, wurde dem Einäugigen klar, dass die Suche vorerst gescheitert war. Es blieb ihm nichts anderes übrig, als seinem Herren von dem Misserfolg Bericht zu erstatten.

Der Einäugige suchte Guido Emmes in seinem okkupierten Arbeitszimmer, in dem nichts mehr an Gisbert von Gettenbach erinnerte, auf. Der neue Bürgermeister hatte seine Hände auf dem Rücken verschränkt und blickte aus dem Fenster. Er drehte sich nicht um.

„Wie ich sehe, kommst du mit leeren Händen."

Der Einäugige versuchte, seine Unsicherheit zu überspielen. Er räusperte sich, damit seine Stimme an Klarheit gewann. „Potz Fickerment. Sie sind wie vom Erdboden verschluckt. Wir haben alles durchsucht ..."

„Nicht gründlich genug, wie mir scheint!" Damit kehrte er dem Fenster den Rücken und trat bedrohlich vor den Einäugigen. Sein Gesicht war rot vor Zorn. Er packte ihn am Kragen und zog ihn zu sich heran „Du wirst sie mir bringen. Ansonsten wirst du mir dafür geradestehen. Hast du verstanden?"

Der Einäugige wusste genau, was das hieß. Entweder er erfüllte den Befehl seines Herrn oder er wurde getötet. Schließlich ließ Emmes von ihm ab. Der Einäugige rückte unwohl seinen Kragen zurecht und machte schließlich einen Diener. „Ich werde Euch nicht enttäuschen und komme erst zurück, wenn ich sie gefunden habe."

Emmes gab ihm einen Beutel mit Münzen und sah ihn finster an. „Dies ist das letzte Geld, das du von mir erhältst. Also überleg dir gut, was du nun tust."

Jetzt, da er endlich den Platz des Blonden eingenommen hatte und in der Gunst des Herrn gestiegen war, wollte der Einäugige nichts riskieren. Er würde alles unternehmen, um die Hexe zu finden. Er betrachtete einen Moment lang nachdenklich den Geldbeutel, wog ihn in der Hand und ging entschlossen zur Tür.

***

24. Mai 1650
Sie waren nur eine Tagesreise weit gekommen. Elisabeth hatte wieder mehrere Ruhepausen benötigt. Die Nacht brach herein, und bald war es an der Zeit, einen geeigneten Schlafplatz zu suchen. In der Nähe einer Waldlichtung hatten sie Stimmen gehört. Als sie sich herangeschlichen hatten, sahen sie eine kleine Wagenburg. Händler hatten dort anscheinend ihr Lager aufgeschlagen. Hinter den Planwagen stieg eine Rauchwolke auf, und man roch das gebratene Fleisch. Während sich Elisabeth in der Nähe versteckt hielt, tastete sich Jakob noch weiter zur Wagenburg vor und spähte die Leute aus. Drei Männer und ein Kind saßen am Feuer. Neben ihnen lag eine Frau auf Decken gebettet und hustete unaufhörlich. Sie schien sehr krank zu sein. Jakob konnte vier Pferde und zwei Kühe ausmachen. Er wollte warten, bis die Leute schliefen. Dann würde er zwei der Gäule entwenden. Es war die einzige Chance, mit Elisabeth zügig weiterzukommen.

Sie hatten ein einfaches Nachtlager in der Nähe der Wagenburg aufgeschlagen und ihre Mäntel auf dem moosigen Waldboden ausgebreitet. Elisabeth hatte endlich Zeit sich auszuruhen und schlief bereits. Es musste lang nach Mitternacht gewesen sein, als Jakob beschloss, zur Tat zu schreiten. Das flackernde Licht des Lagerfeuers in der Wagenburg wies ihm den Weg. Als er dort ankam, stellte er fest, dass noch immer zwei Personen am Feuer Wache hielten. Sie waren vollkommen ruhig und sprachen kein Wort, die anderen waren anscheinend schlafen gegangen. Jakob fürchtete, die Wachen würden ihn hören und fluchte leise. Dennoch musste er es wagen. Vielleicht würde ihm der Wind helfen, der ab und zu durch die Bäume fegte und ein Rauschen erzeugte. Jakob zog seine Stiefel aus, damit ihn das Knacken der Äste nicht verriet. Barfüßig tastete er sich zu den Pferden. Zum Glück wusste er, wie man die Tiere davon abhielt, einen Fremden durch Wiehern oder Schnauben zu verraten. In den Jahren, in denen er als Söldner im Großen Krieg gekämpft hatte, hatte er des Öfteren hinter den feindlichen Reihen Pferde stehlen müssen. Es dauerte nicht lange, bis er einige Pferdeäpfel gefunden und seine Hände damit eingerieben hatte. Sanft und leise flüsterte er den Tieren zu, während er sich ihnen mit zugewandtem Rücken näherte. Schließlich gab er ihnen kleine Stücke von den Äpfeln, die er aus seinem Proviantsack genommen hatte. Jakob hoffte, dass man das Kauen der Gäule nicht hörte. Nachdem sie ihm zutraulich aus der Hand gefressen hatten, band er schnell zwei von ihnen vom Baum los. Er wollte sie gerade fortführen, als er das Spannen einer Radschlosspistole hinter sich vernahm. Aus dem Unterholz direkt neben ihm tauchten zwei bewaffnete Männer auf, und Jakob blickte in den Lauf einer Waffe, während ihn eine Muskete unsanft am Hals piekte. Einen Moment später erschien vor der Wagenburg ein Mann mit einem Degen und einer brennenden Fackel in den Händen. Er hatte schlohweißes Haar, trug einen langen Bart und besaß die Ausstrahlung eines entschlossenen Anführers. Doch sein Gesicht verriet auch Weisheit und Güte. Er kam auf Jakob zu, hielt ihm die Degenspitze bedrohlich vor die Augen und rief: „Sprecht Euer letztes Gebet, Strauchdieb!"

„Haltet ein! Bitte hört mich an", versuchte Jakob zu beschwichtigen.

„Du glaubst doch nicht, dass wir dich lebend wieder hier weglassen", knurrte der Mann mit dem Degen unfreundlich.

Da knackte es im Unterholz, und man nahm die Umrisse einer Gestalt wahr, die aus der Finsternis auf sie zulief. Der Mann mit der Muskete zielte auf die Erscheinung im Dunkel. Die Lunte war gelegt und glimmte, er brauchte nur noch abzudrücken.

Jakob ahnte, dass es Elisabeth war, die da auf sie zukam. Panik ergriff ihn. „Nein, um Gottes willen! Schießt nicht!"

Der weißbärtige Mann hob die Hand. „Noch nicht schießen."

Der Mann mit der Muskete zögerte einen Moment, dann senkte er die Waffe.

„Wir sind keine Räuber, nur in Not", rief Elisabeth der Gruppe zu. Sie näherte sich langsam und blieb schließlich direkt vor dem Mann mit der Muskete stehen. „Bitte! Es tut uns leid. Wir wussten nicht weiter. Ich kann kaum laufen, seht her, ich bekomme ein Kind." Elisabeth blickte verzweifelt zu Jakob. Der suchte fieberhaft nach einer Möglichkeit, die Männer außer Gefecht zu setzen, ohne Elisabeth zu gefährden. Doch die Lage schien aussichtslos.

Als die Männer aber erkannten, dass Elisabeth in anderen Umständen war, lockerte sich ihre Anspannung. Nur der Mann mit der Muskete hielt Elisabeth weiterhin in Schach und blickte nervös zu dem alten Mann. „Wer garantiert, dass sie nicht wieder kommen und uns Ärger machen? Wir sollten sie töten!"

Plötzlich kam ein kleines Mädchen hinter einem der Wagen hervorgehuscht. „Ihr dürft sie nicht töten. Es ist unrecht. Die Frau bekommt doch ein Kind."

Der alte Mann mit den Degen zischte ihr energisch zu: „Geh sofort zurück, hast du gehört!"

Das Mädchen zuckte wortlos mit den Schultern und verzog sich.

Die Männer konzentrierten sich wieder auf Elisabeth und Jakob.

Der alte Mann ließ den Degen sinken. „Nun gut. Ihr sollt leben. Aber Ihr lasst all Eure Sachen hier."

Jakob protestierte. „Dann könnt Ihr uns gleich erschießen."

„Wie dem auch sei. Entweder so oder wir werden Euch töten. Also packt Euch ..." Der weißhaarige Anführer zeigte auf die Stiefel, die Jakob in der Hand hielt. „Auch die bleiben hier."

„Meine Stiefel?", fragte Jakob ungläubig.

„Geht jetzt, bevor wir es uns anders überlegen", sagte der Alte entschlossen.

Jakob seufzte. Er hatte erkannt, dass diese Männer keine Händler waren, sondern ehemalige Söldner, die ihre Drohung sicher in die Tat umsetzen würden. Die Art und Weise, wie sie mit ihren Waffen hantierten und trotz der unklaren Situation Ruhe bewahrt hatten, ließ keinen Zweifel. Es blieb Jakob nichts anderes übrig, als den Befehl zu befolgen und seine Stiefel zurückzulassen. Sich an den Händen haltend, liefen Elisabeth und Jakob von der Wagenburg fort. Sie spürten, wie sich die Blicke der Männer, die ihre Waffen im Anschlag hielten, in ihren Rücken bohrten. Der finstere Wald hatte sie bereits verschluckt, als ein langgezogenes Stöhnen, gefolgt von einem verzweifelten Schmerzensschrei, die Stille der Nacht durchschnitt. Elisabeth und Jakob fuhren herum. Die Männer waren nicht mehr zu sehen.

„Was war das?“, zischte Jakob beunruhigt.

Nach einer kurzen Pause waren die Schreie wieder zu hören. Elisabeth überlegte einen Moment.

„Eine Frau. Eine Frau mit großen Schmerzen.” Sie drehte sich um und ging zurück Richtung Wagenburg.

Jakob sah ihr ungläubig nach. „Wo willst du hin?! Bleib hier, um Gotteswillen! Sie werden uns töten!“

Doch Elisabeth ging unbeirrt weiter. Jakob fluchte und lief ihr schließlich nach. Wenn ihr Weg hier enden sollte, so war es eben Gottes Wille, dachte er resigniert.

Dann verschwand Elisabeth hinter den Wagen.

Jakob blieb stehen, schloss die Augen und wartete auf einen Schuss. Er würde ihr folgen. Was war sein Leben noch wert ohne das ihre? Nach einer Weile öffnete er die Augen. Es war kein Schuss gefallen, alles war still. Die Frau hatte aufgehört zu schreien. Dann durchfuhr ein großer Schreck seine Glieder. Womöglich hatten sie Elisabeth lautlos mit einem Messer getötet? Voller Entsetzen rannte Jakob los, sprang über die Deichsel eines Wagens, blieb mit den Füßen hängen und stürzte quer über die Wiese. Vor der Feuerstelle rappelte er sich wieder auf. Die zwei Gestalten, die reglos am Feuer gesessen hatten, entpuppten sich als ausgestopfte Vogelscheuchen. Man hatte ihnen Kleider angezogen und sie hingesetzt. Dann sah Jakob Licht in einem der Wagen. Er ging darauf zu und hörte leise Stimmen. Als er in den Karren stieg, waren alle um die kranke Frau versammelt, die schweißgebadet auf einem Lager aus Decken ruhte. Elisabeth saß bei ihr und streichelte ihre heiße Stirn. Der Mann mit dem weißen Bart wandte sich an Jakob. Seine Augen strahlten vor Freude. „Ein Wunder. Eure Frau. Sie ist eine Heilerin.“

Jakob nickte erstaunt und hoffte, dass sein Gesichtsausdruck nicht allzu viel Skepsis verriet. Elisabeth war es anscheinend gelungen, das Vertrauen dieser Leute zu gewinnen. Jetzt machte es sich bezahlt, dass sie bei der alten Trapp in die Lehre gegangen war und dass sie jeden Tag im Buch ihrer Mutter gelesen und die Kräuter im Wald studiert hatte.

Ein Traum von Geborgenheit

Die Frau hieß Barbara und war die Mutter des kleinen Mädchens. Sein Name war Maria und es hatte genauso lange blond gelockte Haare wie seine Mutter. Vor kurzem hatte Barbara ein totes Kind geboren und sich dabei eine schwere Infektion zugezogen, die sich zu einer fiebrigen Lungenentzündung ausgeweitet hatte.

Elisabeth zeigte den Leuten das Buch ihrer Mutter und erklärte, dass sie etwas von der Kunst des Heilens verstand. Jetzt konnte sie die darin beschriebene Rezeptur ihrer Mutter zur Linderung von Entzündungen anwenden. Zum Glück hatte sie bereits alle Kräuter dafür in einem kleinen Säckchen gesammelt. Mit ein wenig Alkohol kochte sie einen Sud aus Kamille, Salbei, Thymian, Bärlauch und Beifuß und verabreichte ihn der Kranken mehrmals täglich. Außerdem legte ihr Elisabeth warme Wadenwickel an, und zur Beruhigung ihres Gemütszustandes gab sie ihr Rosenwurz, denn Barbara war durch den Verlust ihres Kindes von einer tiefen Schwermut befallen.

Nach einigen Tagen trat tatsächlich eine Besserung ein, und das Fieber begann zu sinken. Die Leute bedankten sich überschwänglich bei Elisabeth.

Doch sie hatten sich zu früh gefreut. Das Fieber kehrte mit voller Wucht zurück und war heftiger als zuvor. Elisabeth war deprimiert, zumal die Leute anfingen, sie für die Verschlechterung von Barbaras Gesundheitszustand verantwortlich zu machen.

Nach einer Nacht, in der Elisabeth wild von den Qualen vom Prozess im Gerichtssaal geträumt hatte, fiel ihr plötzlich wieder etwas ein. Die alte Kräuterfrau und Hebamme aus Hochstadt hatte ihr damals einen widerlichen Trunk verabreicht. Es war ein schrecklich scharfer Kräutersud gewesen, der bei Entzündungen während und nach Abbruch einer Schwangerschaft helfen sollte, wie ihr die alte Trapp versichert hatte. Nach und nach erinnerte Elisabeth sich wieder an die Zutaten, die sie ihr genannt hatte. Es war eine Mixtur aus Sadebaum und weiteren Kräutern.

So schnell sie konnte, setzte Elisabeth die Arznei an. Die ersten Schlucke waren noch ohne Wirkung, doch je mehr sich die Zutaten vermischten und die Medizin kräftiger wurde, desto schneller trat bei Barbara eine Besserung ein. Nach drei Wochen konnte sie endlich das Krankenbett verlassen. Die Bewohner der Wagenburg beschlossen zum Dank, Elisabeth und Jakob in ihren Kreis aufzunehmen und zusammen mit ihnen die Reise nach Leipzig anzutreten.

Die Niederkunft

14. Juni 1650
Mittlerweile war es sommerlich warm geworden. Am nächsten Tag wollte die Gruppe Richtung Osten aufbrechen. Doch am Abend setzten die Wehen ein. Elisabeth ließ ihren Teller mit Essen fallen und wand sich in starken Schmerzen. Sie gab Anweisung, für Sauberkeit zu sorgen, und Barbara wich ihr nicht von der Seite. Viele Stunden lang quälte sich Elisabeth auf ihrem Lager. Das Kind, das im Mutterleib so viel Anstrengung und seelische Qual hatte miterleiden müssen, wollte die letzte Etappe aus dem warmen Körper der Mutter hinaus in die kalte Welt nicht zurücklegen. Jakob blieb dicht beim Wagen, doch eine Geburt war Frauensache. Er musste sich fügen und draußen warten.

Zum Glück verstand er sich mittlerweile bestens mit den Männern der Wagenburg, besonders mit dem alten Johann, dem Oberhaupt der Gruppe. Er war ein Meister im Degenkampf. Wegen seiner schlohweißen Haare und des Bartes konnte man schnell zu der Annahme gelangen, dieser Mann sei alles andere als angriffslustig. Doch hinter seiner gütigen Art steckte ein zäher Asket, kampferprobt und voller Kraft.

Der alte Johann, der um die fünfzig Jahre sein mochte, hatte, wie Jakob, lange als Söldner in den Reihen der Protestantischen Union gedient. Nun suchte er zusammen mit seiner jetzigen Familie sein Glück als fahrender Händler. Der Söldner hatte schon einige Kinder und Ehefrauen sterben gesehen. Seine Söhne Martin und Georg stammten aus erster Ehe, Barbara war bereits seine dritte Frau. Er hatte Martin und Georg für den Kampf gut trainiert, wie Jakob am eigenen Leib erfahren hatte. Außerdem waren er und seine Söhne hervorragende Messerschmiede. Sie zogen von Stadt zu Stadt, um ihre Dienste anzubieten. Nun wollten sie ihr Glück in Leipzig versuchen.

Dann war es so weit. Mit einer letzten großen Anstrengung gebar Elisabeth einen gesunden Jungen.

Doch mit der Geburt des Kindes war es Elisabeth, als ob die Schrecken der letzten Zeit und die Erinnerung an Guido Emmes sie mit einem Schlag wieder einholten. Barbara legte ihr das Kind in den Arm, und dieses schreiende hilflose Bündel verlangte nach ihrer Brust. Elisabeth war verwirrt und konnte ihre Gefühle nicht einordnen. Es fiel ihr schwer, sich auf einmal als Mutter zu fühlen. Aber am schlimmsten wog, dass dies das Kind von Guido Emmes war, ihrem allerschlimmsten Feind. Wie sollte sie je Liebe für dieses Kind empfinden?

***

Es war der zweite Tag ihrer gemeinsamen Reise, kurz nachdem sie beim Hosse Wieschen von der Birkenhainer Straße auf den Eselsweg gewechselt waren, als Johann Fragen stellte. Ihm war aufgefallen, dass Jakob bedrückt schien und dass Elisabeth und er trotz der glücklichen Geburt des Kindes sehr zurückhaltend miteinander umgingen. Johann trieb die zwei Kühe mit einem Peitschenschnalzen an, so dass der Planwagen zügig vorankam. Er musterte Jakob kurz, der neben ihm auf dem Kutschbock saß, dann blickte er wieder geradeaus. „Ihr wirkt betrübt und seid nicht in der Laune, wie es ein frisch gebackener Vater sein sollte."

Als Jakob nicht antwortete, nahm der alte Johann den Faden wieder auf. „Könnte es daran liegen, dass Ihr nicht der Vater des Kindes seid?

Jakob sah Johann misstrauisch an, doch er schwieg beharrlich.

Der alte Mann ließ sich von Jakobs Reaktion nicht beeindrucken und redete weiter. „Ihr werdet gesucht. Von einem Blonden, der mit einer Hexe im Bunde sein soll, ist die Rede."

Jakobs Kinnlade klappte überrascht herunter.

Da legte Johann seine Hand beruhigend auf seine Schulter. „Keine Sorge, wir halten zu Euch. Im letzten Ort, in dem wir rasteten, redeten sie von den Männern, die Euch suchen. Es sind böse Menschen."

Jakob war erleichtert und begann zu sprechen: „Sie haben Elisabeths Vater, den Bürgermeister von Hochstadt, als Teufelsbuhler angeklagt und umgebracht und jetzt …"
Johann fiel ihm ins Wort. „Ihr braucht nicht weiterzureden. Ich kann's mir schon denken. Hier seid Ihr vorerst in Sicherheit, aber wir müssen auf der Hut sein."
Jakob rieb sich angestrengt die Stirn. „Wie kann ich Eure Familie länger solcher Gefahr aussetzen? Es ist besser, wenn wir allein weiterreisen."
Der alte Mann sah ihn durchdringend an. Dieser Blick duldete keinen Widerspruch. „Ihr habt uns geholfen und werdet bei uns bleiben. Wir werden das zusammen durchstehen."
Jakob streckte ihm die Hand hin, Johann ergriff sie. „Habt vielen Dank. Das werde ich Euch nicht vergessen", sagte Jakob bewegt.
Johann lächelte kurz, dann ließ er die Peitsche schnalzen.

Den letzten Planwagen des Trosses lenkte Barbara, neben ihr saß die kleine Maria. Immer wieder schielte das Mädchen neugierig nach hinten ins Innere des Wagens, wo Elisabeth mit ihrem Neugeborenen auf dem Boden saß und ihm die Brust gab.
Elisabeth betrachtete ihren kleinen Sohn einerseits mit einer gewissen Abneigung, andererseits mit pflichtbewusster Ernsthaftigkeit. Sie hatte dem Jungen den Namen Leonhard gegeben, den Zweitnamen ihres Vaters Gisbert. Die schwarzen Haare des Kindes schrien ihr jedoch wie ein böses Mal entgegen und wollten so gar nicht zu ihr passen. Es war die Haarfarbe seines Vaters Guido Emmes, dessen Namen sie erst wieder hatte aussprechen wollen, wenn er tot vor ihr lag.
Doch nun, als Leonhard sie mit seinen unschuldigen, blauen Augen anblickte, rührte sich etwas in Elisabeth. Es war, als würde sie in die Augen ihres Vaters blicken. Schließlich trug der Junge auch einen Teil von ihr in sich. Auf einmal breitete sich in Elisabeth eine tiefe mütterliche Zuneigung und Verbundenheit zu dem Kind aus. Was geschehen war, ließ sich nicht ändern. Dieses kleine, unschuldige Wesen war jetzt nun einmal auf der Welt.

Sie würde versuchen, aus ihrem Sohn einen guten Menschen zu machen, und wollte dafür sorgen, dass er nie erfahren würde, wer sein Vater war.

Die Häscher schlafen nicht

17. Juni 1650
Am nächsten Abend schlugen sie ihr Lager im zwischen Spessart und Rhön gelegenen Sinngrund auf. Da es immer wärmer wurde, war das Reisen angenehmer geworden, und sie waren in gelöster Stimmung. Wie immer hatten sie die drei Wagen mit den Tieren zu einem Kreis zusammengestellt, so dass sie als Wagenburg Schutz boten.

An diesem Abend lag Elisabeth mit Jakob eng beieinander. Leonhard schlief neben ihr auf dem Lager. Elisabeth kuschelte sich an Jakob, der sie in seine starken Arme nahm und streichelte. Sie schmiedeten Pläne für die Zukunft, so wie es frisch Verliebte zu tun pflegen. Allerdings blieb Elisabeth zurückhaltend. Die Schicksalsschläge der letzten Zeit hatten sie misstrauisch gemacht. Jakob versuchte, ihre Bedenken zu zerstreuen. Er malte ihnen aus, wie sie einen kleinen Bauernhof bewirtschafteten, eine Familie mit vielen Kindern gründeten und zusammen alt und grau werden würden. Mit diesem hoffnungsfrohen Gedanken an die Zukunft schlief Elisabeth ein.

Jakob, der in dieser Nacht die Wache übernahm, stieg vom Wagen herab und trat hinaus in die Dunkelheit. Es war ruhig, er sog die gute Luft ein und betete zu Gott, es möge wahr werden, was er Elisabeth soeben beschrieben hatte. Am Feuer saß schon Georg, Johanns Sohn. Jakob setzte sich zu ihm.

Über dem Feuer stand über einem Rost ein Topf mit heißem Kräutertee, der die beiden in dieser Nacht wach halten sollte und den sie aus Tontassen schlürften. Das Holz in den Flammen knackte ab und an. Über ihnen funkelten die Sterne, es roch nach Sommer, und das rötliche Licht des Feuers in ihren Gesichtern sorgte für eine fast behagliche Stimmung.

Georg musterte Jakob. „Wo habt Ihr gekämpft im Großen Krieg?"

Jakob setzte die Tasse ab und überlegte einen Moment. „Fast überall in diesem Land. Aber es waren nur die kleineren Scharmützel. Vielleicht mein Glück, sonst säße ich jetzt nicht hier."

Georg seufzte. „Ich selbst war noch zu jung für den Krieg. Aber ich wurde im Tross meines Vaters geboren und erinnere mich noch gut an Elend, Hunger und den Geruch von Toten. Hin und wieder plünderten wir andere arme Seelen, dann hatten wir wieder etwas zu essen."

Jakob legte einen Holzscheit ins Feuer und wandte sich wieder Georg zu. „Dieser verdammte Krieg hatte nichts Ehrenhaftes, wie man uns einreden wollte. Er hat dieses Land und die Menschen zerstört, hat sie zu gottlosen Kreaturen gem …"

In diesem Moment zerriss ein Schuss die Stille. Georg sackte leblos in sich zusammen. Jakob warf sich zur Seite, sprang auf und wollte zu Elisabeths Wagen laufen, da peitschten zwei weitere Schüsse durch die Nacht. Eine Kugel zerfetzte Jakobs Schulter, und er wurde zu Boden gerissen. Im Nu war die Wagenburg in Aufruhr. Der alte Johann und sein Sohn Martin waren, bewaffnet mit Degen und Messern, schnell aus ihrem Wagen gesprungen. Der Alte hatte seine Radschlosspistole griffbereit neben sich liegen gehabt und lud sie in Windeseile, während vier Reiter durch die Wagenburg preschten. Jakob erkannte noch, dass es die ihm wohlbekannten Wachmänner von Guido Emmes waren, die sie überfielen, dann wurde ihm schwarz vor Augen. Der alte Johann zielte und schoss einen der Reiter vom Sattel. Der fiel in den Matsch und wollte sich wieder aufraffen, doch Martin war sofort zur Stelle und versetzte ihm einen tödlichen Degenstoß. Einer der Wachmänner ritt auf seinem Pferd ans Lagerfeuer, entzündete eine Fackel daran und begann, die Planwagen in Brand zu stecken. In das Kampfgeschrei der Männer mischte sich das Weinen von Elisabeths Säugling. Elisabeth war mit ihm unter den Wagen gekrochen und hatte sich schützend über das Kind gelegt. Voller Entsetzen sah sie, wie Barbara mit der kleinen Maria aus ihrem brennenden Wagen flüchtete. Sie wurden sofort von den Reitern verfolgt. Die Männer kannten keine Gnade. Einer von ihnen erschlug Barbara im Galopp mit einem Degenhieb. Ein anderer tötete die kleine Maria mit einem gezielten Schuss aus seiner Pistole. Zwei der vier Männer waren von ihren Pferden abgestiegen und lieferten sich einen erbitterten Kampf mit Johann und Martin.

Jakob kam wieder zu Bewusstsein und wollte sich aufrichten, doch jemand stand direkt vor ihm und drückte ihn mit dem Stiefel auf der Brust fest nach unten. Der Einäugige grinste ihn süffisant an. „So sieht man sich wieder. Hast wohl gedacht, du kannst dir mit der rothaarigen Hexe ein schönes Leben machen, was?"

Der Einäugige zog seinen Katzbalger und schien den Moment auszukosten. „Ich werde dir jetzt deinen Kopf abschlagen und ihn als Geschenk für deinen Herrn verpacken."

Elisabeth hatte die Situation beobachtet. Sie war mit Leonhard, den sie in eine dicke Felldecke eingewickelt hatte, unter dem brennenden Holzwagen hervorgekrochen und hatte ihn schnell in ein Gebüsch gelegt. Sie rannte zu Jakob. Entsetzt sah sie, wie der Einäugige gerade zum Schlag mit seinem Schwert ausholte. Im Laufen packte sie den heißen Topf, der noch auf dem Feuer stand, an seinen Holzgriffen und lief damit von hinten auf den Einäugigen zu. Etwas heißer Tee schwappte heraus und verbrühte ihre Hand, aber in diesem Moment war es ihr gleich. Bevor die Klinge des Einäugigen niedersauste, schüttete sie das kochend heiße Teewasser über seinen Kopf. Der grausige Aufschrei des Einäugigen folgte mit etwas Verzögerung, so als bräuchten seine Sinne einen Moment, um den schrecklichen Schmerz fassen zu können. Wimmernd warf er sich zu Boden und rollte hin und her. Dann stand er schließlich auf und hetzte wie ein gejagtes Tier davon. Elisabeth sah ihm nach, während er mit seinen schrecklichen Schmerzensschreien in der Dunkelheit verschwand. Schnell wandte sie sich Jakob zu, der noch immer benommen am Boden lag.

Mit schmerzverzerrtem Gesicht richtete er sich auf. „Du musst sofort fliehen! Nimm das Kind und lauf so schnell du kannst. Hast du gehört?"

Elisabeth schüttelte verzweifelt den Kopf. „Ich gehe nicht ohne dich!"

Jakob packte sie mit seiner unverletzten Hand. „Elisabeth, du musst! Oder willst du, dass er das Kind bekommt? Ich schaff' das schon. Wir werden uns wiedersehen. Bestimmt!"

Elisabeth zögerte. Sie hatte den Eindruck, dass Jakob selbst nicht an seine eigenen Worte glaubte.

Jakob stand taumelnd auf und zog seinen Rapir. Er küsste Elisabeth so innig, wie es die Situation zuließ. „Lauf, in Gottes Namen, lauf!"

Dann rannte Jakob zu Johann und Martin, die noch immer gegen Emmes' Wachmänner kämpften und bereits verletzt waren.

Als Johann erkannte, dass die Angreifer Barbara und Maria getötet hatten, schrie er wie ein wildes Tier. Einem der Wachmänner hatte er den Kopf abgeschlagen und stach besinnungslos auf den Körper des toten Mannes ein.

Elisabeth eilte zu Leonhards Versteck, holte ihn hervor und stolperte hastig zum Wald. Tränen rannen ihr zusammen mit Dreck vom Gesicht in den Mund. Sie rannte und rannte, so lange, bis sie nichts mehr erkennen konnte und das Gestrüpp ihr das Gesicht zerkratzte. Der Wald umgab sie plötzlich wie ein schwarzes, stilles Loch. Sie fiel in einen ausgetrockneten Wassergraben. Fast besinnungslos vor Erschöpfung umschlang sie während des Fallens ihr Kind, das tief in seiner dicken Felldecke steckte. Das Letzte, was sie hörte, war ein Waldkauz in ihrer Nähe, dessen eindringliche Rufe sie dazu aufzufordern schienen, ihm zu folgen. Dann wurde ihr schwarz vor Augen und sie fiel in eine tiefe Ohnmacht.

Die Sonne strahlte golden, und das Wasser in dem Teich schimmerte grün. Elisabeth saß vor ihrer Hütte und hatte Leonhard im Arm. Sie fühlte sich geborgen, und der Wind, der sanft und warm von den Hügeln blies, trug den Geruch von frisch gemähtem Gras zu ihr. Jakob war ganz in ihrer Nähe auf einem Hang und bearbeitete die Wiese mit einer Sense. Seine blonden Haare leuchteten in der Sonne, und er lächelte ihr heiter zu. Auf einmal umflatterte ihn eine Schar bunter Schmetterlinge und setzte sich auf ihn. Verwundert lief er zu ihr und zeigte Elisabeth die ungewöhnliche

Pracht. Entzückt sahen sie sich voller Freude an, so als kündeten die Schmetterlinge auf Jakobs Körper von ihrer Zuneigung.

Lieber tot als lebend

18. Juni 1650
Elisabeth erwachte mit einem Ruck. Es wurde bereits hell. Sie brauchte einen Moment, um sich über das, was in der Nacht geschehen war, klar zu werden. Sie musste sofort zurück. Leonhard schlief noch in ihren Armen. Vorsichtig stand sie mit ihm auf und befreite sich aus dem Gestrüpp, das in dem Wassergraben wucherte und in den sie mit Leonhard gefallen war. Mit dem Kind auf dem Arm schlich zur Waldlichtung zurück. Hinter einem Baum versteckt beobachtete sie die Wagenburg oder das, was noch davon übrig war. Schwarzer Rauch stieg auf, von den Wagen standen lediglich die verkohlten Gerippe da. Nach ihrer Flucht waren anscheinend weitere Soldaten gekommen. Sie trieben sich zwischen den Trümmern der Wagen herum und sammelten auf, was sie brauchen konnten. Elisabeth konnte die übel zugerichteten Leichen sehen, die in einer Reihe niedergelegt worden waren. Die Zahl der Toten machte Elisabeth klar, dass niemand das Gemetzel überlebt hatte. Jakob, Martin und der alte Johann hatten keine Chance gehabt. Ein tiefer Schmerz durchfuhr ihren Körper. Sie stieß einen langgezogenen Seufzer aus, ging auf die Knie und weinte bitterlich in Leonhards Felldecke.

Fast mechanisch stand sie nach einiger Zeit wieder auf, drückte ihr Kind an sich und schlug sich zurück in den Wald. Sie musste so schnell wie möglich fort von diesem Ort, bevor die Männer begannen, nach ihr zu suchen.

Elisabeth lief, bis sie nicht mehr konnte. Sie wollte den Schmerz nicht mehr spüren. Der Tod wäre in diesem Moment eine Erlösung, dachte sie dumpf. Nicht nur Jakob war tot, auch die Menschen, die ihnen geholfen und Schutz geboten hatten. Sie hatten ihre Güte mit dem Leben bezahlt.

Mehrere Tage irrte Elisabeth durch den Wald. Die Decke mit dem Kind hatte sie sich um den Leib geschlungen. Sie hatte nichts bei sich als das, was sie am Körper trug, und einen Dolch, den sie in aller Eile in den Bund ihres Rockes gesteckt hatte. Schlimmer war jedoch, dass es nichts zu essen gab. Trotzdem ging sie immer weiter, ihr schien alles egal zu sein. Es kam ihr vor, als sei die Person, die da lief, nicht sie selbst. Irgendwann lehnte sie sich an einen Baumstamm, sackte zu Boden und fiel mit dem Kind auf dem Schoß auf der Stelle in einen tiefen traumlosen Schlaf.

Als sie erwachte, schrie Leonhard schon ganz heiser. Sie stillte das Kind, und nachdem es versorgt war, streifte Elisabeth weiter durch den dichten Wald, der kein Ende zu nehmen schien. Sie wusste nicht mehr, wo sie war oder wohin sie ging. Der immer wiederkehrende Schmerz des Verlusts peinigte sie. Hätte das Kind, das sie trug, sie nicht an ihre Verantwortung erinnert, sie hätte ihrem Leben ein Ende bereitet.

Irgendwann hatte Elisabeth das Zeitgefühl völlig verloren. Wie lange sie schon durch das Dickicht umhergeirrt war, vermochte sie nicht zu sagen. Sie hatte immer mehr den Eindruck, eins zu werden mit dem Wald. Ihre Sinne schärften sich, sie hörte Tiere und Geräusche, die sie vorher nicht wahrgenommen hatte. Sie ernährte sich von Kräutern, Beeren und Pilzen, die sie kannte. Einmal war sie an einem verendeten Reh vorbeigekommen. Es war noch warm, gierig hatte sie sein rohes Fleisch verschlungen. Sie fühlte sich selbst wie ein Tier, das nur noch lebte, weil der Instinkt es dazu trieb. Elisabeth war schwach geworden und hatte an Gewicht verloren. Das wenige, das sie zu essen fand, reichte nicht für eine stillende Mutter. Bald würde ihre Milch versiegen, und dann würde es nur noch kurze Zeit dauern, bis sie und ihr Kind endlich tot waren.

Doch als sie an diesem Morgen, an einem Baum sitzend, erwachte, erblickte sie Seltsames. Jemand hatte neben ihr Blaubeeren, Pilze und Himbeeren abgelegt, die auf große Ahornblätter drapiert waren. Es sah aus, als habe der Wald ihr eine Obstschale serviert. Elisabeth war zu hungrig, um darüber nachzudenken, wer das Mahl für sie bereitgestellt hatte. Gierig griff sie zu und bald war alles aufgegessen.

Es dämmerte bereits, als sie auf einer Lichtung Mauerreste entdeckte, die von Sträuchern überwachsen waren. Das kleine Dorf war wohl während des Krieges zerstört worden, und nun hatte der Wald sein Reich zurückerobert. Elisabeth suchte sich eine hohe Wand aus, die einmal zum Innern eines Hauses gehört hatte, und setzte sich mit Leonhard in eine Ecke. Der Platz bot genug Schutz vor Wind. Außerdem konnte sie von hier bis in den Wald sehen, da die Hauswand vor ihr zusammengestürzt war und den Blick freigab. Leonhard quengelte leise und wollte gestillt werden. Nachdem sie ihn versorgt hatte, schlief er selig in ihrem Arm ein. Elisabeth versuchte, so lange wie möglich wach zu bleiben, denn sie spürte eine innere Unruhe. Sie konnte nur hoffen, dass sie die Einzige an diesem unheimlichen Ort war. Nachttiere fingen an, sich bemerkbar zu machen. Ein Kauz schrie, ein Reh schreckte irgendwo im Wald. Die Dämmerung ließ nicht allzu viel Sicht zu. Hinter den schwarzen Stämmen der Bäume sandte die Sonne einen letzten Gruß, und Dunkelheit legte sich über den Wald.

Plötzlich hatte Elisabeth das Gefühl, dass sich drüben zwischen den Bäumen etwas bewegte. Sie kniff ihre Augen zusammen, um besser sehen zu können. Es sah aus wie ein Mensch oder zumindest wie etwas Menschenähnliches. Die Haare dieses Wesens standen widerspenstig ab und glichen einem wilden Gebüsch. Leonhard träumte und bewegte sich im Schlaf, Elisabeth war kurz abgelenkt. Als sie wieder zu der Stelle im Wald sah, war das seltsame Wesen verschwunden. Sie musste an die Waldgeister denken, von denen sich die Hochstädter immer wieder erzählt hatten, und an die Menschenfresser vom Hexenwald. Ängstlich drückte sie ihr Kind an sich. Sie griff nach dem Dolch, hielt ihn fest in der Hand und ließ die Stelle, an der sie die Gestalt erblickt hatte, nicht aus den Augen, in der Hoffnung, sich alles nur eingebildet zu haben. Doch nichts passierte. Als sich nichts mehr tat, übermannte sie schließlich die Müdigkeit und entführte sie in einen unruhigen Schlaf.

Elisabeth erwachte früh am nächsten Morgen, alles schien friedlich zu sein. Die ersten Sonnenstrahlen bahnten sich ihren Weg durch den Wald, und das Gezwitscher der Vögel kündigte einen strahlend schönen Tag an. Sie war sicher, dass die Kreatur am Abend zuvor bloß Einbildung gewesen war. Erschöpft und hungrig, wie sie war, konnten einem die Sinne schon einen Streich spielen. Jetzt, da es wieder hell war, sah sie sich diesen Ort genauer an. Neben ihr im moosigen Boden lugten weiße Steine aus der Erde. Verwundert registrierte sie, dass diese Steine fast alle gleich groß und rundlich waren. Sie strich mit ihrer Hand darüber und zog sie entsetzt zurück. Das waren keine Steine, sondern Schädeldecken, menschliche Totenschädel, die aus dem Erdreich lugten. Erst jetzt erkannte sie, dass der Boden des Hauses, in dessen Grundmauern sie kauerte, ein Meer aus Knochen war. Schnell stand sie mit Leonhard auf. Wohin sie auch blickte, überall lagen die Gebeine der Einwohner, die man getötet und einfach liegengelassen hatte. Als sie kleine Gerippe von Kindern entdeckte, rannte Elisabeth voller Abscheu weg von diesem grauenhaften Ort.

Ein ungeahntes Zusammentreffen

26. Juni 1650
Die Männer saßen um ein Feuer und hatten sich Wein in ihre Lederbecher geschüttet. Es waren versprengte Söldner, die als Merodebrüder durch die Gegend zogen und sich von Überfällen und Diebstahl ernährten. Ihre einst stattliche Kleidung hing nur noch in Fetzen an ihnen herunter, und ihre bärtigen Gesichter starrten vor Dreck. Grimmig zerteilte einer von ihnen einen Hasen, den sie über dem Feuer gebraten hatten und zum Frühstück verspeisen wollten. Ein Rascheln im Gebüsch ließ die Männer schlagartig auffahren. Schweigend ergriffen sie ihre Messer und Säbel. Voller Anspannung standen sie auf und spähten in den Wald. Keiner sprach ein Wort. Sie gaben sich Handzeichen und zerstreuten sich lautlos in verschiedene Richtungen.

Elisabeth hatte aufgehört zu rennen, aber sie blickte immer wieder über ihre Schulter zurück, um sicher zu sein, dass sie weit genug entfernt von diesem Höllenort war. Da knackte es ganz in ihrer Nähe im Geäst. Drei Männer näherten sich ihr aus verschiedenen Richtungen. Sie hatte nicht bemerkt, dass sie eingekreist worden war. In ihrer zerschundenen Söldnerkleidung sahen die drei wild und bedrohlich aus. Elisabeth zog ihren Dolch und hielt ihn schützend vor sich und das Kind. Die bewaffneten Burschen glaubten im ersten Moment, sie sähen eine Erscheinung, doch dann fing einer von ihnen an zu lachen.

***

Ängstlich saß sie mit den Männern an der Feuerstelle. Dass sie ein Kind bei sich trug, hatte sie hoffen lassen, dass die Kerle sich zurückhalten würden. Doch ihre lüsternen Blicke verhießen nichts Gutes. Elisabeth war klar, dass sie sich in großer Gefahr befand.

Der Jüngste der Drei, in dessen Gesicht ein gezwirbelter Schnurrbart prangte, grapschte gierig nach ihren Beinen.

Elisabeth trat aus.

Der Mann war schmutzig und sein ekelhaftes Lachen passte zu seinem Äußeren. „Du bist wohl eine kleine Wilde, was?"

Da ergriff einer der anderen, der einen langen zerzausten roten Bart trug und ihr Anführer zu sein schien, einen faustgroßen Stein. Er warf und traf den Burschen, der Elisabeth angefasst hatte, mit einem dumpfen Schlag am Kopf.

Der sprang mit blutender Wunde wütend auf und zog seinen Säbel. „Bist du von allen guten Geistern verlassen?", schrie er.

Der Rotbart zog seine Pistole, spannte das Radschloss und legte auf ihn an. „Nur zu. Ich drück ab. Du wirst sie in Ruhe lassen. Sie bringt uns Geld, viel Geld."

Jetzt schaltete sich der dritte Mann ein. Er war kahlköpfig und hatte einen schwarzgrauen Bart, der genau so ungepflegt aussah wie seine gelbbraunen, fauligen Zähne. „Er hat Recht! Wenn wir sie schänden, bringt sie uns womöglich nichts mehr."

Der junge Bursche beruhigte sich und steckte seinen Säbel weg. Dann betrachtete er Elisabeth, als wäre sie eine Ware. „Mit dem Balg können wir sie nicht verkaufen."

„Das Balg bleibt hier", sagte der Rotbart und schob die Radschlosspistole in seinen Gürtel.

Der glatzköpfige Söldner lächelte Elisabeth fies an und präsentierte ihr dabei seine schwarzen Zahnstümpfe. Langsam erhob er sich, ging auf sie zu und streckte einen Arm aus. „Komm, gib's schon her. Ich werd's kurz und schmerzlos machen."

Erschrocken drückte Elisabeth Leonhard an sich. Sie stand auf und wollte weglaufen, doch der Glatzkopf stürzte sich auf sie und entwand ihr das schreiende Bündel. Elisabeth wehrte sich mit allen Kräften, die sie aufbringen konnte. Sie schrie, kratzte, trat und schlug, doch sie hatte keine Chance gegen den ehemaligen Söldner. Die anderen Marodeure lachten schadenfroh und amüsierten sich über den ungleichen Kampf. Der Glatzkopf fesselte zuerst Elisabeths Hände und dann ihre Füße mit einem Strick und stieß sie zurück auf den Boden ans Feuer. Dann nahm er das

Kind und trug es ein paar Meter in den Wald. Wimmernd flehte Elisabeth ihn an, ihren Jungen zu verschonen, doch die Männer lachten nur noch mehr.

Gerade als der glatzköpfige Söldner sein Messer zog, schrie jemand ganz in der Nähe: „Du Hundsfott!"

Die Männer schreckten auf. Der Glatzkopf ließ das Kind fallen. Er rannte zu den anderen zurück und griff nach seiner Radschlosspistole. Elisabeth sah panisch zu Leonhard, der schreiend auf dem Waldboden lag. Seine kleinen Finger griffen aus der Felldecke ins Leere.

Im Nu hatten die Männer sich bewaffnet. Der Rotbart gab dem Glatzkopf Befehle. „Du bleibst bei ihr und bewachst sie. Wir schnappen uns den Kerl."

Die beiden verschwanden im Dickicht und ließen den Glatzköpfigen zurück. Der Mann, der gerade Elisabeths Kind hatte töten wollen, sah sie lüstern an. Er schien das Interesse an Leonhard verloren zu haben, denn seine Augen hefteten sich gierig auf ihren Körper. Elisabeth, die jetzt hilflos am Feuer saß, bewegte verzweifelt ihre Hände und Füße und versuchte, die Fesseln zu lösen, aber sie gaben nicht nach.

Der Glatzkopf schob seine schmutzigen Hände unter ihren Rock und stierte sie erregt an. „Jetzt sind wir allein, mein Schatz. Du wirst sehen, wie schön das ist."

Elisabeth versuchte, sich durch Hin- und Herwerfen ihres Körpers zu wehren.

Doch das schien diesen Mann nur noch mehr zu reizen. Er schnitt ihre Fußfesseln durch und zerrte ungestüm an ihren Kleidern. Während er sie mit der einen Hand brutal auf den Boden drückte, versuchte er mit der anderen ungelenk seine Hose herunterzuziehen.

Sie spuckte ihn an, doch er lachte nur höhnisch. Elisabeth sah zu ihrem Kind, Tränen liefen über ihre Wangen. Mit ihren gefesselten Händen konnte sie nichts ausrichten. Es war besser, wenn sie ihn walten ließ, sonst würde er sie womöglich noch totschlagen. Vielleicht konnte sie so noch etwas Zeit gewinnen, Zeit ihr Kind anzusehen, bevor er es töten würde.

Er lag jetzt auf ihr, sie konnte seinen stinkenden Atem riechen. Gleich würde er in sie eindringen.

Plötzlich wischte ihn der heftige Schlag eines schweren Gegenstandes von ihrem Körper. Mit einem kurzen Zucken und zertrümmertem Schädel blieb der sterbende Söldner neben ihr liegen. Seine Augen glotzten sie unverwandt an, zunächst mit einem Ausdruck von Verwunderung, doch schon bald wurden sie glasig und ausdruckslos.

Elisabeth wandte sich angeekelt ab und richtete sich auf. Im Gegenlicht erkannte sie das seltsame Wesen mit dem Gebüsch auf dem Kopf. Sie hatte sich also doch nicht getäuscht. Die Gestalt ließ den dicken Knüppel, mit dem sie den Glatzkopf erschlagen hatte, auf den Boden fallen, zog ein Messer aus seinem Gewand und kam auf sie zu. Elisabeth schloss die Augen. Nun war ihr letztes Stündlein doch gekommen, dachte sie ermattet. Aber stattdessen wurden ihr endlich die Handfesseln durchgeschnitten.

Das Geschöpf ging zu Leonhard, hob ihn auf und brachte ihn zu Elisabeth, die sich mittlerweile erhoben hatte. Sie sah die Kreatur genauer an. Jetzt erkannte sie, dass es ein Mensch war, ein merkwürdiger zwar, aber ein Mensch, der nur mit Fetzen und Fellen bekleidet war. Seine Haare waren wohl noch nie gekürzt worden und ragten wild in alle Himmelsrichtungen.

„Wer bist du?", fragte Elisabeth erstaunt.

„So wohl als Niemand, lebt mein Herr hier. Keine Angst. Ich tu nichts. Ich helfe."

Elisabeth blickte sich ängstlich um. „Da sind noch andere, sie werden gleich zurückkommen."

Der Waldmann schüttelte seinen Kopf. „Die tun nicht mehr kommen, die Schnapphahnen. Ich habe in meiner Fury* ihnen gleich die Feige gewiesen** und da haben sie meinen Schnitz*** geglaubt. Ihr seid in Salvo****."

Elisabeth konnte seinen Worten nur schwer folgen. „Ich … mein Name ist Elisabeth von Gettenbach." Sie streckte ihm die Hand hin.

Er betrachtete diese einen Moment interessiert, so als wüsste er nicht, was er damit anfangen sollte. Dann nahm er sie zaghaft.

„Mein … mein Herr hat schon lange niemand mehr getroffen … Mein Einsiedel nannte mich Simplicius."

Elisabeth lächelte freundlich und schüttelte seine Hand. „Danke Simplicius, dass du mich und mein Kind gerettet hast."

Simplicius schien erfreut und sammelte ein, was von den Landsknechten noch an Brauchbarem herumlag. Er bedeutete ihr mit ihm zu kommen und sie machten sich auf zu Simplicius' Einsiedelei.

Auf dem Weg dorthin sah Elisabeth, was mit den beiden anderen Männern geschehen war. Der Jüngere lag mit eingeschlagenem Schädel auf dem Waldboden. Kurz darauf hieß Simplicius sie aufzupassen und zeigte auf eine Grube. Es war eine Falle, die er eigentlich für Tiere gebaut hatte. Ihr Retter hatte den rotbärtigen Anführer dorthin gelockt, und der war hineingestürzt. Die gespitzten Äste in der Grube hatten ihn aufgespießt, und er war verblutet.

---

* Wut

** den Hintern gezeigt

*** Streich – auf den Leim gehen

**** in Sicherheit

Zucht und Ordnung

Hochstadt, 26. Juni 1650
Guido Emmes hatte seine Schreckensherrschaft weiter ausgebaut. Von nun an herrschten Angst und Misstrauen in Hochstadt. Die Bewohner wurden gezwungen, ihren Tagesablauf streng nach den Glaubensregeln der Calvinisten auszurichten. Dem Gottesdienst fern zu bleiben, wurde unter Strafe verboten. Es sollte nur noch gebetet und gearbeitet werden. Zu feiern oder sich dem Rausch des Alkohols hinzugeben, galt als schlimme Sünde und wurde von Emmes Männern sofort geahndet. Darüber hinaus hatte der zwielichtige Bürgermeister die Juden und Huren aus dem Ort jagen lassen, damit der Teufel keine Verbündeten fand, wie er in einer fanatischen Rede vor dem Pöbel erklärte.

Nach Gisberts Hofreite und seinen Äckern eignete sich Emmes bald weiteren Landbesitz in und um Hochstadt an. Er beschlagnahmte willkürlich Häuser und warf Bewohner, die ihm nicht passten, hinaus. Gastwirte und Geschäftsleute, die bleiben durften, mussten einen nicht unerheblichen Anteil ihrer Einnahmen an ihn abführen.

Emmes wusste, dass man nicht durch Sympathie Respekt und Gehorsam der Einheimischen gewann. Gisbert von Gettenbachs Tod war der beste Beweis dafür. Gewalt und Einschüchterung waren Mittel, die Früchte trugen. Er hatte eine kleine Armee von Wachmännern zusammengestellt, die durch gute Bezahlung alles in die Tat umsetzten, was er anordnete. Das Einzige, was ihm jetzt noch zu seinem Glück fehlte, war eine Frau und ein Nachkomme, der seinen Namen weiter trug. Deshalb machte ihn der Gedanke an den Einäugigen noch immer wütend. Dieser Taugenichts hatte versagt und war nicht mehr zurückgekehrt. Elisabeth und ihr Kind waren entkommen. Allmählich hatte er sich damit abgefunden, dass er Elisabeth wohl nie wieder sehen würde. Doch er wollte das Kind und schickte deshalb weiter seine Männer aus.

Sein Interesse am anderen Geschlecht weckte mittlerweile ein junges Mädchen mit dem Namen Katharina, eine jungfräuliche, vierzehnjährige Schönheit mit blonden Locken. Nie wieder würde er ein Mädchen so begehren, wie er Elisabeth begehrt hatte, aber Katharina schien zumindest vorerst ein geeigneter Ersatz zu sein. Ihre Eltern hatten bereits zu erkennen gegeben, dass sie mit einer ehelichen Verbindung einverstanden wären. Schließlich war Guido Emmes nun der mächtigste Mann im Ort und verfügte über Besitz und Ansehen. Das einzige Problem war, dass die Kleine Angst vor ihm hatte. Doch sie war jung, und er würde sie noch gefügig machen können. Voller Gier malte Guido Emmes sich aus, wie er schon bald das Bett mit ihr teilte.

Die Einsiedelei

Elisabeth hatte von Simplicius erfahren, dass sie vom Weg abgekommen war und sich im Spessart verirrt hatte.

Die Einsiedelei war eine bescheidene Unterkunft aus Ästen und Gehölz, die in eine felsige Vertiefung im Wald gebaut worden war. Dort fristete Simplicius sein karges Dasein. Er zeigte Elisabeth ein Grab. Dort war der Mann beerdigt, der ihn vor vielen Jahren aufgenommen und sich um ihn gekümmert hatte. Ein belesener und weiser alter Mann sei er gewesen, aus gutem Hause, erklärte Simplicius. Er hatte sich während des Großen Krieges hierher zurückgezogen und wurde zum Einsiedler, weil er die Grausamkeiten der Menschen nicht länger ertrug. Als der alte Mann starb, war für Simplicius eine Welt zusammengebrochen, denn er war wie ein Vater für ihn gewesen.

Danach hielt Simplicius nichts mehr im Wald. Er erzählte Elisabeth, wie er aus dem zerstörten Gelnhausen geflohen war, die Belagerung in Hanau überstanden hatte und schließlich in die weite Welt hinausgeraten und sogar bis nach Moskau gekommen war. Zwei Ehen sei er eingegangen und wurde zweimal Witwer. Viele wundersame Geschichten hatte er erlebt, viele Menschen getroffen, doch irgendwann hatte er genug von den Gewalttätigkeiten, die er in der Welt gesehen hatte, und die gleiche Lebensweise wie sein Einsiedel gewählt. Simplicius wollte hier im Wald den Rest seines Daseins verbringen und sich ganz in die Hand des lieben Herrgotts begeben, dem er all seine guten Taten widmete.

Trotz seiner Ehrfurcht vor dem menschlichen Leben war er nicht so naiv gewesen, die Meroden, die Elisabeth und Leonhard umbringen wollten, mit frommen Worten zu belehren. Die Männer hatten ihm keine andere Wahl gelassen, als sie mit ihren eigenen Mitteln zu schlagen. Er empfand deswegen keine Reue und betete für sie, dass ihre Seelen nicht auf ewig in der Hölle schmoren mochten.

Elisabeth hörte Simplicius' Geschichten gespannt zu, auch wenn sie nicht alles verstand, was dieser seltsame Mensch ihr erzählte. Sie erkannte recht schnell, dass er trotz seiner Weltabgeschiedenheit schlau und einfühlsam war und über viel Humor verfügte. Er förderte bei Elisabeth Gefühlsregungen zutage, die sie schon längst verloren geglaubt hatte. Oft konnte sie bei seinen ergreifenden Geschichten nicht nur weinen, sondern auch herzhaft lachen. Bei ihm fühlte sie sich schon bald so entspannt und sicher, dass sie ihm die Geschichte ihres Vaters anvertraute, die er mit großer Anteilnahme verfolgte.

Sein offener, ehrlicher und auf seine Art reiner Charakter, der so gar nicht in diese Welt passen wollte, machte auf Elisabeth großen Eindruck. Sie dachte daran, wie schön und friedlich die Welt sein könnte, gäbe es nur mehr solcher Personen wie Simplicius. Trotz seiner sonderbaren Art war er ein Beispiel dafür, was Gott sich für die Menschen eigentlich ausgedacht haben musste. Doch leider hatten diese eine ganz andere Richtung eingeschlagen. Die vermeintliche Krone der Schöpfung hatte eine Welt erschaffen, in der der Teufel seine Tempel baute und von der sich der Allmächtige enttäuscht abgewandt hatte. Dennoch hatte Elisabeth immer noch die Hoffnung, dass die Menschen eines Tages aus ihren Fehlern lernen würden. Sie dachte an den Hass, den sie für Guido Emmes empfand, der sie immer weiter trieb, und an ihren Wunsch, sich an ihm zu rächen. Ihr wurde klar, dass sie alle noch einen langen Weg vor sich hatten, bis sie von der Herrlichkeit Gottes erfahren würden.

Simplicius kümmerte sich rührend um Elisabeth und Leonhard. Jeden Tag besorgte er im Wald Essbares. An manchen Tagen waren es die Früchte, die der Wald hergab, an anderen Tagen brachte er Fleisch von Tieren, die er mit seinen Fallen gefangen hatte. Außerdem besaß er eine Ziege, die für frische Milch sorgte. Sie lebte ein paar Meter neben ihrer Unterkunft in einem Verschlag, der sie vor den wilden Tieren des Waldes schützte.

Elisabeth hielt sich mit Leonhard mehrere Wochen bei Simplicius auf. Sie kam wieder zu Kräften und hatte es geschafft, mit der

Traurigkeit zu leben, die sie immer wieder überfiel, wenn sie an ihren Vater und an Jakob dachte.

Fast brach es ihr das Herz, als sie Simplicius eines Tages sagte, dass sie weiterziehen müsste. Elisabeth spürte seine Trauer über ihren baldigen Abschied und die wiederkehrende Einsamkeit. Sie wollte ihn überreden, das Leben im Wald aufzugeben und mit ihr nach Leipzig zu gehen, aber Simplicius wollte partout nicht mehr in diese Welt hinaus. Doch wollte er sie wenigstens auf den richtigen Weg durch den Spessart geleiten, in dem er sich bestens auskannte. Er würde nicht eher von ihrer Seite weichen, bis sie eine geeignete Reisemöglichkeit nach Leipzig gefunden hatte. Außerdem übergab er ihr einen Lederbeutel mit einigen Goldtalern, die er noch vom Einsiedel besaß. Da er selbst kein Geld brauchte, sollte es helfen, Elisabeth sicher an ihr Ziel zu bringen. Sie packten den Proviant, und Simplicius setzte die Kraxe mit Leonhard auf seinen Rücken, die er eigens für ihn gebaut hatte. Dann traten sie den Weg zur Handelsstraße an und wanderten durch den dunklen Spessart in Richtung Nordosten.

Ein beschwerlicher Weg

Im Spessart, 10. August 1650
Sie waren schon mehr als zwei Tage in größter Hitze unterwegs. Selbst im Wald war es stickig, aber Simplicius kannte jede Quelle, und so hatten sie immer Wasser, um sich zu erfrischen. Auch an Essen mangelte es nicht. Zwar entsprach es nicht immer Elisabeths Geschmack, doch sie wusste, dass sie in dieser Situation nicht wählerisch sein durfte. So aß auch sie von den fetten, weißen Raupen, die Simplicius hie und da hinter den vermoderten Rinden alter Baumstämme hervorklaubte. Sie waren sättigend und konnten den Mangel an Fleisch ausgleichen.

Am späten Nachmittag verließen die beiden Wanderer die dichten Spessartwälder. Von der Seidenröther Warte blickten sie auf den mächtigen Turm des Steinauer Schlosses. Nach dem Abstieg ins Tal schlugen sie ihr Lager für die Nacht am Ufer der Kinzig auf. Simplicius fing in einem nahen Bachlauf mit den Händen gekonnt ein paar Forellen für das Abendessen. Elisabeth genoss währenddessen ein kurzes Bad im Fluss.

Eigentlich wollten sie Steinau umgehen, um dann weiter durch die Buchonia in der Nähe des Ortes Giesel die Antsanvia zu erreichen. Sie hofften, dort mit etwas Glück einen Händler zu finden, mit dem Elisabeth nach Leipzig fahren konnte. Doch bevor sie weiterreisten, beschloss Elisabeth, nach der langen Zeit bei Simplicius im Wald endlich wieder einmal auf einen Markt zu gehen. Sie wollte schmackhafte Essensvorräte und Nützliches für die Reise einkaufen. Ihr Vater hatte ihr viel vom schönen Steinau erzählt. Ohne das Kind würde sie sicher nicht auffallen, ihre roten Haare verbarg sie unter der Haube. Guido Emmes würde nach dieser langen Zeit sicher nicht ausgerechnet hier nach ihr suchen. Schließlich war Steinau mit dem Pferd fast eine Tagesreise von Hochstadt entfernt. Simplicius wartete in der Zwischenzeit bei den Weinbergen mit Leonhard auf Elisabeths Rückkehr.

Steinau an der Straße

Steinau, 10. August 1650
Nachdem die Grafen von Hanau den früher häufig vom Hochwasser überschwemmten Weg an der Kinzig befestigt und neue Brücken gebaut hatten, reiste es sich im Tal viel bequemer als auf der Hohen Straße mit ihren vielen steilen Anstiegen am Rande des Vogelsbergs. Deshalb benutzten immer mehr Händler für ihre Fahrten zwischen den Messestädten Frankfurt und Leipzig die Straße durch das Kinzigtal. Die Steinauer hatten sich auf die zahlreichen Reisenden eingestellt. Rund um den Marktplatz gab es mehrere Herbergen und Schänken, die Schmiede beschlugen die Pferde, beim Sattler konnte man neues Zaumzeug erwerben und die Wagner waren unentbehrliche Helfer, wenn, was häufig vorkam, wieder einmal eine Wagenachse gebrochen war. Wegen seiner Bedeutung wurde der Handelsweg durch das Tal bald „des Reiches Straße" genannt, und Steinau bekam den Zusatz „an der Straße".

Auf dem Kumpen, dem Marktplatz in Steinau, herrschte schon reges Treiben. Es war angenehm warm, und der morgendliche Nebel, der von der Kinzig heraufgestiegen war, hatte sich nach Sonnenaufgang verflüchtigt. Karl Fredes saß in der Nähe des Marktes auf einer Holzbank vor dem Burgmannenhaus. Er kaute müde an seinem vorzüglichen Frühstück, das aus in Schmalz gebratenen Wachteln und Specksoße bestand. Obwohl das Bier verdünnt war, spürte er den Alkohol und sehnte sich wieder zurück in sein Bett.

Zunächst war er verärgert gewesen, dass er das Los gezogen hatte, als einziger der Wachmänner in diesem von Hochstadt weit entfernten Flecken nach Elisabeth von Gettenbach zu suchen. Doch nun war er froh. Er hatte im Burgmannenhaus ein bequemes Bett für die Nacht gehabt und reichlich fettes Essen genossen. Seitdem sein Vater unter Guido Emmes zu Ansehen und

Wohlstand gekommen und Emmes' wichtigster Mann im Stadtrat geworden war, ging es der Familie besser als je zuvor. Karl hatte sogar ein eigenes Pferd erhalten, seit er dem neuen Bürgermeister persönlich als Wachmann diente. Er kannte Elisabeth noch gut aus seiner Kindheit. Sie waren im gleichen Alter. Er hatte noch nie viel übrig gehabt für diese rothaarige Hexe, die ihm gegenüber stets zugeknöpft gewesen war. Sie hatte wohl gedacht, sie sei als Tochter eines Bürgermeisters etwas Besseres. Karl musste sich eingestehen, dass er ihren Reizen womöglich erlegen wäre, aber da er in seiner Position als Bauernsohn und mit seinem groben Äußeren sowieso bei ihr abgeblitzt war, war ihm das Schicksal dieser Person völlig gleich. Zu dumm, dass er Elisabeth nicht auftreiben konnte. Guido Emmes hätte ihn sicher reich belohnt, aber mittlerweile war sie längst über alle Berge oder schon tot. Wenigstens konnte er sich in Steinau ein paar schöne Tage auf Kosten seines Herrn machen.

Nachdem Elisabeth der Wache am Salmünsterer Tor zu Steinau ein Silberstück gegeben hatte, war sie ohne Probleme zusammen mit einigen Händlern in den Ort gelangt. Sie blickte sich neugierig um und machte sich sogleich auf den Weg zum Kumpen. Nach der Einsamkeit bei Simplicius genoss Elisabeth das geschäftige Treiben in Steinau. Händler transportierten ihre Waren zum Markt, Menschen tätigten ihre Einkäufe.

Als sie am Burgmannenhaus vorbeikam, traf ihr Blick zufällig auf den eines jungen Mannes. Zu spät erkannte sie Karl Fredes. Elisabeth erschrak so sehr, dass ihr für einen Moment der Atem stockte und sie ihre Augen nicht von seinen lösen konnte. Aber er schien sie nicht zu erkennen. Also lächelte Elisabeth ihn frech an und ging schnell weiter.

Karl Fredes starrte immer noch dem hübschen Mädchen hinterher, das ihm gerade so ein einladendes Lächeln geschenkt hatte. Eine wilde Liebelei mit einer schönen Frau fehlte ihm noch zu seinem Glück. Irgendwie hatte ihn dieses entzückende Geschöpf an jemanden erinnert, den er kannte, nur an wen? Plötzlich fiel es ihm ein. Was diesem Gesicht, das er soeben gesehen hatte, fehlte, waren die roten Haare. Sie waren unter der Haube verborgen gewesen. Wie angeschossen sprang Karl auf und verfluchte das Bier, das seine Sinne benebelt hatte. Er warf ein paar Geldstücke auf den Tisch, nahm seinen Federhut und stürzte sich ins Marktgetümmel, in das die Göre verschwunden war.

Elisabeth rannte, so schnell sie konnte, aus dem Ort, vorbei an einem Schäfer, der gerade mit seinem Hirtenstab die Schafherde antrieb. Sie lief so schnell, dass sich ihre Haube löste und von ihrem Kopf flog. Ihre roten Haare wehten hinter ihr her wie lodernde Flammen. Sie eilte zurück, schnappte ihre Haube und hastete weiter. Der Schäfer, der sich auf seinen Stab gestützt hatte, sah ihr neugierig hinterher.

Nachdem Elisabeth die Steinbrücke über die Kinzig passiert hatte, rannte sie querfeldein über einen Acker zu der Stelle, an der Simplicius und Leonhard auf sie warteten. Zum Einkaufen war sie nicht gekommen, aber das war ihr nun gleich. Wie hatte sie nur so leichtsinnig sein können, dachte Elisabeth ärgerlich. Sie durften keine Zeit verlieren, sie war sicher, dass Karl Fredes sie erkannt hatte.

Dank Simplicius, der sich gut auskannte, ließen sie Steinau bald hinter sich. So schnell sie konnten, stiegen sie durch die steilen Weinberge hinauf in den Wald.

Karl Fredes hatte das Mädchen, das aussah wie Elisabeth, aus den Augen verloren. In Steinau jedenfalls konnte er sie nicht finden. Keiner der Markttreibenden, die er befragte, schien eine junge Frau gesehen zu haben, die auf seine Beschreibung passte. Er hatte die Suche schon fast aufgegeben, als er mit seinem Pferd vor die Tore Steinaus ritt und auf einen Schäfer traf. Von ihm erfuhr er, dass ein rothaariges Mädchen in ziemlicher Eile über die Kinzigbrücke in die Weinberge gelaufen war. Jetzt wusste Karl, dass er sich nicht getäuscht hatte. Er war Elisabeth auf den Fersen und gab seinem Gaul die Sporen.

Endlich waren sie auf dem Kieskopf angelangt. Elisabeth musste nach dieser Hatz einen kurzen Moment rasten. Leonhard bekam von alldem kaum etwas mit. Das Schaukeln in der Kraxe auf Simplicius' Rücken hatte ihn einschlafen lassen.

Von der Anhöhe bot sich ihnen ein freier Blick bis nach Steinau. Es dauerte nicht lange, bis Simplicius einen Reiter ausmachte, der in schnellem Galopp ihrem Weg folgte. In wenigen Minuten würde er sie eingeholt haben. Panisch wollte Elisabeth weiterhetzen, doch Simplicius hatte eine andere Idee. Zu ihrer Verwunderung nahm er sie an der Hand und führte sie wieder ein Stück zurück, so dass sie dem Reiter eher entgegengingen, statt von ihm fortzukommen.

Plötzlich blieb Simplicius stehen. Vor ihnen öffnete sich ein großes Loch, das allerdings so mit Gras zugewachsen war, dass man es kaum noch wahrnahm. Um das Loch herum hatte jemand kreisförmig dünne Stöcke als Warnung vor dem Hereinfallen gesteckt. Simplicius zog schnell die Zweige heraus und warf sie ins hohe Gras. Dann führte er Elisabeth zu einem nur ein paar Schritte entfernten Baum. Dort setzten sie sich ins hohe Gras. Simplicius legte behutsam die Kraxe mit dem schlafenden Leonhard ab, lehnte sich entspannt an den Baumstamm und wartete mit einem Grashalm im Mund ab. Elisabeth war beunruhigt. Verzweifelt wollte sie Simplicius klarmachen, dass der Reiter ein Scherge von Guido Emmes war und Waffen trug.

Doch ihr Begleiter kaute genüsslich weiter auf dem Halm zwischen seinen Zähnen und grinste sie an. „Habt Geduld. Er wird in ein Pfann treten, das Raumen nützt ihm nichts."

Noch ehe sich Elisabeth zusammenreimen konnte, was Simplicius damit meinte, erblickten sie Fredes, der mit seinem Pferd heranpreschte. Als er Elisabeth und diesen merkwürdigen Kauz erkannte, hielt er direkt auf sie zu.

Elisabeth wollte aufspringen und weglaufen, doch Simplicius hielt sie fest. „Nur ruhig Blut, der Gaul wird nicht gumpen."

Karl Fredes entdeckte die im Gras verborgene Öffnung, hinter der Elisabeth und dieses seltsame Geschöpf mit den abstehenden Haaren saßen, zu spät. Als sein Pferd die Gefahr erkannte, bremste es im vollen Lauf abrupt ab, und Heinrich Fredes' Sohn flog in hohem Bogen aus dem Sattel über sein Pferd hinweg direkt in die große Öffnung. Er blieb verschwunden, das tiefe Loch schien ihn verschluckt zu haben.

Elisabeth sah Simplicius erstaunt an.

Der Einsiedler sprang auf und machte einen kleinen Freudentanz. „Der Deibel hat ihn."

Simplicius suchte einen Moment die Wiese ab und fand einen langen Ast. Er nahm Elisabeth am Arm und ging mit ihr vorsichtig zur Kuhle. Mit dem Ast schob er das Gestrüpp zur Seite, und man sah in das tiefe, schwarze Loch. Die Einheimischen wussten, dass diese Öffnung zu einem unterirdischen Gewölbe führte, das sie Teufelshöhle nannten. Sie glaubten, dass sich hier der Eingang zur Hölle befände und mieden, so gut es ging, diese Stelle.

Simplicius kannte die Höhle seit seiner Kindheit. Sein Knan hatte ihn beim Schafehüten auf das Loch hingewiesen, weil hie und da ein paar Schafe oder eine Kuh darin verschwunden waren. Nun hatten sie zwei Fliegen mit einer Klappe geschlagen. Ihr Verfolger hatte sich das Genick gebrochen, und sie besaßen einen Gaul, was ihre Weiterreise vereinfachte.

Sie durchquerten den dichten Wald der Buchonia. Es dauerte zwei Tage, bis sie endlich in Giesel ankamen. Der Ort war im Großen Krieg arg in Mitleidenschaft gezogen worden. Zwischen seinen Ruinen hatten die Bauern ein paar Holzhütten errichtet und lebten in ärmlichsten Verhältnissen von den Almosen der Reisenden. Es stank, der Dreck war unbeschreiblich. Kein Wunder, dass vor nicht allzu langer Zeit die Pest an diesem Ort gewütet hatte.

Elisabeth hatte Glück. Ein Händler, der mit seinem Ochsenkarren unterwegs war und nicht lange an diesem heruntergekommenen Ort rasten wollte, war gerade dabei aufzubrechen. Er erklärte sich bereit, sie gegen eine, wie Elisabeth fand, viel zu hohe Zahlung bis nach Leipzig mitzunehmen.

Der Abschied von Simplicius fiel ihr nicht leicht. Im Stillen hatte sie bis zuletzt gehofft, er würde es sich anders überlegen und mit ihr reisen. Denn sie empfand mittlerweile eine tiefe freundschaftliche Verbundenheit mit diesem einfachen, aber lieben Menschen. Doch Simplicius wollte so schnell wie möglich in seine Einsiedelei zurückkehren. Dieser Ausflug in die Menschenwelt hatte ihm wieder gezeigt, wie verdorben sie noch immer war.

Elisabeth umfasste seine Hand mit beiden Händen und hielt sie lange fest. „Falls du dir es eines Tages doch anders überlegen solltest, bist du bei mir in Leipzig jederzeit willkommen." Sie erkannte, dass auf dem sonst so unbekümmerten Gesicht des Einsiedlers eine Träne hinabkullerte.

Auch für ihn war dieser Abschied nicht leicht. „Ihr zwei seid mir schön ins Hemd gebacken", sagte er traurig.

Das waren die letzten Worte, die sie von Simplicius hörte. Als sie ihm zum Abschied nachwinkte, wusste sie, dass sie diesen Menschen wahrscheinlich niemals wieder sehen würde.

Ein kleiner Zwischenfall

Auf der Antsanvia, 15. August 1650

Elisabeth hatte sich mit Leonhard in dem Ochsenkarren, so gut es ging, eingerichtet. Viel Platz hatten sie nicht in dem mit Rauchwaren vollgestopften Planwagen. Es stank nach gegerbten Tierfellen, die in Leipzig zu Pelzen verarbeitet werden sollten, um als Verbrämung von edlen Kleidungsstücken zu dienen. Der Händler, der mit Namen Oswald hieß, war ein grobschlächtiger, fetter Kerl und Elisabeth zutiefst unsympathisch. Sie spürte die lüsternen Blicke seiner tiefliegenden Schweinsäuglein, jedes Mal, wenn sie austreten musste. Bei keiner Gelegenheit ließ sie Leonhard mit Oswald alleine zurück und hoffte, dass sie und ihr Kind schnell und heil nach Leipzig kamen.

Über die Antsanvia ging es bis nach Kämmerzell, wo der Ochse den schweren Karren durch eine Furt zog und sie so die zügig dahin fließende Fulda durchqueren konnten. Die Werra passierten sie bei Vacha über eine alte Steinbrücke, um schließlich bei Förtha einen Umweg durch den nordwestlichen Thüringer Wald zu nehmen. Diese Route kannte der Händler von früheren Reisen und sollte sie an Eisenach vorbeiführen. Auf diese Weise konnte Oswald die horrenden Zollabgaben der Stadt sparen. Elisabeth war aufgefallen, dass er nun einige Waffen griffbereit neben sich liegen hatte, außer einer schussbereiten Radschlosspistole noch einen Dolch und einen Katzbalger. Sie konnte sich kaum vorstellen, dass dieser beleibte Mann überhaupt fähig war, sich im Kampf zu bewegen, geschweige denn, dafür zu sorgen, dass sie im Falle eines Überfalls verteidigt würden.

Es war kurz nach Unkeroda, als wie aus dem Nichts zwei heruntergekommene Halunken zu beiden Seiten des Ochsenkarrens auftauchten. Natürlich hatten sie es auf die mitgeführten Felle abgesehen. Zu Elisabeths Erstaunen überwältigte Oswald die Räuber im Handumdrehen. Blitzschnell schoss er dem einen mit seiner Radschlosspistole eine Kugel in den Kopf, und ehe es sich der andere versah, sprang Oswald mit einer Geschwindigkeit, die Elisabeth nie für möglich gehalten hätte, vom Wagen und schnitt dem Maroden mit dem Dolch die Kehle durch. Mit der Selbstverständlichkeit eines geübten Trophäenjägers nahm er den beiden Leichen anschließend ihren Besitz ab und kletterte zurück auf seinen Ochsenkarren, als sei die soeben erlebte Situation bloß ein kleiner Zwischenfall gewesen. Elisabeth hatte den dicken Händler in dieser Hinsicht gründlich unterschätzt.

Bald darauf erfuhr sie von ihm, dass auch er sein Handwerk als Söldner im Großen Krieg gelernt hatte. Von da an war ihr dieser Fleischberg von Mann noch unheimlicher. Er hatte sie zwar beschützt, aber dies konnte nicht darüber hinwegtäuschen, dass es kaltblütig und aus bloßem Eigennutz geschehen war. Sie war froh, ihm den Rest der Belohnung erst für Leipzig versprochen zu haben. Elisabeth hatte ihm die Geschichte aufgetischt, sie sei aus gutem Hause und ihr Vater würde Oswald reich entlohnen, wenn sie sicher in der Stadt Leipzig ankäme. Das Geld, das sie von Simplicius erhalten hatte, versteckte sie zwischen den Fellen, falls er auf die Idee kommen sollte, ihre Tasche oder ihren Umhang in einem unachtsamen Moment zu durchsuchen. Wenn Oswald die restlichen Goldstücke bei ihr fände, würde er sie und Leonhard kalt lächelnd beseitigen, darüber war sich Elisabeth völlig im Klaren.

„Zum Schwarzen Hund"

20. August 1650
Gegen Nachmittag zog ein schweres Unwetter auf. Es schüttete wie aus Eimern, Blitze schlugen gefährlich nahe in die hohen Baumwipfel ein. Es war, als inszenierte der Teufel persönlich die Apokalypse. Elisabeth drückte Leonhard ängstlich an ihren Körper und betete, dass sie heil durch dieses Fegefeuer kämen. Ein kalter Wind begann, Regen durch den Wagen zu blasen und schüttelte die Stoffplane kräftig durch, aber selbst jetzt blieb Oswald ruhig. Erst als ihnen ein umgestürzter Baum den Weg versperrte und er einen morastigen Umweg nehmen musste, fluchte er so laut, dass selbst der Teufel das Weite gesucht hätte.

Eigentlich wollte Oswald die Strecke über Ruhla, Wuhta und Farnroda nehmen, die sie wieder auf die reguläre Route nach Leipzig geführt hätte. Aber zum ersten Mal, seit er in dieser Gegend unterwegs war, hatte sich Oswald verfahren und fand den Weg nicht mehr.

Es war bereits stockfinster, und sie waren längere Zeit in dem Gewitter umhergeirrt, als sie in der Ferne endlich ein Licht erblickten, dessen zittriger Schein immer wieder von den sich im Sturm biegenden Sträuchern und Bäumen durchbrochen wurde. Nachdem Oswald dem armen Ochsen noch einmal fleißig die Peitsche gegeben hatte, hielten sie vor einem mit Reed gedeckten Haus an, das trutzig in einen schützenden Hang gebaut war. An seiner Seite wühlte sich ein wild gewordener Bach durch den Wald. Über dem Eingang der ehemaligen Mühle schaukelte quietschend eine schwere Laterne im Wind. Die darin brennende Kerze gab gerade genug Licht, um das Schild des Wirtshauses erkennen zu lassen. Darauf war ein großer schwarzer Hund abgebildet, darunter stand „Zum Schwarzen Hund".

Oswald eilte in die Schänke und kam nach kurzer Zeit mit dem Wirt wieder heraus. Gemeinsam zogen sie den Ochsen samt Wagen in eine Scheune, die Schutz vor dem scheußlichen Wetter bot. Elisabeth musste an ihr Geld denken, es war immer noch zwischen den Fellen versteckt. In der Scheune würde es aber vorerst sicher sein.

Die Schänke war geräumig, und im Kamin brannte ein gemütliches Feuer. Der Rauch hatte den Schankraum im Laufe der Jahre an Decke und Wänden geschwärzt. Es roch nach Kuhmist, Alkohol und Geräuchertem.

Zu dieser späten Stunde und bei diesem Wetter waren Elisabeth und Oswald die einzigen Gäste in dem abgelegenen Lokal. Nachdem sie sich ihrer nassen Umhänge entledigt hatten, saß Oswald mit Elisabeth ein wenig unbeholfen in der Nähe des Kamins, und sie bestellten Getränke und Speisen. Der Wirt machte nicht gerade einen vertrauenswürdigen Eindruck. Er war groß, massig, trug ungewaschene, lange, graue Haare und einen Spitzbart. Trotz seines schmierigen Äußeren gab er sich Mühe, zuvorkommend zu sein. Elisabeth fand, dass diese Freundlichkeit nicht zu seiner Person passte und nur Fassade zu sein schien. Aber im Moment war sie froh, einen warmen Platz gefunden zu haben.

Außer dem Wirt war noch eine junge Frau mit Namen Rosa in der Wirtsstube. Obwohl sie stark hinkte, war sie eine Schönheit, mit ihren schwarzen Haaren und der braunen Haut. Nachdem sie sich ein Bild von den Gästen gemacht hatte, dauerte es nicht lange und Rosa suchte sich einen Platz neben Oswald. Elisabeth verstand schnell, was für eine Frau Rosa war. Als Oswald erkannte, dass Rosa gegen Bezahlung ihre Dienste zur Verfügung stellen würde, besserte sich seine Laune schlagartig. Er wurde richtig spendabel, gab einen Wein nach dem anderen aus und erzählte unflätige Witze, die selbst Elisabeth ein Lachen entlockten, auch wenn sie sie erröten ließen.

Für Rosa hatte Elisabeth sofort Sympathie verspürt. Die Spanierin war offenherzig und kam direkt auf den Punkt, dabei versprühte sie ihre Worte mit starkem Akzent, aber nicht ohne Witz. Vor einigen Jahren war sie im Tross der spanischen Armee unter

Diego Alatriste nach Flandern gekommen. Dort fiel sie bei einem brutalen Überfall in die Hände der Niederländer und hätte fast ihr Bein verloren. Martin, der Wirt, hatte sie trotz ihrer Behinderung auf einem Sklavenmarkt in Antwerpen gekauft, seitdem arbeitete sie für ihn. Aber er sei immer gut zu ihr und es fehle ihr an nichts, behauptete Rosa nachdrücklich. Sie erzählte, dass Martin von seinen Kameraden im Krieg wegen seiner damals noch pechschwarzen Haare den Spitznamen „Schwarzer Hund" erhalten und deshalb die Schänke so genannt hätte.

Rosa hatte einen Narren an Leonhard gefressen. Elisabeth hatte ihn in seiner Felldecke auf eine Bank gebettet, vor die sie einen Stuhl geschoben hatte, damit er nicht herunterfiel. Rosa nahm das Kind liebevoll auf den Arm. Sie wiegte Leonhard hin und her und sang dazu eine spanische Weise, bis er eingeschlafen war. Danach brachte sie das Kind in einen Nebenraum und legte ihn auf ein weiches, mit vielen Kissen ausgepolstertes Schlaflager.

Es mochte der dritte Wein gewesen sein, den sie tranken, als Oswald darüber klagte, dass ihm unwohl sei. Plötzlich wurde es Elisabeth ebenfalls schwummrig, und noch ehe sie etwas sagen konnte, sank sie bewusstlos am Tisch zusammen.

Als Elisabeth am nächsten Morgen erwachte, war das Unwetter vorübergezogen, und die Sonne schickte ihre Strahlen durch ein kleines Fenster. Sie lag allein in einer stickigen Dachkammer auf einem schmuddeligen Bett, und ihr Kopf fühlte sich schwer und dumpf an. Hatte sie wirklich so viel getrunken, dass sie nicht mehr wusste, was geschehen war? Benommen stand sie auf und zog ihre Kleider zurecht. Plötzlich erschrak sie. Wo war Leonhard? Eilig wollte sie zur Tür hinaus, doch sie war verschlossen. Elisabeth hämmerte wild dagegen und schrie so laut sie konnte. Nach einer Weile wurde geöffnet, und die kräftige Gestalt von Martin, dem Wirt, schob sich bedrohlich durch die kleine Tür. Er verschloss sie hinter sich und kam langsam auf Elisabeth zu.

Sie wich zurück. „Wo ist mein Kind … was wollt Ihr? Ich verstehe nicht, was das soll", sagte Elisabeth verwirrt und empört zugleich.

Der Wirt taxierte sie kurz wie eine Ware und überlegte einen Moment. „Der Händler, mit dem ihr gekommen seid, er ist über alle Berge."

Elisabeth erschrak. „Oh nein!"

Schroff sagte der Wirt: „Er hat die Zeche nicht gezahlt und noch dazu unser Geld geraubt."

Elisabeth durchfuhr es wie ein Blitz. „Mein ganzes Geld … dieser verdammte … er hat auch mein Geld …"

Martin trat noch näher auf sie zu und sagte mit gefährlichem Unterton: „Und was soll ich jetzt mit Euch machen? Wer sagt mir, dass Ihr nicht gemeinsame Sache mit ihm macht?"

Elisabeth sah den Wirt entgeistert an. „Ich schwöre, dass ich nichts damit zu tun habe. Ich kenne ihn kaum. Ich gab ihm Geld, und er hat mich mitgenommen." Verzweifelt ließ sie sich auf das Bett sinken. „Von Anfang an hab' ich ihm nicht getraut."

Abschätzig sah er sie an, Elisabeths Kummer schien ihn kalt zu lassen. „Ihr werdet mir zu Diensten sein, so lange bis das Geld, das er entwendet hat, abgegolten ist."

Empört sprang Elisabeth wieder auf. „Das werde ich nicht. Auch ich bin bestohlen worden …"

Da holte der Wirt aus und hieb ihr seine Pranke so heftig ins Gesicht, dass sie quer über das Bett in eine Ecke flog. Elisabeth hatte das Gefühl, als habe sie ein Gaul ins Gesicht getreten. Sie schnappte nach Luft und stöhnte laut auf, dann spürte sie den Schmerz. Das Brennen breitete sich über ihre Wange bis zum Auge aus. Sie hob abwehrend ihre Hände, als der Wirt Anstalten machte, noch einmal auf sie loszugehen. Er packte Elisabeth roh am Kragen und zog sie, als wäre sie leicht wie eine Feder, zu sich hoch. Sie konnte seinen stinkenden Atem riechen, als er ganz nah drohend in ihr Ohr knurrte.

„Wenn Euch Euer Leben und das Eures Kindes lieb ist, solltet Ihr tun, was ich sage."

Dann stieß er sie zurück aufs Bett. Verstört erkannte Elisabeth, dass dieser Mensch zu allem fähig war. Ängstlich bestätigte sie mit einem zaghaften Nicken, dass sie sich seinen Forderungen nicht mehr widersetzte.

Elisabeth saß auf dem Bett, hielt ihre Knie umschlungen und vergrub das Gesicht in ihren Armen. Ihre rechte Wange und ihr Auge waren zu einem blauroten Bluterguss angeschwollen. Nun, da sie schon fast am Ziel ihrer Reise gewesen war, hatte ihr das Schicksal erneut einen Streich gespielt.

Knarrend ging die Tür zu ihrer Kammer auf und Elisabeth hob schnell den Kopf. Rosa kam mit dem weinenden Leonhard auf dem Arm herein. Elisabeth stürzte auf die Spanierin zu und nahm ihr das Kind ab. Sie hielt Leonhard schützend an sich gepresst und sah sie misstrauisch an.

Doch Rosas Blick war voller Mitgefühl und Verständnis. „Ihr müsst tun, was er sagt, dann wird Euch nichts geschehen. Er … er ist nicht so schlecht, wie es den Anschein hat."

Elisabeth unterbrach sie unwirsch und zeigte auf ihre verletzte Gesichtshälfte. „Ihr meint, so schlecht, wie es diesen Anschein hat? Seht, was er mir angetan hat!"

Rosa suchte nach Worten und schloss die Augen. Dann ging sie zu Elisabeth und flüsterte: „Ihr habt Recht. Man kann Euch nichts vormachen, das hab' ich gleich bemerkt. Nehmt Euch vor ihm in acht. Macht, was er verlangt, solange es geht. Ich werde versuchen, dass Ihr und das Kind fliehen könnt … bald."

Rosa strich über Elisabeths Arm, um dem, was sie gesagt hatte, Nachdruck zu verleihen.

Eine innere Stimme sagte Elisabeth, dass die Spanierin es ernst meinte. „Ich danke Euch."

Nachdem sie hinausgegangen und die Tür wieder verschlossen hatte, legte Elisabeth Leonhard sofort an die Brust, denn er hatte seit Stunden nichts mehr getrunken.

In den kommenden Tagen musste Elisabeth im Schankraum aushelfen. Der Wirt hatte ihr Leonhard wieder abgenommen, als Pfand, wie er sagte. Nur zum Stillen brachte er ihn zu ihr ins Zimmer. Außer Rosa arbeitete noch die alte Hermine in der Wirtschaft. Jeden Nachmittag kam sie in zerlumpten Gewändern in die Schänke und bereitete die Speisen am Feuer zu. Sie war stumm und hatte kaum noch Zähne im Mund, aber Kochen und Braten, davon verstand sie etwas. Elisabeth bekam jeden Tag etwas Warmes zu essen, zu trinken gab es verdünnten Apfelmost, den sie aus einem kleinen Holzfass im Schankraum zapfen konnte.

Solange Elisabeth tat, was er sagte, ließ Martin sie in Ruhe. Er machte allerdings keinen Hehl daraus, was er mit ihr vorhatte, sobald ihr unschöner Bluterguss im Gesicht verschwunden war. Rosa sollte sie anlernen und ihr beibringen, wie man die Männer zufriedenstellte und dafür belohnt wurde.

Elisabeth hoffte, dass es dazu nicht kommen würde. Rosa, mit der sich Elisabeth immer besser verstand, erfand stets neue Ausreden und zögerte Elisabeths Einführung in das Gewerbe immer weiter hinaus. Sobald sich eine Gelegenheit bot, würden sie und Leonhard mit Rosas Hilfe die Flucht ergreifen.

Es war Abend, als Elisabeth mit einem Arm voll Holz die Rauchküche betrat und plötzlich vor einer ausgeweideten Kuh stand, die mit dem Fuß in einer Kette von der Decke hing. Martin gab Anweisungen, was zu tun war. Nachdem er ein paar große Fleischstücke aus dem Tier herausgeschnitten hatte, mussten Hermine und Elisabeth die Reste verwerten. Während Elisabeth damit beschäftigt war, den Schwanz für eine Suppe klein zu schneiden, sah sie sich die Überreste des gehäuteten Tiers, das an der Kette baumelte, genauer an. Es war keine Kuh, die dort ihr Leben gelassen hatte, sondern ein Ochse. Als sie daraufhin in einer Ecke der Küche sein Fell fand und untersuchte, beschlich sie das Gefühl, dass es ihr bekannt vorkam. Sie beschloss, sobald es die Situation zuließ, der Sache nachzugehen.

Im Verlauf des Abends kamen die Gäste, meist Holzfäller und andere Tagelöhner oder zwielichtiges Gesindel. Es waren raue, ungehobelte Burschen, die weder lesen noch schreiben konnten. Was sie mitbrachten, war Geld und das Verlangen, mit Rosa eine Nacht zu verbringen. Als Hermine zu später Stunde neues Feuerholz holen wollte, erklärte sich Elisabeth bereit, es an ihrer Stelle zu tun. Der kleine Holzschuppen befand sich neben der Scheune, die Martin stets verschlossen hielt. Elisabeth sammelte die bereits gehackten Holzscheite vor dem Schuppen ein und stapelte sie in einen Korb. In der Dunkelheit konnte sie kaum etwas erkennen. Ab und an hörte man das schallende Gelächter der Gäste aus dem Schankraum. Dann schlich Elisabeth zur Scheune und inspizierte das Tor, es war wie üblich verschlossen. Unversehens ging die Schanktür auf, und der Wirt kam mit einer Laterne in der Hand schnellen Schritts hinaus. Elisabeth ging in Deckung und hoffte, dass er sie nicht sah. Martin lief an ihr vorbei, fasste in ein Loch in der Scheunenwand und holte einen Schlüssel hervor. Zügig öffnete er das Tor und verschwand in der Scheune. Nach einem kurzen Moment kam er wieder heraus, schloss ab und legte den Schlüssel zurück, bevor er wieder die Schänke betrat. Elisabeth durfte keine Zeit verlieren, sie griff in das Loch und holte den Schlüssel heraus.

Solange sie auch wartete, ihre Augen gewöhnten sich kein bisschen an die Dunkelheit. In der Scheune blieb es stockfinster. Seltsamerweise war es hier nasskalt wie in einem feuchten Keller. Stroh würde im Nu schimmeln, dachte Elisabeth verwundert. Sie tastete sich an der Wand entlang, bis ihr ein großer Gegenstand den Weg versperrte. Sie bemerkte, dass es ein Holzwagen war, griff fühlend ins Wageninnere und berührte etwas. Als sie spürte, was es war, fuhr ihr der Schreck durch die Glieder. Es war ein kleines Holzspielzeug, eine Puppe, die Simplicius für Leonhard geschnitzt hatte. Plötzlich hörte sie ein Geräusch. Schnell steckte Elisabeth die Puppe ein, eilte aus der Scheune hinaus und verschloss das Tor wieder. Jemand war aus der Schänke gekommen und erleichterte sich an einem Strauch neben dem Haus. Elisabeth nahm den Korb mit Holz und ging auf das Gasthaus zu. Martin würde sich sicher schon fragen, wo sie blieb. Nun hatte sie Gewissheit, Oswald war nicht geflüchtet. Martin hatte ihn wahrscheinlich beseitigt, um sein Hab und Gut zu stehlen. Am liebsten hätte Elisabeth alles fallengelassen und wäre fortgerannt, aber Leonhard war noch im Haus, und Martin ließ ihn nicht aus den Augen. Außerdem musste sie ihr Geld finden, denn sie brauchte es, um ihre Weiterreise zu finanzieren. Sie betete, dass Martin es zwischen den Fellen noch nicht gefunden hatte. Sobald sich eine Möglichkeit ergeben würde, wollte sie erneut in die Scheune gehen. Ihre weiteren Schritte musste sie sich genau überlegen, sonst würden sie und Leonhard genauso enden wie Oswald.

Die Tage vergingen. Elisabeth war es nicht möglich, noch einmal in die Scheune zu gelangen, da Martin jeden ihrer Schritte misstrauisch überwachte.

Oswald war wahrscheinlich nicht der einzige Händler, den Martin auf dem Gewissen hatte. Hier und da fanden gut betuchte Händler den Weg zum „Schwarzen Hund". Weil sie ihr und Leonhards Leben nicht in Gefahr bringen wollte, wagte es Elisabeth nicht, diese Reisenden zu warnen. Die Gewissheit, dass die meisten Händler selbst etwas auf dem Kerbholz hatten und oft undurchsichtige Typen waren, die sie am liebsten nicht nur mit ihren Augen ausgezogen hätten, machte ihr die Entscheidung leichter.

Am nächsten Morgen waren die Männer stets verschwunden. Aber so sehr sich Elisabeth auch bemühte, sie konnte keinen Hinweis auf einen Mord finden.

Eines Abends, im Gastraum befanden sich einige lauthals schwatzende Gäste, fasste sie einen Entschluss und sagte ihren Verdacht Rosa auf den Kopf zu. Diese hielt schnell den Zeigefinger an die Lippen und zog Elisabeth mit sich fort aus dem Schankraum. Rosa musterte sie kurz, dann flüsterte sie ihr ins Ohr: „Es sind jene, nach denen keiner sucht, die alleine reisen und mich für eine Nacht wollen. Ich lenke sie ab und locke sie in die Falle. Martin hat ein Auge für die Einsamen und Verlassenen …", erklärte Rosa mit düsterer Miene. „Wenn er erfährt, dass Ihr es wisst, seid Ihr tot … und ich auch." Rosa sah sie eindringlich an.

Elisabeth erwiderte beunruhigt: „Eines Tages wird alles herauskommen. Ihr solltet mit mir fliehen."

Rosa dachte kurz über ihre Worte nach, schüttelte den Kopf und ging wieder zurück in den Schankraum.

Die Verletzung in Elisabeths Gesicht war weitgehend verschwunden, und Martin hatte ihr zu verstehen gegeben, dass er nun keinen Aufschub mehr duldete. Ab sofort sollte sie den gleichen

Dienst wie Rosa verrichten. Als Drohung griff er dem kleinen Leonhard, der bäuchlings auf einer Decke vor dem Kamin lag, unsanft ins Genick, so dass er anfing zu weinen.

An diesem Abend kamen nicht viele Gäste, da genau wie bei Elisabeths und Oswalds Anreise ein schweres Gewitter über dem Wald niederging. Das Unwetter hatte bloß einen einzigen Reisenden in die Schänke getrieben, der an einem der Tische saß und seinen Wein trank. Elisabeth hatte den Auftrag erhalten, ihm dienlich zu sein und setzte sich widerwillig zu ihm. Sie hatte Glück. Der Mann war von gutmütiger Natur und noch dazu ein gebildeter Schreiberling. Im Auftrag seines Herrn war er geschäftlich in Leipzig gewesen; jetzt war er auf dem Rückweg in das am oberen Rand des Schwarzwaldes gelegene Gaisbach. Dort hatte er vor Kurzem eine Stellung als Schaffner des Reichsfreiherrn von Schauenberg angenommen. Zu seinen Aufgaben gehörte es, die Abgaben der Untertanen einzutreiben, Urkunden aufzusetzen und Streitigkeiten zu schlichten. Außerdem betrieb er in dem Ort ein Wirtshaus. Elisabeth erfuhr von ihm, dass es in Leipzig eine schlimme Pestepidemie gegeben hatte. Die Seuche hatte die Hälfte der Bürger dahingerafft, aber nun sei sie wohl überstanden. Elisabeth hoffte inständig, dass sie ihren Onkel Balthasar lebend in Leipzig antreffen würde, sollte ihr jemals die Flucht glücken.

Der Reisende hatte viel Elend im Großen Krieg erlebt und war froh, wenn er auf Menschen traf, die ihm zuhörten und Interesse an seinen Erfahrungen zeigten. Es dauerte nicht lange, da hatten er und Elisabeth Zutrauen zueinander gefasst. Elisabeth fand seine Erzählweise unterhaltsam, und es beruhigte sie, als der Mann ihr gestand, dass ihm der Wirt ebenfalls unsympathisch sei. Elisabeth brauche nicht zu befürchten, dass er mehr wolle, als einfach nur seine Geschichten zum Besten zu geben. Der Mann hieß Jakob Christoffel von Grimmelshausen. Er berichtete, dass er schon seit längerem an einer Geschichte über seine schlimmen Erlebnisse während des Großen Krieges schrieb. Grimmelshausen war entsetzt über das, was er hatte mit ansehen müssen, und wollte seine Verzweiflung am liebsten im Wein ertränken. Er hatte alles akribisch niedergeschrieben, aber ihm fehlte für seine

Geschichte der rote Faden, ein Abenteurer, der die Geschichte in eine spannende Lektüre verwandelte. Elisabeth dachte unwillkürlich an ihren Simplicius und was sie mit ihm erlebt hatte. Sie berichtete Grimmelshausen von dem seltsamen Eremiten, den sie im Spessart getroffen hatte. Grimmelshausen fand ihre Erzählungen so wunderlich und anregend, dass er Elisabeth bat, sie für seine Geschichte verwenden zu dürfen. Sie redeten noch lange, Grimmelshausen wollte jedes noch so kleine Detail über diesen Simplicius erfahren. Der Abend verflog und sie lachten viel. Doch dann rückte die Schließzeit näher, und Martin gab Elisabeth zu erkennen, dass gleich die letzte Runde fällig war.

Elisabeth wusste mittlerweile, dass Martin diese abschließende Runde an Getränken immer mit einem Schlafmittel versetzte, wenn er einen Gast als Opfer ausersehen hatte. Elisabeth war dem netten Schreiberling jedoch so zugetan, dass sie nicht anders konnte, als ihn zu warnen. Sie riet ihm, das letzte Glas Wein nicht anzurühren und schnellstens das Weite zu suchen. Sie erklärte ihm leise, was geschehen würde, wenn er bliebe.

Grimmelshausen brauchte eine Weile, um das Gesagte zu verdauen. Dann ergriff er Elisabeths Hand und küsste sie dankbar. „Euch wird nichts geschehen, dafür werde ich sorgen. Lasst mich nur machen." Zum Abschluss drückte er Elisabeths Hand noch einmal besonders fest und herzlich. Grimmelshausen stand auf und ging, vermeintlich heiter, zum Wirt. „Hier, nehmt eine reiche Belohnung für die feine Zeit bei diesem schönen Weib." Er warf dem verdutzten Wirt eine goldene Münze auf den Schanktisch. „Ich kann leider nicht bleiben. Sie erwarten mich heute noch in Steinbach. Morgen will ich zurückkehren, denn ich bekomme noch mehr Geld, viel Geld und dann lass' ich was springen. Ihr werdet sie mir doch warmhalten?“

Dabei blickte er zweideutig zu Elisabeth. Martin überlegte einen Moment. Elisabeth betete, dass er den Braten nicht roch. Die Gier nach weiteren Goldtalern siegte schließlich, und Martin ließ Grimmelshausen ziehen.

Am nächsten Tag verließ Martin für einige Zeit die Schänke, um wichtige Erledigungen zu tätigen. Hermine bereitete in der Küche das Essen für den Abend vor, Rosa ging ihr dabei zur Hand. Elisabeth ließ Leonhard bei ihnen und gab vor, dass sie kurz in den Wald wollte, um Kräuter zu suchen. Rosa hatte Martin von Elisabeths Wissen über Arzneien erzählt, und da er an einem eitrigen und stinkenden Abszess am Bein litt, sollte Elisabeth ihm Linderung verschaffen.

Eine grausige Entdeckung

18. September 1650
Statt den Weg in den Wald zu nehmen, schlich Elisabeth jedoch in die Scheune. Die Sicht war jetzt am Tage etwas besser, außerdem hatte Elisabeth vorgesorgt und sich einen glimmenden Fidibus aus dem Ofen geholt. In der Scheune standen auf einer Mauer mehrere Kerzen, die Martin wohl anzuzünden pflegte, wenn er hier hantierte. Nun konnte sie sich endlich ein Bild machen, und sie hatte sich nicht getäuscht. Im Ganzen zählte Elisabeth acht Gespanne in der Scheune. Sie konnte sich denken, was mit den Besitzern geschehen war. In einer hinteren Ecke der Scheune stand Oswalds Karren. Sie hoffte, dass ihr Geld noch dort war. Voller Erwartung ging sie zu dem Wagen und spähte hinein, doch zu ihrem Entsetzen waren sämtliche Felle verschwunden. Martin hatte sie längst weggeschafft und ihr Geld sicher gefunden, dachte Elisabeth verzweifelt.

Plötzlich nahm sie wieder diesen feuchtkalten Luftzug wahr, der die Scheune erfüllte. Sie versuchte herauszufinden, woher er kam, und entdeckte halb unter dem Stroh versteckt eine Holztür, die in den Boden eingelassen war. Sie war nicht verschlossen. Vorsichtig öffnete sie die Luke. Ein kalter Hauch, vermischt mit Moder und einem süßlich widerlichen Geruch, schlug ihr entgegen. Eine Leiter führte in die Tiefe. Elisabeth blickte zum Tor der Scheune, das sie hinter sich geschlossen hatte. Was, wenn Martin plötzlich zurückkäme, dachte sie nervös. Doch ihre Neugier war stärker. Mit einer Kerze in der Hand kletterte sie vorsichtig die lange feuchte Holzleiter hinunter und stand auf einmal mitten in einer Höhle, die sich unter der Scheune auftat. Sie war so groß, dass aufrechtes Gehen möglich war. Tropfsteine hingen von der Decke. Eine vollkommene und dumpfe Stille umgab Elisabeth, die nur hier und da von den herabfallenden Tropfen der Stalaktiten durchbrochen wurde. Elisabeth war vorsichtig ein paar Meter gelaufen, als ein Gang zum Vorschein kam, der in einen weiteren Raum führte. Hier hatte Martin sein Diebesgut versteckt. Vasen, wertvolle Stoffe, silbernes Essbesteck, Waffen und Taschen mit Schmuck hatte er fein säuberlich in Kisten gepackt und mit in Öl getränkten Tüchern und Stofffetzen zugedeckt. In einer der Kisten entdeckte sie Oswalds Felle. Schnell durchsuchte sie diese, aber Martin hatte die Goldstücke natürlich gefunden. Ihr Geld war weg.

Ein scheußlicher Geruch stieg ihr immer stärker in die Nase. Sie schüttelte sich vor Ekel, denn diesem Gestank haftete etwas Strenges und Beißendes an. Irgendwo schien ein Tier zu verenden. Zurück im Hauptgang hielt sich Elisabeth ein Taschentuch vor die Nase und tastete sich vorwärts. Es stank immer unerträglicher, doch wie magisch angezogen ging sie weiter. Mit der Kerze leuchtete sie das Gewölbe aus. Jeder Schritt führte sie tiefer in die Höhle, bis der Weg schließlich an einer Grube endete. Sie hielt die Kerze hinein.

Der Anblick erschreckte Elisabeth so sehr, dass sie nach hinten gegen die Wand prallte. Dutzende, teils verwesende und bereits skelettierte menschliche Körper lagen dort, notdürftig mit einer dünnen Schicht Kalk bedeckt. Ganz oben erkannte sie das blaugrüne Gesicht von Oswald. Vor Entsetzen taumelnd trat sie den Rückweg an. Sie schleppte sich zur Leiter und kletterte eilig nach oben.

Als sie wieder die Küche betrat, gelang es ihr nur mühsam, die Fassung zu wahren. Zuvor hatte sie schnell noch ein paar Sauerampfer für Martin hinter der Scheune gerupft. Rosa sah sie besorgt an. „Du bist ja weiß wie ein Laken. Ist dir der Leibhaftige im Wald begegnet?"

Elisabeth lächelte gequält. „Es ist nichts, nur eine kleine Schwäche ab und an. Es sind die langen Nächte hier."

Rosa stimmte ihr zu: „Du hast Recht. Ein sehr ungesundes Leben auf Dauer. Leg dich nur einen Moment in deine Kammer, wir passen gerne auf den Kleinen hier auf." Dabei lächelte sie und zog eine Grimasse, so dass Leonhard sie neugierig anblickte. Elisabeth nahm den Vorschlag dankbar an und ging schnell in ihre Kammer. Dort setzte sie sich erschöpft auf ihr Bett. Ihr war speiübel. Noch immer hatte sie den Geruch von faulendem Fleisch in der Nase. Keine Minute länger wollte sie hier verbringen. Sie musste fliehen, jetzt gleich, noch bevor Martin zurückkam.

Als Elisabeth wieder in die Küche kam, stellte sie fest, dass Rosa mit Leonhard alleine war. „Wo ist Hermine?"

Rosa sah Elisabeth traurig an, während sie Leonhard sanft über den Kopf streichelte. „Ich habe sie nach Hause geschickt. Martin wird erst spät kommen. Es ist immer so, wenn er fortgeht. Er verkauft … Sachen."

Elisabeth ging auf sie zu. „Sachen, die er den Leuten gestohlen hat, die dort unten in der Höhle liegen."

Zu Elisabeths Verwunderung reagierte Rosa nicht überrascht. Sie nickte nur verloren. „Du weißt es also."

Elisabeth ergriff ihre Hand und sah ihr besorgt in die Augen. „Rosa, geh mit uns. Die ganze Sache wird sicher bald auffliegen und dann …"

„Ich weiß, ich weiß … aber … Ich würde euch nur aufhalten, mit meinem Bein."

Elisabeth drückte ihre Hand. „Gemeinsam können wir es schaffen."

Rosa blickte zu Leonhard, der friedlich in seinem Korb neben der wärmenden Feuerstelle lag. Sie lächelte, obwohl ihr Tränen die Wangen herunterliefen. „Es ist nicht nur wegen des Beines. Ich … Martin. Ich kann nicht … Er ist meistens gut zu mir, und das waren weiß Gott nicht viele Menschen in meinem Leben. Ich bin ihm verpflichtet, schließlich habe ich seit Langem von seinem Treiben gewusst."

Elisabeth ließ ihre Hand los. „Er hat dich benutzt. Wenn du bleibst, ist es dein Verderben."

Rosa sah Elisabeth mit geröteten Augen an. „Wahrscheinlich hast du recht." Sie stand auf und ging zu dem Korb, in dem Leonhard lag. Sie tätschelte dem Kleinen die Wangen und sah dann zaghaft lächelnd zu Elisabeth. „Ich packe schnell für die Reise. Jetzt sofort."

Rosa bereitete in der Küche einen kleinen Sack mit Proviant vor, während Elisabeth die Kraxe holte und Leonhard hineinsetzte. Plötzlich vernahmen sie Stimmen aus dem Wald. Als sie nach draußen traten, hörten sie aufgebrachtes Rufen und Schreien sowie wütendes Hundegebell, das immer näher kam.

Elisabeth erschrak. Sie musste auf einmal an Hochstadt denken und stellte sich vor, wie der Pöbel johlend vor dem Narrenturm tobte und ihren Vater bedrohte.

Rosa ergriff ihren Arm. „Das gilt Martin und mir! In ihrer Raserei werden sie keinen Unterschied machen. Du musst fliehen. Ohne mich bist du schneller." Sie gab Elisabeth den Beutel mit Simplicius' Goldstücken. „Dein Geld, Martin hatte es in seinem Geheimfach versteckt. Geh jetzt. Denk an dein Kind und beeil dich!"

Elisabeth zögerte einen Moment und sah Rosa eindringlich an, in der Hoffnung, sie würde es sich doch noch anders überlegen. Doch Rosas Entschluss stand fest. Zum Abschied umarmten sich die beiden Frauen, und Elisabeth spürte abermals den Verlust einer geschätzten Person. Unter Tränen eilte sie mit Leonhard in den Wald, ohne sich noch einmal umzudrehen.

Rosa blieb vor dem Eingang des Wirtshauses stehen und wartete. Es war eine große Meute, zu Pferd und zu Fuß, die da aus dem Wald zum „Schwarzen Hund" kam. Bluthunde an Leinen zogen hechelnd und bellend ihre Besitzer hinter sich her. Einige Männer hatten Mistgabeln in der Hand, andere hielten Waffen im Anschlag. Sie trieben Martin vor sich her, der, zerschunden und blutend, Rosa entgegenwankte.

Kampf ums Überleben

Liebenstein-Steinbach, 16. September 1650

Elisabeth lief den Weg entlang, den Rosa ihr beschrieben hatte und der durch den Wald geradewegs zur Altensteiner Burg führte. Kurz vor der Burg sollte Elisabeth jedoch einen versteckten Abzweig nehmen, der sie auf einem steilen Pfad direkt über den Berg führte. Auf diesem Weg konnten ihr keine Reiter folgen. Elisabeth kletterte mit Leonhard auf dem Rücken unter größter Anstrengung den felsigen, von Gebüsch bewachsenen Abhang hinauf. Als sie oben angekommen war, ließ sie sich erschöpft ins Gras sinken. Von dem Hügel aus sah sie in der Ferne dicke, dunkle Rauchschwaden. Sie stiegen an der Stelle aus dem Wald empor, wo zuvor das Wirtshaus „Zum Schwarzen Hund" gestanden hatte.

Wäre Rosa nur mit ihr gekommen, dachte Elisabeth traurig, und ertappte sich bei dem hoffnungsvollen Gedanken, dass die Flammen Rosa verschont haben könnten. Aber Elisabeth wusste nur zu gut, dass der erzürnte Pöbel kein Pardon kannte. Da war es wieder, dieses schlimme Gefühl des Verlusts. Sie dachte an ihren Vater, die alte Emilia Trapp, Andreas Rohn, den väterlichen Freund, und schließlich an Jakob. Binnen kürzester Zeit hatte sie alles verloren, was ihr lieb gewesen war. Wenn es Leonhard nicht gäbe, wäre sie das einsamste Wesen auf der Welt, dachte Elisabeth. Seltsamerweise kam sie sich jetzt, wo sie völlig allein war, auf eine unbestimmte Art auch frei vor. Zum ersten Mal in ihrem Leben war sie ungebunden und konnte selbst entscheiden, was zu tun war. Aber es war zugleich eine leere Freiheit, eine Freiheit, die erzwungen war und die ihr keine andere Wahl ließ, als jede Minute ums Überleben zu kämpfen. Der Wunsch nach Rache und der Hass, den sie für Guido Emmes empfand und der sie unentwegt angetrieben hatte, war keineswegs gewichen. Im Gegenteil, er hatte sich tief in ihr Herz eingebrannt und schien ihre Lebensgeister zu beflügeln. Aber manchmal überkam Elisabeth ein Gefühl von Hoffnungslosigkeit und tiefer Erschöpfung. Sie schloss die Augen. Doch schließlich erhob sie sich und blickte ein letztes Mal zu der Säule aus Rauch. Sie betete für die Spanierin, die ihr und Leonhard das Leben gerettet hatte. Dann wandte sie sich ab und setzte ihren Weg fort.

Sie war schon einige Zeit durch den Wald gelaufen und gelangte schließlich zu einer Lichtung. Elisabeth blickte in ein Tal und es eröffnete sich ihr eine wunderschöne Aussicht auf eine unberührte Landschaft. Mittendrin zwischen saftig grünen Wiesen und bestellten Feldern lag friedlich ein anscheinend unversehrtes Dorf. Über ein offenes Feld wanderte sie darauf zu, als sie hinter sich das Geräusch eines galoppierenden Pferdes vernahm. Mit Leonhard auf dem Rücken lief sie, so schnell sie konnte, weiter, in der Hoffnung, dass es nicht einer der Häscher war, die sie suchten. Der Reiter preschte in Windeseile aus dem Wald und hielt direkt auf sie zu. Elisabeth drehte sich um und blieb stehen. Erschöpft und ergeben wartete sie auf ihr Schicksal.

Der Reiter zog fest die Zügel an und brachte sein Pferd direkt vor Elisabeth zum Stehen. „Gott sei Dank, Ihr seid es! Ich habe Euch gesucht“, sagte Grimmelshausen voller Freude.

Er war es gewesen, der in Steinbach Meldung über die Machenschaften des Wirts vom „Schwarzen Hund” gemacht hatte. Und da man Martin schon länger verdächtigte, hatten sie ihn kurzerhand festgenommen, als er in Steinbach aufgetaucht war, um erneut sein Diebesgut an den Mann zu bringen. Er wurde einer peinlichen Befragung unterworfen, in deren Verlauf er alles gestanden hatte. Grimmelshausen war, so schnell er konnte, zum „Schwarzen Hund” geeilt, um Elisabeth zu warnen und von dort wegzuholen. Doch er fand nur Rosa vor. Von ihr erfuhr er, welchen Weg Elisabeth gegangen war. Leider konnte er nicht verhindern, dass die aufgebrachten Dorfbewohner auch Rosa zur Rechenschaft zogen.

Grimmelshausen erzählte Elisabeth auch, was weiter passiert war. Die Einwohner von Steinbach hatten, nachdem sie die Höhle mit den Leichen unter der Scheune entdeckt hatten, Rosa und Martin ins Haus getrieben, es verbarrikadiert und angezündet. Sie hatten so lange gewartet, bis der „Schwarze Hund" abgebrannt war und damit, wie sie glaubten, das Feuer alles Böse darin gereinigt hatte. Dann waren sie wieder in die Höhle hinabgestiegen und hatten das Diebesgut unter sich aufgeteilt.

Elisabeth hatte sich mit Grimmelshausens Hilfe hinter ihn auf das Pferd gesetzt. Leonhard behielt sie in der Kraxe auf ihrem Rücken. So brachte er sie bis nach Eisenach, wo Elisabeth mit seiner Unterstützung eine geeignete Reisemöglichkeit nach Leipzig fand. Etwas wehmütig nahm Grimmelshausen Abschied von Elisabeth. Er wünschte ihr Glück und versprach, sie in Leipzig zu besuchen, falls das Schicksal ihn wieder einmal dorthin führen sollte. Bevor er weiterzog, beschrieb Elisabeth ihm noch genau den Platz, wo sich die Einsiedelei von Simplicius befand. Da Grimmelshausen ohnehin auf seiner Reise in den Schwarzwald seine Heimatstadt Gelnhausen besuchen wollte, beschloss er, einen Abstecher in den Spessart zu machen, um den Einsiedler zu besuchen und kennenzulernen.

Leipzig

Leipzig, 22. September 1650
Sie waren mit einer großen Kolonne von Gewürzhändlern unterwegs. Zum Schutz begleiteten Wachleute den Tross. Elisabeth hatte gut für sich und Leonhard gezahlt, und die Reise verlief ruhig. Niemand stellte ihr unangenehme Fragen, und sie erhielten genug Essen und Trinken. Vom Brabanter Höhenweg waren sie über Naumburg nach Weißenfels gekommen, wo man im Geleitshaus Rast gemacht hatte. Nach einer ungefähr zehnstündigen Reise sahen sie endlich die Mauern von Leipzig. Elisabeth erblickte die großen Massengräber vor der Stadtmauer, in die man die vielen Pesttoten geworfen hatte. Nachdem man am Ranstädter Tor die Zölle entrichtet hatte, betrat Elisabeth mit Leonhard auf dem Rücken schließlich das Stadtinnere.

Ganze Teile von Leipzig waren durch die Pest verwaist. Erst seit kurzem war wieder so etwas wie ein normales Leben möglich. Die Epidemie war überwunden, aber die Trauer der Bewohner und ihre Angst vor der Rückkehr der Seuche konnte man an jeder Ecke spüren. Elisabeth war einige Zeit suchend durch die Straßen Leipzigs gelaufen. Sie hatte den Brühl überquert und war in die Nikolaistraße eingebogen. Endlich stand sie mit ihrem Kind vor dem edlen Patrizierhaus ihres Onkels, dem Geburtshaus ihres Vaters. Elisabeth erkannte sofort das Wappen der von Gettenbachs über dem Eingang. Sie klopfte an die Tür und betete, dass Balthasar noch lebte.

Eine ältere Frau öffnete. Sie sah verhärmt aus und trug schwarze, ungepflegte Kleidung. Mürrisch musterte sie Elisabeth. „Was wollt Ihr?“

„Ich möchte zu Balthasar von Gettenbach“, sagte Elisabeth mit verzagter Stimme.

„Er ist für niemanden zu sprechen“, antwortete die alte Frau unfreundlich und wollte gerade die Tür wieder schließen, als Elisabeth erneut ansetzte.

„Ich bin Elisabeth von Gettenbach, Balthasar von Gettenbach ist mein Onkel."

Jetzt machte die Frau die Tür wieder auf und musterte sie noch einmal skeptisch. „Das kann jeder behaupten. Wartet hier."

Sie schloss die Tür. Mehrere Minuten verstrichen. Elisabeth fragte sich, ob die Alte wohl noch einmal zurückkommen würde. Doch dann öffnete sich die Tür erneut. Die Frau trat zur Seite, und Elisabeth konnte im Innern eine Gestalt ausmachen, die langsam auf sie zu kam.

Als Balthasar Elisabeth sah, verlor er fast den Halt, so dass die alte Frau ihn stützen musste. Er konnte es kaum fassen. Das Mädchen, das um Einlass bat, war wahrhaftig Elisabeth, die Tochter seines Bruders. Er hatte sie nur als kleines Kind erlebt, aber sie war unzweifelhaft dieselbe Person wie auf dem Bild, dass er einst seinem Sohn Arno mitgegeben hatte. Noch dazu war sie ihrer Mutter wie aus dem Gesicht geschnitten. Balthasar machte sich sogleich von der alten Frau los und trat zitternd zu Elisabeth, die in das graue, von Sorgen gezeichnete Gesicht ihres Onkels blickte.

„Elisabeth. Mein Gott, Elisabeth!", schrie er fast. Mit bebendem Kinn drückte er sie an sich.

Balthasar hatte durch die Pest alles verloren, was ihm lieb und teuer gewesen war, seine Frau, eine Tochter und den jüngsten Sohn. Als er durch Elisabeth vom Schicksal seines Sohnes Arno und seines Bruders Gisbert erfuhr, schien der ohnehin von Gram gebeugte Mann auch den Rest seines Lebensmutes zu verlieren. Er kam über den Tod seiner Lieben offensichtlich nicht hinweg. Elisabeth hatte das Gefühl, dass der alte Mann nur noch auf die Erlösung durch den Tod zu warten schien. Gisberts Brief hatte er nie erhalten, und als er Nachforschungen wegen Arno anstellen wollte, war die Pest über Leipzig gekommen. Trotz seines Zustandes konnte Balthasar Freude darüber empfinden, dass wenigstens seine Nichte Elisabeth und ihr Sohn Leonhard es heil zu ihm geschafft hatten, waren sie doch die Einzigen, die ihm noch blieben.

Eine gemachte Frau

Leipzig, Oktober 1650
Drei Tage nach Elisabeths Ankunft in Leipzig verschlechterte sich Balthasars Zustand rapide, und er wurde bettlägerig. Nachdem ihn noch weitere fünf Tage ein heftiges Fieber geschüttelt hatte, bestellten sie den Pfarrer ins Haus. Balthasar hatte seinen einzigen und besten Freund, Franz von Stieglitz, ebenfalls ein reicher Tuch- und Pelzhändler aus Leipzig, an sein Sterbebett rufen lassen. Er verfügte, dass von Stieglitz sich um alle Belange des Geschäftes kümmern und Elisabeth mit Rat und Tat zur Seite stehen sollte, so lange, bis sie selbst die Geschäfte führen konnte. Denn Balthasar von Gettenbach vermachte seiner Nichte Elisabeth sein gesamtes Vermögen und den Tuchhandel.

Noch einige Stunden kämpfte Balthasar mit dem Leben, dann erlöste ihn der Tod. Franz von Stieglitz verbeugte sich tief vor Elisabeth und eröffnete ihr, dass sie jetzt nicht nur die Herrin des Hauses von Gettenbach war, sondern auch die Besitzerin eines der reichsten Leipziger Unternehmen.

***

An Michaelis stand Elisabeth im Schatten des Rathauses am Leipziger Markt. Sie sah dem Treiben der Händler, Marktschreier und Messebesucher zu. Leipzig bot alles, was man wollte, Reichtum, Kultur und Stadtleben. Sobald Leonhard ins richtige Alter käme, würde er Unterricht von einem Privatlehrer erhalten.

Franz von Stieglitz kümmerte sich liebevoll um Elisabeth und brachte ihr bei, was sie über den Tuch- und Fellhandel wissen musste.

Angetan von ihrem Äußeren und ihrer Mitgift hatte Franz von Stieglitz um ihre Hand angehalten, zumal seine Frau und sein Sohn ebenfalls an der Pest gestorben waren und er keine Nachkommen mehr besaß. Er war mindestens fünfunddreißig Jahre älter als sie und erwartete nicht, von ihr geliebt zu werden. Elisabeth beschloss, eine Zweckehe einzugehen. Als angesehene Ehefrau würde sie Balthasars Tuchhandel leichter aufrechterhalten können. Sie waren ein gutes Gespann, und Elisabeth wusste, dass sie ihn für ihre Geschäfte brauchte. Außerdem war er belesen, von liebenswürdigem Charakter und besaß selbst ausreichend finanzielle Mittel. Sie würde sich auf ihn verlassen können.

Das Wichtigste war jedoch etwas anderes, von dem sie Franz von Stieglitz nichts erzählt hatte, denn er sollte nicht in Unruhe leben. Durch eine Heirat mit ihm würden Elisabeth und Leonhard zu einem anderen Namen kommen. Niemand würde sie hier finden, auch Guido Emmes nicht.

Doch all das Glück, das ihr nun widerfahren war, konnte nicht über den Schmerz hinwegtäuschen, den sie noch immer empfand. Sie musste an das denken, was ihr und ihrem Vater zugefügt worden war und was ihren Hass noch immer nährte. Sie hatte ein Ziel. Sie war jetzt reich und hatte Macht. Macht, die sie ausnutzen würde, um den Mann zu bestrafen, der für all das verantwortlich war: Guido Emmes, den Vater ihres Sohnes.

Ende

Glossar

Glossar, Personen

Anselm Casimir Wambolt von Umstadt (* 30. November 1579 in Speyer (?); † 9. Oktober 1647 in Frankfurt am Main). Von 1629 an hatte er bis zu seinem Ableben das Amt des Erzbischofes und somit auch das des Kurfürsten von Mainz inne.

Johan **Banér** (* 23. Juni in Djursholm, bei Stockholm; † 10. Mai in Halberstadt), auch Jan Banér, Johan Banner, Johan Banier, Johan Bannier (siehe Friedrich Schiller: Wallensteins Tod) war ein schwedischer Feldmarschall im Dreißigjährigen Krieg. Zu dieser Zeit führte er als Oberbefehlshaber die schwedischen Truppen an.

René **Descartes** (latinisiert Renatus Cartesius; * 31. März 1596 in La Haye en Touraine; † 11. Februar 1650 in Stockholm). Sein Leben verschrieb der Franzose der Philosophie, Mathematik und den Naturwissenschaften.

Ferdinand II. (* 9. Juli 1578 in Graz; † 15. Februar 1637 in Wien). Nach dem Tod seines Vaters Kaiser Matthias wurde er 1619 zum Kaiser des Heiligen Römischen Reiches gewählt.

Friedrich V. (* 26. August 1596 im Jagdschloss Deinschwang; † 29. November 1632 in Mainz). Von 1610 bis 1623 war er Pfalzgraf und Kurfürst von der Pfalz sowie als Friedrich I. von August 1619 bis November 1620 König von Böhmen. Gewählt wurde er von den böhmischen Ständen, die → Ferdinand II. nicht anerkennen wollten. Wegen seiner kurzen Regierungszeit wurde er als „Winterkönig" bezeichnet.

Friedrich Casimir von Hanau-Lichtenberg (* 4. August 1623 in Buchsweiler/Elsass; † 30. März 1685 in Hanau). 1641 folgte er seinem Vater als Regent in der Grafschaft Hanau-Lichtenberg im Elsass, 1642 übernahm er infolge eine 1610 geschlossenen Erbfolgevertrags auch die Grafschaft Hanau-Münzenberg am Untermain und residierte seit dieser Zeit in Hanau. Verheiratet mit →

Sybilla Christina von Anhalt-Dessau. Seiner Regierungszeit wird in der lokalen Geschichtsschreibung sehr unterschiedlich beurteilt. Während ihn die einen als Verschwender und „Landverderber" bezeichnen, heben andere den Aufbau eine umfangreichen Kunst- und Naturaliensammlung und den Erwerb eine Kolonie in Südamerika hervor.

Gustav Adolf II. (* 9. Dezember 1594 in Stockholm; † 6. November 1632 in der Schlacht bei Lützen). Von 1611 bis 1632 war er König von Schweden und eine der wichtigsten Figuren der schwedischen Geschichte und des Dreißigjährigen Krieges.

Melchior von **Hatzfeld**, auch Melchior Friedrich Gottfried Graf von Gleichen und Hatzfeldt, Herr zu Trachenberg (* 20. Oktober 1593 auf Schloss Crottorf, Kreis Altenkirchen, Westerwald; † 9. Januar 1658 in Powitzko bei Trachenberg) diente im Dreißigjährigen Krieg als kaiserlicher Feldherr unter Albrecht von Wallenstein und Matthias Gallas.

Johann Ludwig Hektor Graf von **Isolani**, auch Goan Lodovico Hector Isolano (* 1586 in Görz; † März 1640 in Wien). Als kaiserlicher General befehligte er im Dreißigjährigen Krieg die kroatischen Reiter. Er diente vier deutschen Kaisern und kämpfte in den vier Hauptschlachten dieses Krieges. Seine Truppen waren berüchtigt für ihre Gräueltaten gegenüber der Zivilbevölkerung.

Guillaume de **Lamboy** (* um 1590, vermutlich in Flandern; † 12. Dezember 1659 auf Schloss Dimokur in Böhmen; auch Graf Wilhelm von Lamboy). Kaiserlicher Heerführer und General im Dreißigjährigen Krieg. Vom Herbst 1635 bis zum Juni 1636 belagerte er mit seinen Truppen die Stadt Hanau, die von → Jakob von Ramsay **verteidigt wurde.**

Alexander **Leslie**, 1. Earl of Leven (* etwa 1580; † 4. April 1661). Er war der Sohn von Hauptmann George Leslie und ein Familienmitglied der Leslies von Balquhain. Als schottischer Soldat war er von 1605 bis 1638 in schwedischen Diensten. In dieser Zeit stieg er dort zum Feldmarschall auf.

Peter Ernst II. von **Mansfeld**, auch „Ernst von Mansfeld“ (* 1580 in Luxemburg; † 29. November 1626 in Rakovica bei Sarajevo). Im Dreißigjährigen Krieg war er ein bedeutender Söldner- und Heerführer, der auf der Seite der evangelischen Rebellen kämpfte.

Maximilian I., auch bekannt als der „letzte Ritter” (* 17. April 1573 in München; † 27. September 1651 in Ingolstadt). Ab 1597 war er der Herzog (ab 1623 der Kurfürst) von Bayern. Er trug bis 1630 zur Durchsetzung der Dominanz der katholische Seite im Dreißigjährigen Krieg entscheidend bei.

Gottfried Heinrich zu **Pappenheim** (* 29. Mai in Treuchtlingen; † 17. November 1632 in Leipzig). Er war General im Dreißigjährigen Krieg, der für die Katholische Liga und den habsburgischen Kaiser unter Wallensteins Oberbefehl kämpfte und ohne Gnade wütete.

Anton **Praetorius** (* 1560 in Lippstadt; † 6. Dezember 1613 in Laudenbach an der Bergstraße) war ein evangelischer Pfarrer, reformierter Theologe, Schriftsteller und setzte sich gegen die Hexenverfolgung ein. Seiner Ansicht nach hat nur Gott allein die Macht, Missernten, schlechtes Wetter etc. zu erzeugen, deshalb können nicht „Hexen” dafür verantwortlich gemacht werden.

Jakob von **Ramsay** (* 1589 in Schottland; † 29. Juni 1639 in Dillenburg). Soldat, zunächst in englischen, später in schwedischen Diensten. Von Oktober 1634 war er Befehlshaber der Festung Hanau, die vom September 1635 bis Juni 1636 von kaiserlichen Truppen unter → General Lamboy eingeschlossen war. 1638 wurde er aus Hanau vertrieben.

Joachim Andreas von **Schlick**, Graf von Passaun und Weißkirchen (* 9. September 1569 in Schlackenwerth; † 21. Juni 1621 in Prag hingerichtet). Schlick war einer der Führer der protestantischen Stände in Böhmen, die gegen die Hegemonialpolitik der Habsburger kämpften.

Heinrich von **Schultheiß** (* 1580 in Scharmede im Fürstbistum Paderborn; † 1646 vermutlich in Arnsberg). Er war ein Jurist, der zunächst im Dienst des Mainzer Erzbischofs Johann Schweikhard von Kronberg stand und später in die Dienste der Kölner Kurfürsten wechselte. Bekannt wurde er durch sein Buch „Außführliche Instruction Wie in Inquisition Sachen des grewlichen Lasters der Zauberey ... zu procediren“ von 1634 mit einer Anleitung, wie ein Hexenprozess zu führen sei.

Sybilla Christina von Anhalt-Dessau (* 10. Juni 1603 in Dessau; † 11. Februar 1686 in Hanau). Tochter des Fürsten Johann Georg I. von Anhalt-Dessau (* 1567; † 1618) und Dorothea von Pfalz-Simmern, verheiratet in zweiter Ehe ab 1647 mit → Graf Friedrich Casimir von Hanau.

Johann, auch Johannes oder Jean t'Serclaes Graf von **Tilly** (* Februar 1559 auf Schloss Tilly im Herzogtum Brabant; † 30. April 1632 in Ingolstadt). Er hatte während des Dreißigjährigen Krieges als oberster Heerführer der Katholischen Liga und des kaiserlichen Aufgebots eine Doppelfunktion inne. Er war hauptverantwortlich für die → Magdeburger Hochzeit.

Albrecht von **Wallenstein**, Albrecht Wenzel Eusebius von Waldstein, tschechisch Albrecht Václav Eusebius z Valdštejna (* 24. September 1583 in Hermanitz an der Elbe, Böhmen; † 25. Februar 1634 in Eger, Böhmen). Böhmischer Feldherr und Politiker, der unter Kaiser Ferdinand II. diente. Zwischen ihm und dem Kaiser kam es immer wieder zu Konflikten, da Wallenstein sich für den Frieden und der Kaiser sich für den Krieg einsetzte. Dies führte dazu, dass er von kaisertreuen Offizieren ermordet wurde.

Glossar, Begriffe

Antsanvia: Name einer Altstraße, die von Mainz nach Eisenach in Thüringen führte. Ab Frankfurt verlief sie auf der Wasserscheide von Main und Nidder und folgte dann dem Südrand des Vogelsbergs bis Giesel. In Kämmerzell überquerte sie die Fulda. Zwischen Frankfurt und dem Büdinger Wald wurde sie als Hohe Straße, anschließend als Reffenstraße bezeichnet.
Der Name Antsanvia stammt aus dem lateinischen *antiana via* und bedeutet „alte Straße".

Birkenhainer Straße: Im Mittelalter wurde sie als Heer- und Handelsweg durch den Spessart genutzt. Sie verband Hanau mit Gemünden am Main. Die Strecke durch den Spessart ist wesentlich kürzer als die am Main.

Himmelpförtner(s) Haus, auch Haus Zur Krim: Ein denkmalgeschütztes Gebäude am Alten Markt in Arnsberg. In der 1. Hälfte des 17. Jahrhunderts Wohnhaus von → Heinrich von Schultheiß.

Hohe Straße: → Antsanvia

Katholische Liga: Zusammenschluss der katholischen Fürstentümer im Vorfeld des Dreißigjährigen Krieges im Jahr 1609 als Antwort auf die 1608 gegründete → Protestantische Union.

Katzbalger: Ein europäisches Kurzschwert, das im 16. Jahrhundert verwendet wurde. Der Name setzt sich aus den Begriffen „Balgerei" und „Katzen" zusammen.

Kurze Hessen: Ein historischer Handelsweg, auf dem man von Frankfurt über Grünberg, Alsfeld und Hersfeld Richtung Leipzig reisen konnte. Die Strecke auf dieser Altstraße war etwas kürzer als die über Treysa führenden → „Langen Hessen".

Lange Hessen: → Kurze Hessen

Luntenschloss: Es wurde zwischen dem 15. und 17. Jahrhundert zum Auslösen von Feuerwaffen verwendet.

Magdeburger Hochzeit, magdeburgisieren: Fast vollständige Zerstörung und Verwüstung der Stadt Magdeburg durch kaiserliche Truppen unter Tilly und Pappenheim am 10. Mai 1631. Sie gilt als das schlimmste Massaker des Dreißigjährigen Krieges. Insgesamt kamen etwa 20 000 Zivilisten, zwei Drittel der damaligen Einwohner ums Leben. Das davon abgeleitete Verb „magdeburgisieren" wurde zum Synonym für völlige Zerstörung und Auslöschung.

Merodebrüder: Herumstreifende Soldaten, die nach oder am Rande der Kampfhandlungen brandschatzten, plünderten, erpressten, raubten, stahlen, vergewaltigten und mordeten. Der Begriff ist abgeleitet vom französischen „maraude" oder „maraudage", was „Felddiebstahl" bedeutet. Verwandt ist das deutsche Eigenschaftswort „marode".

Morion: Ein offener Helm, an dem kein Visier angebracht ist. Er ist in der ersten Hälfte des 16. Jahrhunderts aus der Form des spanischen „Cabasets" (spanische Version des Eisenhuts) entstanden.

Pikeniere: Nach ihrer Hauptwaffe, der Pike (Spieß), benannte Soldaten, die vom 15. bis zum 17. Jahrhundert in großen Teilen Europas die schwere Infanterie bildeten.

Protestantische Union, auch Union von Auhausen oder Deutsche Union: Es handelt sich um einen Zusammenschluss von acht protestantischen Fürsten und 17 protestantischen Städten im Heiligen Römischen Reich, der 1608 entstand.

Radschloss, auch „deutsches Schloss" genannt: Eine Zündeinrichtung bei historischen Feuerwaffen.

Respondent: Hut aus weichem Filz mit breiter Krempe

Dank

Ich danke meiner Frau, die mir mit Rat und Tat zur Seite stand und als Mutter meiner wunderbaren Kinder Liam und Tilda dafür gesorgt hat, meine kostbare Zeit in die Arbeit dieses Romans investieren zu können.

Patrick Weber